Titre original : *Mr. Fixer Upper*

Présente édition :
© Charleston, une marque des éditions Leduc, 2025
76, boulevard Pasteur
75015 Paris – France
www.editionscharleston.fr

ISBN : 978-2-38529-474-8

Maquette : Christine Porchat

Pour suivre notre actualité, rejoignez-nous sur Facebook (Éditions.Charleston), sur Instagram (@editionscharleston) et sur TikTok (@editionscharleston) !

Charleston s'engage pour une fabrication écoresponsable ! Amoureux des livres, nous sommes soucieux de l'impact de notre passion et choisissons nos imprimeurs avec la plus grande attention pour que nos ouvrages soient imprimés sur du papier issu de forêts gérées durablement.

Lucy Score

L'HOMME DE LA SITUATION

Roman

Traduit de l'anglais (États-Unis)
par Sylvie Del Cotto et Camille Fanler

Michel Lafon

À Adam et Abby.
Puis-je un jour être une chanceuse
pour pouvoir payer vos études.
Ou au moins de belles vacances.

CHAPITRE 1

Paige croisait nerveusement ses longues jambes sous le bois laqué de la table de conférence. Elle n'était pas faite pour les réunions marathons aux ordres du jour interminables. Plus le type en costard au front dégarni et la présentation PowerPoint s'éternisaient, plus sa nervosité montait. Elle avait des choses à faire et ce n'était pas en écoutant une bande de bouffons saliver à n'en plus finir sur la meilleure façon de booster l'audience d'une émission déjà ultra populaire qu'elle allait avancer dans sa to-do-list.

— Ce qu'il nous faudrait vraiment, c'est que Gannon montre un peu d'émotion, annonça le costard. Sur le slide suivant apparut le visage du dieu du sexe Gannon King à côté d'un graphique. Paige était à peu près certaine qu'aucune des rares femmes présentes dans la salle ne regardait le graphique.

— Voilà ce que le public féminin réclame.

— Vous ne parlez pas du genre d'émotion pour laquelle on le connaît, n'est-ce pas ?

Eddie Garraza, l'homme assis à la droite de Paige, était le producteur exécutif et le leader de cet immense cirque qu'était l'émission de télé-réalité « Les Rois de l'immobilier ». Dans une salle pleine de costumes de marque et de paires de chaussures qui valaient plus que la voiture de la plupart des gens, Eddie portait son éternel pantalon chino et une chemise mal repassée. Ses fidèles mocassins tapaient continuellement contre le sol.

Paige toussa pour dissimuler son ricanement.

La seule émotion qu'exprimait Gannon King était une humeur explosive susceptible de tuer quiconque se trouvait dans un rayon d'une centaine de mètres. Travailleur du bâtiment de profession, c'était un orfèvre de la menuiserie et chaque meuble qu'il fabriquait était une véritable œuvre d'art. Les téléspectatrices vouaient un culte au torse nu de Gannon mais Paige salivait sur les meubles, pas sur l'homme qui les créait. Malheureusement, ce talent s'accompagnait d'un tempérament exécrable, pinailleur, entêté, qui retardait souvent les tournages et mettait Paige hors d'elle.

— On veut voir son côté humain. Cat fait d'excellentes audiences mais Gannon a besoin de s'adoucir un peu. Les téléspectateurs vont adorer.

Tout aussi attirante et talentueuse, Cat King était la sœur jumelle de Gannon. Plus jeune de deux minutes, elle partageait avec lui des yeux noisette et de longs cils, mais ses kilomètres de tresses blond californien contrastaient avec la chevelure brune et généralement rasée de son frère. Quand il était corrosif, Cat était douce. Quand Gannon cherchait l'affrontement, elle travaillait au compromis. Malgré cet air de famille troublant, le lien de parenté qui les unissait était difficile à croire.

— Paige.

L'homme en Hugo Boss trop serré – Raymond ? Ralph ? – la désignait avec la télécommande.

— Vous avez eu quelques accrochages avec Gannon. On compte sur vous pour le titiller et pour filmer tout ça. Vous savez qu'il adore les gosses. Poussez-le dans ses retranchements. Je vous offre 5 000 dollars si vous arrivez à lui tirer une larme devant la caméra.

Elle hocha la tête comme pour dire qu'elle avait entendu ce qu'on lui demandait sans accepter quoi que ce soit pour autant.

C'était vrai. Il y avait eu pas mal de disputes entre eux sur le plateau pendant la première saison de cette émission de télé-réalité de rénovation de maisons. Gannon semblait savoir instinctivement sur quel bouton appuyer pour la faire sortir de ses gonds. Aux vues du succès immédiat de l'émission, la chaîne avait commandé une deuxième saison de douze épisodes, ce qui lui donnait tout le temps de pousser la confrontation avec lui.

Si elle avait été ce genre de productrice.

Mais même si elle aurait bien eu besoin d'une prime de 5 000 dollars, elle n'allait pas piéger Gannon, le pousser à bout ou jouer sur sa corde sensible pour le plaisir. C'était peut-être un connard, mais c'était un connard extrêmement talentueux. Et au fond de son cœur, elle avait un certain respect pour la haine ouverte qu'il vouait aux « conneries de la chaîne ».

Hors de question de le lui avouer bien entendu.

Sous la table, Eddie lui piqua la cuisse avec le capuchon de son stylo à bille. « Nous ferons de notre mieux », répondit-il à Raymond-Ralph, le visage impassible, tandis que les doigts de Paige couraient sur le clavier pour prendre des notes.

Derrière les lunettes à monture métallique qu'il portait sans discontinuer depuis le milieu des années 1990, Eddie ne laissait jamais deviner ce qu'il pensait. Il parlait franchement et savait quand une bataille ne valait pas la peine d'être menée. C'est pourquoi, dans une industrie remplie d'aspirants à la jeunesse éternelle, Eddie arborait une chevelure argentée et ne s'était jamais approché d'une aiguille de Botox.

La présentation se poursuivit et le regard de Paige se perdit dans le paysage new-yorkais derrière les parois de verre. Ils étaient en centre-ville, au sixième étage du siège de la société de production. Summit-Wingenroth pouvait passer pour une entreprise avec une histoire longue et respectable derrière elle, mais elle avait été fondée cinq ans auparavant par une ancienne star de la télé-réalité et elle prospérait en pondant des dizaines d'émissions à peine scénarisées pour les chaînes de télévision.

De toutes les émissions produites par la société, les Rois était la seule que Paige pouvait supporter. L'émission aidait les gens et pour elle, c'était ça l'objectif. Pour Summit-Wingenroth, c'était un programme racoleur qui servait à vendre de la publicité et à laver le cerveau des télé-spectateurs.

La double porte de la salle de conférences s'ouvrit en grand, attirant tous les regards. Gannon King, plus grand que nature, entra à grandes enjambées dans la salle. Cat se faufilait dans le sillage de son frère en souriant chaleureusement à tout le monde. Raymond/Ralph passa au slide suivant et le visage de Gannon disparut derrière un nouveau tableau de données démographiques. Paige reporta son attention sur l'écran de l'ordinateur face à elle et se refusa à regarder Gannon.

C'était le genre d'homme qui vous ôtait toute concentration dès qu'il entrait dans la pièce. Il était bâti comme un dieu nordique. Ses épaules larges et ses pectoraux musclés surmontaient un abdomen ferme qui déclenchait un nouveau tweet chaque fois qu'il enlevait sa chemise devant la caméra. Le polo gris qu'il portait ce jour-là était tendu sur sa poitrine et moulait son impressionnante carrure. Une tresse de cordelettes en cuir s'enroulait autour de son poignet gauche.

Aussi ébouriffés que d'habitude, mais savamment étudiés, ses cheveux étaient un peu plus longs que lors de la saison précédente. Paige se mordit la lèvre. Elle était la productrice de terrain de l'émission, pas une groupie transie. Et face à elle se trouvait la créature narcissique qui empoisonnait sa vie.

— Voilà nos stars.

Le ton du costard était on ne peut plus ironique et faux, si bien que Paige eut du mal à ne pas lever les yeux au ciel.

— Désolée de vous interrompre, dit Cat sans une once d'excuse dans la voix. Comme on était dans le quartier on s'est dit qu'on allait faire un saut.

— Vous êtes les bienvenus. On était en train de passer en revue les données démographiques.

Et les moyens de faire pleurer ton frère devant la caméra, ajouta Paige dans sa tête.

Gannon ignora tout le monde et se dirigea vers la machine à café. Il se servit une tasse – un café noir – et s'appuya contre le comptoir. Cat prit place en bout de table et fixa l'orateur avec ravissement jusqu'à ce qu'il prenne une teinte fuchsia et qu'il bégaye sur le mot « audimat ».

Paige sourit. Cat était une experte quand il s'agissait de manipuler les hommes. Ce qui pouvait passer pour un joli sourire et un air compatissant était en fait une manœuvre délibérée pour désarmer l'adversaire et obtenir ce qu'elle voulait. Plus on la sous-estimait, plus elle avait de chances de s'en tirer avant que ses victimes ne réalisent ce qu'il leur arrivait. Paige se demanda ce que Cat pouvait bien avoir en tête cette fois-ci.

Souriant toujours, elle jeta un coup d'œil en direction de Gannon et se maudit en constatant qu'il l'observait. Il dut croire à une invitation car il fit le tour de la table pour venir prendre place sur le fauteuil à côté d'elle.

Sa cuisse effleura l'avant-bras de Paige lorsqu'il s'assit. Elle retira immédiatement son bras de l'accoudoir et posa sa main sur ses genoux. Une fois assis, il retroussa ses manches, révélant le début de son nouveau tatouage, et se cala dans son fauteuil en se rapprochant de Paige.

Elle sentit son odeur de sciure et remarqua qu'il portait ses bottes de travail. Il avait probablement passé la plus grande partie de la matinée dans son atelier de Brooklyn avant que Cat ne le traîne jusqu'ici.

Pourquoi fallait-il qu'il soit beau à tomber et si talentueux ? C'était si injuste.

Il se rapprocha encore un peu d'elle. « Qu'est-ce qui est injuste ? » murmura-t-il. Elle sentait son souffle chaud dans son cou. Tournant la tête pour le regarder, Paige découvrit qu'il était beaucoup trop proche. Et il lisait dans les pensées, maintenant ?

Il fit un signe de tête vers l'écran de son ordinateur.

C'est injuste. C'est injuste.

Merde. Son inconscient essayait de se manifester. Paige se mordit l'intérieur de la joue. Elle haussa les épaules.

— Je travaille mon canal carpien.

Elle remua les doigts pour donner du poids à son mensonge.

— Bien sûr, princesse.

Son petit sourire montrait clairement qu'il n'était pas dupe. Et le « princesse » fonctionnait à tous les coups avec elle. Il l'appelait comme ça depuis le jour où une averse imprévue l'avait trempée jusqu'aux os la saison précédente. L'une des volontaires avait le sac de sport de sa fille avec elle et elle avait prêté une tenue de rechange à Paige. Celle-ci avait passé le restant de la journée dans un short de volley et un tee-shirt trop serré barré d'un grand « Princesse » sur la poitrine. Depuis que Gannon avait compris à quel point ce surnom l'exaspérait, il s'appliquait à l'utiliser régulièrement.

Paige effaça les dernières lignes et s'efforça de se concentrer sur la réunion, qui abordait enfin le sujet crucial : les familles qui allaient participer à l'émission cette saison.

— Notre première famille de la saison est la famille Russ.

Un slide montrant un couple plus tout jeune entouré d'enfants de tous âges remplit l'écran.

— Phil et Delia Russ ont trois enfants et neuf petits-enfants.

Il passa au slide suivant qui montrait l'extérieur d'un bâtiment commercial banal.

— Il y a vingt ans, ils ont ouvert une soupe populaire dans leur ville et depuis ils y ont servi près d'un million de repas. Toute la famille y est encore bénévole.

Un autre slide. Dans un bureau miteux, les Russ acceptaient un chèque géant que leur remettaient deux hommes en costume.

— Il y a cinq ans, ils ont intégré à leur activité un service d'insertion professionnelle. Nous avons donc d'anciens sans-abri prêts à se porter volontaires, tous les enfants et petits-enfants seront là, et le reste de la communauté est d'accord. Ça sera larmoyant à souhait. Parfait pour ouvrir la saison.

Paige omit volontairement le « larmoyant à souhait » dans ses notes.

— Nous n'avons pas reçu les dernières informations sur l'ampleur exacte de la rénovation. Je vous enverrai une description complète du projet dès que je l'aurai, intervint Paige.

Gannon se racla la gorge et tous les regards se tournèrent vers lui.

Il s'enfonça dans son fauteuil et pivota vers l'écran.

— Mes hommes ont contacté les équipes locales et la direction de l'urbanisme du comté. Il y a assez de place à l'arrière pour ajouter une annexe qui permettra de faire une grande chambre au rez-de-chaussée, et ensuite on pourra remanier l'avant pour créer un espace ouvert. Les problèmes sont le toit et l'électricité qui a quarante ans. Il faudra refaire les deux. Les permis ne devraient pas poser de soucis.

Gannon King prenait la parole lors d'une réunion. De lui-même. Et pour dire des choses utiles. Un petit miracle… Bien sûr, il la faisait aussi passer pour une idiote incompétente.

Les trois femmes autour de la table étaient suspendues à ses lèvres. La demi-douzaine d'hommes hochaient la tête intensément comme s'il venait de prononcer le discours de Gettysburg. Paige jeta un coup d'œil à Gannon qui haussa un sourcil et ouvrit les mains.

— Je peux être gentil, princesse, dit-il à voix basse.

— Je n'ai jamais dit le contraire.

— Je t'entends d'ici me juger.

Imbécile. Ça, elle était sûre qu'il ne l'avait pas entendu.

— Je veux bien admettre que je te juge si tu arrêtes de m'appeler princesse.

Gannon se pencha vers elle. Trop près, encore une fois. Il y avait dans ses yeux des paillettes d'or qui accrochaient la lumière. La cicatrice en travers de son sourcil lui donnait un air dangereux.

— Jamais.

CHAPITRE 2

Une fois la réunion terminée, l'estomac vide de Paige commença à se manifester. Par ailleurs, elle mourait d'envie de s'éloigner de Gannon. Un coup d'œil à sa montre lui indiqua qu'elle avait une demi-heure pour trouver quelque chose à avaler avant qu'Eddie et elle ne rencontrent le régisseur général qui devait leur donner des détails sur les trois premières émissions.

Elle se leva pour ranger son ordinateur et ses papiers, mais Gannon resta assis à ses côtés. Elle sentit son regard posé sur elle et s'efforça de l'ignorer mais elle finit pas craquer.

— Tu as besoin de quelque chose ? demanda-t-elle sèchement. Il sourit.

— Je ne t'ai jamais vue en jupe. C'est... joli, dit-il en parcourant son corps du regard.

Gannon l'avait vue dans toutes sortes de vêtements mais jamais en tenue de bureau. Sur la route, l'uniforme de l'équipe, c'était jeans, tee-shirts et un nombre indéterminé de couches de vêtements qu'on pouvait ajouter ou enlever. En tournage, Paige s'estimait heureuse si elle trouvait le temps de mettre du mascara avant de filer sur le plateau à l'aube. Il y avait certains avantages à rester derrière la caméra.

Les picotements sur sa peau lui indiquaient que ses jambes auraient rougi sous son regard si elles l'avaient pu. Elle résista à l'envie de tirer sur sa jupe crayon.

— Je suis ravie d'avoir ton approbation. On se voit là-bas, dit-elle froidement.

Elle se précipita vers la sortie à une allure qui – espérait-elle – indiquait qu'elle était très occupée et non qu'elle courait se mettre à l'abri. Elle sentait son regard la transpercer à chaque pas qu'elle faisait.

— Paige ! Cat la rattrapa à la porte. Hé, tu veux déjeuner avec moi ?

Paige jeta un coup d'œil à sa montre.

— Qu'est-ce qu'on peut manger en vingt-cinq minutes ?

Cat fronça le nez puis son visage s'éclaira.

— Hot-dog, lancèrent-elles à l'unisson.

Paige éclata de rire.

— Et ton frère ?

La porte de la salle de conférences se refermait derrière elles, mais elle eut tout juste le temps d'entendre la voix de Gannon grommeler deux mots qui lui donnèrent des frissons. « Meeghan Traxx. »

— Il a des affaires à régler, répondit Cat. Allez, viens, on va s'enfiler des cochonneries et se raconter notre vie.

Paige fourgua son sac et ses papiers dans un box vide et elles s'engouffrèrent dans l'ascenseur. Elles trouvèrent un stand au coin de la rue et se dirigèrent vers le parc, leurs hot-dogs à la main. Le soleil du début de printemps était bon pour le moral de Paige.

— Mon Dieu, quel délice, s'exclama Cat.

Paige grogna de bonheur tout en mâchant une grosse bouchée de choucroute.

— Je ne comprends pas comment tu peux manger comme ça et ressembler à ça, grommela Paige. Cat dépassait d'une demi-tête le mètre soixante-dix de Paige et elle avait le corps d'une ballerine.

— Pardon ! Tu t'es vue ?

— Oui, et je vais passer une heure et demie à la salle de sport ce soir à regretter ce hot-dog. Alors que toi, tu vas probablement rentrer chez toi et t'enfiler deux kilos de fettuccine.

Cat tapota sur son ventre plat et ajouta : « De bons gènes et de la chirurgie esthétique. »

— Quelle menteuse, accusa Paige.

— On m'a garanti que ça finirait par me rattraper et que je ressemblerai alors à l'adorable boulette de viande italienne qu'est ma Nonni.

— Du moment que ça s'équilibre à la fin, conclut Paige avec philosophie.

Cat l'assaillit de questions tandis qu'elles marchaient et mangeaient.

— Alors, comment se sont passées tes vacances ?

— Très bien. Et les tiennes ?

— Folles et mouvementées mais géniales. Tu as rencontré quelqu'un ?

Paige leva les yeux au ciel.

— Je prends ça pour un gros non.

La queue-de-cheval blond platine de Cat se balançait au rythme de ses pas. Avec son jean moulant et ses bottes à talons, elle semblait sortir tout juste d'une séance photo.

— Tu vois à quoi ressemble ma vie. Je n'ai pas de temps pour les hommes.

Paige fit une boulette avec sa serviette et la jeta dans une poubelle au passage. Cat engloutit la dernière bouchée de son hot-dog.

— Tes priorités n'ont aucun sens.

— Je ne comprends rien à ce que tu me dis avec toute cette viande que tu te fourres dans la bouche, dit Paige pour la taquiner.

— Oh ! Cat lui tapa dans la main. Bien joué, meuf ! Maintenant, revenons à mon sujet qui était de te pousser à sortir avec quelqu'un ou au moins à te taper quelqu'un. Tu es jeune et belle, Paige. C'est un crime de garder tout ça – elle fit un geste en direction de la poitrine de Paige – « caché ».

— Tu es ridicule. Dis-moi que tu n'as personne en ce moment, s'il te plaît.

Cat avait l'habitude de tomber follement amoureuse de mecs médiocres qui finissaient toujours pas lui briser le cœur ou la rendre folle. Ce cycle durait généralement trois semaines et, si ça se produisait pendant le tournage, c'était un désastre.

— Non. Mama traverse une période de sécheresse. Tu veux qu'on se mette ensemble ?

— Ce serait en effet plus pratique sur la route, songea Paige. De quel côté du lit tu dors ?

— Au milieu.

— Alors ça ne pourra pas marcher. Je n'aime pas être à l'étroit sous les couvertures.

Cat soupira.

— Très bien. Je me remets aux hommes. Aussi suspicieux et imprévisibles soient-ils.

— En parlant d'imprévu, qu'est-ce que Gannon et toi êtes venus faire dans cette réunion de production ?

— On veut faire pression pour obtenir une augmentation pour l'équipe de production et pour nos gars.

— Mon découvert vous remercie, commenta Paige.

Gannon et Cat avaient de grands principes sur la distribution des richesses. La société de production leur avait proposé à tous deux des augmentations astronomiques pour la deuxième saison et Paige n'était pas surprise qu'ils veuillent s'assurer que tout le monde soit bien traité.

— J'ai entendu Gannon parler de Meeghan quand on est sorties.

Cat fit le geste de vomir.

— Dégueu, ne parlons pas de ce lamentable spécimen d'être humain siliconé.

Meeghan Traxx était la plus grande star de la chaîne. Ses cheveux étaient les plus blonds, ses seins les plus gros et son ego notoirement surdimensionné. Décoratrice, animatrice de deux émissions différentes, c'était aussi la petite amie de Gannon King.

Sur un tournage, les gens parlent. Paige en avait assez entendu sur Meeghan pour savoir qu'elle était considérée comme un monstre, sur le plateau comme en dehors. Aussi odieux que Gannon puisse être, même lui ne méritait pas Meeghan.

— Est-ce qu'elle vient à vos réunions de famille ? Est-ce qu'elle a apporté un accompagnement de patates douces plaquées or pour le repas de Thanksgiving chez les King ? demanda Paige.

Cat renifla.

— Dieu merci, non ! Il ne l'a jamais présentée. Gannon n'a même jamais parlé d'elle. Ce qui est une bonne chose parce que s'il avait été là, genre « Meeghan est tellement géniale », moi ça aurait été genre « Je t'emmène aux urgences pour faire un scanner parce que tu as manifestement un traumatisme crânien. »

Paige rit.

— Je viens tout juste de comprendre à quel point tu m'as manquée.

Cat passa un bras autour de ses épaules et la pressa contre elle.

— Pareil pour moi, bébé.

— Oh mon Dieu ! C'est vraiment vous !

Une femme en jogging rose venait de pousser un cri perçant en agitant les mains. « Mon mari ne va pas le croire ! Cat King se promène dans le parc comme n'importe qui. » Elle se mit à fouiller dans son immense sac à main.

Cat fit un clin d'œil à Paige.

— Ça fait toujours plaisir de rencontrer une fan de l'émission. Vous voulez une photo ?

La femme sortit triomphalement son téléphone des profondeurs de son sac.

— J'adorerais, dit-elle en fourrant le téléphone dans les mains de Paige. Votre frère est là ?

La vitesse à laquelle la tête de la femme pivota d'un côté à l'autre aurait suffi à provoquer un torticolis.

— Non, je suis toute seule aujourd'hui.

— Ça vaut sans doute mieux. Je m'évanouirais si je le rencontrais, dit la femme en soupirant.

Paige sourit tandis que Cat se prêtait de bon cœur à une accolade qui frôlait l'étranglement. Elle prit quelques photos en s'assurant de capturer l'excitation du moment, et Cat sous son meilleur jour.

La femme délivra Cat et fit aussitôt défiler les photos.

— C'est incroyable ! ajouta-t-elle avant de déguerpir sans jeter un regard en arrière.

Cat sourit.

— Combien de temps avant qu'elle se rende compte qu'elle n'a pas dit au revoir ?

— Deux pâtés de maisons, prédit Paige.

Ce n'est qu'au milieu de la première saison de l'émission que les King avaient commencé à avoir du succès, donc la célébrité était encore fraîche pour eux.

— Est-ce que ça te fait toujours autant plaisir d'être reconnue dans la rue ? demanda Paige.

Cat haussa les épaules en répondant :

— J'ai signé pour ça. Autant prendre les choses du bon côté.

— Tu t'en tires mieux que ton frère.

Après la première saison, Gannon avait eu une altercation avec un paparazzi agressif qui harcelait Cat lors d'une cérémonie de remise de prix. L'incident avait été filmé et, même si la plupart des commentateurs avaient plutôt salué la réaction du grand frère protecteur, l'histoire avait abîmé la réputation de l'émission.

— Gannon a juste un peu de mal à contrôler ses instincts protecteurs, déclara Cat. Ça n'est pas nouveau.

Elle jeta un coup d'œil à l'énorme montre qui ornait son poignet délicat.

— J'imagine qu'il est temps que tu retournes assister à tes réunions passionnantes.

— Ça va être une bonne saison, soupira Paige.

* * *

Quelques heures plus tard, après quatre réunions, c'est une Paige épuisée qui retrouvait son appartement. Elle enleva ses chaussures à talon et les jeta en direction du canapé. Sa colocataire Becca étant en déplacement pour un tournage, elle ne s'arrêta pas là. La jupe et le chemisier suivirent tandis qu'elle remontait le couloir qui menait à sa chambre. Un lit double et une commode y rentraient à peine mais au moins, c'était chez elle.

Paige se laissa tomber à plat ventre sur le lit et s'étira.

Le tournage commençait la semaine suivante. Ils se rendraient en avion à Columbia, en Caroline du Sud, et auraient 24 heures pour tout préparer et vérifier les autorisations de tournage avant que le chaos commence.

Les journées étaient longues et le travail difficile. Mais c'était une expérience exceptionnelle et il fallait bien reconnaître qu'elle avait toujours les larmes aux yeux quand ils commençaient à remballer après avoir remis les clés à la famille. Même si elle était parfaitement consciente de la quête du profit côté production, elle pouvait être fière de la maison qu'ils offraient aux familles choisies. Bien sûr, elle veillait à ne jamais rien laisser transparaître. Elle était sur le plateau pour faire son travail et pour le faire bien, pas pour parler de ses états d'âme. Eddie comptait sur elle pour que le tournage se passe bien et respecte le budget. Et Gannon King la défiait à chaque instant.

Elle soupira dans son oreiller. Bientôt, cette expérience lui servirait pour une chose bien plus importante, plus personnelle. Et loin, très loin de Gannon.

CHAPITRE 3

Les Russ lui faisaient penser à un Monsieur et une Madame Noël de Caroline du Sud. Les cheveux blancs ondulés, les joues rouges, ces deux-là avaient un sourire vissé au visage. La joie semblait d'ailleurs génétique, se répercutant sur les deuxième et troisième générations. La maison était bien remplie et Paige devait maîtriser ce chaos.

— Laissez-moi vous expliquer l'organisation de demain, dit-elle en remettant à Phil et Delia un exemplaire d'une feuille de service rédigée tout spécialement pour les non-initiés. « On arrivera vers sept heures pour tout mettre en place, de façon à commencer le tournage au plus tard à huit heures. Ça veut dire qu'on a besoin de tout le monde – elle balayait de son index le salon bondé – ici-même à sept heures et demie quand Gannon et Cat viendront frapper à la porte. »

La scène de la « surprise » était un moment de téléréalité complètement factice. Les familles savaient déjà qu'elles avaient été choisies par l'émission. Elles avaient déjà passé des heures au téléphone avec divers producteurs et assistants pour préciser les détails de leur histoire et les problèmes à résoudre dans leur maison. Dans les vingt-quatre heures précédant le tournage, elles avaient travaillé avec d'autres membres de l'équipe pour emballer les objets qui n'étaient pas nécessaires au tournage et qui risquaient de gêner. Tout était expédié dans un entrepôt local pour la durée du tournage.

Paige demandait aux familles de se présenter à la maison à l'heure prévue afin de pouvoir ouvrir la porte avec l'enthousiasme qui s'imposait. La production entretenait un pauvre effet de surprise en s'assurant que la première rencontre entre les familles et les King soit filmée et que la foule de volontaires qui apparaissait au même moment soit composée de nombreux amis et voisins, tous prévenus à l'avance.

Ça représentait beaucoup de travail pour une scène tournée à douze reprises et diffusée en deux minutes.

— O.K., les enfants, dit Paige en se tournant vers les petits présents dans la pièce. Demain, on va avoir besoin de voir vos plus belles grimaces de surprise.

Elle désigna une petite fille au coude écorché et au nez parsemé de taches de rousseur et ajouta :

— Molly, montre-moi ta grimace de surprise.

Molly s'exécuta avec une expression de choc total, et Paige applaudit.

Un petit garçon aux yeux couleur denim lui tira la main. Il avait un visage incroyablement mignon, avec ses grands yeux et ses joues rondes. Il finirait forcément à l'écran.

— Tu vas réparer la maison de Pop-Pop ?

Paige s'agenouilla.

— C'est l'idée, Trevor. Est-ce qu'il y a quelque chose en particulier que tu penses qu'on devrait réparer ?

Il acquiesça, plein de sérieux.

— Pop-Pop aime le pop-corn.

Paige se pinça les lèvres pour s'empêcher de ricaner.

— D'accord. Alors du pop-corn pour Pop-Pop.

Une brune élancée avec un sweat-shirt de l'équipe des Gamecocks les rejoignit en riant. Paige se creusa la tête pour retrouver son nom. *Susan.* La deuxième des trois enfants de Phil et Delia.

— Quand Trevor passe la nuit chez Pop-Pop et Mamie, ils font du pop-corn et regardent des films. Mais la machine à pop-corn de Papa s'est cassée le mois dernier alors maintenant ils se retrouvent avec des sachets à mettre au micro-ondes.

— C'est dégoûtant, soupira Trevor.

Paige acquiesça.

— Bon, je vais voir ce qu'on peut faire pour résoudre le problème du pop-corn de Pop-Pop. Trevor, qu'est-ce qui se passe quand tu vois les caméras ?

— Je fais comme si elles n'étaient pas là, récita Trevor.

— Très bien. Dernière chose alors – le plus important – quel genre de grimace de surprise tu peux me faire ?

Son air sérieux laissa place à une expression de terreur, les yeux écarquillés, la bouche grand ouverte.

— Je crois que ça c'est la surprise qui fait *peur.* Est-ce que tu peux me faire la *bonne* surprise ?

* * *

Paige rentra au motel avant vingt-trois heures et jugea que sa journée avait été un succès. Tout le monde était briefé. Tout ce qui n'était pas nécessaire avait été envoyé chez Big Bob, garde-meuble climatisé. Et l'équipe locale était prête à commencer la démo dès qu'elle aurait le feu vert. Ils étaient aussi prêts que possible, même si elle savait d'expérience que chaque tournage était voué à tourner au désastre, quel que soit le degré de préparation.

Elle se débarrassa de ses vêtements de la journée et enfila un short de nuit et un débardeur avant de repousser les couvertures et de se caler contre les oreillers avec son ordinateur portable sur les genoux.

Paige vérifia une dernière fois la feuille de service et répondit à quelques mails qui lui étaient parvenus pendant qu'elle était sur le plateau. Elle vérifia l'heure et envoya un message à Cat.

Bien arrivée au motel ?

La réponse fut instantanée. *J'y suis, prête à faire la fête !*

Tu ferais peut-être mieux de te coucher. On commence tôt demain.

Oui Maman.

Paige sourit. Certains considéraient que son vrai boulot, c'était baby-sitter. Elle, elle se voyait comme la « gardienne des détails ». Elle était en train de vérifier une dernière fois les documents à distribuer à chacun demain matin et de mettre à jour ses notes quand son estomac se fit entendre.

Le sandwich au poulet qu'elle avait englouti en moins de deux minutes était bien loin. Elle ignora sa faim et se leva pour faire l'inventaire de son sac. Chargeur de téléphone, pansements, appareil photo et chargeur, stylos, papier, iPad et chargeur, 50 dollars en liquide et une carte de crédit de la société, chaque chose à la place où elle devait être.

Le grondement suivant fut suivi d'une douleur sourde. Paige soupira. Un passage au distributeur automatique dès le premier soir n'augurait rien de bon pour la saison diététique qu'elle s'était promise, mais elle ne pouvait pas aller se coucher sans faire taire les protestations de son estomac.

Elle attrapa sa clé et son porte-monnaie et foula l'écœurante moquette orange et rouge du couloir jusqu'à la machine.

Elle avait le choix entre des crackers au beurre de cacahuètes et un sachet de pop-corn. Paige opta pour le second en l'honneur de Pop-Pop. Elle avait déjà envoyé un mail pour savoir s'il restait un peu de budget pour une machine à pop-corn comme dans les cinémas.

Elle se pencha pour dégager le sac de la machine.

— Et bien, ne serait-ce pas celle qui passe son temps à expliquer que ces machines sont pleines de poisons ?

Paige sursauta et se retourna.

Gannon était appuyé contre l'encadrement de la porte. Il portait une veste en cuir sur un jean et un tee-shirt ajustés. Ses cheveux étaient maintenant rasés.

Elle fronça les sourcils et croisa les bras sur sa poitrine, se sentant tout à coup très nue.

— Tu viens seulement d'arriver ? demanda Paige, passablement agacée.

Gannon avait la fâcheuse habitude de jouer avec les limites des emplois du temps millimétrés de Paige.

— Je suis là, c'est tout ce qui compte. Et ne change pas de sujet.

Il avança et lui prit le pop-corn des mains. Il ouvrit le sachet, en prit une grosse poignée et lui tendit le reste.

— Je te surprends ici après avoir passé l'année dernière à t'écouter faire la leçon à tout le monde sur les dangers de la nourriture des distributeurs automatiques.

Paige eut la bonne idée de prendre un air coupable.

— On a fini tard et je n'ai pas eu l'occasion de faire des provisions d'en-cas non toxiques.

Gannon goba un pop-corn.

— Alors comme ça tu es humaine, princesse !

Il sortit sans un regard en arrière.

— On commence tôt demain, cria Paige dans sa direction. Ne sois pas en retard !

CHAPITRE 4

Il était arrivé en retard. Pas assez pour déranger le programme mais assez pour que Paige lui décoche son regard de princesse des glaces quand il débarqua d'un pas nonchalant avec deux douzaines de donuts pour l'équipe. Gannon dissimula son sourire lorsqu'elle lui tourna le dos et partit en trombe, indignée.

Il n'était pas le connard pour lequel il aimait se faire passer mais qu'est-ce qu'il adorait la mettre à cran ! Les convocations par un petit matin glacial, les longues heures sous la pluie et dans la poussière de placo devenaient plus supportables quand il voyait apparaître le petit tic dans sa mâchoire, la flamme dans ses yeux bleus.

Mais elle ne se laissait jamais emporter par sa colère et ça le fascinait. Gannon était issu d'une famille italienne bruyante et sanguine où l'on n'avait pas peur de casser une assiette pour se faire entendre. Paige, en revanche, étouffait systématiquement toute émotion et, avec une efficacité froide, elle le faisait danser comme une putain de marionnette.

Il s'arrêta pour examiner la façade de la maison dont ils ne laisseraient que les fondations. Cette bâtisse défraîchie de deux étages coincée entre deux autres maisons, c'était exactement le genre de projet qu'il adorait. Les gouttières affaissées, le revêtement défraîchi, les bardeaux manquants et, d'après ses souvenirs des photos de l'intérieur, une décoration qui rendait un hommage atroce aux années 1970, trahissaient l'âge de la maison.

La modeste taille du terrain serait un problème, songea-t-il. Mais les voisins de part et d'autre adoraient la famille Russ et ils s'étaient portés volontaires pour aider, ce qui signifiait *a priori* qu'ils ne se plaindraient pas du bruit. Et puis, Paige avait réussi à obtenir de quoi loger les deux familles à l'hôtel pendant la semaine du tournage.

Gannon trouva sa sœur blottie sous plusieurs couches de laine, sirotant un café dans un fauteuil. Elle parcourait la feuille de service de la journée tandis qu'une partie de l'équipe était affairée à poser des câbles et à monter des structures temporaires autour d'elle.

— Salut Cat, dit-il en ouvrant la boîte de donuts. Il vit les yeux de sa sœur s'illuminer quand ils tombèrent sur un Boston crème.

— Meilleur frère de tous les temps, s'exclama-t-elle avant de mordre dans la brioche. Elle jeta un œil à sa montre et ajouta :

— Tu es en retard alors que tu étais prêt quand je suis partie tout à l'heure. Tu aurais pu venir avec moi.

Il haussa les épaules, tout innocent.

— J'avais des donuts à récupérer.

— C'est le premier jour de tournage et tu tortures déjà notre pauvre Paige, protesta Cat. Pourquoi tu t'en prends à elle ?

— Elle est trop coincée. Le jour où je réussirai à la pousser à bout, là, elle devra me hurler dessus et me traiter de connard en face au lieu de le dire dans sa tête et de faire son numéro de princesse des glaces.

— Donc elle te plaît beaucoup, ironisa Cat.

— Pas du tout !

Paige ne lui plaisait pas. Son regard se posa sur elle, alors qu'elle semblait retrouver ses esprits en compagnie de l'entrepreneur local recruté pour le projet et d'un assistant de production. Ses cheveux – d'un brun profond, coupés au carré à la hauteur du menton – étaient tirés en arrière en une queue-de-cheval épaisse qui dépassait d'une casquette de base-ball fatiguée. Elle portait un jean, des bottes de travail et un coupe-vent informe, probablement par-dessus l'un de ces tee-shirts qu'elle affectionnait.

— Eh bien, c'est sans doute mieux ainsi car on dirait qu'elle fait beaucoup d'effet au fils de l'entrepreneur et j'adorerais la voir se taper quelqu'un, ajouta Cat.

Gannon tourna la tête à une vitesse impressionnante. Il regarda le gringalet en jean déchiré et en polaire Clawson Construction qui s'approchait de Paige en se pavanant. Il n'entendait pas leur conversation mais le type faisait rire Paige, et elle le regardait avec des lumières dans les yeux comme si c'était un putain de clown.

— Ouais, heureusement qu'elle ne te plaît pas, dit Cat, en sautant de son fauteuil pour le bousculer gentiment.

Gannon grommela quelque chose et entreprit de s'immiscer dans cette petite conversation. Il était l'animateur de l'émission. Il devait savoir ce qui se tramait. Il enjamba des câbles et contourna l'un des deux assistants de production.

— Salut, Mike, c'est bien ça ? dit-il en tendant la main à un grand gaillard barbu, l'entrepreneur. Je suis Gannon. On s'est parlé au téléphone.

La main de Mike, grosse comme un jambon, se referma chaleureusement sur la sienne.

— Heureux de vous rencontrer enfin, monsieur King, dit Mike avec le sourire d'un authentique lève-tôt.

— Pas de monsieur King entre nous, appelez-moi Gannon.

— Je disais justement à Paige combien nous étions impatients de commencer. Les Russ sont de grands amis, des gens bien.

— Eh bien, Paige veillera à ce que nous fassions du bon travail pour vos amis, promit Gannon en passant un bras autour des épaules de Paige et en l'attirant contre lui. Elle se raidit à son contact. Il continue :

— C'est une extraordinaire marionnettiste du chaos.

— Elle nous a déjà beaucoup impressionnés, acquiesça Mike. Voici mon fils, Brandon, dit-il, désignant le type en polaire.

— Brandon, salua Gannon en lui tendant la main. Paige et moi nous réjouissons de travailler avec vous. Clawson Construction a une solide réputation.

— À quoi tu joues ? siffla Paige en se dégageant tandis que les Clawson rejoignaient leur équipe.

— Comment ça ? demanda Gannon, innocemment.

Elle ne répondit pas. Quelqu'un parla dans l'écouteur de son casque. Paige ajusta son micro et annonça qu'elle arrivait tout de suite.

— Tiens-toi à carreau, dit-elle en enfonçant son index dans la poitrine de Gannon.

* * *

Avant de commencer à tourner, l'équipe de production fut réunie avec l'équipe des travaux et celle de King. Le réalisateur, Andy Sanders, expliqua à tout le monde quels étaient les objectifs de la matinée, puis Paige prit son équipe à part pour parler des points les plus délicats. C'était une bonne équipe, une équipe solide. Les émissions de télé-réalité itinérantes ne pouvaient pas se permettre les dépenses ou les prises de tête d'une grande équipe de tournage, ce qui signifiait que la plupart des gens occupaient deux ou trois postes différents.

Ils avaient trois cadreurs, Tony, Ricardo – dit Rico – et Louis. Felicia était la mixeuse son, avec vingt ans de métier derrière elle. Mel et Sam étaient l'assistante et l'assistant de production, tout frais émoulus, qui assuraient également les fonctions d'assistant caméra et coursier.

Paige gérait tout le reste, à la fois coordinatrice de production et assistante du réalisateur. Andy aimait plaisanter en disant qu'elle en savait plus que lui et que c'était elle qu'il aurait fallu nommer réalisatrice. En fait, ce n'était pas vraiment une blague. Le club très masculin des réals laissait beaucoup de monde à la porte, mais Paige n'avait pas l'intention de se laisser faire. Elle avait quelques idées pour forcer l'entrée.

Le soleil était levé, les Russ et leur famille élargie étaient sur place et prêts à tourner. Après s'être assurée que chacun savait ce qu'il avait à faire, Paige procéda à une dernière vérification avec la famille, réunie dans le salon des Russ. La nervosité se lisait sur tous les visages. Trevor était en larmes. « Je veux la mettre ! » Ses pleurs faisaient encore monter la tension.

— Qu'est-ce qui se passe dans la maison, St. James ? Arrête de pincer les enfants grésilla la voix d'Andy dans son oreille.

— Laisse-moi une minute, murmura Paige avant de couper son micro.

Trevor se dégagea des bras de sa mère et se dirigea d'un pas peu assuré vers Paige.

— Hé, petit gars. Tu es prêt pour le grand jour ? demanda-t-elle.

— Maman dit que ze peux pas mettre ça mais ze dois la mettre ! pleurnicha Trevor.

Le garçon faisait courir ses petites mains sur la ceinture porte-outils en travers de ses hanches.

— Ze vais aider à construire la maison de Pop-Pop !

— Wahou, tu t'es super bien préparé, lui dit Paige.

— Il l'a cachée sous son blouson, soupira sa mère en passant la main dans les cheveux de Trevor. On va faire en sorte qu'il ne la porte pas devant la caméra.

Cette phrase fit repartir les larmes de plus belle.

Paige s'agenouilla sur l'épaisse moquette orange qui vivait ses dernières heures.

— Cette ceinture est géniale et je pense que Gannon va être très impressionné.

Trevor s'essuya les yeux du revers de la main et s'appuya contre la jambe de sa mère, l'air dubitatif et demanda :

— Z'est vrai ?

Paige acquiesça :

— C'est sûr. Mais écoute-moi, puisqu'on est censés te faire une surprise, tu dois faire comme si tu ne savais pas qu'on venait. Et donc tu ne peux pas encore mettre ta super ceinture.

Il fronça les sourcils, songeur.

— Mais quand on fera visiter la maison à Gannon et Cat, je pense que ce serait génial si tu mettais la ceinture pour les aider à faire le tour.

Les yeux de Trevor s'illuminèrent et sa mère murmura tout bas « Dieu soit loué ».

— Est-ce que ça te va ? demanda Paige.

Trevor hocha la tête énergiquement.

— Super ! Alors pourquoi tu ne me donnes pas ta ceinture maintenant et dès qu'on remet les choses en place pour la visite, je te dirai de l'enfiler, d'accord ?

Ses petits doigts détachèrent la ceinture et c'est tout juste s'il ne lui jeta pas à la figure.

— Youhou ! Je vais pouvoir aider ! Hé, Molly ! s'exclama-t-il en courant chercher sa sœur.

Sa mère poussa un soupir.

— Je vous remercie. Vraiment, si ça pose le moindre problème…

— Cette petite frimousse qui montre à Gannon King sa ceinture de menuisier ? Rien de tel pour ouvrir la saison, assura Paige en hochant la tête.

Elle alla ensuite voir Phil et Delia, assis sur le canapé marron et jaune délavé où leur fils aîné s'efforçait de les réconforter. Delia avait une poignée de mouchoirs dans la main.

— Comment allez-vous tous les deux ? On est bientôt prêts à commencer, promit Paige.

Delia se moucha bruyamment.

— J'ai du mal à croire que c'est la dernière fois que nous sommes tous réunis en famille dans cette maison.

Avec un sourire compatissant, Paige s'enfonça dans le canapé à côté d'elle. Elle avait eu droit à cette réaction chez pratiquement toutes les familles que l'émission avait aidées. Ça l'étonnait toujours de voir combien les gens pouvaient se sentir attachés à une maison. Elle n'avait jamais connu ça dans la vaste demeure Tudor de sa mère à Long Island. C'est là qu'elle avait grandi, mais elle ne s'y était jamais sentie chez elle. Elle posa sa main sur celle de Delia.

— Je vous promets que Gannon, Cat et toute l'équipe Clawson feront tout pour que cette maison reste votre chez-vous. Nous allons simplement la rendre plus fonctionnelle et plus sûre pour votre famille. Ce n'est que le début des souvenirs que vous aurez dans cette maison.

Delia serra sa main en la remerciant.

— Ramène tes fesses par ici, St. James, lui ordonna affectueusement Andy dans l'oreille. On est prêts à tourner.

CHAPITRE 5

Il n'y avait rien de plus excitant que le premier « Action » de la saison. Tout le monde connaissait ce frisson, l'équipe, les ouvriers, la famille. Un nouveau départ pour tous. Au fond, le principe de l'émission, c'était de raconter une belle histoire, se dit Paige en regardant Gannon et Cat débouler dans l'allée des Russ au volant d'une Chevrolet customisée, une des exigences du très généreux annonceur.

Cette histoire, c'était ce qui avait permis à Paige de tenir le coup et de continuer l'émission. Tandis que la chaîne et les annonceurs ne cessaient de grignoter la joie qu'elle mettait dans son travail, les familles, les volontaires et les ouvriers avec lesquels elle travaillait le rendaient supportable.

Gannon donna son fameux coup de Klaxon et les Russ surgirent en masse par la porte d'entrée avec l'enthousiasme d'une bande d'écoliers sortant pour la récré. Andy souriait, ce qui était bon signe.

Ils firent cinq autres prises sous différents angles avant qu'Andy ne soit satisfait et qu'ils ne se remettent en place pour la visite de l'intérieur.

Brandon quitta l'espace où il était cloîtré hors-cadre avec le reste de l'équipe Clawson et il la rejoignit sous l'auvent.

— Tu es prêt ? lui demanda Paige.

Il lui sourit et tapota le marteau accroché à sa ceinture.

— Depuis le premier jour !

Trevor se dégagea des bras de sa mère.

— Paige ! C'est l'heure ? cria-t-il en se ruant sur elle.

— Oui, excellent timing, Trevor, lui répondit Paige en attrapant la ceinture qu'elle avait enfilé sur son épaule et l'aida à l'attacher autour de sa petite taille.

— Hé ! J'ai la même ceinture que toi, dit Trevor à Brandon qui était appelé par un collègue.

— Désolé, bonhomme, je dois y aller, dit-il en passant la main dans l'épaisse tignasse de Trevor, et le visage du petit garçon se décomposa.

Paige aperçut Gannon penché sur les plans, l'air soucieux.

— Et si on allait dire à Gannon que c'est toi qui vas l'aider pour la visite ? suggéra-t-elle.

— Ouiii !

Trevor saisit la main de Paige et il trottina avec elle vers l'animateur. Gannon King était un sale con avec la plupart des gens mais il suffisait de lui mettre un enfant dans les pattes pour qu'il devienne charmant, gentil et drôle. C'était l'une des très rares qualités qui le rendaient supportable.

— Dis-moi, tu travailles avec l'entreprise de Construction ? Parce que j'ai une question à propos de ces plans, s'exclama Gannon quand Trevor s'arrêta juste avant de le percuter de plein fouet.

Trevor, les yeux plus grands qu'un personnage de dessin animé japonais, hocha la tête.

Amusé, Gannon leva un sourcil vers Paige. *Dommage que le droit du travail ne me laisse pas trimballer des enfants sur le plateau tout le temps*, se dit-elle.

— Je te présente mon ami Trevor, dit Paige en désignant le gamin soudain très timide. Il va vous aider pour la visite de la maison de ses grands-parents.

Trevor retrouva sa voix et se lança dans une explication sur chacun des outils en plastique qu'il portait à la ceinture. Gannon l'écouta attentivement, acquiesçant sans jamais l'interrompre.

La voix de baryton de Sam retentit dans son casque.

— O.K., la Bête, ta présence est requise à l'intérieur et ramène le bricoleur avec toi.

Paige se toucha l'oreille et fit un signe de tête en direction de la maison, indiquant à Gannon qu'il était temps de laisser le petit.

— Tu sais, petit gars, je crois qu'il manque quelque chose à ta ceinture, dit Gannon à Trevor.

Trevor fit immédiatement tourner la ceinture sur ses hanches pour s'assurer qu'il n'avait pas perdu d'outil.

Gannon saisit le crayon de charpentier qu'il gardait derrière l'oreille.

— Je suis sûr que tu auras besoin de ça.

— Ouahh !

Trevor l'accepta, aussi excité qu'un matin de Noël, et s'élança à toute vitesse en interpellant ses parents :

— Hé ! Maman ! Maman, regarde ! Gannon m'a donné un crayon !

— Dieu merci, j'ai eu peur que tu lui donnes un truc plus tranchant comme un burin, souffla Paige.

— Allons-y, princesse. Je crois qu'on a besoin de nous sur le plateau.

* * *

Le premier jour de tournage se déroula aussi bien que possible. Les Russ avaient été parfaits devant la caméra, délicieusement nerveux et excités, et Cat avait fait à Delia les mêmes promesses que Paige, en plus glamour. Ils retrouveraient une maison familiale prête à accueillir des décennies de nouveaux souvenirs. Le clip de Trevor menant Gannon par la main avec son nouveau crayon coincé derrière l'oreille ferait fondre tout le pays lorsque l'épisode serait diffusé.

Ils bouclèrent le tournage de la visite à seize heures et Paige confia alors la famille aux assistants de production chargés de lui faire quitter les lieux avec quelques dernières paroles réconfortantes. Les enfants Russ et quelques amis de la famille avaient tous contribué à une cagnotte pour envoyer Phil et Delia en croisière pendant sept jours.

À six heures, Paige passait en revue les plans de démolition avec Mike Clawson, tandis qu'une armée de volontaires rangeait le reste du mobilier et des affaires de la famille dans des caisses.

— On ne peut pas toucher à ces pièces parce qu'on a besoin de lumière pour filmer la démolition et ce sont généralement celles qui font le plus d'effet, expliqua Paige à Mike, en indiquant la cuisine et la salle de bains. Mais tout ce que votre équipe pourra faire dans les deux chambres d'amis et la salle d'eau du rez-de-chaussée pendant la nuit nous aidera à rester dans les temps.

— Je vous préviendrai si l'un de nos inspecteurs tombe sur une mauvaise nouvelle lors des fouilles, promit Mike.

— Merci. Vous avez mon numéro ?

Il l'avait. Et son email et le numéro de sa chambre d'hôtel au cas où.

Paige libéra Tony et Louis, vérifia la feuille de service du lendemain, qui avait été distribuée après le déjeuner, et demanda à Sam d'installer la « cabine » d'interview avant de les renvoyer, lui et Mel, chez eux pour la nuit. Rico et Felicia resteraient pour l'aider à filmer quelques heures d'entretiens avec des volontaires. Elle consulta sa liste. Elle avait une dizaine d'entretiens à réaliser. Elle aimait les commencer dès le premier soir, quand tout le monde était encore plein d'énergie. Ainsi, si elle découvrait une histoire qui méritait d'être approfondie à l'écran, ils avaient le reste du tournage pour la développer. Ça faisait toujours une très longue journée de travail, mais le résultat final en valait la peine.

Elle s'installa sous une structure temporaire dressée à côté de la tente de la régie et des sponsors de l'émission. Elle trouvait qu'en tournant de nuit, les gens avaient l'air fatigués et plus vulnérables qu'à la lumière du jour, ce qui créait une tension intéressante pour le spectateur. Elle s'apprêtait à aller chercher la première personne à interviewer quand Gannon déboula en trombe.

— Qu'est-ce que c'est que ces conneries ? demanda-t-il en agitant des feuilles de papier devant sa figure.

— C'est la feuille de service de demain.

— Pourquoi Clawson ne démolit pas la salle de bains cette nuit ?

— Pour la magie de la télévision, répondit-elle calmement.

C'était un éternel sujet de dispute entre eux. Gannon était un vrai professionnel du bâtiment, si bien que les plannings de travail délirants imposés par l'émission lui paraissaient ridicules.

— On serait bien plus avancés demain matin si on leur faisait faire la démo ce soir. Est-ce qu'on a vraiment besoin de voir Cat emmener un énième W.-C. qui fuit ou de me voir encore casser un putain de miroir ?

— Si vous n'étiez pas si bons lors de ces scènes, le public ne voudrait pas les voir. La démolition des King est un des grands moments de l'émission et, pour des raisons de continuité, ça s'insère mieux dans l'épisode de la visite, et ça donne l'impression que la démo commence juste après.

— Ça n'a aucun sens de filmer ça.

Paige restait de marbre malgré la colère de Gannon.

— Si tu regardais la feuille de service au moment où elle est distribuée et non plusieurs heures après, on pourrait encore réagir, mais comme tu es incapable de prendre la peine de la lire à l'avance, voilà ce qui arrive.

— Tu n'es qu'une lèche-botte. Tu n'en as rien à foutre de faire les choses comme il faut, tout ce qui compte pour toi c'est de bâcler le job et d'influencer l'audimat. C'est une perte de temps pour tout le monde.

Ils étaient nez à nez à présent.

— Non, *ça* c'est une perte de temps pour tout le monde.

Paige paraissait calme. Mais à l'intérieur, elle avait envie de prendre le marteau attaché à sa ceinture et de lui fracasser le front.

— Soit tu proposes une putain de solution, soit tu vas piquer ta crise plus loin pour qu'on puisse continuer à travailler. On fait tous de très longues journées et retarder la prod n'aidera personne. Maintenant, si tu veux bien nous excuser, certains d'entre nous ont encore quelques heures de travail devant eux.

Paige tourna les talons et s'éloigna. Rico laissa échapper un petit sifflement tandis qu'il s'amusait à la filmer partant en trombe.

— Ouais, c'est ça, cria Gannon dans sa direction. Tire-toi et trouve-toi quelqu'un d'autre à exploiter, princesse.

Elle entendit un bruit derrière elle et comprit qu'il avait jeté son mètre ruban contre la paroi de la tente. Sans qu'elle sache trop pourquoi, sa crise de colère la fit sourire. Chaque fois qu'il explosait et pas elle, elle considérait ça comme une victoire.

Elle s'occupa des derniers points de sa to-do-list et oublia vite Gannon et ses attitudes de connard. La nuit tomba et Paige mena les entretiens avec la rapidité et l'efficacité qui la caractérisaient. Elle avait débuté comme assistante de production dans une émission de rencontres. Elle savait exactement quelles questions poser pour obtenir des réponses pleines d'émotion et construire de bonnes histoires. Elle connaissait les trucs et astuces pour faire grimper l'audimat. En prenant des volontaires épuisés qui aiment profondément la famille sélectionnée et en appuyant sur les bons boutons, les larmes étaient garanties.

Mais Paige s'était lancé un défi personnel : elle ne voulait pas donner à voir du spectaculaire, elle voulait du vrai. Les volontaires de ce soir étaient ravis de chanter les louanges des Russ et vu l'histoire de la famille, les anecdotes à leur sujet ne manquaient pas.

Paige s'assit hors-champ tandis que Mariel, une femme qui avait été sans abri avant d'être aidée par les Russ, s'installait confortablement sur le tabouret. Elle portait le tee-shirt « Les Rois de l'immobilier » qui avait été distribué aux volontaires. Ses cheveux noirs étaient tirés en arrière en un chignon élégant – sa « coiffure de travail », comme elle disait. Elle serrait un mouchoir en papier dans sa main.

— Dans l'éventualité très probable d'une ouverture des vannes, expliqua-t-elle à Paige.

— Eh bien, commençons par là. Qu'est-ce qui vous émeut à ce point dans le fait d'aider les Russ ? lança Paige.

— Qu'est-ce qui ne m'émeut pas chez eux, plutôt ? J'étais une très jeune maman quand j'ai rencontré Phil et Delia et quand le père de mes enfants est parti, il a vidé notre compte en banque. Je n'avais pas d'économies. Je travaillais à temps partiel comme caissière dans une pharmacie mais ce n'était pas suffisant pour subvenir à mes besoins, et encore moins avec mes trois enfants. On a été expulsés de notre appartement et on vivait dans notre voiture quand Phil nous a vus à la bibliothèque un jour. Il faisait froid, on essayait de se réchauffer et la bibliothèque était un endroit calme et sûr. Il nous a demandé si on avait faim…

La voix de Mariel se brisa. Paige lui laissa un moment.

— Mon petit garçon, que Dieu le bénisse, il a répondu : « Oui, monsieur. On a toujours faim. » Et mon cœur s'est juste brisé en mille morceaux. Mes enfants avaient *faim*. Je ne leur donnais pas ce dont ils avaient besoin. Ils auraient dû être heureux, au chaud et en sécurité et je ne leur offrais rien de tout ça.

Mariel frissonna en prenant une grande inspiration.

— Mais Phil ne m'a pas jugée. Il m'a seulement tendu une carte de visite et il m'a dit qu'un repas chaud nous attendait.

Maîtresse du récit, Paige continua d'orienter doucement la conversation.

— Combien de temps s'est-il écoulé avant que vous n'alliez à la soupe populaire ?

Mariel sourit et répondit :

— Je devais d'abord m'assurer que je n'allais pas me faire avoir. J'ai donc utilisé l'un des ordinateurs de la bibliothèque pour m'informer sur lui. Trente minutes plus tard, on était sur place. Et pendant que mes enfants mangeaient leurs cookies après une entrée et un plat, Phil nous a présenté Delia. Et mes enfants n'ont plus jamais eu faim.

Paige enchaîna les questions sur la soupe populaire et le centre d'insertion professionnelle. Le couple avait aidé Mariel à trouver un emploi mieux payé, lui avait permis de suivre une formation universitaire en ligne et donné de l'argent pour l'aider à meubler son premier appartement.

— Je les ai remboursés, jusqu'au dernier centime, et j'ai commencé à contribuer comme j'ai pu à leurs projets, expliqua Mariel avec fierté. Ce n'était pas grand-chose au début, mais je suis aujourd'hui vice-présidente d'une banque. Mes deux aînés vont à l'université et je finance une bourse d'études pour les adolescents qui ont été sans abri.

Paige sourit et conclut l'entretien :

— Merci, Mariel. Je suis si heureuse pour vous et votre famille, et je sais que les Russ seront très heureux que vous soyez ici et que vous partagiez votre histoire.

— Vous savez que personne ne connaît mon passé là où je travaille ?

Mariel inclina légèrement la tête sur le côté et continua :

— Avant, j'avais honte de mon passé mais à présent... À présent j'ai l'impression que c'est quelque chose dont je peux être fière. Je me suis battue pour sortir de la pauvreté, et là, regardez-moi.

— Regardez-vous ! répondit Paige. Vous pouvez être incroyablement fière de vous.

Elle tendit la main à Mariel.

— Une dernière question. Vous avez beaucoup soutenu la soupe populaire et le centre d'insertion.

Vous avez déjà largement rendu aux Russ ce que vous leur deviez. Pourquoi êtes-vous là ce soir ?

Mariel se redressa, une larme s'échappa de son œil.

— Ma famille doit tout ce qu'elle a et tout ce qu'elle est à M. et Mme Russ. Aucun d'entre nous ne l'oubliera jamais. C'est pourquoi je suis fière de leur rendre la pareille aujourd'hui.

— Je pense que nous pouvons finir l'entretien sur ce doux sentiment, dit Paige en se raclant la gorge. Elle fit un signe de tête à Rico qui lui répondit par un clin d'œil et commença à remballer.

— Merci beaucoup d'avoir accepté de nous parler et de vous être portée volontaire.

Paige tendit à nouveau la main vers elle, mais Mariel la prit dans ses bras.

— Merci, merci mille fois de faire ça pour eux. Ils méritent quelque chose de beau.

Paige rangea son casque et s'accorda quelques minutes dans l'ombre de la tente de la régie pour essuyer ses yeux humides. C'était grâce à des gens comme Mariel et les Russ qu'elle aimait son travail. Peut-être qu'elle passait son temps à des « crétineries », comme sa mère aimait lui rappeler, mais elle racontait aussi les histoires de vraies personnes… courageuses, fragiles, triomphantes.

— Alors comme ça tu as un cœur ?!

CHAPITRE 6

Derrière elle, la voix rauque de Gannon la fit sursauter. Elle prit son temps pour se retourner, soucieuse de ne pas lui laisser entrevoir le moindre signe de faiblesse ou d'humanité.

Il était bien plus proche qu'elle ne l'avait cru lorsqu'elle se retrouva face à lui, le visage à hauteur de sa poitrine. Elle releva la tête et lui lança :

— Qu'est-ce que tu fais là ? Le tournage est terminé depuis plusieurs heures.

Il tendit la main et essuya une larme sur la joue de Paige. Sa peau brûla instantanément à l'endroit où leurs peaux s'étaient touchées.

— J'ai des allergies, dit-elle en haussant les épaules.

— Bien sûr, commenta-t-il nonchalamment. Je suis là parce que j'ai dû réparer un trou dans la tente, et je t'attendais. Je voulais te parler, calmement, poliment, de la feuille de service de demain.

— Je n'arrive pas à savoir si tu te fous de ma gueule ou pas.

Il croisa ses bras massifs sur sa poitrine.

— Tu avais peut-être raison sur un point tout à l'heure, reconnut-il en baissant les yeux vers la pointe de ses bottes. Sur un tout petit point. Vraiment minuscule.

Elle haussa un sourcil.

— Eh bien, Gannon King, je ne te savais pas capable d'être d'accord avec moi.

— Bref. J'ai une solution à te proposer pour mon… souci concernant la grande salle de bains.

— Je suis tout ouïe, soupira-t-elle, ne trouvant aucune échappatoire pour retourner au milliard de choses qu'elle avait à faire.

— On filme toujours les démolitions pour le spectacle, la poussière et le verre brisé, pas vrai ?

— En effet.

— Pourquoi on ne ferait pas les deux à la fois ? On donne aux ouvriers une ou deux GoPro et on les laisse faire la démo de la salle de bains cette nuit. On récupère les images et demain, pour me faire pardonner de ne pas avoir cassé un treizième miroir devant la caméra, je passe à travers le mur du fond quand on le démolira pour commencer la construction de l'annexe.

Elle éclata de rire. C'était plus fort qu'elle.

— Tu proposes de passer à travers un mur devant la caméra ?

— Je pensais lancer un défi à Cat pour voir qui de nous deux l'explose le mieux. Mais n'en parle pas à Andy. Il ira cafter à la compagnie d'assurance. Si Clawson fait la démo ce soir, on aura au moins une heure d'avance sur le planning de demain, et on va avoir besoin de cette heure en plus si on fait l'annexe. Pour le show, Cat et moi, on se rattrapera demain d'une manière ou d'une autre.

C'était pas mal et pour être tout à fait honnête, Paige commençait à se lasser de voir les King trimballer de vieux bidets sur le plateau. Il était temps de passer à autre chose.

— D'accord.

Elle jeta un coup d'œil à sa montre. Il n'était que neuf heures. Elle pouvait encore parler à l'équipe de Clawson et modifier la feuille de service.

— Si ça nous permet de prendre de l'avance sur le planning et si tu promets de donner quelque chose que le public va adorer, je suis partante.

— Marché conclu. Je ne mords pas… pas trop fort, dit-il en lui tendant la main. Elle hésita une seconde. Son sourire la provoquait.

À contrecœur, elle prit sa main et la serra. La chaleur du contact physique remonta aussitôt tout le long de son bras.

— Tu as l'air crevée, princesse. Pourquoi tu ne rentres pas dormir un peu ?

Paige délivra sa main de son emprise et haussa les épaules.

— J'ai une feuille de service à mettre à jour et une remorque de matériel à décharger.

Elle fit un signe de tête en direction de la rue, où le moteur d'un camion tournait au ralenti.

Gannon regarda autour de lui.

— Où sont passés tous les autres ? Tu ne vas pas décharger un camion toute seule ?

Paige fit taire son envie de lever les yeux au ciel.

— On ne veut pas que l'équipe se détourne de son travail pour décharger. Alors, moi et une poignée de gentils volontaires musclés, on fait tout notre possible pour faire avancer les choses. Tu ne t'es vraiment jamais demandé comment vos caisses de carrelage de salle de bains et de parquet vous attendaient sagement à l'intérieur tous les matins ?

Gannon regarda le camion par-dessus son épaule et fronça les sourcils.

— Tu es prête, la Bête ? Flynn, le meilleur ami et le chef d'équipe de Gannon, venait d'arriver, la main levée pour un *high-five*.

— C'est parti, Monsieur Muscles, répondit Paige avec un clin d'œil en lui tapant dans la main. Elle se retourna vers Gannon :

— Merci de m'avoir parlé comme à une vraie personne. Va te reposer maintenant. On a une grosse journée demain.

Elle le laissa là, la bouche ouverte, le regard fixé sur elle et Flynn qui marchaient vers le camion. Ils saluèrent une poignée de volontaires courageux décidés à prolonger la soirée de travail. Tout en soulevant une caisse de carreaux de céramique, Paige refaisait la feuille de service dans sa tête. Elle devait soumettre le plan de Gannon à Andy avant de parler à Clawson, mais selon elle, ça ne devait pas poser de problème. Ils étaient toujours à la recherche de moyens de prendre un peu d'avance sur le planning.

En bas de la rampe de chargement, elle faillit heurter Gannon de plein fouet. Il lui arracha la caisse des mains.

— Qu'est-ce que tu fais ? demanda-t-elle.

— On est tous dans le même bateau, rappelle-toi. Allez, sois gentille et rajoute une caisse sur celle-ci.

Les volontaires travaillaient encore plus vite maintenant qu'ils voyaient Gannon soulever des caisses de carrelage comme si c'était des rames de papier et décharger d'énormes équipements de salle de bains. Paige ne prenait plus la peine de dissimuler ses yeux au ciel. Il s'efforçait de lui prouver quelque chose qui n'avait pas besoin de l'être. Ils formaient une toute petite équipe et tout le monde y mettait du sien. Ce n'est pas parce qu'on ne voyait plus beaucoup Gannon et Cat quand les caméras s'éteignaient qu'ils ne travaillaient pas d'arrache-pied quand elles tournaient.

— On dirait que tu as impressionné le patron, dit Flynn à Paige en faisant un signe de tête en direction de Gannon, en train de sortir une immense baignoire du semi-remorque avec deux volontaires.

— Elle vient de lui faire son numéro de Reine des glaces, plaisanta Rico en descendant la rampe avec la caisse des WC dans les mains.

— J'ai tout filmé, d'ailleurs, ajouta-t-il avec un grand sourire.

— Il vaudrait mieux que cette séquence ne voie jamais le jour, dit Paige, menaçante. À moins que tu ne l'aies aussi surpris en train de balancer son mètre ruban à travers la tente comme un gamin.

— Quel genre de cameraman je serais si je manquais ça ? J'ai même quelques secondes de lui en train de réparer le trou qu'il a fait.

Paige éclata de rire.

— Je vous aime, les gars.

— On t'aime, la Bête.

CHAPITRE 7

Le soleil n'était pas encore couché quand Paige laissa tomber son ordinateur sur le lit moelleux de sa chambre du Comfy Inn de Mobile, Texas. Ils en étaient à leur troisième maison de la saison et la petite bande de doux dingues semblait prendre son rythme de croisière. Ils avaient encore trouvé un entrepreneur en or pour cette maison et Paige était impatiente de travailler avec son équipe.

Elle s'affala dans le fauteuil de bureau branlant et passa sa chambre en revue. Ils étaient arrivés le matin même et Paige s'était contentée de jeter ses bagages dans la chambre avant de filer à la nouvelle maison pour commencer les préparatifs du tournage.

La chambre n'était pas horrible. Ça aurait pu être pire. Les murs, autrefois blancs, portaient les traces jaunies de son passé de paradis des fumeurs. La moquette en arborait aussi les insignes honorifiques sous forme de brûlures de cigarettes. Mais la salle de bains était propre et il y avait des oreillers supplémentaires dans le placard.

Ça irait pour la semaine.

Paige se débarrassa de son jean et de son tee-shirt et enfila un corsaire et un débardeur propres. Elle envoya un message à Cat pour lui proposer de dîner avec elle, puis elle retira le couvre-lit avant de s'écrouler sur le matelas.

Elle ferma les yeux et passa en revue l'histoire de la nouvelle famille. Joy, vingt-sept ans, sourire rayonnant et cheveux châtain clair à la garçonne, avait collecté suffisamment de fonds en organisant des courses à pied, des ventes de gâteaux et des enchères caritatives pour mettre en place un programme de thérapie par l'art et par les animaux dans la maison de retraite où résidait son grand-père depuis qu'on lui avait diagnostiqué une démence sénile. Elle avait consacré le moindre instant que lui laissait son boulot à plein temps d'assistante sociale à s'occuper de son Poppy adoré.

Poppy avait joué les entremetteurs et présenté Joy au kiné qui passait bénévolement à la maison de retraite deux fois par semaine. Joy et Teagan s'étaient mariés dans la chambre de Poppy quand il est tombé trop malade pour assister à la cérémonie. Il était décédé peu de temps après, laissant à Joy et Teagan la maison qu'il avait construite de ses propres mains après son premier mariage. La maison était tombée en ruine depuis sa maladie mais le lien familial était suffisamment fort pour que le jeune couple s'y sente chez lui.

C'était une belle histoire, réconfortante, et Paige était impatiente de la raconter.

Son téléphone signala un appel entrant et elle se redressa. Le nom d'Eddie s'affichait sur l'écran.

— Qu'est-ce qu'il y a, Eddie ? demanda-t-elle, coupant court à toutes civilités. Il la laissait faire son travail en toute confiance et ne l'appelait que lorsqu'il y avait des nouvelles – généralement mauvaises – à lui faire passer.

— J'ai une mauvaise nouvelle, mon petit.

Soudain incapable de rester en place, Paige fit coulisser la porte vitrée du balcon, qui grinça en signe de protestation. Elle sortit sur l'étroite galerie extérieure qui donnait sur l'asphalte craquelé du parking. La fine paroi qui séparait son balcon de celui du voisin n'offrait qu'un minimum d'intimité.

— Mauvaise comment ? demanda-t-elle en s'accoudant à la rambarde.

— *Interiors at Home* vient de nous rejoindre.

L'émission et la chaîne de magasins de décoration s'étaient pas mal tourné autour entre les deux saisons. C'était un très gros annonceur, ce qui voulait dire d'importantes rentrées d'argent et, très probablement, des exigences un peu exceptionnelles.

— Qu'est-ce qu'ils veulent en échange de tout leur cash ? soupira Paige dans le téléphone.

— Cat et Gannon doivent maintenant se rendre au magasin à chaque épisode pour choisir des articles pour le projet final.

Eddie était très fort pour enlever le sparadrap d'un seul coup.

Paige donna un coup dans la rambarde, qui se mit à trembler. La jugeant un peu fragile, elle recula d'un pas et commença à aller et venir sur l'étroit balcon.

— Tu te fous de moi, Eddie ? Est-ce qu'ils essaient de dépouiller l'émission de la moindre once de sincérité ? Ce que les téléspectateurs aiment chez Gannon et Cat, c'est leur authenticité. Avec ça, ils auront l'air totalement hypocrites.

— Je sais. Je sais. Mais c'était la condition du contrat.

— C'est des conneries, Eddie. Tu ne peux pas les faire changer d'avis ? Gannon va exploser, et il aura raison. C'est une idée stupide.

— À ce stade, on ne peut rien y faire. C'est signé.

Paige passa une main dans ses cheveux, les écartant de son visage.

— Ça ne me plaît pas que ces décisions soient prises sans au moins consulter les King. L'émission, c'est eux.

Eddie poussa le soupir las d'un homme depuis trop longtemps dans le business.

— J'entends ce que tu dis, mon petit. J'entends vraiment. Mais…

— Ouais, ouais. On ne peut rien y faire, termina-t-elle pour lui. Ça entre en vigueur quand ?

— Tout de suite. Il y a un magasin à une grosse centaine de kilomètres.

Paige jura tout bas :

— Combien de temps par épisode ?

— Trois minutes, et les articles montrés dans le magasin doivent être utilisés pour le dévoilement.

— Qui se charge d'annoncer la nouvelle ? Toi ou moi ?

Le silence d'Eddie lui donna l'information attendue.

— Super. Génial.

— Comment ça va, à part ça ? demanda innocemment Eddie.

* * *

Gannon resta appuyé contre la rambarde à la peinture écaillée. Il ne s'était pas rendu compte que Paige était dans la chambre d'à côté jusqu'à ce qu'il entende sa voix enrouée s'emporter au téléphone contre le producteur exécutif de l'émission. Il aurait pu se sentir coupable d'écouter aux portes mais puisque Paige l'intéressait et qu'il avait entendu son propre nom mentionné dans la conversation, il se sentait justifié d'écouter.

Elle raccrocha et il entendit la porte crisser quand elle la referma brutalement derrière elle.

C'était une nouvelle confirmation que la princesse Paige n'était pas le « béni-oui-oui » qu'il avait cru voir en elle. Il ne se serait jamais attendu à ce qu'elle se batte en son nom, et en l'écoutant passer un savon à Eddie, il avait compris que ce n'était pas la première fois qu'elle prenait sa défense et celle de Cat.

Merde.

Il détestait avoir tort.

Il avait fait une croix sur elle dès le premier jour de tournage de la première saison, quand elle lui avait dit froidement qu'il devait respecter les plannings de la chaîne.

Un suppôt de la chaîne, comme il l'avait alors cataloguée, se souvenait-il. Mais ça ne l'avait pas empêché de remarquer ses jambes interminables quand elle était en short sur le plateau dans la chaleur de l'été. Ou ses lèvres charnues, généralement non maquillées, qui s'écartaient juste avant qu'elle ne se mette à rire de quelque chose que son équipe ou lui-même avait dit.

La saison dernière, il avait eu un aperçu de son corps habituellement caché sous son uniforme – jean et tee-shirt – lorsqu'elle avait dû emprunter des vêtements de sport à quelqu'un en plein tournage. Sa coupe courte et sexy lui permettait de plonger ses mains dans le brun profond de sa chevelure quand elle était contrariée ou de les attacher en une petite queue quand elle était dans le feu de l'action.

Oui, elle était suffisamment séduisante pour qu'il la mette de côté d'emblée. Il s'était déjà laissé séduire par un joli emballage auparavant et il en avait payé le prix fort. Il avait rencontré Paige peu de temps après avoir décidé de s'imposer le célibat pour se remettre les idées en place. Et peut-être, mais peut-être seulement, avait-il été injuste de mettre Paige St. James dans la même catégorie que son erreur passée.

N'importe qui pouvait voir que c'était une femme solide, intelligente et d'un flegme absolu. C'est cette froideur qui l'avait déconcerté, même si on ne pouvait pas dire que lui-même ait été très amical avec elle non plus. Pourtant, lorsqu'elle se croyait seule, elle montrait son côté humain en faisant preuve d'une empathie inattendue pour ces gens généralement exploités pour les besoins de l'émission.

Des fragments de conversations, des insultes qu'il avait lancées dans sa mauvaise humeur, des accusations qu'il avait formulées sur le ton de la plaisanterie lui revenaient en tête à présent. Elle n'avait jamais pris la peine de le corriger ou de se défendre, jamais cherché à s'apitoyer avec lui en lui confiant ce qu'elle pensait vraiment de cette bande de connards cupides de la chaîne.

Il n'aimait pas avoir tort.

Gannon attrapa deux bières dans son mini-frigo. Il n'allait pas s'excuser. Après tout, elle ne s'était jamais défendue, elle ne lui avait jamais avoué ce qu'elle pensait. Il se demandait d'ailleurs si elle s'était déjà confiée à Cat. Ces deux-là s'entendaient comme larrons en foire.

Avant qu'il ne puisse changer d'avis, il attrapa sa carte d'accès et se dirigea vers la porte d'à côté, en bon voisin.

Quand elle ouvrit la porte, la colère que Gannon savait qu'elle ressentait transparaissait à peine. Mais les signes étaient là, dans la crispation de sa mâchoire, l'éclair dans ses yeux.

— Tiens, dit-il en lui tendant une bière.

Son regard descendit vers la bière puis remonta vers Gannon.

Il agita la bouteille, qu'elle finit par prendre, puis il entra dans sa chambre en l'effleurant.

— Qu'est-ce que tu fais ? demanda-t-elle.

Il ignora la question.

— Comment tu peux faire ça ?

Elle le suivit mais laissa la porte ouverte.

— Comment je peux faire quoi ? demanda-t-elle, les sourcils froncés.

— Garder toute cette colère enfermée en toi comme ça, poursuivit-il en s'enfonçant dans le canapé jaune près de la porte vitrée embrumée.

— Je t'en prie, entre, assieds-toi, grommela-t-elle en buvant une gorgée de bière.

— J'aime bien te voir en colère. Ça me donne l'impression que tu ne te fous pas de tout.

Elle lui lança un long regard froid.

— Tu veux bien en venir au fait ? J'ai beaucoup de travail ce soir.

— Dis-moi d'abord comment tu fais pour garder tout ça à l'intérieur. Tu n'as jamais l'impression que tu vas exploser ?

— L'expérience, ça fait des années que j'ai affaire à des gens difficiles, dit-elle d'un ton glacial.

— Je ne connaîtrais personne parmi eux, par hasard ? Paige arqua un sourcil sexy vers lui.

— Tu en as peut-être rencontré un ou deux.

La lueur de bonne humeur s'évanouit rapidement et elle regagna ses retranchements. Elle prit encore une longue gorgée de bière.

— Qu'est-ce que je peux faire pour toi, Gannon ?

— J'étais en train d'examiner ma feuille de service…

— Ne te fous pas de moi, l'interrompit-elle.

— Tu veux savoir ce que je fais ici ou pas ? demanda-t-il.

Elle leva les mains en signe de capitulation.

— Très bien, continue.

— J'étais en train d'examiner ma feuille de service quand je me suis rendu compte que je ne te connaissais pas très bien.

— Et c'est soudain un problème ?

Paige paraissait sceptique.

— Ça l'est dès lors qu'on doit passer les prochains mois ensemble, à dépendre l'un de l'autre.

— Pourtant ça ne te dérangeait pas avant, alors qu'on a dépendu tout autant l'un de l'autre pendant trois mois.

Elle était énervée et méfiante.

— Qui a dit que ce n'était pas le cas ? répliqua Gannon.

Il se leva du canapé et commença à arpenter la chambre. Par esprit de contradiction, elle s'assit sur le fauteuil branlant lorsqu'il se leva. Elle ne s'embarrassait pas de souvenirs personnels, remarqua-t-il. Lui non plus. Il ne voyait pas l'intérêt de trimballer des photos ou des bibelots quand on passait tant de temps sur la route. De plus, il voyageait avec sa sœur et ils avaient généralement un ou deux week-ends pour rentrer chez eux entre les tournages.

— Et bien maintenant je n'aime pas ça.

— Gannon, dit-elle en soupirant et il se demanda alors comment elle le prononcerait si elle était nue et s'il la touchait et la léchait. Il n'y avait pas eu un seul moment où il n'avait pas été attiré physiquement par elle. Il avait seulement débarqué dans l'émission aigri par sa récente expérience et décidé à se méfier de certaines femmes. Mais il semblait qu'il avait peut-être rangé Paige dans cette catégorie un peu trop vite.

— Est-ce que je t'ai dit où j'étais quand j'ai eu cette révélation ? demanda-t-il.

— Non. Mais je sens qu'on arrive à la chute.

— Je profitais du coucher de soleil sur le parking depuis mon balcon…

Elle lança un juron particulièrement salé et il éclata de rire.

— Qu'est-ce que tu as entendu ?

— Tout. Tu as des couilles, ma belle, de parler à un producteur exécutif comme ça.

— Eddie est un bon chef. Il écoute, au moins, même s'il ne peut rien y faire.

Elle quitta son fauteuil et fit les cent pas pour apaiser sa frustration. C'était encore un indice. Chaque fois que Paige était stressée, il fallait qu'elle bouge. Elle ne pouvait pas rester immobile.

— Pourquoi tu n'es pas en train de me hurler dessus ? demanda-t-elle en s'arrêtant devant la porte du balcon, le dos tourné.

Il s'approcha d'elle, s'immisçant un peu plus qu'il n'aurait fallu dans son espace, lui laissant sentir qu'il était là. Elle se raidit mais ne bougea pas.

— Tu veux une réponse honnête ?

Elle haussa les épaules.

— Ça m'intéresse plus de t'entendre dire des choses qu'aucun larbin de la chaîne ne dirait jamais et t'emporter contre le dernier coup tordu qu'ils mijotent pour l'audimat ou le fric.

— Qu'es-tu en train de me dire au juste ?

— Je dis que je t'ai peut-être mal jugée, Paige.

CHAPITRE 8

Paige ferma les yeux et appuya la tête contre le dossier de son siège. L'avion allait décoller et emmener son équipe vers leur prochain tournage dans le Maine, et dans l'intervalle, elle allait pouvoir profiter de quelques heures de sommeil bien méritées.

La production du dernier épisode s'était déroulée sans le moindre accroc – un exploit dans le monde de la télé-réalité – et à la fin de la semaine, Gannon et Cat purent remettre les clés d'un pavillon Craftsman entièrement rénové à Joy et Teagan, au bord des larmes.

Gannon avait eu une mystérieuse conversation avec une des huiles de la chaîne et la clause qui exigeait que les King visitent un magasin Interiors at Home à chaque épisode avait disparu comme par magie. En guise de compromis, Cat dût mentionner des produits du magasin dans son blog sur les coulisses du tournage mais pour Paige, ça restait malgré tout une victoire pour l'intégrité de l'émission.

Le moral de toute l'équipe était au beau fixe après cette excellente semaine et Paige se dit que c'était une bénédiction car le prochain tournage promettait d'être éprouvant.

Carina, mère célibataire, était une beauté exotique aux cheveux noirs et à la peau caramel. Elle avait réussi à récolter cent mille dollars de *crowdfunding* pour l'hôpital pour enfants qui soignait sa fille atteinte d'un cancer du cerveau. Malia, alors âgée de six ans, venait de faire une rechute. Peu de temps auparavant, les infirmières de l'hôpital avaient candidaté au nom de la famille pour participer à l'émission.

La deuxième fois, les chances de rémission étaient plus faibles, le pronostic était moins favorable, et Paige savait que ce serait dur pour tout le monde. Mais l'histoire était prête à être tournée et elle ferait de son mieux pour être aussi à l'écoute que possible des besoins de la famille.

« À l'écoute » n'était pas vraiment une description adéquate de Gannon et elle espérait qu'il se tiendrait à carreau comme il l'avait fait lors du précédent tournage. Mais elle savait parfaitement qu'il ne valait mieux pas parier sur la cohérence s'agissant de son tempérament.

Elle sentit un corps s'installer dans le siège à côté d'elle et ouvrit paresseusement un œil. Elle se mettait généralement à côté de Sam ou Louis car ni l'un ni l'autre n'aimait parler pendant le vol. Ils ne voyaient pas d'inconvénient à ce que leur voisine dorme profondément avant le premier passage du chariot à boissons. Mais ce n'est pas le sourire nacré de Sam ou les épaules osseuses de Louis qu'elle reconnut. C'était les yeux bruns mordorés de Gannon qui la regardaient d'un air amusé.

Paige se redressa sur son siège.

— Tu ne t'asseois pas avec moi.

— Tu es grognon quand tu te réveilles, dit-il en s'enfonçant dans le siège et en posant un livre sur ses genoux.

Il portait un jean et un tee-shirt bleu marine qui épousait le moindre muscle de son torse et de ses bras. En voyageur avisé, il avait opté pour des tongs afin de passer plus rapidement les contrôles de sécurité.

— Je ne suis pas grognon et je ne viens pas de me réveiller, grommela-t-elle, lui donnant par là même raison. Je voulais dire : pourquoi tu n'es pas en business class ?

C'était un luxe sur lequel Gannon ne crachait pas, vu sa stature il avait bien besoin d'un peu plus de place pour ses jambes. Ses genoux étaient maintenant largement écartés, le gauche empiétant sans complexe sur l'espace de Paige.

— J'ai pensé que Sam serait content d'avoir un peu plus de place pour ses jambes, pour une fois.

— Sam fait une bonne demi-tête de moins que toi, contesta Paige.

— Ah, mais Sam a quelque chose que je n'ai pas.

— Et qu'est-ce que c'est ? demanda sèchement Paige.

— Un faible pour ma sœur.

Sourire narquois de Paige.

— Donc, un des assistants a un faible pour ta sœur et tu es assez magnanime pour renoncer à ta place en business pour passer les quatre prochaines heures entassé en éco avec moi ?

— Qu'est-ce que j'y peux ? J'aime donner.

Il lui sourit et elle sentit son estomac faire plusieurs tonneaux à l'intérieur. Elle laissa son haussement de sourcils sceptique parler à sa place.

— Tu sais, avant, je croyais que tu étais coincée, commença-t-il sur le ton de la conversation. Puis je t'ai prise pour une sorte de taupe travaillant pour les gros bonnets de la chaîne.

— Ah oui ? dit-elle en sortant un livre de la pochette de son siège comme si la conversation ne l'intéressait pas le moins du monde.

— Mais j'avais tort.

Elle lui lança un regard froid.

— Excuse-moi, je crois que j'ai mal entendu. On aurait dit que Gannon King venait de reconnaître qu'il avait eu tort.

Il leva les mains.

— Un peu de patience. Je sais que ça fait beaucoup à assimiler d'un coup.

Paige aurait tellement voulu des écouteurs pour couvrir le bruit de ce voisin gênant.

— Je te regarde beaucoup.

— Ce n'est pas parce que tu as le physique que tu as…

Elle laissa son regard parcourir le corps de Gannon avant de revenir à son visage.

— … que cette déclaration en est moins effrayante.

Même si elle était certaine que des milliers de femmes dans le monde se seraient transformées instantanément en flaques de désir si Gannon King avait admis qu'il les regardait.

— Pas comme un harceleur, corrigea-t-il. Je t'ai regardé travailler cette semaine et je suis arrivé à une conclusion tout à fait différente.

Elle soupira, se promettant de ne pas mordre à l'hameçon, mais elle posait déjà la question.

— Et qu'as-tu conclu ?

— Toi, tu observes.

Paige cligna des yeux.

— Tu vois ? C'est exactement ça, dit-il, pointant le doigt vers son visage. Moi, je poserais des questions, j'essaierais de creuser dans cette affirmation, je résisterais peut-être. Mais toi ? Toi tu attends simplement de voir ce qui va se passer.

Elle voulait l'interrompre, dire quelque chose, n'importe quoi, mais elle mourait d'envie de savoir où il voulait en venir. Elle le laissa donc continuer.

— Moi c'est tout le contraire. Je veux me jeter à l'eau et faire avancer les choses, mais tu es faite autrement, tu restes là et tu regardes les choses se dérouler naturellement. Tu n'es pas indifférente. Tu es calme.

— Et patiente, ajouta-t-elle.

Il sourit, et la fossette mondialement célèbre se dessina soudain près de sa bouche. Seigneur, il ne lui avait jamais souri comme ça auparavant. Pas étonnant qu'Instagram s'affole à chaque fois que Cat postait une photo de lui. Paige lutta contre l'envie de s'éventer avec son livre. La proximité commençait à l'indisposer et elle n'avait aucun moyen de s'échapper sans grimper sur ses genoux. L'avion commença à rouler sur la piste.

Toute sa vie, Paige avait été jugée, assez injustement, coincée ou indifférente. Gannon était le dernier homme sur terre dont elle se serait attendue à ce qu'il la perce à jour.

— Alors tu as tout compris sur moi ?

— Très loin de là. Mais je prends plaisir à mes recherches, dit-il d'une voix rauque tandis que les roues quittaient le sol. Ça rend le tournage plus supportable.

La poussée de l'avion résonnait dans son corps. Elle voulait détourner son regard de Gannon, regarder par le hublot le Texas disparaître sous leurs pieds. Mais elle ne le faisait pas. Elle soutenait son regard, cherchant dans ces yeux noisette ce qu'il ne disait pas. Il s'intéressait à elle mais elle ne comprenait pas pourquoi.

— Gannon.

Il y avait dans le ton de sa voix comme une légère mise en garde.

— Paige.

— Je ne pensais pas que tu connaissais mon nom, lui dit-elle sèchement.

— Je connais bien plus que ton nom, Paige St. James. Pourquoi tu ne me demandes pas ce que tu veux vraiment demander ? On a un long vol devant nous.

— C'est bien pour ça que je ne veux pas te demander ce que je veux te demander. Quatre heures de joutes verbales avec toi, ce serait épuisant.

— Et si on s'en tenait à une heure ? Et ensuite, tu peux lire ton livre ou inventer des stratagèmes pour faire monter l'audimat ou tout ce que tu fais normalement dans l'avion.

Il commençait à jouer et c'était un côté de lui auquel il était très difficile de dire non.

— D'accord. *Pourquoi* tu fais de la télé ?

Cette question la travaillait depuis le premier jour. Il n'y avait rien chez Gannon King qui trahissait une quelconque soif de célébrité. Il détestait être filmé, exécrait ses tête-à-tête avec elle et la caméra et n'avait aucune tolérance pour les retards dans le planning de travail provoqués par le tournage.

— Tu veux dire, à part mon physique violemment sexy ? demanda-t-il.

Le ton était désinvolte mais il avait une main qui allait et venait sur le haut du crâne, un tic nerveux.

Paige lui lança un regard entendu.

— Tu insinues que ce n'est pas le job de mes rêves. Et tu as raison. J'ai d'autres projets que la télé. Et toi aussi, d'ailleurs.

Paige ouvrit la bouche et la referma. Autour d'eux, tout le monde s'était plongé dans son écran ou piquait un petit somme. C'était presque comme s'ils étaient absolument seuls.

Il se pencha vers elle, envahissant tout l'accoudoir.

— Nie-le si tu veux, moi je le sais.

— Qu'est-ce qui te fait penser ça ? Peut-être que c'est le job de mes rêves.

— Si tu vas par-là, je suis obligé de te dire que c'est des conneries. J'ai mis du temps à le voir, mais tu peux être aussi exaspérée que moi par tout ça. Tu fais ce truc quand tu es en colère, tu serres la mâchoire cinq secondes. Je crois que tu t'enfonces les ongles dans les mains, aussi. Cinq secondes, puis tu réponds sur ce ton agréable, affable, qui est totalement bidon. Mais tu as l'air si sincère que tout le monde y croit. Juste une fois, j'aimerais entendre ce qui te passe par la tête pendant ces cinq secondes. Voir le vrai toi.

Elle avait sous-estimé Gannon. Il voyait bien plus de choses qu'elle ne l'avait cru. Paige passa sa langue sur ses lèvres.

— Tu vois ? Tu recommences. Que dit ce dialogue intérieur ? demanda doucement Gannon.

— Il dit que je t'ai peut-être mal jugé. Légèrement. Beaucoup de choses dépendent de ta réponse à la question que tu évites.

Gannon l'observa attentivement pendant un moment, puis il sortit son téléphone de la poche de son jean.

— Voilà la raison pour laquelle je fais de la télé.

Il lui tendit son téléphone. Sur l'écran, Gannon souriait à la petite femme toute ronde qu'il tenait sous son bras. Elle avait la tête pleine de boucles argentées et un sourire qui répondait au sien.

— Ta grand-mère ?

— Ma nonni.

Il prononça ce mot avec tant d'affection et dans un italien si parfait que Paige sentit son cœur palpiter.

— Ta nonni a toujours rêvé de vous voir à la télé, toi et Cat ?

— C'est plutôt que j'ai toujours rêvé de la voir heureuse.

— C'est très touchant, dit Paige en lui rendant son téléphone.

— Mais ça ne te suffit toujours pas pour me faire confiance, hasarda-t-il.

— Pourquoi veux-tu que je te fasse confiance ?

Il lui lança encore un long regard suggestif et elle se demanda si ses orteils n'allaient pas s'enflammer dans ses baskets.

— Je ne sais pas encore. Tu m'intéresses. J'aime démonter les choses, comprendre comment elles fonctionnent.

Paige acquiesça. Elle voyait bien ça chez lui. Gannon s'épanouissait dans les défis, où qu'il les trouve.

— Si je te dis quelque chose, j'ai besoin de savoir que cela n'ira pas plus loin que cette rangée de sièges. Je ne tiens vraiment pas à ce que ça revienne aux oreilles de la chaîne. Je ne veux même pas qu'Eddie soit au courant.

— D'accord, acquiesça Paige.

— Sûre ?

— Gannon, je ne sais pas ce que je dois faire pour que tu comprennes que ma loyauté va à cette équipe et aux personnes qui participent à notre émission. Ni à la chaîne ni à ce putain d'audimat.

Elle entendit l'exaspération dans sa propre voix et soupira.

Il sourit d'un air approbateur.

— Tu vois ? C'est le dialogue intérieur qui m'intéresse.

L'hôtesse de l'air apparut à son niveau avec le chariot de boissons. Comme elle n'était pas près de dormir, Paige commanda de l'eau et accepta le sachet de bretzels que lui tendit Gannon. L'hôtesse de l'air n'arrivait pas à décoller son regard de Gannon. Elle l'avait peut-être reconnu mais il fallait bien dire qu'il était suffisamment séduisant pour attirer une telle attention par sa seule apparence.

Troublée, la jeune femme faillit renverser l'eau de Paige et elle se répandit en excuses auprès de Gannon. Il saisit son Pepsi, la remercia et reporta son attention sur Paige. L'hôtesse de l'air fit reculer le chariot à contrecœur.

Gannon se frotta l'arête du nez et se recala dans son siège.

— Quand on a perdu Pop, Nonni a traversé une période difficile. L'entreprise de construction de Pop était déjà en difficulté mais quand on l'a perdu, elle a failli couler.

Il prit des mains de Paige le sachet de bretzels avec lequel elle se débattait, l'ouvrit instantanément et le lui rendit.

— On était à deux doigts de la faillite, tout près de licencier tout le monde. C'était déchirant de se dire qu'on l'avait d'abord perdu, lui, et que maintenant, on perdait l'entreprise familiale. C'est là que Cat a eu l'idée « géniale » d'envoyer une cassette à une société de production. Et le reste appartient à l'histoire.

— Le reste appartient à l'histoire ? insista Paige. Tu voyages avec une partie de l'équipe de ton grand-père. Qu'est-ce qui est arrivé aux autres ?

— Cat et moi, on a pu réinjecter le plus gros des salaires et des cachets publicitaires dans l'entreprise l'année dernière. On est dans une situation plus équilibrée maintenant et ma nonni se rend encore au bureau tous les jours pour répondre au téléphone et aider à la comptabilité.

Paige laissa tomber sa tête contre le dossier du siège.

— Ça explique tellement de choses. Pourquoi Cat est tellement plus heureuse devant la caméra que toi….

— Comme tu le dis, ça donne l'impression que je suis un pauvre connard, protesta-t-il.

— Gannon, je vais te dire ça parce qu'on joue dans la même équipe.

Paige se pencha vers lui, imitant sa posture et continua :

— Au troisième jour de tournage, quand tu commences à manquer de sommeil et que le projet a pris du retard, tu es un pauvre connard.

— Peut-être que je ne me suis pas fait aussi bien que Cat à ce monde de la télé, reconnut-il. Mais je pense que je fais du très bon travail.

— L'Amérique est manifestement d'accord, plaisanta Paige.

Les audiences de l'émission étaient montées en flèche au cours de la première saison, ce qui avait poussé la chaîne à faire des pieds et des mains pour en assurer une seconde.

— L'Amérique est d'accord mais toi, qu'est-ce que tu penses ?

Gannon King à la pêche aux compliments. Intéressant.

— Je pense que ça fait du bien de travailler avec quelqu'un qui n'en a rien à foutre de l'audimat et de son apparence devant la caméra.

— Là, tu noies le poisson, l'accusa-t-il en lui volant un bretzel.

— Je pense que tu es bon pour l'émission, reconnut-elle. Et peut-être pas seulement grâce à ton physique violemment sexy.

CHAPITRE 9

Gannon laissa Paige tranquille. Le fait qu'elle ne lui ait pas ordonné de quitter le siège à côté d'elle était déjà une petite victoire pour lui et il était encore plus heureux qu'elle accepte de lui parler. Il s'était trompé sur sa princesse et il avait hâte de découvrir ce qui la faisait vibrer.

Il jeta un coup d'œil dans sa direction. Elle était blottie contre la fenêtre et il n'aurait pas su dire si elle cherchait ainsi à ménager le plus d'espace possible à son grand corps ou s'il s'agissait d'éviter absolument tout contact physique avec lui.

Elle bâilla et ferma le livre qu'elle était en train de feuilleter.

— Un peu de lecture légère ? demanda-t-il en tapotant le livre qu'elle avait posé sur ses genoux.

Elle se pinça l'arête du nez et lui tendit le livre.

— Mes devoirs, dit-elle en guise d'explication.

Il s'agissait d'un épais ouvrage de psychologie sur l'épidémie de narcissisme en Amérique.

— Des devoirs pour quoi ? demande-t-il en examinant la couverture.

Paige retourna le livre et mit le doigt sur la photo de l'autrice sur la jaquette.

— C'est ma mère.

Gannon lui arracha le livre des mains et observa attentivement la photo. Il voyait bien la ressemblance, les yeux et le menton surtout, que Paige partageait avec la Dr Leslie St. James. Bien entendu, il semblait bien que Dr St. James n'avait jamais porté des jeans troués comme sa fille et qu'en aucun cas on ne l'aurait surprise sans son brushing et son discret maquillage.

— Wow !

— Si tu trouves ça impressionnant, dit Paige en sortant son téléphone de la pochette du siège et en faisant défiler ses photos, voici ma sœur.

Elle lui montrait maintenant une femme plus jeune, presque une copie conforme de sa mère, en blouse blanche, fixant l'objectif sans sourire.

— Une autre Dr St. James ?

— Ma sœur, Lisa. Elle est interne en neurochirurgie à l'hôpital Sloan-Kettering.

— Combien de fois tu as eu droit à : « Pourquoi tu perds ton temps dans ce métier ? » ?

— Crétineries, télé-poubelle, racolage, compléta Paige, et il se sentit aussitôt blessé pour elle.

— Est-ce qu'elles ont la moindre idée d'à quel point tu bosses ?

— Je traîne sur le plateau en apportant des cafés à des gens qui se prennent pour des starlettes. Pendant ce temps, ma sœur sauve des vies et ma mère libère les gens de schémas comportementaux qui les ont fait souffrir toute leur vie.

— Tu ne crois pas à ces foutaises, quand même ?

Elle lui sourit. D'un vrai sourire, qui le réchauffa de l'intérieur.

Il avait remarqué dès le premier jour que sa beauté était celle d'une *girl next door.* Ses grands yeux bleus encadrés de cils épais, ses pommettes hautes émaillées de taches de rousseur mettaient en valeur le creux délicat de ses joues. Et il appréciait de la voir en gros plan.

— Je n'y crois pas totalement, admit-elle.

— Alors pourquoi tu perds ton temps avec ces crétins que nous sommes ?

Elle se tut et il la sentit se renfermer.

— Oh, non, princesse. Ne referme pas la porte. Ce que tu me chuchotes à l'oreille dans cet avion reste dans cet avion. D'ailleurs, je t'ai parlé de ma nonni.

Elle soupira et il sut qu'il était sur le point de gagner.

Il tenta sa chance.

— Que penses-tu de ça ? Tu me le dis et je ne montrerai absolument aucune réaction.

Il l'avait eue.

— Tu ne me poseras pas de questions ? Tu ne feras aucun commentaire déplacé ?

— Quand est-ce que j'ai fait des commentaires déplacés ?

— Je ne sais pas… Peut-être quand tu m'as appelée « princesse » sur mon lieu de travail toute l'année dernière ?

Gannon lui prit la main et la posa sur son cœur.

— Promis juré.

Elle l'observa. Gannon voyait ces yeux bleus et froids estimer le risque tandis que sa main restait immobile contre le tambourinement de son cœur. Elle essaya de la retirer mais il tint bon.

— Pfff. D'accord, finit-elle par accepter, arrachant sa main à la prise de Gannon. Il se pencha vers elle, tout ouïe.

— Arrête de me regarder comme ça, demanda-t-elle.

— Comme quoi ?

— Comme si tu allais commencer à me manger.

— Tu vois comme ça devient amusant quand tu dis ce que tu penses ?

Elle se racla la gorge avant de commencer son sermon.

— Gannon, j'ai besoin que tu fasses un effort. Je ne vais pas commencer à flirter avec la star de mon émission. J'ai travaillé dur pour en arriver là et je ne veux pas que tout soit foutu en l'air par des rumeurs sur moi et… toi.

— Mais je suis tout à fait correct ! se défendit-il. J'attends simplement que mon assistante réal cesse de tourner autour du pot et me dise ce qu'elle veut faire de sa vie en dehors de la télé-réalité

Elle laissa retomber sa tête contre le siège.

— Aucune réaction, promis ? lui rappela-t-elle.

— Aucune, confirma-t-il.

— Je veux produire et réaliser.

Gannon ne bougea pas un muscle. Paige croisa son regard et le soutint mais il ne céda pas. C'est elle qui détourna les yeux et rouvrit son livre. L'indifférence à sa réaction dura peut-être trente secondes.

Elle referma brutalement le livre.

— D'accord. Je veux bien une petite réaction.

— Alors, ce serait « sans déc ».

— Sans déc ?

Gannon haussa les épaules.

— Tu devrais déjà être réalisatrice. Tu as deux ans d'expérience de plus qu'Andy et j'aime bien Andy, mais la seule raison pour laquelle il a eu le job et pas toi, c'est qu'il a une bite et des relations. Tu finis toujours par faire la moitié de son travail de toute façon.

Paige cligna des yeux.

— Cat et moi, on a insisté pour que ce soit toi cette saison, mais Andy est le neveu d'un des costards et ils sont en train de le former pour l'une des plus grosses émissions de la chaîne.

— Eh beh… Paige laissa échapper un long soupir tandis que la tension quittait ses frêles épaules.

— L'industrie est dure pour les femmes, dit Gannon. La chaîne voulait donner à Cat sa propre émission de décoration entre les saisons, mais elle a refusé parce qu'elle ne se sentait pas encore assez sûre d'elle pour exiger de prendre les commandes.

Il pouvait voir les engrenages commencer à tourner dans la tête de Paige.

— J'ai du mal à imaginer Cat en proie à une crise de confiance, songea-t-elle.

— Elle voulait avoir un peu plus d'expérience avant de dire oui à quoi que ce soit d'autre. Tout ça l'amuse beaucoup plus que moi. Je finirai par revenir à mon boulot d'entrepreneur mais je crois qu'elle veut faire carrière à la télé.

Paige pencha la tête, un sourire se dessinant sur ses lèvres roses.

— Tu sais, je ne regrette pas autant que je l'imaginais ce changement de sièges.

Gannon rit doucement.

— Ce compliment m'accompagnera à jamais. Alors, tu veux produire quoi ?

— Qu'est-ce qui te fait penser que ce n'est pas une émission de télé-réalité ?

— Non, dit-il aussitôt. Tu as à peu près autant de tolérance que moi pour cette merde. Tu es juste trop professionnelle pour le montrer.

Elle ne prit pas la peine de répondre mais Gannon savait qu'il avait raison.

— Je suis encore en train de réfléchir au type de projet dans lequel je veux me lancer, dit-elle.

Elle lui mentait. Les grands yeux bleus candides se replongèrent dans le livre sur ses genoux.

— Mais tu as forcément une idée, reprit-il. Et je t'ai fait confiance.

Elle expira lentement et fixa le siège devant elle.

— Avec ma colocataire, on met de l'argent de côté pour produire un documentaire sur les femmes dans l'industrie de la télévision. Écarts de salaires, stéréotypes de genre, harcèlement sexuel. Ensuite, on change d'angle et on regarde les pionnières de la télé qui nous ont ouvert la voie.

— Wow.

— Oui, tu penses bien que Summit-Wingenroth ne serait pas ravi d'entendre parler de mon projet secret.

— Tu vas arrêter l'émission ? demanda Gannon, pris d'une soudaine inquiétude.

Il commençait à peine à la connaître. Il n'était pas prêt à lui dire au revoir alors qu'il ne l'avait pas encore comprise.

Elle fit non de la tête.

— Pas avant une autre saison. Becca et moi économisons de façon à éviter au maximum le *crowdfunding* pour la production. J'ai besoin de cette saison et de la prochaine pour financer ma moitié du projet.

— Tu as un salaire de merde.

Paige rit, sans se vexer.

C'était vrai. Pour la quantité de travail qu'il la voyait accomplir sur le plateau, Gannon savait qu'elle aurait dû gagner pratiquement le double.

— Ça fait deux ans qu'on met de côté, poursuivit Paige. Et mieux vaut un salaire de merde que pas de salaire du tout. On mange des bananes et des nouilles chinoises et on boit de l'eau du robinet quand on ne peut plus se ravitailler sur les tournages.

Gannon s'adossa à son siège pour digérer ces nouvelles informations. Ainsi, non seulement elle n'était pas une marionnette aux mains de la chaîne mais Paige St. James voulait lever le voile sur les sales affaires de la télévision et célébrer les femmes qui avaient réussi.

— Il faut que tu m'en dises plus, demanda-t-il.

* * *

Quand Paige commença à bâiller à la fin de chaque phrase, Gannon se décida à mettre fin à leur conversation et à la laisser se reposer. De tous les membres de l'équipe, c'était elle qui dormait le moins. Première à arriver sur le plateau, dernière à partir. Elle donnait le rythme et tout le monde suivait. Quand il pensait à leur petite équipe, quand il y réfléchissait vraiment, il comprenait maintenant que Paige était le ciment qui les liait et les faisait avancer, qui leur permettait de garder tous ce bon esprit dans le travail. Et il se sentait bête de ne pas lui en avoir été plus reconnaissant.

Lorsque sa tête roula sur le côté pour venir s'appuyer contre son épaule et qu'elle se blottit contre lui dans son sommeil, Gannon se demanda s'il n'était pas temps de revenir sur sa politique zéro femmes.

Elle était douce et tiède contre lui et ça le rendait dur et brûlant. Le soleil qui se couchait sur le Midwest derrière le hublot baignait le visage de Paige d'une lueur dorée.

Il pouvait l'observer à loisir. Elle avait les mains serrées entre ses genoux comme si elle ne leur faisait pas confiance pour rester tranquilles pendant son sommeil. Ses yeux étaient fermés sous une frange de longs cils d'encre et ses cheveux sentaient les îles tropicales. La ride d'inquiétude entre ses sourcils avait disparu à cet instant. Il pouvait voir les taches de rousseur qui parsemaient son nez et ses pommettes. *Il ne savait pas qu'il avait un faible pour les taches de rousseur.*

— Vous avez l'air cosy tous les deux !

Gannon détourna son regard du visage de Paige pour le porter sur sa sœur qui, debout dans l'allée, rangeait son téléphone.

— On s'entend mieux quand l'un de nous dort, plaisanta Gannon à voix basse, soucieux de ne pas réveiller Paige.

Cat restait là comme si elle attendait une explication.

— Quoi ? grommela-t-il.

— Je *savais* que tu avais un faible pour elle, chuchota Cat, l'air triomphant.

— Moins fort, tes conneries, tu vas la réveiller, gronda-t-il.

— Alors, c'est fini la séquence câlins ?

Elle fit une moue espiègle.

— Admets le. Elle te plaît depuis toujours.

Il lui lança son plus beau regard « me fais pas chier » mais Catalina King était immunisée contre ses accès de colère.

— J'essaie juste de la connaître un peu mieux, lui dit-il. J'ai appris des choses récemment…

— Tu as appris que tu voulais t'occuper de notre petite Paige et lui faire l'amour très très tendrement ?

— Ferme ta gueule, Cat, prévint-il.

Elle leva les paumes vers le ciel, symbole de reddition des King.

— Je te taquine. Tu sais que je l'adore. Je ferais une démo de zumba dans l'allée si tu m'annonçais que tu quittes Meeghan pour Paige.

À la mention du nom de Meeghan, Gannon se raidit et Paige murmura contre sa poitrine.

— Je te l'ai déjà dit. Meeghan et moi, ça n'existe pas. Maintenant, retourne à ton siège avant que je te balance dans le compartiment à bagages.

— Comme tu veux, grand frère, dit Cat, comme pour lui rappeler qu'il avait en effet deux minutes de plus qu'elle. Mais tu pourrais faire bien pire et, selon moi, pas beaucoup mieux que notre petite Paige.

CHAPITRE 10

Le téléphone de Paige n'avait pas cessé de vibrer d'appels et de messages toute la matinée mais elle était totalement absorbée par les préparatifs avec l'entrepreneur local et par un problème de permis refusé qui devait être débloqué avant que le tournage ne puisse démarrer le lendemain.

En général, ils avaient entre quelques jours et une semaine pour souffler entre les tournages mais avec douze épisodes à produire cette saison, la transition entre le Texas et le Maine était la plus courte qu'ils aient jamais connue. Le chef de chantier l'avait prévenue qu'il y avait un gros travail sur un tout petit terrain étroit mais que ça en vaudrait la peine. Paige s'était donc arrangée pour caser deux jours de tournage supplémentaires dans le planning. Et au vu de la triste maison de deux étages coincée sur une étroite bande de pelouse, ils allaient en avoir besoin. Carina Dufour avait acheté la maison avec celui qui était alors son mari quand elle était enceinte. L'emplacement était idéal. C'était un quartier calme et accueillant, où les jardins communiquaient entre eux derrière les maisons et où les voisins se saluaient depuis leurs vérandas. L'endroit idéal pour fonder une famille.

Malheureusement, le mariage n'avait pas duré et, avec un seul revenu désormais en plus de sérieux problèmes de santé, il fallut mettre en veilleuse les rêves de rénovation et de foyer confortable.

Depuis la rue, le beige morne du revêtement de la maison et les bardeaux marron du toit n'étaient pas beaucoup plus excitants que la volute de fer forgé écaillée qui soutenait la voûte tordue de la véranda. À l'intérieur, c'était impeccable mais vieillot. Il y avait trop de pièces trop petites qui fragmentaient le plan et rendaient la maison pratiquement inutilisable. En prenant un congé exceptionnel pour la deuxième fois, Carina n'avait aucun espoir de commencer des travaux de rénovation par ses propres moyens. Mais elle ne cessa jamais de rêver. C'est ce qu'on comprenait à la vue du tableau Pinterest qu'elle s'était fait un plaisir de partager avec Paige.

Bien sûr, Cat avait été enchantée par les goûts audacieux de Carina en matière de décoration. Couleurs, textures, créativité, il y avait là tout ce qu'aimait Cat, qui s'était plongée dans son logiciel de conception, créant et recréant chaque pièce jusqu'à ce qu'elle soit parfaite.

Cette fois, tout le monde était sur le coup, pensa Paige. Personne ne s'était plaint du planning serré ou des plans de construction optimistes. Son équipe était aussi investie dans le travail pour la famille que les habitants du quartier. Il n'était pas question pour eux de laisser à Carina et Malia une maison moins belle qu'elles ne le méritaient. Rien ne pouvait les ralentir, pas même la pluie torrentielle qui avait creusé un peu partout des flaques de boue profondes comme des cratères pendant la nuit.

Paige poussa un soupir de soulagement lorsque Billie, cheffe de bureau et épouse du directeur de Brunelli Construction, leva le pouce dans sa direction.

— D'accord, super, dit Billie dans son téléphone.

— Merci. On envoie quelqu'un récupérer le permis immédiatement, conclut-elle avant de raccrocher.

— Alors, c'est réglé ? demanda Paige pleine d'espoir.

— Tout est prêt, dit Billie en essuyant une suée imaginaire de son front. On peut démarrer demain.

— Dieu merci, souffla Paige en dégainant son téléphone pour annoncer par texto la bonne nouvelle à Eddie et Andy – et elle s'étonna une fois encore de ces dix appels en absence et ces vingt-deux messages qui l'attendaient. Elle venait d'appuyer sur le bouton d'envoi quand elle aperçut Gannon qui venait droit sur elle en traînant Cat derrière lui.

— Oh, wow, murmura Billie les yeux rivés sur Gannon. Il est encore plus sexy en vrai.

Je ne te le fais pas dire, acquiesça Paige en silence.

Il portait un short de sport et un tee-shirt aux couleurs passées qui semblait avoir été lavé une centaine de fois sans perdre la mémoire du moindre centimètre carré de son large torse. Les yeux d'or se dissimulaient derrière des lunettes de soleil et à la vue de son air renfrogné, une poussée d'adrénaline parcourut l'échine de Paige. Elle l'avait évité depuis que l'avion avait atterri la nuit précédente et qu'elle s'était réveillée le visage collé à ce torse spectaculaire.

Elle n'était pas du genre à se réveiller rapidement, en règle générale, mais se réveiller face à ce visage ? À toute cette chaleur masculine ? Son regard hébété s'était attardé sur Gannon plus longtemps que nécessaire jusqu'à ce qu'il l'invite doucement d'un effleurement de la main à refermer sa bouche béante.

— Salut, tous les deux ! Vous connaissez Billie ? Je vous présente la cheffe de bureau de Brunelli, qui est également Mme Brunelli.

Le froncement de sourcils de Gannon s'atténua légèrement.

— Ravi de vous rencontrer, lança-t-il à Billie en lui tendant la main avant de présenter sa sœur.

Cat avait l'air coupable et Gannon avait l'air furieux. Paige espérait qu'ils ne feraient pas capoter le tournage, quoi qu'il ait pu arriver.

Billie, que cette simple poignée de main avait laissée groggy, prit soudain congé au prétexte d'une vague course à faire. Paige avait comme l'impression qu'elle allait chercher un freezer où fourrer sa tête pour retrouver ses esprits après le choc de cette première rencontre avec Gannon.

— Alors, qu'est-ce qui te pousse à traîner ta sœur sur le plateau un jour avant le tournage ? demanda Paige.

— Cat a quelque chose à te dire.

Cat fit la moue.

— Je ne vois pas où est le problème…, commença-t-elle.

Mais Gannon lui arracha son téléphone des mains et le tendit à Paige.

— Elle est désolée, dit-il brusquement.

Paige haussa un sourcil et regarda l'écran.

— Oh, merde.

Le compte Instagram de Cat était ouvert sur une photo de Gannon et Paige dans l'avion. La tête de Paige était blottie douillettement contre la poitrine de Gannon. Les rayons du soleil couchant filtrés par le hublot semblaient se braquer sur eux comme des projecteurs. Il la regardait avec une expression douce, presque tendre. Le regard de Paige se porta à nouveau sur son visage. Il n'était ni doux ni tendre à présent.

— Je ne savais pas qu'elle avait pris cette photo, dit-il à voix basse.

— Je ne comprends pas pourquoi tu le prends si mal, reprit Cat. Tout le monde adore la photo.

Cat fixait son écran.

— Oh, mon Dieu, Cat !

Il y avait soixante mille « likes » et plusieurs centaines de commentaires.

« Je veux bien hypothéquer ma maison si Gannon King me regarde de cette façon. »

« Il y a des problèmes entre Meeghan et Gannon ? »

Paige rendit son téléphone à Cat sans un mot, son cœur tambourinant dans sa poitrine. Ça n'était pas bon, pas bon du tout. Il y avait une raison pour laquelle elle restait hors-champ. Gannon avait vu juste quand il avait parlé de ce métier comme d'un club de mecs. Si des gens commençaient à penser pour une raison ou une autre que Gannon et elle avaient une liaison, plus jamais elle ne serait prise au sérieux.

— J'ai publié des photos de pas mal de gens de l'équipe dans l'avion. Mais c'est celle-là qui a fait vriller tout le monde.

Cat se mordit la lèvre. Elle commençait enfin à comprendre qu'il y avait vraiment un problème.

— Je pensais juste que tu étais trop susceptible, dit-elle à son frère.

— Paige, tu veux que j'explique à ma connasse de sœur pourquoi cette photo n'aurait pas dû être postée ?

Elle acquiesça sans un mot, pas encore tout à fait sûre de sa voix. La panique lui tenaillait la gorge.

— Cette photo donne l'impression qu'il y a quelque chose entre nous, s'emporta Gannon. Si les gens commencent à croire ça, ça peut faire du mal à la carrière de Paige.

— Je ne vois pas en quoi…

— S'ils pensent que c'est en couchant qu'elle obtient du travail, personne ne la prendra au sérieux. Elle sera écartée des projets et forcée d'accepter des boulots avec des connards qui penseront qu'ils vont pouvoir se la faire.

Il avait élevé la voix à la fin de son explication et si Paige était impressionnée de constater qu'il avait vraiment compris tout ce que ça impliquait pour elle, elle était mortifiée d'attirer ainsi davantage l'attention.

— Oh, merde ! Paige, je te jure que je n'ai pas pensé…

— Bien sûr que tu n'as pas pensé, l'interrompit Gannon.

Sa colère était justifiée et à présent, les lèvres de Cat tremblaient.

— Bon, respirons un peu, ordonna Paige, qui tentait de retrouver sa voix en refoulant sa panique. *La panique ne sert jamais à rien*, lui rappelait la voix calme de sa mère.

— Supprime-la, Cat, gronda Gannon.

— En fait, je crois qu'il ne vaut mieux pas, dit Cat, ses yeux implorant pardon à Paige. Si je la supprime, les gens vont penser qu'on essaye de dissimuler quelque chose. Qu'il y ait quelque chose à dissimuler ou non.

Paige soupira et se passa la main dans les cheveux.

— Cat a raison. Ne vous inquiétez pas pour ça. Je vais m'en occuper.

Le téléphone de Gannon émit un bruit strident. C'était vraiment comme une alarme. Il le saisit d'un geste brusque et Paige eut le temps de lire « Meeghan » sur l'écran quand il faillit le faire tomber. Il appuya sur « ignorer » et remit le téléphone dans la poche de son short en mesh.

— On est dans le même bateau, princesse, lui rappela-t-il.

Son téléphone à elle se mit aussi à sonner. Eddie. Elle jura tout bas avant de s'éloigner de quelques pas pour répondre.

— Les permis sont en règle, dit-elle en guise de salut.

— Oui, j'ai reçu ton message. Bon travail…

Il s'interrompit, et Paige comprit aussitôt, sut aussitôt, qu'il n'appelait pas pour prendre des nouvelles.

— Je viens de recevoir un coup de fil du sous-fifre d'un des costards, dit Eddie.

— Mmh mmh.

Paige ne se fiait pas assez à sa voix pour en dire davantage.

— Ils ont vu la photo de toi et Gannon dans l'avion.

— Mmh mmh.

— Ils ont adoré. Et la séquence où tu lui passes un savon en Caroline du Sud ? Gros carton. Et donc, ils veulent te poser un micro.

— Quoi ?

Paige avait soudainement retrouvé sa voix.

— Ils veulent t'intégrer à l'histoire. Ta confrontation avec Gannon a très bien fonctionné. Ils veulent que tu joues ce nouveau rôle dans l'émission où tu es à la fois en coulisses et devant la caméra.

— QUOI ? Elle hurlait à présent et n'en avait plus rien à foutre de qui pouvait l'entendre.

— Ça s'accompagne d'une augmentation de salaire, petite. Tu es un peu passée du côté des stars maintenant.

— Eddie, il est hors de questions que…

— Euh, bon, interrompit Eddie. Je suis en route vers une autre réunion. Je dois y aller.

Il raccrocha et elle dut lutter contre l'envie de balancer son téléphone dans la flaque de boue devant elle. C'est Paige qui l'emporta. De justesse. Elle fourra le téléphone dans la poche arrière de son jean, plongea les yeux dans l'eau boueuse et compta jusqu'à cinq. Comme ça ne marchait pas, elle compta jusqu'à vingt.

En gros, ils l'avaient intégrée à l'histoire en tant qu'objet d'attraction pour Gannon. Son ancienne carrière était officiellement terminée.

— Paige ?

La voix de Cat était hésitante derrière elle.

Elle ne se retourna pas en répondant :

— Oui, Cat ?

— Tout va bien ?

— Oui, oui. Je dois juste régler quelques trucs, dit-elle aux King sans les regarder et, un peu comme Billie, elle s'éloigna en invoquant des tâches aussi vagues qu'importantes.

CHAPITRE 11

Pour la première fois de sa vie, Paige quitta le travail en avance. Certes, elle avait quand même fait une journée de neuf heures mais il y avait encore du boulot à finir avant le début du tournage le lendemain matin. Elle laissa des instructions détaillées à Andy et Mel et s'assura que Billie avait ses numéros de portable et de chambre avant de rentrer à l'hôtel. Le partenariat avec Interiors at Home avait suffisamment gonflé le budget de l'émission pour que toute l'équipe soit logée dans un hôtel plus agréable que d'habitude.

Pas de brûlures de cigarette, pas de moisissure au plafond de la salle de bains et la télécommande ne collait pas aux doigts.

Mais elle n'était pas d'humeur à apprécier ce nouveau confort en entrant dans sa chambre.

Elle laissa tomba le sac de son ordinateur et son sweat-shirt en boule sur le seuil et se jeta à plat ventre sur le grand lit. Elle s'était défoncée au travail pendant des années et tout était foutu en l'air à cause d'une seule photo. Une seule putain de photo.

Elle se donna exactement cinq minutes avant de sortir son ordinateur portable et de commencer à examiner les dégâts. Cat était suffisamment populaire pour que la photo ait attiré l'attention d'une émission d'actualités people. Ils avaient publié la photo sur leur blog, agrémentée de points d'interrogation et de petits cœurs rose vif, en se demandant si Gannon King s'était débarrassé de la belle Meeghan Traxx pour une aventure avec sa productrice.

— Oh, mon Dieu, murmura-t-elle. Ils avaient son nom. Heureusement, grâce à sa politique de confidentialité radicale sur les réseaux sociaux, ils n'avaient pas grand-chose d'autre.

Sa mère, responsable de deux des appels manqués, allait être déçue… et elle ne se priverait pas de lui faire la morale, en mode « je te l'avais bien dit ».

Elle relut l'article et en parcourut quelques autres avant de commencer à réaliser… Elle s'inquiétait pour sa carrière, mais il se pouvait bien qu'une sieste innocente ait aussi foutu en l'air la relation de Gannon avec sa petite amie qui, de l'avis général, ne commentait pas la situation.

Meeghan était peut-être l'énorme garce que dépeignait la rumeur, mais si elle comptait pour Gannon et si Paige avait bien involontairement brisé quelque chose…

Elle avait l'impression d'être une salope. Une salope abusée. Mais elle n'avait même pas pensé à ce que ça signifiait pour Gannon. C'était un bordel sans nom et elle ne voyait pas comment s'en sortir. Encore moins depuis que la chaîne avait décidé qu'elle faisait désormais partie de l'histoire. Si elle refusait, elle perdrait son travail. Si elle s'exécutait, on ne la prendrait plus jamais au sérieux.

Tout ça alors qu'elle n'était plus qu'à une saison de réaliser son rêve. C'était un cauchemar. Elle ne voulait même pas annoncer à Becca qu'elle venait peut-être de faire capoter leur projet. Qui voudrait participer à un documentaire sur la télévision et le féminisme dont la réalisatrice avait été accusée de coucher avec la star de son émission ?

S'ensuivit un nouveau moment d'abattement auquel se mêla l'envie d'un verre d'alcool bien tassé… ou de six.

Il faisait nuit maintenant et Paige ne prit pas la peine d'allumer la lumière. Elle voulait juste rester seule dans sa chambre, dans le noir, et faire comme si tous ses projets minutieusement échafaudés ne venaient pas de lui exploser à la figure.

Elle entendit frapper à la porte mais elle ne bougea pas. Elle savait parfaitement qui c'était, même si c'était seulement la deuxième fois qu'il se présentait ainsi à sa porte.

Il frappa à nouveau, avant d'ajouter :

— Ouvre, Paige.

— Va-t'en. Je dors.

— Ouvre la porte ou je vais chercher une clé à la réception.

Elle l'entendait dans sa voix, la détermination inflexible qui signifiait que, quoi qu'il arrive, il entrerait. Paige se souvenait qu'à son retour à l'hôtel, il y avait une petite brune douce et joviale à la réception. Le genre de fille à se transformer en flaque de bouillie prête à accepter tout ce que Gannon King lui demanderait.

Dans l'obscurité, Paige se traîna hors du lit et avança d'un pas lourd vers la porte. Elle l'ouvrit avec plus de force que nécessaire et lui lança un regard noir.

Ignorant cet accueil hostile, Gannon, un sac en papier dans une main et un carton à pizza dans l'autre, passa devant elle pour entrer dans la chambre.

— Ce genre de visite ne risque pas de dissiper les rumeurs, attaqua-t-elle.

Insensible à sa mauvaise humeur, Gannon alluma les lumières et déposa ses provisions sur la table en verre dans un coin de la chambre. Il ouvrit le couvercle du carton à pizza et l'estomac de Paige émit un grondement réflexe à l'odeur de la sauce tomate et du pepperoni.

— Tu manges ou tu boudes ?

Il la regarda avec impatience et libéra une tranche gluante du carton.

— Je ne boude pas, se défendit-elle en se dirigeant vers la pizza.

Il lui tendit une assiette en carton et s'affala dans le canapé avec sa propre assiette. Elle ne boudait pas comme une enfant. Elle réfléchissait à sa situation désespérée. Ça n'avait rien à voir.

Il se pencha vers elle et effleura du bout du doigt sa lèvre inférieure.

— On dirait bien que tu boudes.

Pendant une seconde, elle pensa à lui mordre le doigt et ne réussit sans doute pas totalement à dissimuler cette pensée car il retira brusquement la main et sourit. Sa fossette se dessina aussitôt.

— Qu'est-ce que tu fais là avec ta pizza ?

Elle céda à la tentation et mordit dans sa part. *Mon Dieu, que c'est bon.* Gannon avait le don de dénicher la meilleure pizzeria de la ville partout où ils passaient. En général, il ne partageait pas ses découvertes.

— Si tu fais ce genre de bruit après m'avoir laissé entrer dans ta chambre, les gens vont parler, prévint-il en haussant un sourcil à sa manière à elle.

— Gannon !

— Si tu cries mon nom en plus, ça ne va pas aider.

— Je suis ravie que tu trouves la situation amusante.

Gannon se leva et regagna la table.

— Je prends la situation très au sérieux, mais toi, tu la prends comme un arrêt de mort.

Il sortit du sac en papier une bouteille et des gobelets qu'il remplit généreusement. Après en avoir offert un à Paige, il se rassit.

Elle renifla le liquide.

— Whisky, lui dit-il.

Elle prit une petite gorgée et laissa la délicieuse chaleur se répandre dans sa gorge.

— Pas mauvais, jugea-t-elle.

Il haussa légèrement ses épaules massives.

— Dis-moi pourquoi je ne devrais pas le prendre si mal ?

Elle but une autre gorgée avant d'attaquer à nouveau sa pizza.

— Comme me l'a dit un jour une femme très sage – et il semble que je doive te le rappeler constamment – nous sommes dans la même équipe.

Il leva un doigt en l'air lorsqu'elle commença à l'interrompre.

— En tant que membres de ton équipe, Cat et moi avons un plan qui va détourner l'attention de toi.

— Quel genre de plan ? Je t'en prie, Gannon, s'il te plaît, pas un truc stupide qui va attirer encore plus l'attention…

— C'est mieux que tu ne sois pas au courant. Tu pourras alors plaider non coupable si Eddie et les patrons de son patron commencent à faire un scandale.

— Je vous interdis de faire quoi que ce soit qui mette en péril vos propres carrières.

Gannon renifla.

— Paige. On est les King. Il y a quelques avantages à être les stars. Notamment celui d'être un peu plus intouchables que notre équipe. Ne t'inquiète pas, le plan est bon et les ennuis retomberont sur quelqu'un d'autre.

— Je ne veux même pas savoir à ce stade, marmonna Paige en revenant à son bourbon.

Ils mangèrent en silence pendant quelques minutes avant qu'elle ne reprenne la parole.

— Mon Dieu, Gannon, qu'est-ce que je vais faire devant la caméra ? Je ne pense pas pouvoir faire les deux à la fois.

Il posa une grosse main sur son genou qu'il serra entre ses doigts.

— Princesse, si quelqu'un peut tout faire, c'est bien toi. Il n'y a aucune raison que ce soit la fin du monde.

— Je ne vois pas en quoi ça ne l'est pas.

Super, maintenant elle boudait vraiment.

— Regarde les choses autrement : maintenant, tu as une occasion de faire entendre ta voix.

— Je n'ai pas besoin de faire entendre ma voix.

— Foutaises. Tout le monde a besoin de faire entendre sa voix. Pourquoi tu travailles sur cette émission ?

— À part pour pouvoir dormir sur une des stars ? demanda-t-elle, malicieuse.

Il lui décocha un regard froid et elle roula les yeux au ciel.

— Parce que ça nous permet de raconter l'histoire de gens qui ont passé leur vie à essayer d'améliorer les choses, et on leur rend la pareille de façon à la fois drôle et tape-à-l'œil.

— Bingo. Alors utilise ta voix pour faire en sorte que ces histoires soient entendues.

C'était sensé. Parfaitement sensé même.

– C'est juste que je ne sais pas si quelqu'un va me prendre au sérieux après ça.

— Fais en sorte qu'on te prenne au sérieux.

Il dit ça très simplement comme si c'était la chose la plus facile au monde.

— Ce n'est pas si simple. Peut-être pour toi, qui es une star de la chaîne, et un homme…

— Est-ce que c'est plus difficile pour une femme d'être prise au sérieux dans ce milieu ? Bien évidemment. Mais c'est encore plus difficile si tu restes dans l'ombre et si tu te contentes du peu qu'on te donne. Exige davantage. Fais-en plus. Exprime-toi. Ils viennent de te donner le moyen de faire entendre ta voix. Ne t'en prive pas.

Elle s'assit et le regarda fixement. Gannon King, contre toute attente, venait de lui faire comprendre quelque chose.

Il se pencha pour examiner son visage.

— Tu me regardes comme si je venais de t'impressionner.

— Quoi ?

— D'habitude, tu me regardes comme ça uniquement quand je termine un meuble super sexy ou quand je joue avec des enfants sur le plateau.

Paige laissa tomber son regard sur l'assiette posée sur ses genoux. Après cette journée, il ne valait mieux pas lui avouer qu'elle était attirée par certains aspects de sa personne – et pas seulement physiques.

— Oui, il y a des choses qui m'impressionnent chez toi, reconnut-elle, en faisant de son mieux pour rester vague.

— Mon ego est une chose fragile, Paige.

— Oh, je n'en doute pas, dit-elle en souriant.

Son souffle se figea dans sa gorge lorsqu'il s'approcha encore, trop près. Elle pouvait sentir l'odeur de sa lessive et c'était soudain le parfum le plus érotique du monde. Elle serra fort ses genoux dans ses mains mais garda le regard rivé sur son visage.

— J'ai besoin de savoir. Est-ce que ta terreur d'être associée à moi était uniquement liée à ton travail ou est-ce que l'idée d'être à moi te dégoûte au point d'hiberner dans ta chambre d'hôtel ?

Être à lui ? Très peu de gens pouvaient utiliser une telle formule et la rendre aussi sexy. Gannon était l'un d'eux.

— Gannon…, commença-t-elle, mais il lui coupa la parole.

— Je ne veux pas la Paige filtrée, censurée. Je veux la vraie Paige. Dis-moi.

Il voulait la vraie Paige. Ce n'était pas ce qu'il voulait dire, se dit-elle. Mais ça n'empêchait pas son cœur de battre de plus en plus vite.

— Mon travail est très important pour moi. J'ai une responsabilité envers tous ceux qui sont devant et derrière la caméra, dit-elle en choisissant soigneusement ses mots.

Elle commit l'erreur de regarder sa bouche. Ses lèvres semblaient douces, fermes, et elle se demanda ce que ça ferait de les avoir contre les siennes.

— Tu te censures.

Elle s'extirpa de ce fantasme furtif.

— C'est seulement à cause du travail.

Les mots étaient sortis de sa bouche avant qu'elle n'ait le temps de les peser.

Un lent sourire arrogant se répandit sur le visage de Gannon.

— Bien.

— Ne sois pas si content de toi. J'ai seulement dit que tu ne me dégoûtais pas.

— Venant de toi, princesse, c'est un compliment. Cela pourrait donner de l'espoir à un homme, plaisanta-t-il.

Paige reprit son whisky.

— Eh bien, réjouissons-nous tous les deux que tu m'exaspères régulièrement, de sorte que je ne pense pas qu'on doive s'inquiéter d'examiner à quel point je pourrais te trouver peu dégoûtant.

Gannon rit et elle se surprit à sourire.

— Je t'aime bien, Paige.

Elle but une gorgée et avala difficilement.

— Je te tolère, Gannon.

CHAPITRE 12

C'était un jour de tournage comme un autre, se dit Paige, sauf que Felicia attachait un micro à l'encolure de son tee-shirt.

— C'est stupide, marmonna Paige.

— Arrête de pleurnicher, dit Felicia en lui donnant une tape maternelle sur l'épaule. J'ai posé des micros sur quelques milliers de personnes dans ma vie et aucune n'en est morte.

Elle pleurnichait en effet, et ça n'arrangeait rien qu'on le lui fasse remarquer. C'était de la faute de Gannon. Après qu'il ait quitté sa chambre hier soir, elle avait passé la majeure partie de la nuit à se retourner dans son lit en essayant de le sortir de sa tête.

Elle n'avait jamais cherché à faire comme s'il n'était pas bâti comme l'homme le plus sexy de l'histoire de la planète. Ça aurait été parfaitement stupide. Comme quiconque appréciant les formes masculines, elle salivait chaque fois qu'il enlevait sa chemise sur le plateau. Mais elle n'avait pas voulu comprendre qu'il y avait un être humain derrière ces pectoraux parfaits et ces stupéfiants accès de colère.

Et maintenant qu'elle savait qu'il y avait quelque chose de bon, de solide, de réfléchi sous ces dehors de divinité, le malaise était là. Un gros malaise. Elle le sentait planer et priait pour qu'il ne fasse des ravages que dans sa vie personnelle et laisse le tournage en paix.

On n'avait pas le droit de merder sur cet épisode, pensa-t-elle en levant le bras pour répondre au signe de la main de Malia, qui s'approchait avec sa mère. Elle était toute petite pour ses six ans, son corps portant le fardeau d'un deuxième diagnostic de cancer. Sa chevelure noire, dont Paige se disait qu'elle devait ressembler beaucoup à celle de sa mère, avait disparu du fait d'une chimiothérapie agressive. Elle portait un foulard coloré sur la tête et son sourire radieux laissait apparaître une dent de devant manquante. Le sourire typique d'une enfant de maternelle.

Ça s'annonce éprouvant, pensa Paige, en s'armant de courage.

Carina, du haut de son mètre soixante-dix tout en sveltesse, serra chaleureusement Paige dans ses bras. C'était une femme splendide qui aurait dû être en train d'arpenter un podium quelque part plutôt que de se frayer un chemin entre des câbles et des mâts de tente.

— Nous sommes en avance, dit-elle avec un sourire comme le soleil levant, mais Malia et moi, on est debout depuis cinq heures et on ne pouvait pas attendre une minute de plus.

— Ça va être la meilleure journée de ma vie ! annonça Malia, les mains posées sur ses petites hanches, surveillant l'équipe qui arrivait peu à peu, des tasses de café à la main. Elle les salua tous joyeusement et même Rico, célèbre pour sa mauvaise humeur matinale, lui fit un clin d'œil.

— J'ai hâte de commencer, leur dit Paige. Allons-nous chercher un café, et un chocolat chaud peut-être, et je vous explique ce qui vous attend aujourd'hui.

— Maman, je peux avoir un donut ? demanda Malia en tirant sur la manche du sweat-shirt de Carina.

— Bébé, tu peux même avoir deux donuts si tu veux. Tant que tu ne les vomis pas, dit Carina avec bienveillance.

Malia lança son petit poing en l'air en criant « Yes ! ».

Paige les dirigea vers la tente de la régie où on installait les collations.

— Chaque fois qu'elle a de l'appétit pour quelque chose, je suis contente, soupira Carina.

— Si on peut faire quoi que ce soit aujourd'hui pour que Malia se sente bien, je vous en prie, dites-le moi et nous ferons ce qu'il faut.

— Vous faites déjà tout ce qu'il faut. Elle parle depuis des semaines de sa nouvelle chambre rose et de son oreiller licorne, lui dit Carina en entrant dans la tente.

Paige sourit.

— Cat est en train de dessiner la chambre de Malia et je ne peux rien vous dire de précis, mais sachez juste que c'est impressionnant.

Carina lui serra les épaules.

— Quelque chose me dit que ça va faire beaucoup de bien tout ça, à tout le monde.

Paige sentit ses yeux se mouiller sans raison. Tellement de choses étaient en jeu dans ce tournage, et pas seulement pour elle.

— Maman, c'est le beau monsieur que tu aimes bien, dit Malia, un donut dans chaque main, en regardant fixement l'entrée de la tente.

Gannon, vêtu d'un jean et d'un henley, faisait son entrée avec Andy. Ils s'esclaffaient tous les deux.

— Oh là là, soupira Carina.

Paige passa sa langue sur ses lèvres et se demanda si c'était elle ou si Gannon était en effet devenu encore plus séduisant depuis qu'il lui avait apporté de la pizza et du whisky la veille. Il leva les yeux, la parcourant du regard, et elle sentit ses orteils se recroqueviller dans ses bottes tandis que quelque chose palpitait au creux de son ventre.

Merde. C'était toujours gênant d'avoir un crush pour un collègue, mais un crush pour Gannon, vu la situation dans laquelle ils se trouvaient, c'était carrément désastreux.

Ils se dirigeaient vers elles. Paige aurait voulu avoir quelque chose à faire de ses mains.

— Oh, mon Dieu. Il vient vers nous. Mes cheveux sont bien ? chuchota Carina, ses mains peignant frénétiquement sa coupe afro parfaite.

— Vous avez l'air de sortir d'une séance photo, la rassura Paige.

Elle, en revanche, semblait sortir d'une friperie le jour des réductions pour les seniors. Pourquoi elle n'avait pas mis un peu d'ombre à paupières au moins ? *Parce qu'elle bossait derrière les caméras et qu'aucun maquillage ne pouvait résister aux flots de sueur qui jaillissaient par ses pores,* se raisonna-t-elle. D'autre part, elle ne voulait pas encourager Gannon à continuer à la regarder autrement que comme sa productrice de terrain.

— Bonjour, mesdames, qui est prête à avoir une nouvelle maison ? dit Andy plein d'enthousiasme.

Le donut au chocolat au bout de la main de Malia fusa dans les airs.

Carina attira sa fille devant elle comme un bouclier humain.

— Nous sommes toutes les deux très impatientes, dit-elle timidement.

— Gannon voulait venir plus tôt et se présenter avant qu'il n'y ait trop de bruit et d'agitation, expliqua Andy, surtout à destination de Malia.

Paige se donna une petite claque mentalement. C'était une bonne idée. La stature de Gannon pouvait être intimidante pour certains enfants et il n'y avait que Carina et Malia cette fois-ci. Pas de famille élargie pour dissimuler la nervosité ou les hésitations lors de la scène surprise de l'arrivée de Gannon. Mais si elle le rencontrait à l'avance, Malia aurait le temps de se familiariser avec lui.

Paige aurait dû y penser elle-même.

Le téléphone d'Andy sonna et il s'excusa en faisant signe à Paige de prendre le relais.

— Carina, Malia, je vous présente mon ami Gannon. Gannon, voici Malia et sa maman, Carina.

Gannon serra la main de Carina et sourit en entendant le salut sortir sous la forme d'un petit cri de la bouche de la jeune femme. Il tendit solennellement la main à Malia qui confia son donut à Paige et s'essuya sur son pull violet pour pouvoir lui serrer la main.

— Tu es prête pour cette journée, ma puce ? demanda-t-il à Malia.

Elle lui fit un grand sourire.

— Je vais avoir une chambre rose, annonça-t-elle. Tu as de la fièvre ?

Gannon se passa la main sur le front et fronça les sourcils.

— Non, je ne crois pas.

— Ma maman dit toujours que tu as un corps de malade.

Paige ne put retenir son rire. Carina avait l'air de vouloir mourir sur place. De son côté, Malia attendait la réponse de Gannon.

Son éclat de rire fit tourner toutes les têtes dans la tente, mais il se reprit rapidement.

— Je te promets que je ne suis pas malade.

— Ahh, tant mieux, soupira Malia. Sinon il faudrait que tu rentres chez toi pour te reposer et tu ne pourrais pas nous aider à construire notre maison.

— J'ai été ravie de vous rencontrer, dit Carina avec la voix de quelqu'un qu'on est en train d'étrangler.

— On va aller… par là-bas, dit-elle en entraînant Malia hors de la tente et Paige laissa enfin exploser son hilarité.

— J'adore quand les enfants trahissent leurs parents, sourit Gannon.

Paige se ressaisit suffisamment pour attraper une tasse de café.

— C'est vraiment gentil de ta part d'être venu plus tôt pour t'assurer que Malia se sente à l'aise avec toi.

— *Je suis* gentil, souligna-t-il.

— Tu as l'air tout à fait gentil maintenant, mais il faudra me le rappeler la prochaine fois que tu fais une crise de nerfs et que tu renverses une table de travail.

Il parut offensé.

— Je n'ai jamais renversé une table de travail.

— Peut-être pas mais tu as fait beaucoup de crises de nerfs, se défendit-elle.

— Hé, tu parles au type qui t'a apporté la meilleure pizza de toute la ville de Portland, Maine, hier soir.

— Et je te remercie pour ta générosité mais je ne pense pas que ce qui s'est passé hier soir doive se reproduire, dit Paige en regardant les gens qui s'affairaient autour d'eux et prenant soin de parler tout bas.

Les yeux de Gannon glissèrent de son visage à l'encolure de son tee-shirt et s'agrandirent soudain. Il glissa un doigt dans l'échancrure, un geste délibérément intime.

— Tu as un micro.

Paige sentit la couleur quitter son visage. Sa dernière phrase résonnait dans sa tête. *Je ne pense pas que ce qui s'est passé hier soir doive se reproduire.* Ils n'avaient même pas commencé à filmer et elle jetait déjà de l'huile sur le feu. Elle tenta de le pousser pour s'éloigner de lui, mais il la rattrapa et la fit tourner dos à lui.

— Du calme, ordonna-t-il.

Il tira sur l'ourlet de son tee-shirt. Et Paige faillit hurler. *Pourquoi il lui enlevait ses vêtements ? Mais putain qu'est-ce qui se passait ?*

— Le micro n'est pas chaud, dit-il en rabattant son tee-shirt.

L'alimentation du micro était fixée à l'arrière de son jean et apparemment il était éteint. Le soulagement lui fit oublier de faire attention à ce qu'elle disait.

— Bon Dieu, Gannon, j'ai cru que tu allais me déshabiller, lâcha-t-elle, avant de plaquer sa main sur sa bouche.

Depuis le voyage en avion avec lui, elle parlait sans filtre.

— Princesse, quand je te déshabillerai, tu le sauras.

CHAPITRE 13

Fidèles à leur parole, les King avaient élaboré un plan pour détourner l'attention des spéculations effrénées sur l'intimité de Gannon et Paige. Le hashtag #PetitesSiestesAvecGannon cartonnait sur Twitter grâce à Cat et au reste de l'équipe qui partageaient des photos de gens qui faisaient la sieste sur Gannon.

La préférée de Paige était celle où l'on voyait Gannon, l'air grincheux, tenir les cent vingt kilos de Louis dans ses bras tandis que ce dernier faisait semblant de dormir. La twittosphère réagit ensuite en postant des versions photoshopées des photos, dont certaines se retrouvèrent sur des blogs people et dans un ou deux talk-shows de fin de soirée, nourrissant ainsi le buzz.

Paige eut l'impression d'être parvenue à esquiver le tir quand les demandes de réaction cessèrent de s'entasser dans sa messagerie sur Facebook. La chaîne restait bien décidée à ce qu'elle apparaisse dans l'émission, mais au moins le monde ne se demandait plus si elle avait joué un rôle dans la destruction du couple le plus sexy de la télé-réalité.

Plus qu'une saison à tenir, se dit Paige pour elle-même, jusqu'à ce qu'elle se rappelle qu'elle était équipée d'un micro. Elle continua à aménager la cabine d'interview en silence. Elle s'était installée dans une structure temporaire devant la maison de sorte que celle-ci serve de toile de fond. L'agitation des équipes de construction et des volontaires qui s'affairaient à l'arrière-plan devait contribuer à maintenir l'attention des téléspectateurs pendant l'interview.

Paige fit signe à Carina et passa les questions en revue avec elle. Elle ne voulait pas prendre le risque de les troubler, elle ou Malia, en posant une question indélicate ou en supposant que Malia était plus au courant qu'elle ne l'était réellement de son état de santé.

— Il n'y a aucun problème, lui assura Carina. Honnêtement, Mal en sait autant que moi sur son cancer. Elle veut devenir cancérologue quand elle sera grande.

Carina ne l'avait pas précisé mais Paige l'avait bien entendu. « Quand elle sera grande », le futur plutôt que le conditionnel était un choix délibéré.

— Super. Considérez ça comme une occasion de sensibiliser le public, suggéra Paige. On va reposer les mêmes questions deux ou trois fois juste pour être sûres d'avoir les meilleures réponses possibles.

Carina acquiesça et appela sa fille. Paige les installa sur deux tabourets sans dossier, dos à cette maison qui vivait alors ses dernières heures en l'état. Felicia apparut avec la perche et lorsque Tony fut satisfait de l'éclairage, ils se lancèrent.

Paige commença par quelques questions sur la façon dont le diagnostic de Malia avait été posé, en s'assurant que Carina évoque bien les tout premiers symptômes. Dans cet épisode il s'agissait tout autant de délivrer un message d'intérêt public sur les tumeurs cérébrales de l'enfant que de raconter l'histoire d'une famille, et Carina était heureuse de voir les choses comme ça.

Ses réponses étaient touchantes et sincères et Paige savait que le témoignage de Carina parlerait aux mères du monde entier. Quand Malia commença à s'agiter sur son tabouret, Paige comprit qu'il était temps de l'impliquer dans la conversation.

— Malia, est-ce que tu peux me parler de ton cancer ?

La petite fille hocha la tête avec fierté.

— J'ai un médulloblastome. J'en ai déjà eu un et puis il est revenu, alors j'ai eu deux opérations, des rayons et là je suis en train de faire ma dernière série de chi-mio-thérapie.

Elle énumérait les traitements sur ses petits doigts avec autant de désinvolture que si elle racontait les animaux qu'elle avait vus au zoo.

— Tu es très courageuse. Est-ce que ça t'arrive d'avoir peur ? lui demanda Paige.

Malia acquiesça, ses yeux bruns s'écarquillèrent.

— Je n'aime pas quand ma maman pleure. Et je n'aime pas trop le noir alors je dors avec une veilleuse Tortue Ninja.

Carina caressa la tête de sa fille.

— C'est l'une des infirmières de l'hôpital qui te l'a offerte, pas vrai ?

Malia hocha de nouveau la tête.

— Miss Jayne. Hé ! Tu crois que Miss Jayne va voir ça ? demanda-t-elle à Paige.

— Je pense que tous tes médecins et tes infirmières vont voir ça.

Malia se lança dans une longue série de remerciements adressés personnellement à chacun des membres de l'équipe médicale qui s'occupait d'elle. Ça ne passerait jamais, Paige le savait bien, mais elle pourrait demander à Cat de reprendre l'extrait sur son blog. De son point de vue, les hommes et les femmes qui travaillaient avec des enfants atteints de cancer ne recevraient jamais trop d'éloges et de remerciements.

Pour réorienter Malia vers une discussion qui aurait plus de chance de finir dans l'émission, Paige lui demanda comment elle se sentait après les traitements.

— Parfois j'ai envie de vomir, dit Malia en fronçant son petit nez mutin. Et aussi de dormir. Je dois faire plus de siestes. Oh, je n'ai plus de cheveux, encore. Mais comme ça on peut voir mieux mes cicatrices. Je les ai montrées à Gannon et il m'a montré des cicatrices à lui. Il a dit que les cicatrices, ça veut dire qu'on est solides.

Malia fléchit ses minuscules biceps devant la caméra et Paige fondit intérieurement.

— Tu veux voir mes cicatrices ?

— Tu veux me les montrer ?

Paige posait la question à Malia mais elle regardait Carina, qui lui fit un clin d'œil et un signe de tête.

— Bien sûr ! Je mets un foulard ou un chapeau uniquement pour que les gens pensent pas que je suis déguisée en zombie d'Halloween ou un truc comme ça. Je veux pas faire peur aux gens qui s'attendent à voir des cheveux.

Elle dénoua le foulard violet et fit un demi-tour sur son tabouret.

— Tu vois ?

Les cicatrices étaient rouges et irrégulières, une profanation de sa peau moka par ailleurs parfaite. Paige eut du mal à retenir ses larmes.

— Wow. Ce sont de sacrées cicatrices. Tu es vraiment une petite fille très courageuse.

— C'est ce que Gannon a dit. Lui aussi il a des cicatrices mais pas aussi cool que les miennes.

La gorge serrée, Paige consulta ses notes et griffonna de ne pas oublier de chercher s'il existait des images de Gannon et Malia en train de parler de leurs histoires de cicatrices. La force intérieure de Carina, confrontée à cette situation au quotidien, lui paraissait inimaginable. Voir jour après jour son petit ange de fille ravagé par une maladie et subir des traitements aussi durs ? Elles méritaient bien plus qu'une belle maison.

Elles échangèrent encore un peu sur les traitements et ce que Malia voulait faire quand son cancer aurait disparu (toujours au futur).

— Parlons maintenant de ce que ta maman et toi allez faire cette semaine pendant qu'on travaille sur votre maison. En général, les familles partent en vacances pour la semaine mais toi, tu voulais faire autre chose, dit Paige.

— On va à Washington pour demander à des gens de donner plus d'argent à la recherche contre le cancer. Maman pense qu'ils auront du mal à dire non à cette frimousse, dit Malia en se montrant du doigt. Et *ensuite*, on va aller visiter un hôpital pour enfants et jouer avec des enfants !

— Ça a l'air d'être un voyage extrêmement important.

Malia acquiesça d'un hochement de tête exagéré :

— Mmh mmh.

— Est-ce que tu sais ce que tu vas dire aux gens sur le cancer ?

— Je vais leur dire qu'on a besoin de meilleurs traitements, que même s'ils ne peuvent pas nous donner de l'argent pour me sauver maintenant, on a une responsabilité envers d'autres enfants qui pourraient être malades après.

Paige dut déglutir pour déloger la boule dans sa gorge. Carina semblait surprise par la réponse de sa fille.

— Ma chérie, où est-ce que tu as… On va s'en sortir, tu le sais.

— Mamaaan, je connais les chiffres. Les médecins t'ont dit quand la maladie est revenue que j'avais moins de chances de guérir. Si je ne guéris pas, je veux quand même que d'autres enfants soient guéris.

Carina attrapa sa fille qu'elle serra fort dans ses bras et Paige pouvait la voir lutter pour repousser les larmes qui menaçaient de couler.

Paige voulait détourner le regard. C'était trop dur, trop personnel. Mais c'était aussi ce qui amènerait les gens à se sentir concernés, intimement concernés. Elle griffonna sur son bloc-notes de ne pas oublier de faire la liste des associations de lutte contre le cancer de l'enfant à mettre en avant dans l'épisode et sur le blog.

Tony passa le dos de sa main sous son œil et Paige entendit Felicia renifler.

— On ne flanche pas, les gars, murmura Paige dans son micro en sortant un mouchoir en papier de la boîte qu'elle gardait sous la main pour les interviews.

Un mouvement sur le côté attira son attention et elle aperçut Andy, les bras croisés et une main posée sur la bouche. Il se tenait à côté de Louis qui pointait sa caméra dans sa direction.

— Ils voulaient plus de scènes en coulisses, expliqua la voix d'Andy dans son oreille. Puis il ajouta : Termine ça, ensuite je fais un rapide entretien avec toi, puis on pourra passer à la suite.

Mais merde ! Elle n'en avait rien à foutre de faire partie de l'histoire. Paige aurait voulu hurler à Andy. C'était sur Malia qu'il fallait se concentrer, pas sur une romance bidon en coulisses pour faire de l'audience.

Et, bien sûr, ils allaient la filmer les yeux embués par les larmes non versées après avoir vu une enfant de six ans pleine d'espoir envisager sa propre mort.

Paige termina l'interview sur une note joyeuse, laissant Malia parler de la chambre rose que Cat lui avait promise et de ce qu'elle pensait du fait de passer à la télé. Des réponses toutes mignonnes qui rappelleraient aux téléspectateurs que Malia aurait pu être n'importe quelle enfant de six ans dans n'importe quelle famille.

C'était la dernière fois qu'on avait besoin d'elles devant la caméra et Paige fut surprise de voir les équipes de production et de construction, ainsi que Gannon et Cat, alignées pour leur dire au revoir. L'image de Malia serrant Gannon dans ses petits bras n'aida pas à calmer l'état émotionnel de Paige. La chaîne serait certainement ravie de la voir chialer tout au long de sa première interview… Cette seule pensée suffit à la calmer.

— Finissons-en, grommela-t-elle à l'adresse d'Andy avant de s'écrouler sur son tabouret.

CHAPITRE 14

Catalina King était généralement un être humain raisonnable et équilibré. Bien sûr, il lui arrivait d'être frivole et irresponsable. Mais entre gérer elle et Gannon, et s'il s'agissait de travailler dans une atmosphère productive, fructueuse, Paige choisissait Cat sans hésiter.

Cependant, le jour de l'anniversaire que Cat partageait avec son frère, les rôles s'inversaient et c'est elle qui devenait ingérable. Toute l'équipe profitait de l'occasion pour boucler le travail un peu plus tôt et filer dans le premier rade improbable identifié par le régisseur de la chaîne qui castait les familles avant le tournage. D'énormes quantités de bière, de tequila et de nachos étaient consommées. C'était un bon break au milieu de la saison, à condition que personne ne finisse trop bourré, ou trop cassé, ce qui était toujours le cas de Cat.

Paige ne se laissait jamais aller autant que tous les autres. Elle se considérait comme la baby-sitter non officielle de Cat. Quant à Gannon, sachant que sa sœur était prise en charge, il ne venait jamais.

Sans doute parce que Cat pouvait profiter de la beuverie pour choper des mecs. Et si Cat aimait bien faire une vraie fête pour son anniversaire, Gannon préférait le célébrer en solitaire.

— Il faut que tu essaies ça, dit Cat en tendant à Paige un chemisier blanc vaporeux. Elles venaient de tourner une séquence en extérieur au cours de laquelle Cat s'était mise en quête de la literie de princesse idéale pour Malia et, comme tout se passait bien sur le plateau, elles en avaient profité pour faire un saut dans un grand magasin pour une séance shopping improvisée.

— Avec quoi tu veux que je mette ça ? demanda Paige en fronçant le nez.

— Un soutien-gorge noir en dessous, ton short en jean super mignon qui met en valeur tes jambes parfaites et des sandales en cuir. Les hommes adorent voir les jambes des filles emballées dans un truc, souligna Cat en connaisseuse.

— Tu ne chercherais pas à ce que je me tape un mec, par hasard ? demanda Paige suspicieuse, en tenant le chemisier devant elle.

— Qu'est-ce qu'il y aurait de mal à ça ? rétorqua Cat.

Paige y réfléchit un instant. Ça commençait à faire vraiment longtemps… Mais c'était pas son truc, les coups d'un soir ou deux sur la route. C'était juste embarrassant, bizarre.

Avant qu'elle n'ait le temps de fignoler sa réponse, Cat poursuivit.

— Écoute, ce n'est pas forcément une question de sexe. On n'est qu'à la moitié du tournage et tu es à peu près aussi épuisée que pour une fin de saison. Je veux juste que tu profites d'une soirée off où tu peux te maquiller un peu, sourire et t'amuser. C'est trop demander ?

Paige poussa un grand soupir.

— Non, j'imagine que non.

— Bien. Maintenant, donne-moi le chemisier, il faut qu'on aille chercher des soutiens-gorge.

* * *

Cat et son sens du style avaient eu raison, comme d'habitude, pensa Paige en examinant son reflet dans le miroir de la salle de bains de sa chambre d'hôtel. Elle avait rentré dans son short un pan du chemisier qu'elle portait au-dessus de la jolie brassière qui lui avait tapé dans l'œil avec son dos en dentelle. Cat l'avait convaincue d'opter pour une grosse ceinture et un collier à rangs avec un croissant de lune et des étoiles.

Paige avait fait quelques efforts pour ses cheveux, en donnant un peu de relief et de texture à son carré court avec des ondulations faussement désordonnées. Elle s'était limitée à un maquillage sobre mais joli, et elle devait reconnaître qu'elle se sentait super bien en contemplant son reflet dans le miroir. Peut-être, peut-être seulement, maintenant que le hashtag #PetitesSiestesAvecGannon était en top tendance et que son premier entretien devant la caméra était derrière elle, les choses allaient-elles pouvoir commencer à s'améliorer.

Paige ébouriffa une dernière fois ses cheveux et attrapa son sac. Elle vérifia que son téléphone était chargé, glissa la clé de l'hôtel dans sa poche arrière et se dirigea vers la chambre de Cat.

Le Shaney's Pub était exactement le genre d'établissement qui avait les faveurs de l'équipe. Le menu affichait une longue liste de délices frits et quarante bières à la pression. Et c'était plein à craquer.

L'entrée de Cat suscita le frisson habituel dans l'assistance mais comme elle le constatait généralement, les gens étaient plus respectueux de son temps et de son espace dans les petites villes. C'était le cas dans cette banlieue de Portland. Après une poignée de demandes d'autographes polies, tout le monde se replongea vite dans sa routine du vendredi soir.

Paige était assise à une table en hauteur et les membres de son équipe se succédaient sur le siège face à elle. *C'était sympa de voir tout le monde se détendre un peu*, pensa-t-elle en sirotant sa bière. Et ça en disait long sur cette équipe, qu'ils choisissent encore de passer leur temps libre ensemble alors qu'une moitié de la saison s'était déjà écoulée.

Felicia, en jean et tee-shirt Steely Dan, se posa lourdement face à elle et pêcha un bâtonnet de mozzarella pané dans l'assiette de hors-d'œuvres.

— Alors, ça fait quoi de passer de l'autre côté ? demanda-t-elle en mordant dans le fromage fondu.

Paige soupira.

— Il va leur falloir combien de temps selon toi avant de laisser tomber ? Je n'apporte strictement rien avec mes commentaires dramatiques sur la situation en coulisses.

La veille, elle s'en était tirée tant bien que mal en esquivant tous les sujets sensibles dans ses réponses aux questions d'Andy et elle se disait qu'elle avait dû apparaître plus hostile qu'autre chose.

— Ça fait partie du jeu.

Felicia avait pas mal d'années d'avance sur Paige dans ce jeu. Elle en avait vu d'autres au fil de l'évolution de la télé-réalité.

— Tu sais, ce n'est pas parce que la chaîne rêve d'une folle aventure entre toi et Gannon que c'est forcément une mauvaise idée.

Paige en resta bouche bée.

Felicia haussa ses larges épaules.

— Tout ce que je dis, c'est qu'il ne faut pas les laisser tirer les ficelles et aussi qu'il ne faut pas qu'ils te fassent renoncer à quelque chose qui pourrait être génial. Ce n'est pas parce qu'ils le veulent pour l'audimat que ce ne serait pas une bonne chose pour toi personnellement.

— Moi et Gannon ?

Paige n'en revenait toujours pas.

— Cette façon que vous avez de vous frotter l'un à l'autre à rebrousse-poil ? On voit déjà tous les étincelles que ça fait. Ça pourrait bien s'enflammer un jour.

Felicia jeta un coup d'œil par-dessus son épaule en entendant son nom.

— On dirait que je suis convoquée aux fléchettes, dit-elle en laissant Paige, la bouche grande ouverte.

Elle n'eut pas vraiment le temps de rester sous le choc. Un groupe de cinq musiciens qui reprenaient des chansons country – le clou de la soirée – battait la mesure avec enthousiasme. Cat la repéra et l'entraîna sur la piste bondée.

— Voyons si tes pieds savent encore faire autre chose que rester plantés dans le sol toute la journée, cria Cat par-dessus la musique.

Paige renonça à essayer de penser ou de poursuivre ses divagations et suivit le jeu de jambes de Cat. Cat avait une passion pour la danse lorsqu'elle était sobre, mais elle devenait beaucoup plus agressive quant à cette passion lorsqu'elle buvait. C'était le travail de Paige de la maintenir occupée et hydratée pour l'empêcher de disparaître avec un inconnu ou de boire au point d'en souffrir le lendemain.

Ce n'était pas toujours désagréable. Paige appréciait de pouvoir se détendre un peu en plein milieu des tournages. Il y avait quelque chose dans le fait de sentir son corps se laisser emporter par le rythme et d'oublier tout le reste qui lui faisait le plus grand bien. Elle avait pris des cours de danse hip-hop avec ses copines à la fac, ce qui aidait aussi. Ensemble, Cat et elle attiraient l'attention, et comme ça n'avait rien à voir avec Gannon ou son travail, Paige s'en donnait à cœur joie.

Cat s'éloigna en tourbillonnant vers un type en chemise de bûcheron et bottes de cow-boy qui lui faisait signe. Paige se dirigea vers le bar pour chercher un verre d'eau quand son regard tomba sur de beaux yeux bruns et un joli sourire. L'homme portait un polo et un short cargo. Ses cheveux blonds étaient coupés court et il ne portait pas d'alliance.

— Salut, dit-il presque timidement.

— Salut, répondit Paige en lui souriant.

— Je peux t'offrir un verre ? proposa-t-il en agitant la bouteille de bière vide dans sa main.

— Je suis en quête d'eau, lui dit Paige. C'était la vérité mais c'était aussi un test. Il y avait toujours un type dans un bar qui voulait à tout prix faire boire, « pour plaisanter », une femme célibataire, même si elle disait qu'elle ne buvait que de l'eau.

— Je t'accompagnerais volontiers dans ta quête, proposa-t-il.

Il avait passé le test. Le sourire de Paige fut plus chaleureux encore.

— D'accord.

Ils avancèrent vers le comptoir, la même planche de bois noire et poisseuse que dans n'importe quel bar de n'importe quelle ville. Là, le blondinet fit signe au barman. Il commanda « un verre d'eau pour madame » et se présenta. Il s'appelait Marcus.

— Enchanté, Marcus du ministère de l'Hydratation. Moi c'est Paige.

— Tu viens souvent ici, Paige ? sourit-il.

Elle rit.

— C'est la première fois. Je suis dans le coin pour une semaine seulement. Et toi, tu viens souvent ici ?

Il fit non de la tête et lui tendit le verre d'eau que le barman venait de lui mettre dans les mains.

— Je ne suis pas un habitué. Je suis juste venu retrouver un client pour boire un verre, et puis je t'ai vue.

Douceur et sincérité. Elle aimait bien ça.

Paige sentit un changement dans l'atmosphère, comme si la température du bar avait soudain grimpé de dix degrés. Gannon était là. Jean impeccable, tongs et tee-shirt moulant son torse spectaculaire. Il se tenait dans l'embrasure de la porte, comme s'il reconnaissait le terrain.

Le cœur de Paige se mit à claudiquer bruyamment dans sa poitrine.

De quand ce putain de truc datait ? Depuis quand une admiration distante et totalement compréhensible pour ses belles formes avait viré à un véritable crush ? Elle avait Marcus face à elle, un type bien, de toute évidence, et qui s'intéressait à elle, et elle bavait devant un homme qui s'était toujours avéré d'humeur bien trop imprévisible pour qu'on puisse se fier à lui.

Comme s'il avait capté ses pensées, Gannon croisa son regard à l'autre extrémité du pub. Les coins de sa bouche se relevèrent légèrement.

Soudain, un grand cri retentit sur la piste de danse :

— Paigey !

— Elle est avec toi ? demanda Marcus en pointant sa bouteille dans la direction opposée. C'était Cat, juchée à présent sur les épaules de l'imposant cowboy en chemise bûcheron, qui s'agitait comme si elle chevauchait un taureau.

— Elle va s'assommer avant de tomber dans les pommes, soupira Paige.

— Elle me dit quelque chose, dit Marcus en réfléchissant.

— Tu regardes la chaîne Reno and Realty ?

Il fronça les sourcils, les yeux toujours rivés sur Cat.

— Ça m'arrive.

À l'expression qui se forma sur son visage, elle comprit qu'il avait trouvé.

— C'est la sœur jumelle, c'est ça ?

— Catalina King en personne, soupira Paige.

C'était généralement le moment où le mec essayait l'air de rien de demander à être présenté, comme s'il y avait besoin d'une invitation officielle pour aller parler à Cat.

— Ah… J'avais entendu dire que l'émission venait dans le coin. Tu travailles pour eux ? Comment ça s'appelle, déjà ? demanda Marcus, reportant son attention sur elle.

Paige fut agréablement surprise que cette splendide nébulosité blonde et ivre de Cat King ne parvienne pas à détourner le regard de Marcus.

— « Les Rois de l'immobilier ». Je suis la productrice de terrain.

— Et que fait une productrice de terrain ?

— Eh bien, ce soir, la productrice de terrain babysitte Cat pour son anniversaire.

— Ah, un de ces postes où le travail ne s'arrête jamais, s'amusa Marcus.

— Tu as l'air de bien connaître le concept, dit Paige en riant. Le mec le plus mignon de tout Portland, Maine, flirtait avec elle, et elle n'arrivait à penser qu'au poids du regard de Gannon sur elle.

— Je travaille pour une compagnie d'informatique et nos clients sont des petites entreprises, donc tout est toujours une urgence.

— Il y a beaucoup de gens qui dépendent de toi ? lança Paige en jouant avec la paille de son verre.

Marcus se pencha un peu plus près. Elle put percevoir les effluves de son eau de Cologne, quelque chose de subtil et épicé.

— On dirait que toi aussi.

Le groupe venait d'entamer un morceau plus lent.

— Tu veux qu'on parle boulot ou tu préférerais danser ?

Paige se mordit la lèvre. Il était si mignon. C'était quoi ce délire ?

— Allons danser. Fais juste attention aux étoiles de la télé qui tombent du ciel.

Il rit et lui prit la main, l'entraînant vers la piste de danse. Les yeux de Paige rencontrèrent ceux de Gannon alors qu'elle contournait une table de quinquagénaires passablement éméchées qui descendaient un pichet de margarita. Il y avait de la chaleur dans ces yeux noisette et elle pouvait la sentir tandis qu'il la détaillait de la tête aux pieds. Sur la piste, d'autres couples les laissèrent passer avant de resserrer les rangs autour d'eux et Paige se sentit soulagée, comme si la barrière humaine pouvait la protéger des regards torrides.

Quelle qu'ait été sa relation passée avec Gannon, quelque chose avait changé pour elle comme pour lui et elle espérait seulement qu'il n'était pas trop tard pour revenir en arrière. C'était plus sûr. Plus facile.

Marcus l'attira doucement dans ses bras, tout en respectant son espace, et elle se força à lui accorder toute son attention. Il la faisait rire et lui posait des questions sur sa vie. Il était intelligent, doux et sûr de lui. Paige n'arrivait pas à comprendre comment il pouvait être célibataire. Lorsqu'elle lui posa la question – maudit Gannon et ses encouragements à dire le fond de sa pensée – Marcus poussa un gros soupir.

— Je sors tout juste d'une longue histoire.

— Combien de temps ça a duré ? demanda Paige, compatissante.

— On a commencé à sortir ensemble quand on avait dix-sept ans.

— Aïe.

— C'est mieux comme ça. Tu sais, tu es la première fille que j'approche depuis la rupture.

— C'est vrai ? demanda Paige, bien trop ravie.

Marcus acquiesça.

— Tu devrais te sentir très flattée, plaisanta-t-il.

— Oh, je le suis, promit-elle.

— En fait, si je ne devais pas partir pour retrouver un cousin qui est là seulement ce soir, je te demanderais si tu ne veux pas venir avec moi dans un endroit plus tranquille. Pour manger une pâtisserie, peut-être ?

Il écarta une mèche de cheveux du visage de Paige et elle ressentit une douce chaleur à son contact. *Enfin,* son corps réagissait de manière appropriée. Certes, ce n'était pas le brasier intérieur qu'elle avait ressenti lorsque Gannon avait fouillé sous son tee-shirt pour trouver son alimentation micro mais quand même, ce n'était pas rien.

— Difficile pour une fille de dire non à une pâtisserie.

— Je suis content de t'avoir rencontrée, Paige, dit-il en souriant.

— Je suis content que tu m'aies rencontrée aussi.

Elle sentit un frisson lui traverser la peau et aperçut Gannon au bar, une bière à la main, qui la regardait fixement.

La chanson se termina et Marcus et elle se séparèrent. Il fouilla dans sa poche et en sortit une carte de visite.

— Je dois vraiment y aller. Mais si tu en as envie, appelle-moi pour une pâtisserie.

— Je n'ai vraiment aucun temps mort pendant les tournages mais au cas où ça arrive, je t'appellerai, dit-elle en prenant sa carte.

— Ne m'oublie pas, dit-il en partant.

Elle le regardait s'éloigner, un sourire niais sur le visage quand quelqu'un lui arracha des mains la carte de visite.

— C'est pas ton genre de mec, dit Gannon en apparaissant à ses côtés.

CHAPITRE 15

— Donne-moi ça ! Tu ne sais pas quel est mon genre, dit-elle en tendant le bras vers la carte. Elle se demanda ce qui rendait l'odeur du déodorant et de la lessive de Gannon si sexy.

— Et toi, tu le sais ? Je ne t'ai jamais vu avec personne, rétorqua Gannon.

— Tu ne me vois que quatre mois par an, lui rappela Paige.

Le groupe de country ralentit le rythme à nouveau et Gannon, avec la fluidité experte d'un homme à femmes hautement qualifié, lui entoura la taille et la guida à son tour vers la piste de danse. Le contact de ses mains brûlaient la peau de Paige à travers le mince voile de son chemisier soyeux. Elle ne se sentait plus protégée. Pas avec Gannon qui la tenait trop près de lui. Ça ne l'intéressait pas de maintenir un espace confortable entre eux. Il voulait sentir son corps contre le sien et la partie du cerveau de Paige qui se foutait totalement des conséquences était d'accord avec lui.

Elle posa ses mains sur ses épaules, pour éviter une scène mais aussi pour contrôler l'espace infinitésimal qui les séparait.

— Tes cheveux sentent la piña colada, lui dit Gannon à l'oreille, la voix râpeuse.

— Ce n'est pas une bonne idée après tout ce qui s'est passé cette semaine, prévint Paige. Il était si grand et si large qu'elle ne pouvait pas voir le reste de la piste de danse derrière lui. Il l'avait habilement conduite dans le coin le plus sombre et elle l'avait suivi à son insu ou pire, délibérément.

— Parfois, les mauvaises idées sont les meilleures idées.

— Pourquoi tu as pris la carte de Marcus ? demanda-t-elle soudain.

— Parce que je suis intéressé.

— Par Marcus ?

— Par toi, Paige. C'est toi qui m'intéresses.

— Moi ça ne m'intéresse pas d'être intéressée, dit-elle, sentant la panique lui envahir l'estomac.

— Ce n'est pas la même chose que de ne pas être intéressée, fit remarquer Gannon.

Elle ne sut pas comment répondre à ça. Elle pouvait lui dire qu'elle n'était pas intéressée, mais elle avait la nette impression qu'il n'y croirait pas un instant. Pour quelqu'un qui ne la connaissait pas depuis longtemps, il l'avait vite cernée.

— Tu ne ferais pas un bon *boyfriend*.

— Ah non ?

Paige hocha la tête.

— Toi, ton truc c'est les rénovations express. Je n'ai pas le temps d'embaucher un contractuel en ce moment.

Quand il se contenta de la serrer plus fort, elle poussa un soupir.

— Tu veux que je t'explique toutes les raisons pour lesquelles ce serait une mauvaise idée, toi et moi ? demanda Paige.

— La seule chose qui m'intéresse, c'est pourquoi ça pourrait marcher, dit-il en secouant la tête.

— Je ne vais pas risquer ma carrière pour une nuit dans ton lit.

— On peut aller dans le tien si tu préfères.

— Je suis ravi de voir que, comme d'habitude, tu prends mes inquiétudes au sérieux, lui dit-elle, agacée.

— Qu'est-ce qui t'inquiète le plus dans le fait de faire l'amour avec moi ?

— Mon Dieu, Gannon !

Pas assez de filtre, c'était un problème aussi.

— Tu vois ? Tu as déjà tout le vocabulaire.

Elle lui marcha brutalement sur le pied, ce qui n'eut aucun effet.

— Je ne veux pas avoir à gérer les retombées si ma vie privée devient un objet d'intérêt public.

— Il n'y a pas de raison que ça se passe comme ça.

— Quoi ? Tu veux dire qu'on pourrait entrer et sortir en cachette de la chambre d'hôtel de l'autre sans que personne ne s'en aperçoive ?

— Imagine, dit-il en faisant glisser ses mains plus bas sur ses hanches, ses longs doigts se faufilant sous le denim de son short, et Paige sentit son excitation grimper en flèche.

— Aucune raison que quelqu'un le sache.

Son souffle était chaud contre son visage. Elle ne pouvait s'empêcher de fixer sa bouche et quand son corps frôla le sien, elle sentit son membre dur à travers son jean. La pointe de ses seins durcit contre la dentelle de sa brassière.

— Et puis il y a ta copine, dit-elle, s'efforçant de lui rappeler, ainsi qu'à son propre corps, que ce dont ils discutaient était hors de question.

Gannon eut l'air vraiment confus.

— De quoi tu parles ?

— Meeghan Traxx. Ta petite amie.

Son expression s'assombrit.

— Meeghan et moi ne sommes pas ensemble. Et je suis très déçu que tu laisses entendre que je pourrais te faire des avances si j'étais avec quelqu'un.

— Mais les infos…

— Des ragots. Des rumeurs. On n'est jamais sortis ensemble. Tu crois vraiment qu'elle est mon genre ? dit-il, l'air dégoûté.

— Cette conversation est trop… intense. Je crois que j'ai besoin d'un verre.

Les mots étaient sortis précipitamment.

— On est deux.

Gannon gardait la main de Paige fermement enserrée dans la sienne et elle dut trottiner pour le suivre en direction du bar. Elle crut le voir réajuster discrètement son érection.

Il commanda pour eux deux et elle fut surprise qu'il connaisse la bière qu'elle préférait.

Elle but une longue gorgée, essayant de refroidir son corps de l'intérieur.

— Écoute, commença Gannon, je ne suis pas ravi de la situation moi non plus. On travaille ensemble dans un climat intense. C'est une très mauvaise idée de coucher ensemble. Mais je commence à penser que c'est une très mauvaise idée inévitable. J'attends toujours le moment où j'arrêterai de penser à toi et le seul résultat c'est que je pense encore plus à toi.

Cru. Honnête. Sans filtre. C'était tout Gannon King.

— PAIGE !

Ce cri de Cat fut le seul avertissement avant qu'elle ne fonce sur elle en la projetant contre le torse massif de Gannon, et sa queue encore dure.

Elle recula comme s'il l'avait brûlée et se retourna pour examiner son amie.

— Eh beh ! On va donner un peu d'eau et de nuggets à ce corps, rigola Paige.

— Super idée ! Gann, tu commandes. Je vais emmener ma meilleure amie Paige par ici pour qu'elle se bouge le cul.

Sans attendre la réponse de Gannon, elle attrapa le poignet de Paige et commença à la traîner vers la piste de danse. Paige se donna une seconde pour penser à tous les King qui l'avaient traînée d'un bout à l'autre du bar pendant cette soirée. Il fallait vraiment qu'elle pense à s'acheter des chaussures avec une meilleure adhérence.

— Mon frère avait l'air de vouloir te dévorer, cria Cat sans détour.

— On était juste en pleine… dispute.

Cat ignora son mensonge et continua :

— Dès le premier jour où je t'ai vu le remettre à sa place, j'ai compris. Gannon a besoin de quelqu'un qui ne lui lèche pas le cul. Il t'aime vraiment bien.

— Cat, je ne veux pas parler de ton frère !

— D'accord, alors parle-moi de « beau gosse en polo ».

— Pourquoi tu ne me parles pas plutôt de « grand gaillard en chemise à carreaux » ?

Cat réussit à tenir deux morceaux sur la piste de danse avant de laisser Paige la ramener au bar.

— C'est mon anniversaire, annonça-t-elle à tue-tête, et tout le monde autour d'elle se mit à applaudir en poussant des cris.

Les billets commencèrent à s'aligner devant elle comme s'ils avaient poussé sur le comptoir. Paige en posa un aussi.

— Minute ! D'abord du gras et de l'eau.

Cat attrapa un nuggets et mordit dedans.

— Paige est ma baby-sitter, expliqua-t-elle à Gannon.

— Je vois ça, dit son frère, amusé.

Cat s'arrêta brusquement de mâcher, le visage soudain sérieux.

— Tu sais que c'est aussi *ton* anniversaire ?

— Tu l'as laissé boire combien de verres ? demanda Gannon en regardant Paige par-dessus la tête de sa sœur.

— Aucune idée. J'ai été distraite, répondit Paige.

Elle fit signe au barman et demanda :

— Rico ? Tu as vu combien de verres Cat a bu ?

— Je l'ai vue prendre quelques shots à cette table d'étudiants. Tu as vu Cat boire quelque chose, Mel ? dit le fameux Rico en haussant les épaules sous sa chemise mauve.

Mel débarqua, un gin tonic dans une main et une poignée de numéros de téléphone dans l'autre.

— Cat ? J'ai vu ce cow-boy en chemise à carreaux lui payer quelques tournées. Ah, et après le barman lui a donné un truc rose et mousseux.

— Merde, marmonna Paige.

À cause de Marcus et Gannon, elle avait manqué à ses devoirs. Il n'y avait aucune chance que Cat s'en sorte indemne. Et une Cat avec la gueule de bois sur le tournage était pire qu'un Gannon sobre.

Ils restèrent encore une heure au bar avant que Paige, détectant sur le visage de Cat les signes annonciateurs de la gerbe, ne l'entraîne dehors. Les buissons du parking en firent les frais, mais Cat promit qu'elle se sentait assez bien pour ne pas vomir dans le van. Tous les membres de l'équipe, à différents stades de sobriété et d'ivresse, s'entassèrent à l'intérieur, et Gannon – qui n'avait pas bu une seule goutte d'alcool le jour de son anniversaire – prit le volant pour les ramener à l'hôtel. Cat tint parole et attendit le parking de l'hôtel pour vomir à nouveau. Elle fit un signe enthousiaste à l'employé de la réception en bafouillant un truc incompréhensible au sujet des anniversaires.

Gannon et Paige aidèrent Cat à regagner sa chambre. Paige força son amie à se démaquiller et à se brosser les dents avant de la mettre au lit. Elle trouva la réserve de Gatorade de Cat dans le mini-frigo et en laissa une bouteille sur la table de nuit, à côté d'une boîte d'aspirine. Cat ronflait quand Paige quitta sa chambre.

Gannon attendait dans le couloir.

— Elle dort déjà, l'informa Paige. Mais on ferait bien d'envoyer Mel ou Sam chercher des sandwichs pour le petit déjeuner demain matin. Elle en aura besoin.

Gannon fit un signe de la tête mais ne dit rien.

— Je crois que je vais aller me coucher aussi, dit Paige, que la nervosité rendait bavarde.

— Je t'accompagne à ta chambre.

Elle lui lança un regard alarmé.

— J'ai dit que j'allais te raccompagner à ta chambre, pas t'arracher ton short.

L'image qu'il avait plantée dans son esprit la travaillait suffisamment pour qu'elle se prenne les pieds dans la moquette alors qu'ils marchaient côte à côte sans se toucher. Il lui attrapa le bras pour la rattraper et elle reprit sa marche.

— Bonne nuit, Gannon, dit-elle en s'arrêtant devant sa porte.

— Bonne nuit, Paige. Fais de beaux rêves.

Ce sourire sexy lui annonçait tout ce qu'il savait des rêves qu'elle allait faire.

Elle entra et ferma aussitôt la porte de peur de dérailler en l'invitant à entrer. Ils savaient tous les deux que c'était une très mauvaise idée. Elle n'avait aucun intérêt à être publiquement liée à lui. Ce serait un suicide professionnel pour elle et elle avait besoin de faire une dernière saison avant de pouvoir tourner la page.

Mais c'était quand même tentant. Il était tentant.

Ses yeux se posèrent sur la boîte de pâtisseries posée sur la table. « Merde », marmonna-t-elle.

CHAPITRE 16

Gannon ne savait pas qui était le plus surpris de trouver Paige à sa porte, lui ou elle.

— Tout va bien ? demanda-t-il, certain que seules une catastrophe ou une urgence pouvaient l'amener à frapper chez lui après l'avoir congédié comme elle l'avait fait.

Elle prit une grande inspiration et se lança :

— Tu sais, Cat en fait tellement des caisses sur son anniversaire que j'oublie parfois que c'est aussi le tien.

— Ça a toujours été comme ça. Je m'en fous un peu et elle, elle adore ça, dit-il en souriant.

— C'est quand même ton anniversaire, dit-elle en lui présentant un cupcake avec une bougie allumée.

Le désir contre lequel il se battait depuis des mois monta encore d'un cran tandis qu'autre chose, quelque chose de doux, de chaud, l'envahissait.

Il se pencha et, fermant les yeux, souffla sur la bougie.

— Tu as fait un vœu ? demanda Paige.

Elle semblait un peu essoufflée. Il aimait ça.

— Oui. Ça.

Il fut plus rapide qu'elle, lui prenant le cupcake des mains et l'attirant brusquement à lui en attrapant le devant de son chemisier. Il posa ses lèvres sur les siennes et sentit son corps s'allumer. La bouche douce de Paige s'ouvrit doucement et il y glissa sa langue, la goûtant tranquillement, délibérément. Elle glissa ses mains sous son tee-shirt et l'embrassa à son tour. Tout allait vite. Il n'y eut qu'une étincelle, puis le grand incendie. Le baiser était un champ de bataille, chacun se battant pour prendre le dessus. C'est Gannon qui l'emporta, de justesse, en l'embrassant jusqu'à ce qu'elle ait le souffle coupé. Lentement, il ralentit le rythme, effleurant légèrement les lèvres de Paige avant de s'écarter.

Il était dur comme du granit pour elle et on aurait dit que Paige allait tomber à genoux s'il la lâchait. Ses yeux bleus se perdaient dans ceux de Gannon, cherchant des réponses à des questions inconnues.

— Pas intéressée, tu disais…

Le regard hébété disparut et laissa place à une lueur espiègle. Paige fit volte-face et s'élança dans le couloir, toute colère l'ayant instantanément abandonnée.

Eh oui. C'était une très mauvaise idée mais c'était en train d'arriver. Qu'ils le veuillent ou non.

* * *

C'était exactement le genre de journée qui faisait détester son boulot à Gannon. Cat avait une sacrée gueule de bois. Le tournage devait se passer d'elle au maximum, ce qui obligeait Gannon à rester plus longtemps devant la caméra, ce qu'il n'aimait pas. Le temps n'arrangeait rien. Ce début d'été dans le

Maine était un désastre. Les violentes bourrasques et les averses impromptues ravageaient les tentes qu'ils avaient installées dans le jardin devant la maison. Il était trempé et furieux et il n'était même pas encore neuf heures du matin.

L'entrepreneur, Brunelli, était un type à peu près correct qui avait les choses en main à l'intérieur, ce qui laissait à Gannon une heure ou deux pour se consacrer à son projet. Quand il avait vu les dessins de Cat pour la chambre de Malia, il sut exactement quelle serait sa contribution. Il avait alors dessiné un lit à baldaquin digne d'une princesse et Cat avait abandonné son idée d'en acheter un dans le commerce. Sauf que maintenant, il fallait le fabriquer.

Ils se servaient de l'espace récupéré sur une chambre d'amis biscornue à l'étage pour agrandir la chambre de Malia, ce qui permettrait d'installer un grand lit. Carina avait expliqué qu'après les chimiothérapies, elle dormait souvent dans la chambre de Malia, à même le sol, pour s'assurer que la petite fille n'avait besoin de rien au milieu de la nuit. Avec un grand lit, elles pourraient dormir confortablement toutes les deux et Malia – espérait-on – allait grandir et pourrait toujours utiliser ce lit une fois adulte.

Il passa sa main gantée sur le tasseau de merisier et serra la mâchoire. Selon lui, les enfants ne devraient pas avoir le cancer. Personne ne devait avoir le cancer, mais surtout pas les enfants.

— Gannon, à la façon dont tu regardes ce morceau de bois, on a l'impression que tu vas l'exploser avec un autre morceau de bois, lança Paige hors-champ d'une voix douce.

Il leva son regard vers le sien, cala son crayon derrière son oreille, et prit un certain plaisir à la voir rougir. C'était pour ça qu'il était agacé aussi.

Il l'avait embrassée hier soir avec l'intention de provoquer quelques fissures dans les murs que Paige avait érigés autour d'elle. Au lieu de ça, elle l'avait accueilli avec un « bonjour » tranquille en le voyant arriver sur le plateau, énervé et fatigué d'avoir passé la nuit à essayer de se débarrasser d'une trique épouvantable.

— Si ma tête te pose un problème, tu ferais mieux de pointer la caméra sur quelqu'un d'autre pour l'heure qui vient, grogna-t-il en se dirigeant vers la table la plus proche de la caméra à la recherche de ce putain de mètre ruban qu'il n'arrêtait pas d'égarer.

Dans le haussement de sourcils de Paige, il n'y avait pas de surprise mais un jugement froid. D'ordinaire, ça lui faisait plaisir d'énerver Paige, mais cette fois c'était lui qui s'énervait tout seul.

Construire des meubles était un processus créatif pour lui et faire ça devant une caméra, c'était comme tourner un porno. On prenait quelque chose de satisfaisant et d'excitant et on en faisait un fac-similé pourri qui suscitait des attentes irréalistes dans le public. C'était de la merde. Il lança à Paige un regard qui transmettait ce message haut et fort.

— On va avoir besoin que tu nous guides dans les coupes pour la tête de lit, lui rappela Paige. Cette fois il y avait une pointe d'énervement dans sa voix.

Bien. Pas trop tôt, putain.

— Eh bien, tu sais quoi ? Je ne suis pas prêt à passer à cette foutue tête de lit. Je fais les coupes pour le cadre.

Elle croisa les bras et il aurait pu parier un bon paquet qu'elle était en train de s'enfoncer les ongles dans la paume de sa main.

— Je sais bien que ça n'a pas de sens pour toi de filmer dans le désordre…

— Non, non, ça n'a pas de sens pour moi. Je suis en train de faire un lit pour une petite fille de six ans atteinte d'un cancer. Pourquoi tu ne veux pas me laisser faire mon boulot et te contenter de filmer la *réalité* pour une fois ?

Il y avait une flamme dangereuse dans les yeux de Paige et il aurait voulu savoir ce qui lui passait par la tête.

Paige porta deux doigts à son oreille et murmura quelque chose dans son micro. Elle s'interrompit, à l'écoute.

— Pourquoi tu ne prendrais pas cinq minutes de pause, Gannon ? suggéra-t-elle calmement.

— Je n'ai pas besoin de cinq minutes de pause. J'ai besoin d'avancer sur ce cadre.

— Ah oui ? Et nous, on a besoin de boucler cette scène pour rester dans les temps, rétorqua-t-elle. Cinq minutes de pause, tout le monde !

Personne ne contesta cet ordre donné comme un coup de fouet.

Gannon jeta son crayon par terre et s'approcha d'elle à grands pas.

— Il faut qu'on parle, dit-il en l'attrapant par le poignet et en l'entraînant dans l'allée jusqu'à la maison. Elle était pleine d'ouvriers qui s'affairaient en tous sens. Mais il y avait un endroit où personne ne les interromprait.

Il ouvrit d'un coup sec la porte du sous-sol, qui grinça en signe de protestation, et entraîna Paige à sa suite dans les escaliers. C'était un espace sordide, qui sentait le renfermé, avec un sol en béton et un plafond si bas qu'il ne pouvait pas se tenir droit.

Paige fronça le nez et commença à parler, mais il pressa un doigt contre ses lèvres. En passant une main derrière elle, il décrocha le bloc d'alimentation de la ceinture de son short et l'éteignit. Puis il fit de même avec le sien et les jeta tous deux dans une grande bassine en plastique remplie de papier d'emballage.

— Qu'est-ce que tu fous, bordel ? siffla-t-elle. Il y avait du feu dans ses yeux bleus et cela ne fit qu'attiser les flammes de Gannon.

— Je fais ce à quoi je pense depuis hier soir.

Il l'empoigna par le devant de son coupe-vent et plaqua sa bouche sur la sienne avec force. Elle lutta une demi-seconde avant d'enfoncer ses doigts dans ses épaules et de s'abandonner.

C'était comme goûter le soleil. Un brasier s'était allumé entre eux et gagnait en intensité à chaque coup et à chaque frottement de leurs langues. Il se demanda s'il n'y avait pas un risque de combustion spontanée. Il laissa ses mains glisser sur elle, sur ses épaules, le long de son dos et il saisit ses fesses, la pressant contre son érection revenue en force. Elle gémit et se frotta contre sa queue.

Ça n'avait aucun sens. Elle n'était pas censée lui faire ressentir ça, la perte de contrôle, le besoin. Mais ça ne changeait rien au fait que c'était exactement ce qu'elle faisait.

Puis elle recula et gifla sa poitrine.

— Tu ne peux pas m'arracher à mon travail parce que tu es excité ou énervé. C'est pas du tout mon truc ces conneries d'homme des cavernes. Compris ?

Elle était en colère *et* excitée, et c'était une combinaison puissante. Les yeux bleus étaient éperdus de désir, sa bouche gonflée par l'assaut, mais le reste de son corps crépitait de fureur, de passion, de *besoin*.

— Compris. Mon Dieu, tu me plais tellement.

Elle soupira de frustration et attira sa tête vers elle pour l'embrasser à nouveau. Il lui prit les fesses et la souleva, tandis qu'elle enroulait ses longues jambes autour de ses hanches. Elle se cala contre sa queue comme une clé s'enfonce dans une serrure et il dut lutter contre l'envie de lui arracher son short sur-le-champ.

Aidée par ses grandes mains, elle se frotta contre lui en gémissant dans sa bouche. Puis elle le regarda droit dans les yeux et dit :

— Je te préviens, je ne serai pas une groupie écervelée pour toi.

Il y avait de la tristesse dans le rire de Gannon quand il répondit.

— Bien sûr que non.

— Ma vie intime est privée et c'est bien trop dangeureux d'être avec toi. Je porte un micro au travail, putain.

— C'est compréhensible.

Il posa ses lèvres sur les siennes. Elle gémit et ça le rendit fou.

Il ne prit pas la peine d'interrompre le baiser pour dire son nom :

— Paige ?

— Mmph ?

— J'ai besoin de te baiser.

— Dieu, Gannon. Pas ici, s'exclama-t-elle comme s'il lui avait dit qu'il voulait se raser la tête.

— Je sais bien, pas ici ! Ce soir ? proposa-t-il.

Elle se raidit puis se détendit lentement, un muscle après l'autre, dans ses bras. Il la regardait dans les yeux, la suppliant de dire oui. Il le voulait, il le fallait.

Quand Paige commença à hocher la tête, il lui serra les fesses plus fort.

— Ce soir ? demanda-t-il à nouveau.

— Ce soir, murmura-t-elle.

CHAPITRE 17

Paige fit de son mieux pour compartimenter ses sentiments sur le plateau cet après-midi-là mais quand même… Elle avait grimpé sur Gannon comme à un arbre et s'était frottée contre lui avec un désespoir qui l'effrayait au plus haut point. À présent, elle comptait les heures jusqu'à ce qu'elle puisse retourner à l'hôtel et au moins se doucher avant de laisser Gannon la ravager. Ou avant qu'*elle* le ravage.

Ses doutes parfaitement légitimes sur son travail, sur le fait qu'il n'était absolument pas fait pour elle, n'avaient pas disparu. Mais ils s'étaient faits beaucoup plus discrets depuis qu'ils s'étaient embrassés… et qu'ils s'étaient pratiquement retrouvés nus.

Elle le désirait. Il la désirait. Ils étaient deux adultes célibataires et consentants capables de garder un secret. Quelle importance si c'était exactement ce que voulait la chaîne ? Si c'était un véritable suicide professionnel ?

D'accord, ça, ça continuait à la tracasser. C'est d'ailleurs pour ça qu'elle n'allait pas y penser. Elle avait une foule d'autres choses auxquelles penser et heureusement, Gannon n'était pas sur le plateau pour la distraire davantage. Il tournait à une heure et demie de là, dans un atelier de ferronnerie où il créait un baldaquin sur mesure pour le lit de princesse de Malia. Lou et Mel étaient avec lui.

Ici, à la maison des Dufour, Paige était chargée de gérer la classe de Malia pour qu'elle aide Cat à réaliser une fresque géante pour la chambre de la petite fille. Vingt-trois enfants de six et sept ans étaient en train de semer le chaos sur le plateau.

Rico et Tony filmaient ce petit cataclysme tandis que Cat prenait selfie sur selfie avec les enfants.

Le ciel de fin d'après-midi se remplissait d'inquiétants nuages que Paige exhortait de passer. La dernière chose dont ils avaient besoin était de gérer une tempête en plus du tournage et des enfants.

— O.K., mettons tout ce cirque sous une tente, ordonna Paige dans son micro. Elle fit signe à Sam pour lui demander de l'aider à rassembler les enfants sous la deuxième tente qu'ils avaient installée dans l'allée des Dufour. Les parents furent tous conduits dans la tente de la régie où du café et des en-cas à profusion les attendaient. Ça ne laissait pas beaucoup de place à l'équipe de tournage mais s'il se mettait à pleuvoir, il fallait bien les abriter sous un semblant de toit.

Paige aurait préféré que Cat ait eu cette idée brillante avant le début du tournage car elle aurait pu s'arranger pour faire ça à l'école primaire plutôt qu'ils se retrouvent avec une classe entière lâchée sur un chantier de construction. Mais ça lui servirait de leçon pour les émissions suivantes.

Paige se tenait à l'entrée de la tente, bloquant discrètement l'issue de sorte qu'aucun des enfants ne puisse sortir se promener sans qu'elle le voie. Cat était au milieu de la tente avec Billie Brunelli, dont le fils, un petit gars à lunettes avec des taches de rousseur et une chemise de chantier Brunelli, était dans la classe de Malia.

Il n'y avait pas de raison de préparer une véritable mise en scène de la séquence. Cat irait là où elle devait aller et Rico et Tony suivraient du mieux qu'ils pourraient. Ils espéraient en tirer quelques minutes d'images d'enfants mignons et un produit final, la fresque, qui pourrait être utilisé au moment du dévoilement.

Cat distribua des toiles vierges aux enfants réunis par groupes de trois et expliqua comment ils allaient tous y laisser les empreintes de leurs mains. Les parents avaient été prévenus à l'avance d'envoyer leurs enfants sur le plateau dans des vêtements qui ne craignaient rien. L'émission avait investi une centaine de dollars supplémentaire pour faire des tee-shirts de volontaires en taille enfant qui ne tarderaient pas à devenir méconnaissables sous les couches de peinture rose et violette.

C'était le chaos sous la tente, mais un chaos mignon. On aurait dit une cantine d'école avec tous ces bavardages. Le brouhaha était si fort que Paige faillit confondre le long grondement du tonnerre avec le passage d'un camion dans la rue. Son téléphone vibra avec insistance dans sa poche. Elle le sortit, s'attendant à un appel de Mel, mais c'était une alerte météo.

Alerte aux orages violents là où vous vous trouvez.

Comme pour marquer le coup, une violente rafale souffla dans son dos, faisant clapoter les murs de la tente et arrachant des cris aux enfants. Un éclair zébra le ciel assombri derrière elle et un long roulement de tonnerre résonna dans la foulée.

— Merde, marmonna Paige dans son micro. Andy, je pense qu'on va devoir rentrer tout le monde à l'intérieur, au sous-sol.

Elle le vit hocher la tête à l'autre bout de la tente avant qu'il ne crie de couper. Plongée dans une peinture avec deux enfants, Cat leva les yeux vers elle.

— O.K., tout le monde. Nous allons faire une petite pause et rentrer à l'intérieur, dit Paige en frappant dans ses mains.

Dehors, le tonnerre éclata et une poignée d'enfants crièrent. Cat et Andy couraient dans tous les sens pour les rassembler.

Paige reprit son casque et appela Sam.

— Sam, j'ai besoin que tu fasses rentrer tous les adultes dans la maison. Un orage se dirige vers nous.

Rico sortit le premier avec sa caméra pour filmer les enfants qui se précipitaient hors de la tente derrière Cat.

— Allez, tout le monde, on avance ! hurla Cat pardessus le boucan.

Les nuages éclatèrent et les premières grosses gouttes s'écrasèrent au sol. Andy se faufila hors de la tente en faisant signe aux parents d'entrer dans la maison.

— Au sous-sol, tout le monde ! Foncez !

Paige se tenait à l'entrée de la tente avec Tony et comptait les petites têtes qui passaient devant elle.

— Vingt et un, dit-elle alors que le dernier petit garçon passait en trottinant. Merde. Il nous en manque deux, à moins que j'aie mal compté.

Elle passa une tête dehors. La foudre frappe à nouveau, suffisamment près cette fois pour que les poils de ses bras se dressent.

— Que quelqu'un compte les enfants ! cria Paige dans son micro.

Elle entendit des voix dans son casque et comprit qu'il serait impossible de compter les enfants tant que tout le monde était entassé dans la maison.

— Bordel de merde, grommela-t-elle. Tony, rentre, je dois m'assurer que personne d'autre n'est encore dehors.

Elle n'attendit pas sa réponse et courut vers le fond de la tente. De grands projecteurs de studio étaient installés contre l'une des parois de la tente qui se gonflait comme si un avion à réaction était en train de décoller à l'extérieur. Dans un coin, il y avait deux tables sur lesquelles s'empilaient du matériel et des caisses. Paige repéra une petite basket avec des canards dessus, puis une autre. Elle sauta par-dessus des toiles pas encore sèches sur le sol et plongea sous l'une des tables.

Deux visages baignés de larmes l'accueillirent. Le petit garçon collait ses mains contre ses oreilles et la petite fille lui caressait le bras en lui disant que tout irait bien.

— Je les ai trouvés ! dit Paige dans son micro.

Puis, s'adressant aux enfants :

— Salut, moi c'est Paige. Je vais vous emmener à l'intérieur pour qu'on ne soit pas mouillés par la pluie, d'accord ?

La petite fille acquiesça.

— Je m'appelle Regina et lui c'est Ashton. Il a un peu peur.

Elle prononçait son nom avec un « W » au lieu du « R » et c'était vraiment adorable.

— O.K., Regina et Ashton. Je vais vous tenir la main et on va courir très vite pour rejoindre tous les autres à l'intérieur, d'accord ?

Regina hocha la tête avec sérieux et prit la main de Paige. Non sans réticence, Ashton enleva une main de son oreille et attrapa l'autre main de la jeune femme.

Paige s'efforça de ne pas laisser transparaître sa panique et les conduisit prudemment vers l'entrée de la tente. Tony avait ignoré son ordre de se mettre à l'abri et il les attendait en tenant le rabat ouvert.

Paige regarda l'averse qui obscurcissait la façade de la maison.

— Je pense qu'on va être un peu mouillés les enfants, comme à la piscine. Mais on sera quand même mieux à l'intérieur, dit-elle calmement.

— Où es-tu St. James ? Tout le monde est au sous-sol, cria Andy à son oreille.

— On arrive, dit Paige, s'efforçant de conserver une voix calme. Elle serrait les mains des enfants pour les rassurer. Tout le monde est prêt ? On va courir super vite.

Regina acquiesça tandis qu'Ashton avait l'air d'être près de vomir

— O.K., à trois. Un, deux, trois.

Ils partirent à petites foulées pour que les enfants puissent suivre. Tony trottait derrière eux. La rafale les prit tous par surprise et c'est à peine si elle entendit le craquement sec. L'une des cordes qui fixait la tente au sol s'éleva dans les airs, fouettant l'atmosphère électrifiée. La main d'Ashton se détacha de la sienne et il se mit à courir en direction de la tente de la régie.

Mon Dieu, la tente allait s'effondrer et Ashton courait droit dessus.

— Maman ! hurlait-il, la voix pleine de terreur.

— Regina, tu vas avec Tony à la maison, cria Paige par-dessus le bruit du vent et du tonnerre. Elle partit en courant comme une dératée. Tout se passa si vite qu'elle n'eut pas le temps de réfléchir. Un autre piquet de la tente se détacha et, comme un battement d'aile au ralenti, tout l'avant de la tente se souleva du sol. Ashton se figea sur place et Paige se jeta sur lui. Quelque chose de lourd lui tomba sur le dos, quelque chose qui l'aurait fait tomber si elle avait été encore debout.

La toile les recouvrait, les maintenant dans l'obscurité mais aussi à l'abri de la pluie. La douleur était atroce mais elle ne voulait pas ajouter à la terreur d'Ashton en se mettant à pleurer comme un bébé.

— Paige !

Ça ressemblait à la voix de Tony, mais elle n'était pas sûre à cause du vent. Elle n'avait plus son casque et la seule chose dont elle était consciente, c'était du petit Ashton tremblant sous elle, et aussi du poids de la chose qui l'écrasait. Il y eut une vibration gémissante, quelque chose lacéra sa jambe nue et aussitôt elle ressentit comme cent piqûres d'abeilles à cet endroit. Un objet massif lui frappa le côté du visage et elle vit un éclair de lumière avant que sa tête ne tombe mollement sur le sol.

Elle n'était pas inconsciente. Elle flottait entre la douleur et la confusion. Elle pouvait sentir l'odeur du sang, le goût aussi. Ou était-ce des larmes ?

Ashton sanglotait. Le pauvre avait déjà peur du tonnerre. Elle priait pour que tout le monde soit sorti de la tente de la régie, pour que tous ceux qui étaient sur le plateau soient à l'abri à l'intérieur.

Quelque part, par-dessus les coups de fouet des bourrasques et le craquement du tonnerre, elle entendait des sirènes. Elle sentait un liquide chaud couler sur sa peau et elle espérait que ce n'était pas autant de sang qu'il lui semblait. Elle n'avait plus si mal maintenant mais le brouillard qui tombait sur elle pouvait être l'effet d'une commotion. Pourvu que ça ne vienne pas perturber ses plans avec Gannon ce soir.

— Hé, Ashton ? Mon petit gars ? Ça va ? demanda-t-elle. Elle était surprise par la faiblesse de sa voix.

— J'ai p-p-peur, hurla-t-il au milieu de ses larmes.

— C'est normal d'avoir peur mais je te promets que tout ira bien. Le gémissement suivant fut un peu plus tranquille.

— Tu connais ton alphabet ?

— Mmh mmh, sanglota-t-il.

— On va chanter l'alphabet jusqu'à ce que nos amis viennent nous chercher, proposa-t-elle.

— Je veux ma maman, renifla-t-il.

En ce moment, elle n'aurait rien contre avoir sa mère avec elle, elle non plus, se dit Paige.

— Eh bien, chantons jusqu'à ce que ta maman et mes amis viennent nous aider.

Il sentait le shampoing au chewing-gum et Paige trouvait ça étrangement réconfortant. Elle essaya de se décoller de lui pour ne pas l'écraser mais quelque chose la pressait contre la terre.

— A, B, C…, commença-t-il d'une voix tremblante, puis Paige l'accompagna. Elle se demandait pourquoi elle voyait des couleurs derrière ses yeux fermés, mais elle était contente de ne plus avoir froid.

CHAPITRE 18

Gannon ajusta ses lunettes de soudure et regarda Rocco, fluet, la cinquantaine et la moustache touffue, terminer une soudure parfaite. Ils tournaient dans un atelier d'une toute petite ville rurale à une heure et demie à l'ouest de Portland.

Ça ne lui déplaisait pas de tourner ce genre de séquences qui offraient un peu de temps d'écran à d'autres artisans tandis qu'il se contentait d'observer ou qu'il s'essayait lui-même à une nouvelle technique.

Pour lui, ça faisait partie de ce qu'il y avait de mieux dans l'émission. Mettre en valeur les artisans locaux ne pouvait qu'apporter de bonnes vibrations. Non seulement les téléspectateurs adoraient les objets personnalisés qu'ils réalisaient pour les familles, mais ça boostait les commandes des artisans chaque fois qu'un épisode était diffusé.

Bien sûr, Gannon n'aurait jamais avoué à Paige qu'il aimait ces séquences. Il préférait que tout le monde pense qu'il détestait absolument tout dans le tournage. Il valait mieux qu'il y ait certaines choses que personne d'autre ne sache. Même si, après ce soir, Paige et lui en sauraient beaucoup plus l'un sur l'autre.

Il sentit son sang quitter aussitôt son cerveau. *Ce soir.*

Son impatience devait probablement se lire à l'écran de façon claire et nette, et s'il regardait cet épisode quand il serait diffusé, il se souviendrait exactement de ce à quoi il pensait à ce moment-là. *Paige.*

Rocco éteignit le chalumeau et releva sa visière pour admirer la soudure.

— Ça a l'air super, mec, déclara Gannon en lui tapant dans le dos.

Les lèvres de Rocco se contractèrent sous sa moustache en un sourire timide. Toute trace de sa nervosité devant la caméra avait disparu.

— C'est pas trop moche, reconnut-il.

— Est-ce qu'on peut jeter un coup d'œil au projet final ? demanda Gannon.

— Bien sûr, bien sûr.

Rocco les conduisit vers un poste de travail conçu uniquement pour sa fonctionnalité, sans souci de l'esthétique. Trois écrans plats trônaient sur une lourde table de travail maculée de peinture. Il lança le programme de conception et Louis se glissa derrière eux pour avoir un aperçu de ce qui se trouvait à l'écran.

— J'ai pris le croquis que vous m'avez envoyé et j'ai apporté quelques touches finales là et là, dit-il en désignant les angles de la structure.

Gannon était en train d'écouter Rocco lui expliquer les moindres détails de la conception du baldaquin quand Mel posa une main sur son épaule.

Il jeta un coup d'œil à son visage étrangement pâle et comprit aussitôt qu'il y avait un problème. Gannon se leva, l'estomac noué tandis que son tabouret à roulettes glissait loin de lui.

— Quoi ? Qu'est-ce qui se passe ?

Elle prit une respiration tremblante.

— Il y a eu un accident sur le plateau. Paige…

Il saisit Mel par les épaules.

— Elle va bien ?

Mel avait les yeux humides et son cœur bégayait.

— Je ne sais pas, dit Mel et, en secouant la tête, une larme lui échappa au coin de l'œil. Andy a envoyé un texto et il ne répond pas au téléphone. « C'est pas bon », c'est tout ce qu'il a dit.

Gannon n'attendit pas d'explication supplémentaire et partit en criant :

— Les clés ! et il attrapa au vol les clés du van lancées par Louis. Je vous envoie un chauffeur, lança-t-il par-dessus son épaule.

Il sortit du parking tout en composant le numéro d'Andy puis celui de Cat. Aucun des deux ne répondit. Il frappa le volant du plat de la main.

— Putain, putain, putain.

Gannon jeta son téléphone sur le siège passager et appuya à fond sur l'accélérateur. La camionnette se lança à pleine vitesse bien trop mollement.

Il fallait qu'elle aille bien. Il le fallait. Et si ce n'était pas le cas ? Et si « pas bon » était proprement le pire ? Putain.

Il laissa la peur l'envahir jusqu'à ce qu'il ait l'impression qu'il aurait pu sortir de sa propre peau, puis il prit son téléphone et recommença à composer des numéros.

* * *

Paige laissa l'eau battre contre sa peau en essayant de ressentir autre chose que de la douleur. Chaque centimètre carré de son corps lui faisait mal. Elle n'était pas censée mouiller ses pansements mais il était hors de question qu'elle aille se coucher couverte de sang et de terre.

Elle avait promis à la bien-intentionnée Cat qu'elle filerait directement au lit pour se débarrasser d'elle de façon à pouvoir ignorer éhontément les consignes du médecin. L'hôpital avait été un moment de brouillard épuisant. Ashton allait bien, Dieu merci. Il s'en était tiré avec une écorchure au coude et une chaussure coin-coin perdue mais à part ça, il était indemne. Tony, le cameraman et sauveur d'enfants héroïque, avait eu besoin de plusieurs points de suture au bras. Les détails étaient encore flous, mais Paige croyait avoir entendu dire qu'il avait pris Regina sous son bras comme un ballon de football américain et qu'il avait sprinté vers la maison où un membre de l'équipe Brunelli l'avait attrapée. Tony avait alors balancé sa caméra sous la véranda et il était revenu en courant pour tenter de la sortir de la tente qui lui était tombée dessus.

Son téléphone et son micro avaient été détruits. Le téléphone s'était brisé comme une piñata quand un mât de tente lui était tombé dessus et la pluie torrentielle s'était chargée du reste. Elle avait été furieuse pour le téléphone mais pas du tout pour le micro. À présent, elle était juste fatiguée. Épuisée. Elle n'était que douleur. C'était comme si elle avait été écrasée par un camion, pas une tente. Dieu merci, elle ne s'était pas trouvée sous une des structures provisoires en bois.

Personne n'avait accepté de lui parler de la situation sur le plateau ou du calendrier de tournage. Elle s'imaginait que c'était un chaos total. Andy s'était contenté de lui répéter, par l'intermédiaire du téléphone de Cat, qu'il n'y avait aucune raison de s'inquiéter et qu'elle devait juste se reposer.

C'était des conneries. Elle ne s'était rien cassé même si son visage était encore un peu déformé à l'endroit où une valise d'accessoires avait atterri. Elle n'avait pratiquement pas eu besoin de points de suture et pourtant on la traitait comme une invalide. Cat lui avait lancé des regards tour à tour méfiants et inquiets pendant tout le trajet du retour de l'hôpital où Paige avait refusé de rester en observation.

Elle avait seulement besoin d'une douche et de sommeil. Peut-être huit bonnes heures de sommeil. Ensuite, elle serait sur pied et tout pourrait revenir à la normale. Dieu merci, elle avait prévu deux jours de plus pour ce tournage. Il faudrait sans doute une journée entière rien que pour déblayer le plateau.

L'eau chaude apaisait ses muscles endoloris et elle posa son front contre le carrelage froid. La seule chose qu'elle n'avait pas prévue, c'était qu'elle n'arrivait pas à lever les bras. Ses mains ne semblaient pas pouvoir monter plus haut que ses épaules, si bien que ses cheveux ne formaient toujours qu'une masse noueuse humide et sale pleine de sang séché et d'on ne savait quoi encore. Paige bougea les pieds et grimaça quand la douleur se propagea comme de l'électricité dans son organisme.

Comment allait-elle sortir de la baignoire ?

Super. Elle allait se noyer dans sa douche. C'est comme ça que sa vie se terminerait. Non pas une mort paisible dans son sommeil à quatre-vingt-dix-sept ans. Non, elle allait juste glisser sur ce carrelage ivoire et se noyer.

La porte de la salle de bains s'ouvrit brutalement et rebondit contre le mur.

— Bon Dieu, Cat ! gémit péniblement Paige. C'est quoi ce délire ?

Un peu irritée que son amie ait ignoré son désir d'intimité, elle était quand même soulagée en pensant qu'elle allait pouvoir l'aider à sortir de la baignoire.

Mais ce n'est pas Cat qui ouvrit le rideau de douche d'un coup sec et lui jeta un regard furieux.

C'était Gannon.

CHAPITRE 19

Elle était debout, les mains arc-boutées contre le carrelage, l'eau tombant en cascade sur son corps meurtri et bandé. Mais elle était vivante. La partie de lui qui s'était violemment contractée de panique à l'arrivée de Mel se détendit enfin.

Quand il vit qu'elle n'essayait pas de lui hurler dessus ou de se protéger de son regard, il s'inquiéta de nouveau. La majeure partie de son dos portait toutes les nuances du violet et il grimaça en voyant les étendues de gaze et de sparadrap qui semblaient la faire tenir en un seul morceau. La vapeur tournoya autour de la tête de Gannon.

— Je ne peux pas me laver les cheveux, dit-elle enfin.

Il n'y avait plus rien de son autorité habituelle dans la voix de Paige, juste de l'épuisement et cette trace de douleur qui faisait mal rien qu'à l'entendre.

Il voulait la prendre dans ses bras et lui faire la leçon sur la sécurité sur le plateau. Mais ce n'était pas ce dont elle avait besoin. Elle avait besoin d'être réconfortée.

Les mains sur les hanches, Gannon l'examina pendant presque une minute puis il soupira. Il commença à défaire les lacets de ses bottes. Il les enleva d'un coup de pied et passa son tee-shirt par-dessus sa tête.

— Mon Dieu, mais qu'est-ce que tu fais ?

La voix de Paige s'élevait à peine au-dessus du jet de la douche.

— Je vais te laver les cheveux.

Ce fut ensuite au tour de son jean et quand il passa les pouces dans la ceinture de son boxer pour le faire glisser, Gannon nota que Paige détourna brutalement la tête. Elle n'avait vraiment pas besoin de se faire un torticolis par là-dessus.

Il entra derrière elle et remit le rideau de douche en place.

— Gannon…

— Pas tout de suite. On en discutera plus tard.

Il guida sa tête sous le jet d'eau et écarta les mèches de cheveux de son visage.

— Je rêve, murmura-t-elle si faiblement qu'il n'était pas certain qu'elle sache qu'elle l'avait dit à haute voix.

Gannon fit couler du shampoing dans sa main. Ça sentait la noix de coco. Pas étonnant qu'il ait toujours eu ces visions d'elle sur une plage dans un minuscule bikini…

Il bloqua ses pensées dès qu'il sentit le sang commencer à quitter sa tête. Ce n'était pas le moment.

Il éloigna le jet du visage de Paige et passa ses doigts dans ses cheveux en décrivant des cercles lents et doux. Un soupir s'échappa des lèvres de Paige et celles de Gannon se pincèrent.

La couronne de mousse grossit sous l'effet du massage jusqu'à ce que des bulles commencent à flotter entre leurs deux corps. Il se dit que ça voulait certainement dire que ses cheveux étaient propres et il ajusta la pomme de douche pour les rincer.

L'eau chaude balaya la mousse de ses cheveux, l'envoyant ruisseler sur son dos nu et plus bas encore, sur les courbes rondes de ses…

Gannon serra la mâchoire. Elle était blessée. Une putain de tente l'avait fracassée. Ce n'était pas le moment de hisser le drapeau. Tant qu'il y était, il se savonna aussi les cheveux et se rinça rapidement.

« Et maintenant ? » lui dit-il doucement à l'oreille.

« Après-shampooing. » Elle eut le plus grand mal à pointer du doigt le mince flacon bleu dans le coin de la baignoire. Il tendit le bras pour l'attraper, leurs peaux se frolèrent et il banda instantanément.

« Putain », marmonna-t-il en s'emparant de la bouteille. Bonjour le self-control…

Il savait qu'elle le sentait contre elle. Bordel. Depuis quand n'avait-il pas perdu le contrôle de son corps comme ça ? Soudain, c'était comme s'il avait quatorze ans à nouveau, quand le moindre courant d'air le faisait bander.

Elle se racla la gorge et Gannon serra les dents. Il versa l'après-shampoing dans sa main et posa le flacon derrière lui pour éviter tout contact avec elle. Mais elle avait la chair de poule à présent. Il dut la frôler de son bras à nouveau, pour régler la température de l'eau cette fois. Et à nouveau, sa queue effleura la courbe humide et douce de ses fesses.

« Désolé. » Le mot sortit comme un grincement. *Cette femme n'est pas en état de se faire tripoter par une érection qui n'en faisait qu'à sa tête*, se reprocha-t-il.

Gannon commença à appliquer l'après-shampoing sur ses cheveux. Il devait se forcer pour ralentir, pour être plus doux.

— Ce n'est pas comme ça que j'imaginais cette soirée… ou que j'imaginais te voir nu pour la première fois, admit-elle.

Les doigts de Gannon s'immobilisèrent dans ses cheveux.

— Donc, tu y as pensé avant aujourd'hui ?

Il pouvait l'entendre lever les yeux au ciel.

— Tais-toi. Je délire et je ne sais pas ce que je dis.

Gannon lui fit une queue-de-cheval et appliqua l'après-shampoing jusqu'aux pointes.

— Sache que j'ai décidé d'être un gentleman pour l'instant. Mais à un moment, tu ne pourras pas te dérober et il faudra me raconter comment tu en es venue à penser à mon corps nu.

Avant qu'elle ne puisse répondre, il poussa son visage sous le jet d'eau.

— Arrête d'essayer de me noyer, postillonna-t-elle.

— Princesse, te noyer n'est absolument pas ce que j'ai en tête en ce moment. Quelle est la prochaine étape ?

— Je ne te laisserai pas me raser les jambes.

— D'accord. Sa queue ne le supporterait pas. « Savon ? »

— Gel douche, corrigea-t-elle.

Paige désigna un autre flacon et cette étrange éponge floconneuse au bout d'une ficelle que toutes les femmes semblaient posséder.

Gannon fit couler le gel, heureusement non parfumé, sur la fleur de douche.

— Dis-moi si je te fais mal, dit-il.

Et puisqu'elle savait déjà qu'il bandait, Gannon passa un bras autour de sa taille fine pour la retenir et il fit descendre l'éponge le long de ses épaules, en évitant les bandages.

La chair de poule sur sa peau réapparut lorsqu'il atteignit le bas du dos.

— Tu as froid ? demanda-t-il, ralentissant ses cercles.

Elle secoua la tête mais ne répondit pas.

— Garde tes mains contre le mur, d'accord ?

Il s'agenouilla pour s'occuper du bas de son corps. Elle avait une ecchymose qui partait de la hanche et couvrait la majeure partie de sa fesse droite. Mais même avec la contusion, il pouvait apprécier la perfection de ses courbes. Il recouvrit la blessure d'un délicat tourbillon de savon et descendit le long de ses cuisses et de ses mollets galbés, évitant celui qui était bandé d'une gaze déjà imbibée de sang.

Il prit une grande inspiration. « O.K., tourne-toi. »

Paige resta un moment immobile et Gannon se dit qu'elle se préparait peut-être à s'y opposer. Mais elle finit par se déplacer très doucement afin de se tourner vers lui. Ses genoux fléchirent légèrement et elle tendit instinctivement la main pour se tenir aux épaules de Gannon.

— Ça va ? demanda Gannon d'une voix enrourée.

Elle acquiesça, les yeux fermés.

Il commença par les pieds et les chevilles avant de remonter. L'iode utilisé par les médecins avait teinté en orange une partie de sa peau au bronzage si sexy. Ses doigts se serrèrent par réflexe sur ses épaules lorsqu'il fit glisser la fleur de douche plus haut, effleurant les genoux et les cuisses. Les jambes interminables le menaient toujours plus haut.

Elle poussa un petit soupir lorsque sa main frôla le plat de son ventre et ses côtes. Gannon se leva. Il fut surpris de voir que Paige gardait ses mains sur ses épaules. Pour la stabiliser, il passa un bras autour de sa taille. Lorsqu'il passa l'éponge savonneuse sur ses seins, il s'efforça de ne pas attarder son regard sur ses courbes pleines et ses tétons dressés.

Raté. Sa queue palpitante avait bien noté tout ça et elle se redressa contre son ventre lisse en réponse. « C'est presque fini », murmura-t-il en étalant une bande savonneuse autour des bandages sur son bras et ses côtes.

Elle l'observait à présent, les yeux lourds, les lèvres entrouvertes. La vapeur de la douche embrumait lentement la pièce. Il avait envie de se pencher vers elle. De goûter cette bouche. D'apprendre tous les secrets que son corps avait à révéler. Mais plus que tout cela, il voulait prendre sa douleur.

Gannon passa un bras derrière elle et coupa l'eau. Il ouvrit le rideau et regarda le rouge se répandre sur les joues de Paige.

— Tu peux sortir ?

Elle acquiesça mais resta immobile. Il lui laissa trois secondes puis il la prit dans ses bras et la sortit de la baignoire. Il l'assit sur le couvercle des toilettes et l'enveloppa dans une serviette avant même qu'elle ne puisse s'en prendre à lui. La façon dont elle regardait sa trique monstrueuse le poussa à prendre une deuxième serviette sur l'étagère métallique afin de mettre une barrière en tissu éponge entre eux.

D'un geste rapide, il sécha sa peau aussi délicatement qu'il le put et enroula son propre tee-shirt autour de la tête de Paige. Il devait arrêter de fixer ses magnifiques seins dénudés.

— Étape suivante ? demanda-t-il, d'une voix plus agressive qu'il ne l'aurait voulu. Il voyait bien qu'elle était en train de passer en revue son rituel d'après-douche dans sa tête en se demandant s'il y avait quelque chose qu'elle pouvait l'autoriser à faire. Il priait pour qu'elle n'ait pas besoin qu'on enduise de crème chaque centimètre carré de sa peau. Il n'y survivrait jamais.

Elle leva les yeux vers le sommet de son crâne.

— Je suppose que tu ne sais pas te servir d'un sèche-cheveux ?

Il fouilla la salle de bains et trouva celui de l'hôtel planqué dans un tiroir.

— Je plaisantais. Tu n'es pas obligé de faire ça, dit Paige, les yeux écarquillés, tandis qu'il branchait l'appareil.

— Tu as juste peur que je me rate.

— On peut se cramer les cheveux avec ce genre d'appareil si on ne l'utilise pas correctement, jugea Paige, inquiète.

— Détends-toi. J'ai grandi avec Cat. Elle m'obligeait à l'aider à la coiffer parfois. Et si jamais tu répètes ça à qui que soit je te fais démembrer, dit-il en brandissant le sèche-cheveux comme une arme.

— Motus et bouche cousue, dit-elle, un début de sourire se dessinant aux coins de ses lèvres. Tu saurais faire une tresse plaquée ?

— Mieux que Cat, dit-il en ricanant. Elle, elle m'a appris à faire des tresses plaquées. Moi, j'ai fait d'elle une guerrière du paintball.

— Tu es un homme aux multiples talents.

Il y en avait qu'il avait hâte de lui faire découvrir.

— Est-ce que tu as du…, dit-il en faisant le geste de faire couler quelque chose dans ses mains.

— Une crème ? demanda Paige.

— Ouais, un genre de mousse ?

Elle pointa du doigt une boîte argentée sur le coin de la coiffeuse en répondant :

— Tu sais t'en servir ?

— Je construis des beaux meubles et des maisons, j'anime une émission de télé et je gagne ma vie avec ça. Je crois que suis capable d'utiliser un tube de crème.

N'empêche, il s'arrêta un moment sur le mode d'emploi avant d'en mettre une grosse noix dans sa paume. Il frotta ses mains l'une contre l'autre et les passa dans les cheveux de Paige.

Elle ferma les yeux et il en profita pour examiner les ecchymoses sur son visage. Violacé, marbré, un œuf de pigeon pointait fièrement juste sous sa tempe. Elle grimaça lorsqu'il s'approcha trop près de la bosse et il allégea sa friction.

Paige soupira tandis qu'il faisait pénétrer la substance blanche dans ses racines, frottant doucement avec la pulpe de ses doigts. Il sentait la tension en elle qui commençait à se relâcher. Ça lui faisait mal de la voir comme ça, physiquement mal.

— Commotion cérébrale ? demanda-t-il.

— J'ai la tête dure.

Il alluma le sèche-cheveux à basse puissance. Tandis qu'il manœuvrait l'appareil d'une main, de l'autre il maintenait en l'air des mèches de cheveux. Quand il eut terminé, Paige se massa le crâne et soupira.

— Est-ce que je veux savoir de quoi j'ai l'air ?

— Princesse, tu as des problèmes plus importants que ta coiffure en ce moment, dit Gannon avec désinvolture.

Paige gémit.

— J'essayais d'oublier. Ça ne va vraiment pas, mon visage ? demanda-t-elle en inspectant la contusion du bout des doigts.

Gannon attrapa sa main pour l'éloigner de son visage.

— J'ai vu pire, promit-il.

Il avait vu quelques combats de MMA qui avaient fait plus de dégâts que l'accident de Paige, mais ces blessures-là ne lui avaient fait ni chaud ni froid. Voir Paige ainsi ensanglantée, meurtrie, ça l'anéantissait.

Il tira sur l'ourlet du tee-shirt de Paige.

— On va devoir te déshabiller à nouveau.

Elle repoussa sa main faiblement.

— On ne va pas coucher ensemble ce soir, Gannon ! s'exclama-t-elle.

— Tu sais que tu es un sacré numéro ? Je veux juste changer tes foutus pansements que tu n'étais sans doute pas censée mouiller.

— Tu n'es pas obligé de faire ça, dit-elle d'un air coupable.

— Tu ne veux tout de même pas dormir dans des bandages mouillés toute la nuit, non ?

Elle frissonnait déjà bien que la vapeur de la douche flotte encore dans l'air épais. Paige fit non de la tête.

— Bonne petite.

— Mais ça me met mal à l'aise que ce soit toi…

— Je suis ta seule option pour l'instant. Alors finissons-en et au lit.

CHAPITRE 20

Sa résistance s'évanouit aussi vite qu'elle était apparue.

— Les trucs sont sur la table, dit-elle, ses dents commençant à claquer.

— O.K., viens. On va faire ça sur le lit pour que tu puisses t'allonger.

Ce fut bref mais il nota l'expression de gratitude sur son visage. L'épuisement commençait à se faire sentir et il fallait qu'elle soit bien installée. Il l'aida à sortir de la salle de bains en la laissant s'appuyer de tout son poids sur lui et en la guidant vers le lit.

Il ramassa la gaze et le sparadrap ainsi qu'une ordonnance de l'hôpital et déposa le tout sur le matelas. Il lut les instructions du médecin avant de se mettre au travail. Elle avait des bandages partout et il n'était juste pas possible qu'elle garde son tee-shirt alors Gannon l'aida à le retirer.

— Gannon ! cria Paige en attrapant le drap pour se couvrir.

— Chérie, j'ai déjà tout vu et j'ai hâte de revoir tout ça quand tu seras guérie. Alors, faisons le nécessaire pour en finir au plus vite.

Il déchira quatre morceaux de sparadrap avec ses dents et les colla sur le drap.

Elle marmonna tout bas qu'elle se sentait ridicule tandis qu'il s'activait aussi vite qu'il le pouvait, passant d'un bandage à l'autre. Elle avait eu besoin de points de suture à deux endroits et elle avait comme des brûlures à plusieurs autres. L'entaille sur son mollet était la plus grave, profonde et pas belle à voir. Il avait fallu une douzaine de points de suture pour maintenir la plaie fermée.

— Ils ont dit que j'aurai sans doute une cicatrice, dit Paige dans son oreiller.

— Les cicatrices, ça veut juste dire qu'on est courageux, lui répondit Gannon en appliquant délicatement une nouvelle bande de gaze sur la plaie.

— Malia m'a dit que tu lui avais dit ça.

— Une gamine sacrément courageuse.

— Le lit que tu es en train de lui fabriquer est magnifique.

Gannon leva la main avec l'intention de lui donner une claque sur les fesses pour la faire rouler sur le dos, puis il se ravisa.

— J'ai fini le dos. Retourne-toi.

Elle commença à bouger et poussa un petit cri avant de se retourner lentement.

— C'est presque terminé, Princesse, promit-il à voix basse.

Il s'empressa de remplacer la gaze sur son bras, sa hanche et sa cuisse, avant de l'aider à enfiler son tee-shirt. Comme elle frissonnait encore, il lui remonta les couvertures jusqu'au cou.

Il trouva la boîte d'antalgiques dans le sac de la pharmacie.

— Tu es censée en prendre combien ?

— J'aime pas ces trucs. Ça m'endort.

— Mais tu dois avoir mal.

— C'est pas si grave. Je vais bien.

Un entêtement à la limite de l'idiotie, pensa Gannon. Il respectait ça. Il trouva une boîte d'ibuprofène dans le sac et mit trois cachets dans la main de Paige. « Sans ordonnance », promit-il.

Elle les avala en descendant une bouteille d'eau. Dès qu'elle commença à boire, elle ne sembla plus pouvoir s'arrêter.

— Tu as faim ?

Elle fit non de la tête et lui rendit la bouteille vide. Elle était aussi pâle que les oreillers derrière sa tête.

— C'est quand la dernière fois que tu as mangé quelque chose ?

— Je ne sais pas, dit-elle en fermant les yeux. Au petit déjeuner ?

— Tu ne prends pas de petit déjeuner, lui rappela-t-il.

— J'ai oublié. Le dîner d'hier soir alors. J'allais déjeuner après les enfants…

Elle s'interrompit comme si l'effort pour parler était trop grand pour elle.

Il jura tout bas.

— Il te faut une putain de baby-sitter, grommela-t-il en attrapant le téléphone sur la table de nuit d'une main et le menu du room-service de l'autre. Il composa le numéro de la réception et commanda pour deux.

Elle n'essaya même pas de discuter avec lui, ce qui inquiéta Gannon. Il retourna dans la salle de bains et enfila son caleçon et son jean. Le temps qu'il ressorte, Paige s'était assoupie. Il s'assit sur le matelas à côté d'elle, sortit son téléphone et envoya un message à Cat. Il avait fini par réussir à parler à sa sœur après s'être présenté à l'hôpital et s'être entendu dire qu'en vertu de la loi sur la protection des données médicales, le service des urgences ne pouvait pas dire si Paige St. James était une patiente de l'hôpital. Heureusement, Cat avait fini par décrocher son putain de téléphone avant que Gannon n'ait jugé nécessaire d'exploser les portes du sas des urgences et de partir lui-même à la recherche de Paige. Elle était à la pharmacie pour récupérer les médicaments de Paige, qui venait tout juste de sortir de l'hôpital, et elle lui avait donné tous les détails de ce qui s'était passé.

Paige avait sauvé la vie du petit garçon. Ça, c'était tout à fait clair. Le gamin aurait probablement une peur bleue des orages pour le restant de sa vie, mais il aurait un restant de sa vie grâce à la femme couchée à côté de lui qui se tortillait pour se rapprocher un peu de sa chaleur.

Pour la première fois depuis qu'il avait pratiquement arraché le rideau de douche, Gannon se laissa aller à respirer profondément. Paige était vivante et, après une convalescence sous bonne garde, elle allait s'en sortir. Il se passa une main sur la poitrine. Il priait pour que son propre cœur se remette lui aussi. Il avait pensé au pire, il avait combattu ces démons pendant tout le trajet en van, en proie à la terreur jusqu'à ce qu'il voie Paige de ses propres yeux.

Pour passer le temps, il commença à lire les instructions du médecin sur la convalescence et le soin aux blessures.

Son téléphone vibra contre sa jambe.

Tony a des images de la scène si tu veux les voir. C'est assez flippant.

Avant qu'il n'ait le temps de balancer une réponse furieuse sur ce que Tony faisait là à filmer la catastrophe au lieu d'aider Paige, Cat envoya un nouveau texto.

Du calme, Lover Boy. Ce n'est pas ce que tu crois. Tony a fini par jouer les héros. Il a sauvé une petite fille et c'est lui qui a sorti Paige. Mais à la seconde où la chaîne a su pour l'accident, ils ont exigé les images. Il n'y a pas moyen que ça ne finisse pas dans l'émission.

Paige allait être furieuse et elle se sentirait humiliée, Gannon n'avait aucun doute là-dessus. Et ça voulait dire aussi qu'elle serait soumise à de longues interviews indiscrètes pour tirer un maximum de points d'audimat de l'accident. Ça le mettait hors de lui.

Quelqu'un frappa à la porte et Paige s'agita à côté de lui. En guise de room-service, Gannon se trouva face à un gamin aux airs d'épouvantail à la tignasse blonde platine et au visage parsemé de taches de rousseur.

Gannon coupa court à la conversation et prit le plateau des mains de l'enfant avant de le renvoyer avec un billet de dix dollars.

— Merde. Tu as ouvert la porte comme ça ? demanda Paige depuis le lit.

Il baissa les yeux sur son torse nu et son jean déboutonné puis haussa les épaules.

— Princesse, encore une fois, tu as des problèmes plus importants. Et puis, il y a plus de chances que le gamin soit un fan de Cat que de moi.

— Qu'est-ce qui sent si bon ? demanda-t-elle en reniflant.

— Mon hamburger et mes onion rings. Je t'ai pris une soupe de nouilles au poulet.

— Ah…

— Ça t'apprendra à nous sermonner sur l'alimentation saine.

Ils mangèrent côte à côte contre la tête de lit capitonnée et elle lui décocha des regards pleins d'envie jusqu'à ce qu'il arrache une partie de son hamburger pour lui donner.

— Heureuse ?

— Mmm, soupira-t-elle, les yeux fermés pour savourer chaque bouchée. Ça m'a fatiguée de mâcher.

Épuisée, Paige s'affala contre les oreillers.

— C'est l'heure d'aller au lit, acquiesça Gannon.

Il nettoya la vaisselle et laissa le plateau dans le couloir. Demain serait une longue journée, qui commencerait par une conversation avec Andy où il lui ferait entendre très clairement que personne n'allait transformer l'accident de Paige en points d'audimat.

Il éteignit les lumières de la chambre et ferma les verrous avant de tomber son pantalon et de se glisser sous les couvertures à côté de Paige. Elle était froide comme un glaçon et il se rapprocha pour lui offrir sa chaleur.

— Tu fais quoi, là ? demanda-t-elle en bâillant.

Elle n'avait pas l'énergie de se battre contre lui et il était hors de question que Gannon la laisse dormir toute seule.

— Je dors ici. N'essaye même pas de discuter.

— Ce n'est pas non plus comme ça que j'imaginais notre première fois au lit ensemble.

Il pouvait entendre le sourire dans sa voix.

— On est deux, admit-il et il s'efforça aussitôt d'arrêter de penser à *comment* il s'était imaginé leur première fois au lit ensemble.

Paige ne dit plus rien et, après une minute ou deux, il pensa qu'elle s'était endormie. Mais elle essaya de rouler sur le flanc et étouffa un petit cri de douleur.

— Qu'est-ce que tu essayes de faire ? demanda-t-il.

— Je cherche une bonne position.

On entendait la douleur et l'épuisement dans sa voix, mais elle ne se plaignait toujours pas.

Gannon glissa un bras sous elle et l'attira doucement à lui, son dos contre sa poitrine, ses fesses blotties contre ses cuisses.

— C'est mieux ? demanda-t-il.

Il crut la sentir acquiescer.

— Gannon ?

— Hmm ?

— Merci de prendre soin de moi.

— Même si tu n'as pas besoin qu'on prenne soin de toi ?

— Ouais. C'était quand même bien.

— Tu sais, princesse, tu n'avais pas besoin de faire tout ça pour éviter de coucher avec moi ce soir.

— Haha, imbécile !

CHAPITRE 21

Paige se réveilla lentement en passant par différents stades de conscience. Elle se sentait au chaud et comme protégée. Mais elle se figea lorsqu'un léger ronflement parvint à son oreille et qu'elle prit conscience que des bras puissants l'enveloppaient.

Gannon.

Il l'avait aidée à se doucher, lui avait séché les cheveux, avait changé ses pansements et lui avait donné à manger. Puis il s'était installé dans le lit à côté d'elle comme si c'était la chose la plus naturelle au monde. Elle prit le temps d'encaisser cette remémoration, se préparant à éprouver à nouveau l'humiliation de se montrer à lui au comble de la vulnérabilité. Mais cette pensée fut perturbée par la présence d'une érection dans son dos.

Elle l'avait vu de ses propres yeux hier soir. C'était officiel. Il n'y avait pas un pouce de Gannon King qui n'était pas impressionnant. Et ce qui aurait dû être une incroyable nuit de plaisir pour tous les deux – parce que Gannon ne faisait jamais rien à moitié – s'était transformé en une triste soirée à jouer à l'infirmier et à la patiente.

C'était tellement nul.

De même que cette cacophonie de maux et de douleurs qui l'assaillait à mesure qu'ils parvenaient à sa conscience comme une nuée de sauterelles enragées. Il y en avait tant qu'elle n'arrivait pas à les identifier ou à les isoler. C'était comme avoir la grippe multipliée par un million.

Elle souleva très légèrement la tête et put constater que le monde au-delà de sa chambre était encore sombre. Elle ferait bien de réveiller Gannon et de le renvoyer dans sa chambre. Mais elle se sentait tellement bien dans ses bras. La régularité de sa respiration, le battement lent de son cœur l'apaisaient. Elle n'était pas seule.

Il remua, enfouissant son visage dans ses cheveux.

— Rendors-toi, chérie, murmura-t-il. Et pour une fois, elle obéit.

* * *

La sonnerie incessante d'un téléphone réveilla Gannon qui ouvrit un œil sombre. Paige était blottie dans ses bras et il pouvait tout juste percevoir que le ciel était un peu plus clair derrière les rideaux.

Il attrapa le téléphone à l'aveuglette et se redressa, retirant son bras de sous Paige.

— 'Lo ? dit-il tout bas en décrochant, la voix râpeuse.

— Je voudrais parler à ma fille qui n'a pas pris la peine de me dire qu'elle avait eu un accident hier.

La voix aurait suffi à recongeler un iceberg en train de fondre.

— Vous devez être le Dr St. James, dit Gannon en baillant.

— Et vous, qui êtes-vous ?

— Gannon King, je suis son… – il jeta un coup d'œil à la silhouette de Paige endormie à côté de lui – … ami.

— J'apprécierais que vous me passiez Paige, reprit la femme d'un ton glacial.

Gannon se dit que ça devait être le ton qu'elle réservait aux voituriers un peu lents ou aux serveurs stupides.

— Elle dort…

— Je n'aurais jamais dû la laisser accepter ce travail ridicule. La télé-réalité… Elle aurait pu faire médecine comme sa sœur ou…

— Écoutez, Dr St. James. Je comprends que vous soyez en colère et inquiète, mais vous êtes psychologue, n'est-ce pas ?

Il y eut une légère pause.

— C'est exact.

— Alors j'imagine que vous pouvez vous douter que réprimander votre fille alors qu'elle vient de subir un traumatisme physique n'est peut-être pas la meilleure chose à faire.

Le Dr St. James bredouilla à l'autre bout de la ligne. Il entendait très bien la colère, l'inquiétude dans sa voix. Elle tenait à sa fille. Elle ne savait simplement pas comment l'exprimer. Parfois, sa propre mère, une Italienne dure à cuire comme elle aimait le répéter, était exactement pareille.

— Paige va s'en sortir. Elle est amochée, mais elle vivra, tout comme le garçon à qui elle a sauvé la vie.

— Je ne m'imaginais pas…

— Écoutez, Paige a besoin de dormir encore. Vous devriez rappeler cet après-midi et je vous suggère de commencer par « tu vas bien ? »

— M. King, commença-t-elle.

— Gannon.

— Gannon, j'apprécie que vous vous occupiez de ma fille, mais je trouve votre ton irrespectueux et tout à fait déplacé.

— J'allais vous dire exactement la même chose, dit-il en bâillant. Je lui dirai que vous avez appelé et que vous avez demandé de ses nouvelles. Je suis sûr qu'elle y sera sensible.

Gannon raccrocha.

Il se passa la main sur le visage. Apparemment, il était officiellement réveillé. Même s'il avait très envie de rester dans ce lit, il fallait qu'il retourne dans sa chambre avant que quelqu'un ne le voie sortir torse nu de celle de Paige. Gannon se foutait pas mal de ce qu'on pouvait penser, mais Paige serait contrariée si les gens savaient qu'il avait passé la nuit avec elle.

Il allait continuer à jouer le jeu. Pour l'instant.

Il alluma la lampe de chevet et s'accorda un moment pour examiner Paige. Les ecchymoses sur son visage et la bosse étaient encore plus impressionnantes maintenant, marbrées de violet et de bleu. Le violent témoignage de ses blessures le mit à nouveau en colère. Il aurait pu la perdre sans jamais l'avoir vraiment connue. Il ne s'agissait pas de la possibilité d'une petite aventure. Les sentiments étaient bien réels et ils méritaient d'être explorés, pour leur bien à tous les deux.

Ils avaient officiellement entamé une relation, que Paige le veuille ou non, qu'elle le reconnaisse ou non. Et il n'allait pas la lâcher.

— Paige, murmura-t-il. Elle grommela quelque chose dans son sommeil et il en profita pour se pencher vers elle, ses lèvres effleurant son oreille. « Princesse. »

— Mmph.

— Paige, je retourne dans ma chambre.

— Tu t'en vas ? dit-elle d'une voix éraillée.

— Il va bientôt faire jour.

Il passa une main dans ses cheveux pour les écarter de son visage, en évitant soigneusement la bosse sur sa tête.

— Je me lève, murmura-t-elle, mais son corps ne semblait pas vouloir accuser réception.

— Tu ne veux pas te repo…

Paige se redressa d'un coup et s'efforça de couvrir son cri de douleur sous un bâillement.

— Tu vas encore te faire mal.

Elle se glissa avec précaution jusqu'au bord du lit, mais ensuite elle ne sembla pas pressée d'essayer de se mettre debout. La douleur devait être terrible. La moindre parcelle de sa peau était noire et bleue. Il pouvait seulement imaginer ce que ses muscles criaient en elle à cet instant.

— Il faut que j'aille sur le plateau, dit-elle sans le regarder.

Gannon leva les yeux au ciel et fit le tour du lit pour se placer devant elle. Il lui releva le menton. Il essaya, du moins. Le regard de Paige restait bloqué au niveau de son entrejambe et il se rappela alors qu'il ne portait qu'un caleçon.

— Regarde moi, princesse.

Le regard grincheux qu'elle lui lança lui fit chaud au cœur. Elle allait s'en sortir. Si elle faisait ce qu'il fallait pour se remettre d'aplomb, mais il allait l'aider pour ça.

— Pour ce qui est d'aller sur le plateau…

— Hors de question que je reste au lit toute la journée pendant que tout le monde travaille et s'inquiète, déclara-t-elle avec défi.

Gannon avait déjà prévu qu'il serait impossible de la tenir à l'écart du plateau. Il préférait qu'elle soit là de toute façon pour pouvoir garder un œil sur elle. De plus, le reste de l'équipe était sans doute encore traumatisée par l'image de Paige inconsciente et en sang. Ça ferait du bien à tout le monde de faire comme si tout était à peu près normal aujourd'hui.

— Tu peux aller travailler aux conditions suivantes.

Elle essaya de se composer une expression mutine mais ça lui demandait trop d'énergie.

— Pfff. Lesquelles ?

— Tu t'assois sur une chaise et tu ne bouges pas le petit doigt. Tu prends un petit déjeuner *et* un déjeuner. Et tu rentres ici te reposer cet après-midi. On verra comment tu te sens après une bonne sieste et ensuite on décidera si tu peux retourner sur le plateau ce soir.

Elle tenta de discuter, mollement.

— Gannon, il y a un million de choses à faire. Je ne peux pas rester assise et…

— C'est ça ou tu es exclue du plateau pour les deux prochains jours. Et Andy me soutiendra sur ce point.

Il la regardait droit dans les yeux. Vu son état de faiblesse, il était à peu près sûr de gagner.

— Tu es vraiment autoritaire.

— Ah bon ? Ça fait quoi de passer de l'autre côté ? demanda-t-il gaiement en l'aidant à se mettre debout.

Paige garda un visage impassible, mais il pouvait sentir tout son corps se crisper sous l'effet de la douleur.

— Paige.

Elle hocha la tête.

— Ça va. Je suis juste un peu raide et courbaturée.

— Tu as besoin de quelque chose avant que j'y aille ?

— Tu devrais sans doute mettre ton pantalon avant de partir.

— Je devrais sans doute examiner toutes tes bosses et tes bleus avant de partir, répliqua-t-il en tendant le bras vers le bas de son tee-shirt. Paige tapa sur sa main pour la repousser.

— Sois prête à décoller dans trente minutes, dit-il en embrassant tendrement son front.

Il sauta dans son jean et ses bottes et, en sortant, attrapa le coupe-vent trop grand de Paige et l'enfila. Les coutures se tendirent sous ses biceps. Il la pointa du doigt.

— Trente minutes.

— Ne déchire pas mon manteau ! cria-t-elle tandis qu'il sortait de la chambre.

* * *

Gannon ne prit pas la peine de frapper doucement à la porte de Cat. Sa sœur aurait été capable de dormir pendant qu'un tremblement de terre dévastait une autoroute à six voies à côté d'elle. Il donna trois ou quatre coups dans la porte avant qu'elle ne s'ouvre. Cat avait l'air de ne pas avoir dormi de la nuit. De grands cernes soulignaient ses yeux injectés de sang.

— Pourquoi tu bastonnes ma porte à six heures du matin ? demanda-t-elle, la voix éraillée par le sommeil.

— Toi et moi, on emmène Paige sur le plateau.

Il se faufila dans sa propre chambre comme un adolescent après le couvre-feu et enfila de nouveaux vêtements avant d'entamer une conversation par textos avec Andy sur ce qu'on pouvait et ce qu'on ne pouvait pas demander à Paige aujourd'hui. Andy était de son côté mais il n'y avait aucune chance qu'elle échappe à une interview intrusive sur l'accident et ses séquelles.

— Je savais qu'elle réussirait à te convaincre, dit Cat en bâillant à travers la porte restée ouverte, tout en cherchant des vêtements propres dans les tiroirs de la commode.

— Qu'est-ce qui te dit qu'elle m'a convaincu de quoi que ce soit ?

Cat lui jeta un regard par-dessus son épaule.

— Tu es la seule personne de l'équipe qui puisse la dissuader de quoi que ce soit. Si elle y va, c'est parce que tu as donné ton feu vert.

— Je n'ai pas pris la peine de discuter avec elle. Je préfère la garder là où on peut la voir, pour être sûr qu'il ne lui arrive pas une nouvelle catastrophe.

— Gannon King qui préfère éviter une discussion ? Cat arqua un sourcil en piochant un short parmi la bonne douzaine qu'elle trouva dans son tiroir. Tu dois être vraiment secoué.

— C'est toi qui as l'air de ne pas avoir fermé l'œil de la nuit.

— C'était terrible, Gan.

Cat hocha la tête comme si elle essayait de chasser les souvenirs.

— Tony et d'autres gars ont dû littéralement la sortir des débris. Elle était roulée en boule sur le sol au-dessus de ce petit garçon. J'ai cru qu'elle était morte. J'ai cru qu'ils étaient morts tous les deux. Il y avait un silence, puis on a entendu le gamin réciter son alphabet.

— Putain, dit Gannon en s'asseyant sur le lit défait de sa sœur.

— Je te le fais pas dire, commenta Cat, en se dirigeant vers la salle de bains pour s'habiller. Alors, tu l'as vue ce matin ? Je voulais repasser la voir hier soir mais je me suis dit qu'elle avait besoin de repos.

— Elle va avoir très mal aujourd'hui, dit Gannon, éludant la question. Mais je pense que tout le monde se sentira mieux qu'elle soit sur le plateau.

— Je suis d'accord. Tu crois qu'on va avoir des ennuis aujourd'hui ? dit-elle à travers la porte.

Il voyait très bien à quoi elle faisait allusion. Attirés par l'odeur du sang, les requins de la chaîne, ou du moins de Summit-Wingenroth, réclameraient un récit bien gore. C'était impossible que la chaîne mette ça sous le tapis. Soit ils allaient exploiter la douleur de Paige, soit quelqu'un allait avoir de sérieux ennuis à cause de l'accident.

— Je suis sûr qu'ils vont fourrer leurs nez de connards là-dedans, dit-il.

Cat sortit de la chambre à coucher, sa queue-de-cheval dépassant d'une casquette à l'effigie de l'émission. Elle bâilla à s'en décrocher la mâchoire.

— Eh bien, ces connards devront passer par nous s'ils veulent arriver à Paige, dit-elle.

Gannon se sentit aussitôt le cœur plus léger et il se leva. Il pouvait toujours compter sur la plus grande loyauté de la part de sa sœur.

Il posa ses mains sur ses épaules et la poussa vers la porte avant qu'elle ne puisse décider de passer une autre demi-heure à se maquiller.

— J'espère qu'ils vont se battre, dit-il.

Cat éclata de rire avant de jeter par-dessus son épaule :

— Au fait, quand est-ce que tu comptais me dire que tu as passé la nuit avec Paige ?

— De quoi tu parles ? tenta-t-il d'esquiver.

— Tu sens la noix de coco.

CHAPITRE 22

Gannon la fit asseoir pratiquement de force dans une chaise de camping pliante.

— En aucun cas tu ne bouges d'ici, lui ordonna-t-il.

Paige discuta un peu pour le principe, mais ça ne trompait personne. Cat avait éclaté en sanglots en découvrant sa silhouette cabossée et meurtrie à la porte de sa chambre d'hôtel. Gannon avait dû l'arracher à Paige.

Mais cela avait rappelé à cette dernière que tout le monde serait un peu traumatisé en la voyant aujourd'hui et qu'elle ferait bien de s'y faire.

Gannon enveloppa ses jambes dans une couverture et lui tendit un café.

— Si je te vois quitter cette chaise pour une raison ou une autre, j'interromps le tournage et je te garantis que tu vas passer un moment très gênant, lui dit-il, en brandissant son index.

Paige lui jeta un regard noir jusqu'à ce que Felicia fasse irruption pour poser son micro.

— Désolé, Paige. Ce sont les ordres de la chaîne, bredouilla-t-elle, mais ses mains tremblaient lorsqu'elle attrapa l'émetteur pour l'installer à sa ceinture.

— Felicia, je vais bien, lui promit Paige. La lèvre inférieure de Felicia tremblait aussi.

— On a tous eu très peu hier.

— Je te le fais pas dire, plaisanta Paige, avant de se retrouver enveloppée dans ses bras solides.

— Tu es super bien coiffée, dit Felicia en reniflant et en tapotant maladroitement sur l'épaule de Paige avant de se relever.

Paige surprit le sourire de Gannon derrière Felicia.

— Comment tout a pu être nettoyé si vite ? demanda-t-elle, pour détourner l'attention de Felicia.

— Chérie, des volontaires sont restés toute la nuit pour nous aider à déblayer ce foutoir et à monter de nouvelles tentes.

Paige mobilisa tous les muscles de son visage pour sourire.

— Rien ne nous empêchera d'offrir aux Dufour la maison de leurs rêves.

— Tant qu'on nous en laissera la possibilité, en convint Felicia.

Elle prit congé mais ensuite Paige ne resta jamais seule plus de quelques instants. Andy lui présenta la feuille de service qu'il avait préparée pour la journée et Paige l'aida à faire les changements qui permettraient de tirer le meilleur parti du tournage. Tony, son héros, lui apporta un bol de flocons d'avoine et la prit maladroitement dans ses bras. Mel et Sam restèrent collés à elle jusqu'à ce qu'elle leur invente des tâches pour se débarrasser d'eux. Mel devait distribuer une feuille de service mise à jour et Sam devait lui trouver un nouveau téléphone.

Tous les membres de l'équipe Brunelli prirent le temps de venir la voir et de lui souhaiter un bon retour sur le plateau.

Pour tout le monde, y compris elle-même, c'était comme si elle s'était absentée des semaines et non quelques heures. Elle passa en revue ce qu'elle pouvait voir de l'installation. La tente de la régie avait disparu et avait été remplacée par une série de structures temporaires de bric et de broc qui semblaient fixées au sol par des centaines de cordes et de piquets. La tente dans laquelle s'étaient trouvés les enfants n'était plus là non plus. Elle ne savait pas si elle avait été détruite aussi ou simplement endommagée.

Il avait sans doute fallu bien plus qu'un ou deux généreux volontaires pour monter tout ça dans la nuit, pensa-t-elle en observant les regards fatigués dans son équipe et celle de Brunelli. Ils faisaient peut-être de la télé-réalité mais c'était des gens vraiment bien, décida-t-elle en avalant une bouchée de flocons d'avoine et en ignorant l'élancement dans son épaule.

— Eh bé. Tu as vraiment une sale tête.

Paige tendit le cou pour regarder son producteur exécutif traîner une chaise à côté d'elle.

— Eddie ? Qu'est-ce que tu fais là ?

Eddie Garraza ne mettait jamais les pieds sur le plateau à moins qu'il arrive un truc vraiment sérieux.

Il fit remonter ses lunettes sur l'arête de son nez.

— Je prends de tes nouvelles, petit. Il paraît que la journée a été un peu mouvementée.

— La météo a fait des siennes mais on est prêts à repartir, dit Paige.

Elle jouait la désinvolture mais elle avait une boule dans le ventre. Si Eddie était là, c'est qu'il avait de mauvaises nouvelles. *Détends-toi,* se dit-elle. Eddie n'était pas un méchant. Quoi qu'il arrive, ils trouveraient une façon de s'en sortir.

— On dirait que tu t'es fait renverser par un camion-benne, dit-il en appuyant ses coudes sur ses genoux.

— C'est un peu ce que je ressens aussi.

— Rien de cassé ?

Elle fit non de la tête.

— Rien de grave. Je devrais être sur pied très vite.

Il hocha la tête et se tourna vers la maison des Dufour, dont la façade était en train d'être refaite devant la caméra de Louis.

— Ça a l'air de bien avancer, la maison, déclara-t-il.

— Eddie. Tu ferais aussi bien d'annoncer la couleur.

— Je suis là avant tout pour éviter les problèmes juridiques qui pourraient découler de « l'incident », dit-il en levant paresseusement les bras pour former des guillemets avec les doigts. Il continua : « J'ai de la paperasse à remplir pour les dossiers d'accident du travail. Et les costards veulent que tu refasses le déroulé précis de "l'incident" avec moi ou Andy. Que tu racontes devant la caméra l'épreuve que ça a été pour toi de passer à deux doigts de la mort. Peut-être en versant quelques larmes. Tu vois le topo. »

Elle voyait très bien et elle s'y attendait.

— Mais il y a autre chose, n'est-ce pas ? insista-t-elle.

Eddie enleva sa casquette et passa une main dans ses boucles grises.

— Ils veulent débarquer Tony.

— Quoi ? s'étrangla Paige. Il en est hors de question. C'est lui qui nous a tirés de là. Il a ramené la petite fille jusqu'à la maison et il est revenu pour me sortir de ces deux putains de chapiteaux.

— Oui, eh bien, la chaîne estime que sa mission était de continuer à filmer.

— C'est des conneries et tu le sais très bien, Eddie.

— Tu as regardé les images ?

— Non, figure-toi que j'étais occupée à me faire rapiécer, s'emporta-t-elle.

— Bon, écoute, mon petit, moi non plus ça ne me plaît pas. Alors j'ai besoin de ton aide.

Il ne lui demandait pas de virer Tony, réalisa Paige. Il lui demandait de trouver une façon de s'en sortir.

— Je démissionne et je les poursuis en justice s'ils le virent, lui dit-elle.

Eddie hochait la tête.

— Ça ne va pas suffire.

Il ne disait pas ça pour être méchant. C'était un fait : comme les assistants de production, les producteurs de terrain ne manquaient pas sur le marché. Si elle démissionnait, ils trouveraient n'importe quel abruti pour la remplacer le jour même.

Mais si elle ne faisait pas le poids, elle savait au moins qui appeler.

— Andy, est-ce que tu peux m'envoyer Gannon et Cat dès que tu as terminé cette scène ? dit Paige dans son micro.

— Tu as une idée ? demanda Eddie.

— Tony n'ira nulle part, promit Paige.

— On fait la remise en place avant une nouvelle prise, lui dit Andy dans son casque. Ils sont à toi pendant dix minutes.

— Ça me va.

Ils sortirent du garage couverts de poussière et de crasse. Gannon et ses foulées puissantes, Cat et ses bonds de danseuse, leurs longues jambes dévorant l'allée comme s'ils défilaient sur un podium. Paige pouvait voir la mâchoire crispée de Gannon. Elle savait qu'il s'attendait à un combat.

— Eddie, dit Gannon en lui tendant la main.

Eddie l'empoigna avec enthousiasme.

— Content de vous voir tous les deux. Cette saison s'annonce assez formidable.

Gannon ne dit rien mais Cat gratifia Eddie de son plus beau sourire « pour la caméra ».

— Alors, qu'est-ce qui nous vaut cet honneur ? demanda Cat. Son ton était amical mais Paige savait qu'il ne fallait pas se laisser abuser.

— Eddie a des nouvelles, leur dit Paige. Vas-y, Eddie.

— Eh bien, j'étais en train d'expliquer à Paige que la chaîne m'avait demandé de virer Tony…

— Oh que non vous n'allez pas faire ça, l'interrompit Gannon.

Il faisait déjà peur quand il était fâché, mais à cet instant il était sacrément en rage.

Cat s'interposa entre sa bombe à retardement de frère et le messager.

— Eddie, Eddie, Eddie. Je ne pense pas que ce soit une bonne idée. Si tu vires Tony, Gannon et moi démissionnons immédiatement. Puis on va passer toute l'année à expliquer à tous les médias que les abrutis qui dirigent la chaîne préfèrent l'audimat à la sécurité de leurs employés. Pas vrai, Gan ?

Gannon acquiesça.

— Ouais, c'est à peu près mon avis. Est-ce qu'on a déjà parlé de cette proposition qu'on a reçue de Netflix ? Pour une émission originale où ils nous laisseraient carte blanche ?

Cat croisa les bras sur sa poitrine.

— Alors, qu'est-ce qui va se passer, Eddie ?

Paige se tourna vers Eddie.

— Ça te convient ?

Il enleva son chapeau et s'épongea le front.

— Oh oui ! Ils vont se pisser dessus.

Il sortit son téléphone et s'éloigna de quelques pas.

— Bien joué, les King, dit Paige en souriant.

— Petite marionnettiste diabolique, sussura Gannon en la regardant droit dans les yeux.

— Eddie voulait une raison de garder Tony. Vous lui en avez donné une excellente.

— Content de voir que le traumatisme crânien n'a pas entamé tes capacités de manipulation, dit Cat, l'air impressionné.

Eddie revint vers eux en remettant son téléphone dans la poche de son jean.

— Bonne nouvelle, Tony reste mais je pense qu'il serait préférable de ne pas lui faire savoir qu'il est passé tout près du couperet.

— D'accord, dit Paige.

Gannon et Cat acquiescèrent.

— Maintenant, les mauvaises nouvelles, dit Eddie en enfonçant ses mains dans ses poches. En plus de l'entretien approfondi, ils aimeraient avoir des images de tes blessures.

Paige posa la main sur le bras de Gannon qui avait aussitôt fait un pas vers Eddie.

— Ne dégomme pas le messager, lui dit-elle. Elle se tourna vers Eddie et reprit : Si ça nous permet de laisser derrière nous tout ce délire, alors d'accord. Je chiale un peu devant les caméras, je vous montre les points de suture en gros plan et c'est plié.

— Un sacrifice pour l'équipe, se renfrogna Gannon.

— Ce type m'a sauvé la vie. Je crois que je lui suis redevable.

Sentant venir la dispute, Eddie donna à Gannon une bonne tape dans le dos.

— Pendant que je suis là, pourquoi vous ne me feriez pas visiter ? proposa-t-il.

Ils marchaient déjà vers la maison quand Paige vit Eddie humer l'air en reniflant.

— Ça sent la piña colada, vous ne trouvez pas ?

* * *

Dès qu'il ne tournait pas, Gannon restait collé à Paige. Il confia toute une scène dans la cuisine à Cat et Brunelli pour pouvoir faire la sentinelle auprès d'elle pendant qu'Eddie l'interviewait.

Elle avait toutes les raisons de geindre et de pleurnicher si l'on pensait à la douleur qui devait l'affliger. Mais il ne l'avait pas encore entendue se plaindre. Impossible de ne pas l'admirer pour ça. Et maintenant, de la voir ainsi revivre ce qui avait forcément été un moment terriblement traumatisant sans éclater en sanglots, il était impressionné.

Paige tenait bon, répondant aux questions indiscrètes avec humour et sincérité et saluant la courageuse petite Regina qui n'avait pas voulu laisser son ami terrifié derrière elle. Il surprit une grimace de temps en temps lorsqu'elle changeait de position sur son siège. Elle devait souffrir, beaucoup souffrir, à en juger par les ecchymoses qu'elle dévoilait à la caméra. Mais elle fit preuve d'un professionnalisme absolu tout au long de l'opération.

Gannon, pour sa part, voulait arracher la caméra des mains de Rico et l'exploser sur la tête d'Eddie. Ce n'était pas de leur faute ni à l'un ni à l'autre, mais il ne pouvait s'empêcher de les mettre dans le même sac que les connards de la chaîne qui avaient exigé de Paige le récit humiliant de « l'incident », comme disait Eddie.

— Tu t'en sors très bien, dit Eddie en parcourant ses notes à travers ses lunettes. Encore deux ou trois questions et on aura terminé.

Gannon hocha la tête quand Eddie demanda à Paige quel avait été son plus grand soulagement. *Ils s'attendaient à ce qu'elle réponde quoi ? D'avoir pu arrêter de bosser quelques heures ? Bande de connards.* Il avait voulu prononcer ces mots dans sa tête et non les grommeler tout bas mais sa réaction n'avait pas échappé à Paige et elle lui fit un signe de tête presque imperceptible.

— Mon plus grand soulagement c'est qu'Ashton aille bien. C'est un petit gars solide.

Son visage était resté neutre, sa voix posée. Elle n'allait pas commencer à exhiber ses émotions pour qu'elles soient aussitôt exploitées par la chaîne. Gannon n'avait jamais respecté personne autant que Paige St. James à cet instant.

— Est-ce que vous vous dites que vous avez de la chance d'être en vie ? demanda Eddie.

— Je me dis tous les jours que j'ai de la chance d'être en vie. Peut-être un peu plus aujourd'hui, c'est vrai, répondit-elle.

— O.K., mon petit. Une dernière pour la route, dit Eddie en se perdant dans ses papiers. Qui prend soin de vous en ce moment ?

Là, elle a bien failli trébucher, nota Gannon. Bien sûr, Eddie était à la pêche aux infos – comme il en avait reçu l'ordre, probablement. Mais il était hors de question qu'elle admette que Gannon King avait déboulé dans sa baignoire, lavé ses cheveux, changé ses pansements avant de passer la nuit dans son lit.

— Chez les Rois, on forme une grande famille, répondit-elle avec raideur. On prend soin les uns des autres.

Gannon en avait assez entendu. Il s'interposa entre Paige et la caméra de Rico.

— Bon, ça suffit, annonça-t-il. Je te ramène à l'hôtel.

Elle parut soulagée et enleva immédiatement le micro de son tee-shirt. Elle fit encore pas mal d'histoires pour rester sur le plateau, mais c'était uniquement pour la forme. Gannon alla jusqu'à demander à Cat d'aller mettre le sac de Paige dans le pick-up quand elle lui échappa à nouveau. Il la retrouva dans la tente où c'était au tour de Tony de passer sur la sellette tandis qu'Eddie le pressait de questions.

— Putain, grommela Gannon en arrivant en trombe. Mais Paige l'arrêta d'un geste. Il l'obligea donc à boire une bouteille d'eau et resta à ses côtés pendant qu'elle manifestait son soutien silencieux à Tony.

Tony était un grand gaillard avec un faux air de Billy Joel. C'était le premier à rire, le dernier à se vexer et il était très, très bon dans son travail. *Il était un peu maladroit devant la caméra,* nota Gannon, mais Eddie le mit à l'aise en le guidant avec ses questions. Ils refirent tout l'entretien plusieurs fois et au moment où Gannon, inquiet pour Paige, s'apprêtait à l'entraîner avec lui vers le pick-up, Eddie posa *la* question.

— Certains cameramen pourraient se demander pourquoi vous n'avez pas continué à filmer au lieu d'intervenir à ce moment-là.

— Certains cameramen sont des connards, dit Tony en haussant les épaules sans perdre de temps.

Il leva les yeux vers Paige qui lui fit un clin d'œil.

Il y a l'audimat et puis il y a la vie ou la mort. On n'est pas en train de sauver l'Amazonie. On fait une émission de télé. Que vaut un point d'audimat à côté du risque de perdre Paige ?

Paige ignora le protocole et contourna avec précaution Felicia et sa perche pour prendre Tony dans ses bras.

Le coin de la bouche d'Eddie se releva et quand Paige et Tony prirent une seconde pour s'essuyer les yeux, Gannon comprit qu'il avait réussi à obtenir exactement ce que la chaîne voulait sans violer excessivement leur intimité.

CHAPITRE 23

Paige se réveilla aux premières lueurs de l'aube avec la sensation désormais familière de la chaleur de Gannon qui l'enveloppait. Elle inspira son odeur. Il avait passé les trois dernières nuits dans son lit et chaque matin elle s'était réveillée avec le poids de ses bras autour d'elle, son odeur et sa chaleur qui la réconfortaient.

Ils n'en avaient jamais parlé.

C'était trop… intime.

Et Paige n'en était pas fière mais elle se disait que s'ils en parlaient, en effet, il arrêterait de venir dans son lit. Et elle avait beau savoir que c'était une très mauvaise idée, elle voulait quand même qu'il soit là.

Elle guérissait, lentement mais sûrement. Les douleurs lancinantes s'estompaient pour laisser place à des courbatures sourdes, ses bleus et ses éraflures changeaient de couleur et devenaient moins sensibles. Les points de suture se dissoudraient d'eux-mêmes et si elle ne finissait pas écrasée sous une autre tente, elle irait mieux dans une semaine.

Il y avait seulement un problème qui n'était pas encore réglé. Elle désirait violemment Gannon King.

Le voir nu n'avait fait que la rendre plus curieuse de savoir ce qu'elle ressentirait en le touchant. Et quand elle le sentait au réveil chaque matin dur et palpitant contre son dos, il est vrai qu'il devenait plus difficile de se concentrer sur l'objectif de s'en tenir à une relation strictement professionnelle avec lui.

Elle ne s'était jamais sentie si *éprise*. C'était le mot, se disait-elle. Quand ils étaient sur le plateau, elle se surprenait à le surveiller. Et les longs regards qu'ils échangeaient suffisaient à faire frémir son sang. Il n'avait pas réessayé de l'embrasser, pas depuis le jour de l'accident, et elle craignait qu'à force de jouer au docteur, Gannon ne l'ait sortie de son champ d'attraction pour la garder dans sa friend zone.

Ça aurait dû être un soulagement. Elle n'avait pas besoin d'une complication comme Gannon. Elle avait besoin de guérir et de se concentrer et dans un an, elle serait enfin sur le chemin qu'elle s'était tracé.

Mais…

Il y avait quelque chose de si parfait à se sentir enveloppée dans ses bras. Elle n'avait jamais trop aimé les câlins. Elle préférait avoir toute la place pour elle dans son lit pour pouvoir s'étendre comme bon lui semblait. Mais elle n'avait jamais aussi bien dormi de sa vie que ces trois dernières nuits. Le corps chaud de Gannon à côté d'elle était un réconfort… et une torture.

Elle sentit la longueur raide de son érection nichée contre le bas de son dos et bougea un peu les hanches pour se rapprocher. Mon Dieu, elle pouvait le *sentir* palpiter contre elle, pensa-t-elle en serrant la mâchoire. Elle avait envie de se retourner, de passer sa jambe par-dessus lui et de le coincer sous elle.

De le dépouiller de ce caleçon inutile qu'il portait au lit, de guider sa queue vers elle et de le chevaucher.

Elle commençait à le désirer davantage qu'elle ne tenait à rester à l'écart de toute relation personnelle avec lui. *Nous sommes entrés dans la zone dangereuse…* Elle fronça le nez dans l'obscurité. Mais Gannon était en total mode infirmier, s'assurant qu'elle n'en faisait pas trop, surveillant ses repas et son sommeil. C'était ennuyeux mais gentil.

Sa mère n'avait pas été impressionnée par Gannon lors de l'appel téléphonique dont Paige avait été à la fois horrifiée – et peut-être un peu contente – d'apprendre l'existence. Paige avait eu droit aux remontrances de sa mère sur « l'insolence de son ami », pas avant toutefois que Leslie ne se soit assurée que sa fille allait bien.

Sa mère considérait toute la vie d'adulte de Paige comme une sorte de rébellion. Elle était convaincue que Paige finirait par abandonner tout cela pour aller à l'université et se lancer dans une carrière respectable. Ce n'était pas que sa mère la méprisait, pensait Paige. C'était plutôt que les femmes St. James avaient cette responsabilité, elles devaient être des femmes respectables et utiles dans le monde. Une psychologue et une neurochirurgienne, ça oui, c'était tout à fait respectable. Une productrice de terrain d'une émission de télé-réalité qui volait à peine plus haut que les crêpages de chignons filmés des *Real Housewives* ? Pas vraiment.

En fait, Paige était à peu près certaine que sa mère n'aurait pas beaucoup plus d'enthousiasme pour ses rêves de documentariste que pour son passage par la télé-réalité. Malheureusement pour le Dr Leslie St. James, elle avait élevé deux filles indépendantes et têtues et Paige allait faire sa vie comme elle l'entendait.

Le réveil de Gannon sonna et il s'agita à côté d'elle. Juste un instant, Paige s'imagina que c'était un dimanche matin paresseux de l'intersaison et qu'elle avait le luxe de se retourner et de réveiller Gannon à sa façon.

Il tapa sur son téléphone posé sur la table de nuit puis se laissa retomber sur l'oreiller, son bras la pressant à nouveau contre lui.

— Ahem, fit Paige en bâillant. Il faut que tu sortes d'ici avant que quelqu'un débarque et en tire les mauvaises conclusions.

Il bâilla à son tour et s'étira jusqu'à ce qu'elle sente la tension de son corps contre le sien.

— Ce serait beaucoup plus amusant s'il s'agissait des bonnes conclusions, mais il a fallu que quelqu'un se fasse démolir…

— Très drôle. Maintenant, sors d'ici.

— On se voit sur le plateau, princesse, dit-il en embrassant son épaule.

* * *

L'aube du cinquième jour de tournage annonçait suffisamment de lumière et de chaleur pour que Paige choisisse un short au lieu du jean qu'elle portait pour couvrir les bleus et les coupures sur ses jambes. Il allait faire trop chaud pour se soucier de ce genre de futilités et elle pourrait rester plus longtemps sur le plateau si elle était à l'aise.

La maison se transformait à toute vitesse. Sur le devant, un bardage bleu ardoise avait remplacé le blanc défraîchi et une équipe de maçons s'était attelée à la finition des murs de briques de l'extension de la véranda. Le toit, dont la couverture de bardeaux avait été refaite, était percé de nouvelles lucarnes.

En revanche, le jardin avait été détruit par les tentes de la production et tous ces gens qui avaient piétiné la pelouse et les plantes, et il ne présentait aucun des signes du début de l'été que l'on pouvait apercevoir sur les terrains voisins.

Paige consulta le planning de l'entrepreneur sur son iPad et vérifia le calendrier de l'aménagement paysager. Ils allaient certainement avoir besoin d'un jour supplémentaire pour la construction et le tournage, et elle était contente d'en avoir glissé deux dans son planning. Tout le monde était resté sur le plateau bien plus tard que d'habitude et s'était donné à fond pour aider l'équipe de Brunelli et prêter main-forte partout où c'était nécessaire.

Il y avait toujours une ou deux familles avec lesquelles l'équipe tissait un vrai lien et cette saison, les Dufour était l'une d'elles. Les quelques heures passées avec Carina et Malia avaient renforcé la résolution de chacun à donner le meilleur de lui-même.

Rassurée que le planning qu'elle avait prévu reste d'actualité, Paige ouvrit Facebook pour consulter la page de l'émission. Les articles du blog de Cat y étaient partagés ainsi que quelques scènes de making-of et des photos des travaux en cours.

Le nom de Meeghan Traxx sur l'écran lui sauta aux yeux. Elle n'avait pas voulu cliquer sur le lien, se disait Paige, mais ce foutu index l'avait trahie et avait ouvert l'article.

Il s'ouvrait sur une photo impressionnante de la blonde plantureuse dans une robe rouge moulante, avec des lunettes de sécurité sur les yeux et un gros marteau à la main. Son rouge à lèvres sanguin était assorti à ses ongles brillants en forme de griffes.

Meeghan Traxx ne se laisse pas atteindre par les rumeurs sur son petit ami. « Comment ça va entre Gannon et moi ? dit-elle en riant. Est-ce qu'il y a un mot pour dire mieux que parfait ? C'est le genre de type qui tient mon sac à main pendant que j'essaie des vêtements parce qu'il ne supporte pas d'être trop loin de moi. »

Paige éprouva les envies conjointes de vomir et d'écraser l'iPad sur la tête de Gannon. Mais comme il portait un putain de casque pour aider à la pose du placo, ce serait loin d'être satisfaisant. Poussée par une juste colère et un masochisme malsain, elle ne put s'empêcher de poursuivre sa lecture.

Ces derniers temps, la relation de Traxx avec la star montante Gannon King a semblé connaître une mauvaise passe lorsque des rumeurs l'ont associé à l'assistante de production de son émission, Paige St. James.

— Productrice de terrain, pas assistante de production, marmonna Paige.

Traxx écarte en plaisantant l'idée que l'attention de King puisse ainsi s'égarer. « Croyez-moi. Il n'y a rien qu'une verseuse de café en mal de star puisse faire pour détourner Gannon de moi. Il m'est incroyablement fidèle… »

Paige jeta la tablette sur une table plutôt que de céder à l'envie de la balancer dans l'étang des carpes koï du voisin. Consciente du micro posé sur elle qui semblait soudain peser une tonne, elle garda pour elle la série d'obscénités qui lui était venue aussitôt et se réfugia dans le travail.

Paige garda la tête baissée et bossa toute la matinée, évitant tout contact visuel avec Gannon et se concentrant sur le travail à accomplir. Le placo, c'était déjà suffisamment pénible à poser, mais rajoutez une équipe de tournage par-dessus et ça devenait vraiment compliqué. Dieu merci, aucun téléspectateur n'avait envie d'assister au ponçage des cloisons en placo si bien que cette étape de l'opération permettait à son équipe de souffler un peu.

Malheureusement, avant d'en arriver là, il fallait attendre la visite de contrôle de l'installation sanitaire et électrique. Et une équipe de télé-réalité tout entière se retrouvait alors sans rien à faire pendant qu'une sorte de sosie de Tim Conway à lunettes entre deux âges se frayait un chemin à travers deux étages de chaos.

Paige faisait les cent pas dans l'espace de vie désormais ouvert des Dufour et s'efforçait de ne pas regarder Gannon en pleine discussion avec Tim Conway Jr. Andy croisa son regard et l'invita d'un signe de tête à le retrouver dehors. Une fois tous deux sortis, Andy lui tendit son téléphone.

— Ils viennent de m'envoyer le teaser de la saison, lui dit-il.

— À la façon dont tu me regardes, j'ai l'impression que ça ne va pas me faire plaisir, devina Paige.

Andy se gratta l'oreille et mit hors de sa portée le pied-de-biche qui avait été abandonné contre la balustrade.

Oh putain.

Elle appuya sur « play » et garda un visage impassible tandis que les images défilaient au son du générique de l'émission. Il y avait d'abord Gannon, l'air sexy et maussade, Cat qui faisait des grimaces devant la caméra, avant d'enchaîner sur des scènes d'action : Cat lançait la hache d'un volontaire contre une cloison de placo et Flynn, le chef d'équipe de Gannon, balançait des toilettes à travers une baie vitrée.

Les toilettes et la vitre tombaient au ralenti dans une benne.

La voix du présentateur, une des stars de la chaîne, s'élevait alors.

— On ne sait jamais à quelle catastrophe s'attendre quand on se lance dans une rénovation…

À des poutres rongées par des termites et des fuites d'eau succédait une discussion houleuse entre Gannon et Paige. Le plan suivant montrait Paige, le visage impassible, s'éloignant de Gannon sous le regard appréciateur de celui-ci. La vidéo se terminait par des images filmées par Rico pendant la tempête où l'on voyait Tony courant vers la maison avec la petite fille sous le bras tandis que la tente s'effondrait derrière lui. L'image s'assombrissait et on entendait la voix de Gannon criant son nom. « Paige ! »

— Sur le chantier des King, il suffirait d'une étincelle pour mettre le feu aux poudres…, concluait le présentateur.

— Passe-moi le pied-de-biche, ordonna Paige.

— Han han ! Andy fit non de la tête et s'empressa de récupérer son téléphone.

Elle était figée sur place, secouant la tête d'avant en arrière comme si elle pouvait déloger l'image de son esprit.

Elle voulait hurler, jeter quelque chose, faire n'importe quoi pour évacuer cette colère accumulée. Elle voulait faire comme Gannon, piquer une crise de nerfs et laisser les autres gérer les conséquences. Ils avaient fabriqué une relation et ils avaient attendu que Meeghan ait fait sa déclaration pour la rendre publique, de façon à garantir un maximum de vues. C'était diabolique. Elle donna un coup de pied dans le noyau de l'escalier fraîchement repeint et grimaça de douleur.

Tout ce qu'elle avait espéré voir s'effacer allait repartir de plus belle. Son nom apparaîtrait à nouveau en tête des recherches Internet sur l'émission et les huiles de la chaîne allaient s'en repaître comme les vautours qu'ils étaient. Et cette fois-ci aucun hashtag #PetitesSiestesAvecGannon ne pourrait éteindre l'incendie.

— J'ai pensé qu'il valait mieux que tu le voies maintenant plutôt que…

Andy s'interrompit, soit parce qu'il ne savait pas comment terminer sa phrase, soit parce qu'il n'était pas trop sûr d'être en sécurité si près d'elle.

Mel passa la tête par la porte :

— Hey, Paige…

Andy bondit devant Mel avant qu'elle n'ait pu terminer de formuler son souhait ou son besoin. « Pas maintenant ! »

C'était un merdier, le merdier le plus merdique de toute l'histoire de la merdicité. Et sa carrière, sa réputation, se trouvaient en plein milieu.

Paige inspira lentement et au prix d'un grand effort et, estimant qu'il n'était toujours pas sûr de parler, elle arracha son micro et son émetteur et descendit les marches de la véranda. Elle allait s'arrêter cinq minutes, essayer d'éviter l'anévrisme cérébral ou un autre truc dans le genre qui la guettait, puis terminer sa journée. Ensuite, ce soir, elle irait s'allonger sur son lit, *seule*, et s'efforcer de trouver un moyen de se tirer de ce désastre.

Elle avait parcouru la moitié du pâté de maison quand elle l'entendit.

— Paige !

Elle rentra la tête dans les épaules et rêva qu'elle était suffisamment rétablie pour pouvoir courir. Il la rattrapa facilement, sa grosse main l'attrapant par sa bonne épaule. Même à travers le brouillard de la colère, elle savait que ce n'était pas un hasard. Il avait gardé en tête la place de chacune de ses blessures pour être sûr de ne pas lui faire mal accidentellement.

Mais il lui avait bel et bien fait mal volontairement.

— Qu'est-ce que tu veux, King ?

Il haussa les sourcils de surprise.

— Je pensais que tu étais contrariée, St. James. Désolé.

Elle pointa du doigt le micro de Gannon. Il leva les yeux au ciel, tira le bloc d'alimentation de l'arrière de son short et l'éteignit.

— C'est mieux ?

Elle avait envie de tout raconter. Mais si elle commençait, elle ne pourrait plus s'arrêter, ce ne serait qu'un long dégueulis verbal incompréhensible.

— Je vais bien. J'avais juste besoin d'un peu d'air.

— Tu sais qu'il y a une limite à la quantité de salades qu'un homme peut ingérer en une journée, et quand il travaille dans la télé-réalité, il atteint ce niveau assez rapidement. Alors je te propose d'abréger et de me dire ce que tu fais à boitiller dans le quartier loin de ton travail.

Son ton était si chaleureux qu'elle eut envie de gifler ce visage sexy.

— Pourquoi je serais contrariée ? Qu'est-ce qui pourrait bien me contrarier ?

Elle allait craquer. Allez, autant y aller franchement. Elle avança vers lui et lui planta l'index dans la poitrine.

— Peut-être le fait que ta petite amie vient de clamer au monde entier combien tu es un petit ami fidèle et aimant alors que tu as passé les trois dernières nuits dans mon lit ? Ou qu'elle me désigne comme une assistante de production ? Non. Tout ça est parfaitement normal dans le monde de Gannon. Peut-être le teaser que la chaîne est en train de diffuser en ce moment même qui dépeint une jolie petite histoire d'amour entre nous.

Elle s'était mise à parler si fort que des chiens aboyaient aux alentours.

— Wow ! C'est donc ça qui se mijote, dit Gannon en souriant.

Paige dut se retenir de lui envoyer un coup de pied.

— Tu as dit que tu ne sortais pas avec Meeghan.

— Oh, non, ne recommence pas avec ça.

Gannon commit une erreur fatale en levant les yeux vers le ciel.

Paige serra les dents.

— Écoute, Gannon. J'apprécie tout ce que tu as fait pour moi mais je ne suis intéressée par aucune forme de relation avec toi au-delà de notre rapport de travail.

— Paige, tu recommences à mentir. Je n'aime pas ça.

Il y avait une forme d'avertissement dans son ton qu'elle se fit un plaisir d'ignorer.

— Je ne veux pas entamer une liaison avec toi. Tu est la « star montante de la chaîne ». Une autre star de la chaîne semble convaincue que tu as une relation sérieuse avec elle. Il y a trop d'attention autour de tout ça. Je ne veux pas en faire partie.

— De quoi as-tu si peur ? »

— De tout ce qui s'est passé ! Tu es comme de la kryptonite pour ma carrière. Par ailleurs, je ne pense pas que ta *petite amie* aimerait ça, rétorqua-t-elle.

Cette fois, c'est Gannon qui dut lutter pour garder le contrôle.

— Ce n'est pas ma putain de petite amie. Elle ne l'a jamais été. La chaîne nous a mis ensemble pour des raisons d'audience. C'est tout. Et je leur ai dit au début de la saison que je ne voulais plus de ça. L'émission se suffit à elle-même maintenant. Elle n'a plus besoin d'une fausse histoire pour faire grimper l'audimat.

— Je suppose que tu n'as pas encore vu le teaser, ironisa Paige. Putain, tu es en train de ruiner ma carrière et c'est comme si ça ne te faisait rien du tout !

— Tu es vraiment prête à rouler sur le flanc et à faire la morte. Pourquoi tu ne te bats pas contre ça ? répliqua Gannon.

Le téléphone de Paige vibra et elle le sortit de la poche de son short. En lisant le message, elle sentit sa tension artérielle monter en flèche.

— Oh, génial. Tout simplement fabuleux. Eddie me dit que la chaîne veut qu'on fasse une interview ensemble, toi et moi.

— Eh bien, ça devrait être amusant, dit-il d'une voix traînante.

Ça aurait dû être la goutte d'eau de trop mais Paige semblait avoir même épuisé sa colère. Elle ne sentait qu'une torpeur noire s'abattant sur elle, une acceptation de la défaite.

— Dors dans ta chambre ce soir, Gannon, et laisse-moi tranquille.

CHAPITRE 24

Paige passa les deux nuits suivantes à se tourner et se retourner sur l'étendue déserte de son matelas en maudissant Gannon King et son corps rassurant. Sa seule joie était de le voir épuisé et énervé sur le plateau. Au moins, elle n'était pas la seule à souffrir.

Le teaser de l'émission avait été visionné plus d'un million de fois, confirmant à la chaîne que cette intrigue secondaire sur une liaison tumultueuse entre Gannon et Paige était une idée en or pour l'audimat.

Elle passa un temps fou à penser à ce qu'il avait dit sur Meeghan. Était-ce vrai ? N'y avait-il vraiment rien entre eux ? Pourquoi Meeghan était-elle si déterminée à prétendre le contraire ?

La tension était déjà à son comble sur le plateau. C'était le dernier jour avant le retour de la famille et il y avait cinquante millions de choses à faire et plus le temps de les faire. L'humeur exécrable de Paige et de Gannon n'arrangeait rien. Tout le monde les évitait comme s'ils avaient la grippe intestinale.

Gannon était une boule de colère qui ne demandait qu'à exploser tandis que Paige jouait la Reine des glaces. Leur première interview ensemble pour l'émission avait été tellement maladroite et pleine de roulements d'yeux qu'il fallut près d'une demi-heure avant qu'Andy ne les laisse repartir chacun de leur côté. Après ça, il dut sortir l'artillerie lourde.

— Je peux te parler une seconde ? dit Cat en pénétrant dans la nouvelle tente de la régie. C'est important et je ne sais pas à qui d'autre je peux parler.

— Bien sûr, dit Paige, laissant tomber son paquet de bonbons et passant rapidement en revue toutes les choses qui pouvaient inquiéter Cat. Les choses qui la troublaient étaient parfois… inattendues. Ça pouvait aller d'un chat errant qu'elle trouvait trop maigre à des histoires de mecs.

Elles sortirent de la tente et Cat fit coulisser la porte du van de la production, poussant Paige devant elle.

— Tu n'es pas enceinte, quand même ? demanda Paige par-dessus son épaule.

— Enceinte ? cria Gannon.

— Qu'est-ce qu'il fait là ? demanda Paige en essayant de faire demi-tour.

Mais Cat lui bloquait le passage et elle referma la porte derrière elle.

— C'est quoi ton problème avec le fait que je sois là ? Ma sœur m'a demandé de venir. Et toi, qu'est-ce que tu fais là ? s'emporta Gannon.

Cat frappa dans ses mains.

— Ça suffit ! J'ai été choisie par l'ensemble de l'équipe pour vous réunir tous les deux et vous parler de la façon dont votre comportement de maternelle affecte notre travail à tous.

Paige ferma la bouche d'un coup sec. Gannon, l'image même de l'apathie, se cala dans l'unique siège de la station de travail surchargée.

— Bon, je vous le dis avec tout mon amour, mais vous devez vous sortir les doigts du cul, dit Cat, les mains sur les hanches. Vous nous rendez tous dingues alors qu'il s'agit d'un des tournages les plus difficiles que nous ayons jamais eu. Tu as été blessée, dit-elle en désignant Paige, sous nos yeux à tous. Et pendant quelques secondes, on a cru qu'on t'avait perdue.

— Je suis désolée…, commença Paige, mais Cat lui coupa la parole.

— On travaille sur une maison pour une petite fille qui ne sera peut-être plus là très longtemps pour en profiter si son traitement ne suffit pas. Devoir marcher sur des œufs avec les deux idiots que vous êtes nuit à notre travail.

Gannon voulut commencer à discuter, mais Cat le fit taire d'un seul regard.

— Han han. C'est moi qui parle. Tu écoutes. Je ne sais pas quel est le problème entre vous mais j'ai besoin que vous le régliez. On a besoin que vous soyez tous les deux au top de votre forme si on veut offrir à cette petite fille la maison qu'elle mérite. Alors soyez gentils tous les deux, trouvez un moyen de vous entendre et sortez-vous les doigts du cul !

— Désolée, fit Paige, l'air boudeur.

Mal à l'aise, Gannon évitait de les regarder en face.

— Une remarque plus personnelle, maintenant. Je sais que vous avez des sentiments l'un pour l'autre. Taisez-vous, ordonna-t-elle en les voyant tous les deux ouvrir la bouche. Je pense que vous seriez idiots de laisser tomber tout ça juste pour contredire la chaîne et les sites people. Réfléchissez à ce que vous voulez vraiment, faites-le et oubliez tout le reste. C'est compris ?

Paige et Gannon acquiescèrent.

— Bien. Maintenant, remettez vous au boulot pour qu'on puisse finir cette maison.

Cat ouvrit la porte d'un coup sec et sortit en trombe.

* * *

Ils réussirent à maintenir une trêve fragile pour le reste de l'après-midi et le travail se poursuivit malgré la pluie qui avait repris de plus belle. Paige les exhorta tous à tirer un maximum d'images des finitions. Gannon installa les meubles de la nouvelle cuisine tandis que Cat aidait à la pose de la crédence en faïence. Ils filmèrent Flynn qui raccordait les plafonniers et l'équipe de Brunelli qui fixait les bibliothèques sur mesure au mur du salon, autour de la télévision. Tous les autres étaient occupés à peindre la moindre surface verticale de la maison.

L'arrivée des meubles devait être filmée à la lumière du jour, pas sous une pluie battante. Paige et Andy jonglèrent donc avec le planning, qui fut, à ce stade, divisé en plages d'une heure seulement. C'était le sprint final alors que tout le monde était déjà fatigué et que le travail à accomplir semblait interminable. La pizzeria de la ville fut réquisitionnée pour nourrir cette armée d'équipiers et de volontaires et la livreuse qui débarqua avec plus de trois douzaines de boîtes en carton fut accueillie comme une héroïne. Paige serra les dents lorsque Gannon la gratifia d'un selfie tout sourire avant de lui offrir un pinceau.

Il était minuit passé quand son équipe arriva à bout du travail à faire et le dévoilement devait avoir lieu le lendemain. Paige passa en revue la maison pratiquement terminée avec une fierté fatiguée. Ils avaient réussi une fois encore. Si l'emménagement se passait bien dans la matinée, ils filmeraient le dévoilement et la visite en début d'après-midi et Carina et Malia pourraient ensuite passer la nuit dans leur toute nouvelle maison.

Et Paige et son équipe dormiraient comme des pierres avant de s'envoler le lendemain après-midi.

À l'étage, les poseurs de moquette terminaient les chambres tandis que les carreleurs mettaient la dernière main à ce petit paradis pour Carina qu'était la salle de bains principale. La chambre de Malia avait des murs rose chair et un coin banquette devant la fenêtre rempli de coussins roses et violets. Paige avait jeté un coup d'œil au lit que Gannon monterait dans la chambre le lendemain et il était effectivement digne d'une princesse.

Elle parla une dernière fois avec la cheffe de l'équipe de nuit de Brunelli qui lui assura qu'elle avait la situation en main et elle jugea qu'elle pouvait aller se coucher.

Trempée jusqu'aux os et vidée de toute son énergie, Paige laissa une traînée de vêtements mouillés de la porte de sa chambre d'hôtel jusqu'au lit. Elle ne prit pas la peine d'allumer les lumières, à l'exception de celle de la table de nuit. Elle n'avait plus de force pour le moindre rituel de coucher. Elle vérifia une fois encore qu'elle avait bien mis son réveil. Il était une heure du matin et elle devait être de retour sur le plateau à six heures et demie au plus tard. *Argh.*

Paige se laissa tomber sur le matelas, assurée que ce soir elle était trop fatiguée pour rester éveillée à penser, à regretter, à désirer. Elle ne penserait pas au sermon de Cat, elle ne penserait pas à ce qu'avait dit Gannon sur l'histoire entre lui et Meeghan qui ne serait qu'une intox promotionnelle créée par la chaîne. Non. Elle ne penserait absolument pas à tout ça. Elle n'y penserait pas.

Elle attendit que le sommeil vienne. Et elle attendit. Mais elle était encore bien éveillée quelques minutes plus tard lorsqu'elle entendit frapper à sa porte. Elle hésita à l'ignorer.

— Paige, ouvre.

Derrière la porte, la voix de Gannon, fatiguée et agacée.

Grommelant tout bas, Paige enfila un débardeur et sortit du lit en trébuchant.

— Qu'est-ce qu'il y a ? demanda-t-elle en entrebâillant la porte.

Il l'ouvrit en grand pour entrer, son tee-shirt mouillé moulé sur sa poitrine, ses baskets détrempées s'écrasant avec un bruit de succion à chaque pas. Sans prendre la peine de la regarder, il enleva son tee-shirt et le laissa tomber en un tas humide sur le sol.

— Qu'est-ce que tu fais ?

Elle était trop fatiguée pour arriver à se composer une humeur autre qu'une légère irritation. Il se déchaussa et enleva ses chaussettes humides et sales.

Il enfonça ses pouces dans la ceinture de son short et la regarda, agacé.

— Tu ne veux pas dormir ? Moi si. Je n'ai pas envie de passer une nuit de plus à fixer ce putain de plafond en me demandant pourquoi je dors tellement mieux avec toi à côté de moi.

Il fit tomber le short et resta debout devant elle, provocant, en boxer.

Son corps l'hypnotisait. C'est la seule raison pour laquelle Paige ne l'arrêta pas quand il rabattit les couvertures et s'étendit sur le matelas.

Qu'est-ce qu'elle était censée faire ? Il venait de débarquer dans sa chambre et de prendre possession de son lit. Si elle le rejoignait, elle se rendait. Mais avait-elle vraiment l'énergie de le combattre ?

Gannon releva les couvertures et, après une seconde de débat intérieur, Paige céda. Elle le rejoignit, calant son dos contre sa délicieuse chaleur. Ses cuisses dures et son large torse berçaient son corps. Elle retint un soupir. Peu importait la raison, elle dormait mieux enveloppée par le corps spectaculaire de Gannon King, et ce soir, elle était trop fatiguée pour se demander pourquoi.

Gannon donna un coup dans la lampe de chevet pour qu'elle s'éteigne. L'obscurité s'installa à nouveau mais cette fois, Paige savait que le sommeil viendrait. Il bougea très légèrement derrière elle de façon à pouvoir enfouir son visage dans les cheveux de Paige.

— Je t'entends sourire. Ne t'imagine pas qu'on n'en parlera pas demain, dit-elle en bâillant.

— Tais-toi, princesse.

CHAPITRE 25

Les yeux de Paige s'ouvrirent sur l'obscurité de sa chambre. Elle avait dormi, et profondément. Le réveil sur la table de nuit indiquait 5 h 30 mais elle avait l'impression d'avoir dormi huit heures. Son sein semblait lourd, excité, et c'est alors qu'elle réalisa qu'il était contenu par la grosse main de Gannon. Sous sa paume rugueuse le mamelon était devenu un bourgeon dur.

Il s'agita dans son sommeil derrière elle, ses hanches frottant contre sa peau. La longueur épaisse de son érection l'amena à un nouveau niveau de conscience.

Au chaud et en sécurité dans ses bras, son corps s'anima tandis qu'un besoin brut commençait à éclore entre ses cuisses. Elle se mordit la lèvre et tenta de se rendormir, mais il n'en était pas question pour son corps. Lui ne voulait qu'une chose, et elle était si proche. Comme pour la tester, elle remua ses hanches contre lui et fut récompensée par la palpitation de sa queue à l'endroit où elle se blottissait contre elle.

Le mal qui l'habitait s'intensifiait sous l'impulsion d'un vide qui demandait à être comblé. La chambre était si calme et si sombre, elle semblait… à l'écart du reste du monde. Comme si tout ce qui se passait entre ces murs pouvait rester là tandis que le reste du monde continuait sur sa lancée. Ce qui arrivait sur ce lit, dans cette chambre, pouvait rester là, dans son écrin de solitude, tandis que dehors le jour se levait et le travail commençait.

Elle était en train de se convaincre. Le besoin de son corps s'avérait une tentation trop forte pour être combattue. Est-ce qu'il avait envie d'elle ? *Vraiment* envie d'elle autant qu'elle brûlait pour lui ? Et était-elle prête à le découvrir, prête à cesser de lutter contre la seule chose dont elle avait envie ?

Les grands doigts se contractèrent sur la chair de son sein et Paige se mordit la lèvre. Elle se retourna pour lui faire face dans l'obscurité et fit glisser la paume de sa main le long de sa poitrine et sur la crête de ses abdominaux. Son sein brûlait à l'endroit où la main de Gannon s'était posée. Elle ne s'était pas rendu compte qu'il était réveillé mais sans un mot, il attrapa sa main pour la guider de plus en plus bas sur le V de ses muscles, le long de la fine piste de poils qui la menait plus loin.

Sans un mot, il fit glisser sa main sous la ceinture de son caleçon. Il retint son souffle lorsque ses doigts se refermèrent sur son membre. Son contact était épais et chaud, comme de l'acier en fusion enfermé dans la chair lisse et veinée. Elle s'arrêta, se contentant de le serrer dans son poing avide. Paige sentit son souffle, une lente expiration, sur son visage.

Toujours agrippée à lui, elle fit glisser de l'autre main la ceinture vers le bas jusqu'à ce qu'elle ait libéré sa queue. Il avait le souffle court, presque douloureux, et lorsqu'elle commença à caresser sa queue, il gémit en serrant les dents.

Elle fit glisser sa main vers le haut, ses doigts refermés s'arrêtant à la couronne du gland avant de redescendre jusqu'à l'épaisse racine. Depuis qu'elle avait commencé à le toucher, l'impulsion du besoin en elle s'était muée en un élancement douloureux.

— Paige. Tu es sûre ?

Le sommeil et l'envie lui faisaient la voix râpeuse.

Est-ce qu'elle était sûre ? À cet instant, plus que de rien d'autre au monde. Et plus tard ? Était-ce important ?

— Paige. Réponds-moi. J'ai besoin de savoir.

« Oui. » Ce seul mot sembla le libérer. Il passa la main au-dessus d'elle et appuya sur l'interrupteur.

— J'ai besoin de te voir, dit-il dans une expiration.

Sa main remonta le long de son membre, pressant le gland, et elle sentit l'humidité qui commençait à perler à l'extrémité. Il avait l'œil vitreux.

— Tu as envie de moi ? murmura-t-elle tout bas, comme si elle craignait de rompre un sortilège.

Il glissa sa main entre leurs deux corps jusqu'au suintement qui s'écoulait de sa queue, puis reportant ses doigts à la bouche de Paige, il les pressa contre ses lèvres.

— À ton avis ? fit-il dans un souffle.

Elle en lécha la pulpe, goûtant son excitation salée, et il gémit, grave et guttural. Elle pouvait sentir au creux de son poing la pulsation du sang de Gannon.

— On n'a pas beaucoup de temps, murmura-t-il.

— Je m'en fous. J'ai envie de toi, Gannon.

Il passa sur le dos et l'attrapa pour la déposer à califourchon sur ses hanches.

— Ne me laisse pas te faire mal, l'avertit-il.

Elle ne put s'empêcher de se demander s'il parlait de ses blessures ou de son cœur. Mais à l'instant où le large gland effleura son clitoris gonflé, toute autre préoccupation s'évanouit.

— Attends, chérie. Je n'ai pas de préservatif.

Son corps tout entier était rigide sous le sien, ses grandes mains crispées sur ses hanches.

Elle avait ce qu'il fallait. Dans la trousse d'urgence qu'elle trimballait partout avec elle. Mais ce n'était pas le moment de lui expliquer que si elle se baladait avec des préservatifs, c'était parce qu'une fois Cat avait oublié les siens et était venue frapper à sa porte au milieu de la nuit. Un frère n'a pas forcément besoin de *tout* savoir sur sa sœur.

— Attends, murmura-t-elle en se détachant à contrecœur de son corps pour aller fouiller dans le sac qu'elle avait jeté derrière la porte. Elle les trouva dans une poche intérieure et revint triomphalement vers le lit.

Paige s'immobilisa, hypnotisée par la vision du corps de Gannon, nu sur les draps blancs, la longueur lourde de son érection déployée sur son ventre.

— Princesse, si tu restes plantée là, je n'aurai pas le temps de te faire jouir plus d'une fois, l'avertit-il.

Il ne lui fallut pas d'autre encouragement. Elle fit glisser sa culotte le long de ses jambes et apprécia le petit gémissement qu'il poussa. Gannon saisit sa queue à la base et se caressa en la regardant ramper sur le matelas jusqu'à lui.

Toujours entravée dans ses mouvements à cause de ses ecchymoses, elle passa lentement une jambe par-dessus lui pour se jucher sur ses cuisses en béton.

— Tu es si belle, Paige, murmura-t-il, en ralentissant le rythme du va-et-vient de sa main sur son membre en une caresse paresseuse.

Il expira en sifflant, les yeux fermés, lorsqu'elle déroula le préservatif sur la colonne de chair. Paige se glissa sur lui et plaça le gland contre son centre humide. Il remonta son débardeur pour mettre à nu ses deux seins et tandis qu'il palpait la chair lourde et ronde, Paige descendit lentement sur lui. En raison de la position, de ses mensurations à lui, il fallait qu'elle y aille doucement, qu'elle se détende totalement pour l'accueillir. Il abandonna un instant ses seins pour saisir ses hanches et se glisser jusqu'au bout, complètement gainé en elle.

Paige balança ses hanches d'un côté à l'autre, essayant de faire un peu de place. Il était si immense, et elle était si pleine de lui. Ils restèrent ainsi un moment, unis aussi profondément que deux âmes pouvaient l'être, le souffle court.

— C'est agréable ? demanda-t-il entre ses dents.

C'était tellement mieux qu'agréable. Tellement mieux que parfait. Elle voulait lui dire mais il n'y avait pas de mots. Alors, à la place, Paige lui montra. Doucement, elle se dressa sur ses genoux, le sentant se retirer centimètre par centimètre avant de redescendre, le reprenant en elle. Lorsqu'il fut à nouveau enfoui en elle, il gémit. C'était le son d'une douleur exquise. Il leva les bras pour attraper les cheveux de Paige et l'attira à lui pour l'embrasser. Sa langue imitait la poussée agressive de sa queue dans sa bouche humide jusqu'à ce que Paige se sente défaillir sous l'effet du besoin dévorant qui grandissait entre eux. C'est ce qu'elle avait voulu, ce qu'elle avait essayé de combattre.

C'est ce dont elle n'avait plus l'intention de se passer désormais.

Elle était au-dessus, elle aurait dû être l'agresseuse, mais c'était Gannon qui menait l'offensive. Se redressant, il interrompit le baiser et trouva un mamelon douloureux à choyer de toute son attention. Le brusque coup de langue, la succion douce et la traction de ses lèvres la firent haleter. Elle se sentait… au paradis. Comme si, pour la première fois de sa vie, elle se servait de son corps tel qu'il avait été conçu, pour donner et recevoir du plaisir.

Elle accueillait les poussées légères de son membre en faisant osciller ses hanches contre lui.

— Gannon, souffla-t-elle. Je vais…

Il n'y eut pas d'autre avertissement. L'orgasme la transperça. Elle le sentait partout, dans le mamelon qu'il léchait, dans les muscles qui enserraient sa queue tandis qu'il poussait plus profondément en elle, dans ses orteils qui se recroquevillaient tandis que la chaleur se répandait dans son corps comme un éclair. Ça montait et descendait, montait et descendait, et chaque vague rendait Gannon plus fou encore en dessous d'elle.

Elle sanglota, rejetant la tête en arrière pour s'abandonner entièrement à lui.

— Encore, exigea-t-il.

Avec plus de délicatesse qu'elle ne l'aurait cru possible, il fit rouler leurs deux corps, l'allongeant sur le matelas tandis qu'il se tenait au-dessus d'elle. Il s'agenouilla entre ses cuisses, le bout de son membre pesant contre sa fente.

— Dis-moi si je te fais mal, grommela-t-il.

Elle acquiesça, prête à accepter n'importe quoi à cet instant.

— Je vais essayer de faire attention mais je ne peux pas garantir que je ne vais pas disjoncter, dit-il dans un souffle en se positionnant à l'entrée de son sexe. Il fit glisser ses paumes sur l'intérieur de ses cuisses, les pressant doucement pour les ouvrir.

— Tu es prête ?

Elle acquiesça, les yeux écarquillés, les lèvres entrouvertes. Elle était prête à recevoir tout ce que

Gannon avait à lui donner. Il s'enfonça en elle d'un seul mouvement. Les hanches de Paige se soulevèrent pour le rejoindre comme si elles étaient douées de pensée. Le besoin biologique d'atteindre l'orgasme suivant avait pris le dessus. Elle s'ouvrit à lui. Il pressa les genoux de Paige contre ses épaules et les maintint ainsi, faisant passer ses cuisses de part et d'autre de ses propres bras.

Elle était pliée en deux et totalement à sa merci. Mais au lieu d'être terrifiée, Paige en redemandait. Son premier orgasme résonnait encore en elle mais elle n'avait envie que d'une chose, un deuxième.

— Ce n'est pas assez, murmura-t-il, comme en écho à ses pensées. J'ai besoin de plus de temps avec toi. J'ai besoin de te goûter.

Il se jeta sur elle, sa volonté de rester doux reculant sous la poussée du désir.

— J'ai besoin d'explorer la moindre parcelle de toi.

Ses poussées se firent de plus en plus sauvages. Les seins de Paige rebondissaient en suivant leur rythme féroce.

Les mots leur manquaient mais ils se regardaient fixement et elle savait ce qu'il pensait et ce qu'il ressentait. Ils étaient entraînés dans une course ensemble, à la poursuite de leur libération. Elle sut qu'il était prêt à la façon dont ses yeux noisette parurent s'ancrer en elle.

— Oui.

En prononçant ce mot, c'était comme si elle les avait libérés.

Il la pénétra jusqu'à la garde et grogna. Elle sentit la pulsation au ralenti de sa première éjaculation et elle déclencha sa propre libération, refermant ses muscles autour de lui et l'agrippant tandis que tout explosait autour d'eux. Il déchargea en elle et elle acheva de l'essorer avec son propre orgasme. Dans cet écho d'extases qui se répercutaient de l'un à l'autre, Gannon s'effondra sur elle, les respirations haletantes, les poitrines trempées de sueur glissant l'une sur l'autre.

Il l'embrassa, couvrant de chastes baisers son visage et ses cheveux tandis que les dernières vagues commençaient à se retirer.

— J'en veux plus, avoua-t-elle, les yeux écarquillés par l'immensité de ce qui les tenait désormais ensemble.

— Je te promets, princesse, ce n'est que le début.

Avant qu'elle ne puisse lui demander des preuves, des coups frénétiques à la porte la firent glisser précipitamment hors de ses bras.

CHAPITRE 26

— Paige ?

La voix de Mel leur parvenait depuis le couloir.

— Je vais l'assassiner, murmura Gannon.

Paige lui plaqua une main sur la bouche.

— Qu'est-ce qui se passe, Mel ? dit-elle en lançant un regard d'avertissement à Gannon et sautant du lit.

— Billie vient d'appeler, hurla Mel à travers la porte. Elle dit qu'elle n'arrive pas à te joindre. Le camion de meubles vient d'arriver et il bloque la rue. Il faut le décharger au plus vite sinon on va avoir des problèmes avec la police.

— Merde. Merde. Merde. J'arrive dans une minute, dit-elle.

— Je t'attends sur le parking, répondit Mel.

— Putain de merde, dit Paige en passant un débardeur par-dessus sa tête. Je déteste ce boulot.

— Pour l'amour de Dieu, mets un soutien-gorge, supplia Gannon. Si je sais que tu es à poil là-dessous toute la journée, ils devront pixelliser mon entrejambe en post-production.

Paige s'arrêta, lui jeta un coup d'œil et leva un sourcil.

— Je ne sais pas s'ils ont assez de pixels.

Il l'attrapa par la ceinture de son short et l'embrassa fougueusement.

— Ce n'est pas fini, promit-il.

— Y a intérêt.

* * *

C'était le chaos mais ils réussirent à décharger et à déplacer ce foutu camion avant l'arrivée des agents de la circulation, leur putain de feuillet rose et leurs amendes salées. Bien sûr, ils durent faire le tour du pâté de maisons, recharger une partie des meubles puis les décharger à nouveau devant les putains de caméras, mais Gannon était d'assez bonne humeur pour ne pas se plaindre… excessivement.

Après quatre heures de sommeil et un orgasme exceptionnel, il se sentait dans une forme olympique. Et pouvoir passer la journée à observer Paige dans son petit short de sport bleu et son débardeur #BeastMode pendant qu'elle réglait dix mille problèmes ? Ce n'était pas si mal non plus.

Il y avait beaucoup de choses qui le surprenaient chez Paige, et aucune qui le décevait. Elle était solide comme un roc, boitant d'un bout à l'autre du plateau sans se laisser ralentir par ses blessures. C'était une déesse au lit. Indépendante et maligne, elle savait le prendre quelle que soit son humeur. Elle n'avait jamais rien exigé de lui, du moins pas en dehors du travail. Et au travail ? Paige le poussait à tirer le meilleur de lui-même.

Son seul regret était d'avoir attendu une année entière avant de faire vraiment sa connaissance.

Quand « Les Rois de l'immobilier » avait démarré, il s'était délibérément tenu à l'écart de la production, préférant se concentrer sur sa sœur et les gars de son équipe. Ils avaient tout traversé avec lui, ils l'avaient soutenu et avaient gagné sa loyauté. Il devait s'assurer qu'ils passaient en premier.

Mais essayer d'ignorer Paige et tous les autres raseurs de la chaîne ou de la société de production pendant toute la première saison, ça avait été une erreur. Il avait laissé filer beaucoup trop de temps avec elle et il aurait pu étouffer dans l'œuf depuis des mois tout le fiasco Meeghan Traxx. Ça le mettait hors de lui. Il avait été paresseux, préférant éviter et ignorer la situation, et à présent c'était un volcan prêt à exploser.

Il allait arranger ça. Mais d'abord, il avait des projets pour Paige.

Ils allaient avoir quelques jours de congé et il avait l'intention de les passer au lit avec elle. Cette idée le rendait incroyablement aimable sur le plateau.

Il ne fit même pas d'histoires quand Paige l'obligea à démonter le baldaquin du lit de Malia après avoir découvert qu'il n'y avait pas d'images du moment où il l'avait assemblé. Il était de trop bonne humeur pour s'en offusquer. Et la bonne humeur était apparemment contagieuse.

Mère Nature témoigna de son sens de l'humour en remplaçant les pluies d'orage de la veille par un soleil radieux et une humidité écrasante. Son équipe se démena pendant les dernières heures avant le dévoilement, en sifflotant, en massacrant plus exactement, des airs connus et en s'envoyant des vannes plus nulles les unes que les autres.

L'air était rempli d'odeurs de moquette et de peinture fraîche, de neuf.

L'équipe de production laissa pratiquement ses gars faire leur travail et se contenta de filmer la livraison. À ce stade du tournage, l'accent était mis sur Cat et ses conneries de déco. Cat était capable de manier un marteau aussi bien que lui mais comme elle avait une chatte, elle s'était retrouvée assignée à la décoration.

Il y avait très peu de choses à faire dans la maison. L'équipe de Brunelli avait fait un si bon boulot qu'Andy leur demanda de défaire certaines des choses qu'ils avaient faites pour avoir des images de Gannon et Cat travaillant comme des forcenés jusqu'à la dernière minute pour terminer la maison. Encore un petit mensonge pour pimenter un peu le récit. Il voyait déjà le teaser de l'émission : *On se dépêche de finir la maison de la petite fille atteinte d'un cancer.*

Le mantra de Paige traversa son esprit. *Encore une saison.*

Contrairement à sa sœur, qui faisait des grimaces devant la caméra tout en recollant frénétiquement les poignées des tiroirs de la salle de bains, il n'était pas fait pour la télévision. Avec le cachet d'une saison supplémentaire, il pourrait tirer d'affaire l'entreprise de son grand-père et retourner enfin à sa propre vie, à ses propres rêves.

Son regard se porta sur Paige, debout dans l'embrasure de la porte, juste derrière Louis qui filmait. Elle était belle. Pas la beauté qui vous explosait au visage des mannequins de mode. Ce n'était pas Meeghan Traxx, Dieu merci. Voilà une erreur qu'il ne referait jamais. Ce genre de beauté se payait très cher et ne rapportait pas grand-chose.

Non, Paige, c'était le genre de fille qu'on avait envie de ramener dans son lit chez soi et qu'on n'aurait pas hésité à inviter au dîner du dimanche chez les parents. Elle était vraie. L'ironie du truc, c'est qu'il avait fallu qu'il passe par la télé-réalité – la chose la plus fausse qui soit – pour rencontrer quelqu'un pour qui il éprouvait de vrais sentiments.

Il se passa la main sur la tête et détourna le regard. Une nuit avec cette femme, et elle détenait apparemment un monopole sur la moindre de ses pensées. Allait-elle essayer de le quitter après la fin du tournage de la saison ? Allait-il la laisser faire ?

* * *

Le jour du dévoilement, c'était un chaos d'un autre type que pendant le tournage de la rénovation. Ce n'était plus la course pour terminer dans les temps. Le défi était de capturer chaque larme, chaque expression ébahie, chaque « merci » extasié. Et quand ils n'avaient pas ce qu'ils voulaient à la première prise, c'était à Paige de maintenir l'énergie et l'excitation pour que les prises suivantes paraissent sincères aux téléspectateurs.

D'après le message de Mel, Carina et Malia étaient en route. Ils avaient donc vingt minutes de tension extrême à tenir sur le plateau, en s'efforçant de maintenir derrière des barrières de l'autre côté de la rue l'armée de volontaires avec leurs pancartes faites maison et leur enthousiasme débordant. Paige avait appris par le passé qu'il valait mieux garder Gannon et Cat dans le camion de la production ou la tente de la régie jusqu'à ce que la famille arrive. Sinon, la foule devenait parfois un peu trop enthousiaste. La saison précédente, deux femmes d'un certain âge avaient franchi le cordon et essayé de prendre le teeshirt de Gannon… qu'il portait sur lui.

Depuis, la sécurité avait été renforcée le jour du dévoilement et Paige faisait de son mieux pour maintenir le niveau d'énergie tout en assurant la sécurité des stars.

Elle consultait sa montre pour la huitième fois lorsque son téléphone sonna. C'était le troisième appel de sa sœur. Elle avait évité les deux premiers, persuadée que Lisa l'appelait seulement pour la soumettre à un interrogatoire complet sur l'évolution de ses blessures.

Elle hésita un instant mais finit par décrocher.

— Salut, Lisa, tu tombes mal, dit-elle au milieu des clameurs de la foule impatiente.

— Ne me raccroche pas au nez, la coupa Lisa.

Dans la voix de sa sœur, elle ne retrouvait pas ce calme froid qu'elle lui connaissait d'ordinaire. Il y avait dans sa voix… de la chaleur. Et de l'enthousiasme.

— Qu'est-ce qui se passe ? demanda Paige, en pressant le téléphone contre son oreille pour l'entendre malgré le bruit de la foule.

— Écoute, tu sais ce que maman et moi pensons de tes choix de carrière, soupira sa sœur comme si elle portait jour après jour le poids de cette déception familiale. Mais il y a peut-être quelque chose à en faire.

— Ton approbation compte tellement pour moi, répliqua sèchement Paige.

— Ne fais pas ta sale gosse. J'essaie de te dire quelque chose d'important.

— Alors arrête d'en faire une thèse et va droit au but. Vraiment, la fac de médecine a détruit votre capacité de communiquer.

— Sloane Kettering est en train de lancer un essai sur le cancer pédiatrique et je pense que Malia pourrait être une candidate idéale.

— Quoi ?

Paige n'avait pas eu l'intention de crier, mais elle n'était pas sûre d'avoir bien entendu.

— Écoute, je suis le blog de Cat King…

— Pourquoi ? interrompit Paige.

— Parce que tu es ma sœur et que j'aime bien savoir ce que tu fais, répondit Lisa, vexée. *Quoi qu'il en soit*, j'ai vu la séquence où Malia parle de son cancer. Je l'ai transmise à un collègue, le Dr Singh. Il est jeune mais brillant, et il a cet essai qui démarre ici à New York. Bref, pour faire court, l'essai commence dans trois semaines, et nous devons parler à la mère et aux médecins de Malia, genre, il y a cinq minutes.

Le monde de Paige se brouilla dans un tourbillon de vapeurs de peinture et d'outils électriques. Des mots comme cellules souches et rémission lui parvenaient de très très loin.

— Liz, ce serait… incroyable.

— Ouais. Vraiment. Bon, donne-moi le numéro de la mère.

— Purée, O.K. Écoute, on se prépare à tourner en ce moment même, donc Carina va être pas mal occupée.

— Donne-moi juste dix minutes avec elle. Aujourd'hui, d'accord ?

— Aujourd'hui. Ouaip. Garde ton téléphone sur toi.

— Alors, tu couches avec lui ? demanda Lisa, changeant de sujet aussi brusquement qu'un retraité au volant qui déboîte à Miami.

— Quoi ? Qui ?

— Gannon King.

— Je ne savais pas que les ragots de la télé atteignaient ta bulle, marmonna Paige.

— Ça ne répond pas à ma question.

— Je suis un peu occupée, là.

— Maman n'est certainement pas ravie à cette idée mais quitte à sortir avec quelqu'un dans ce monde, tu pourrais faire pire, dit Lisa d'une voix amusée.

— Je dois y aller, Lisa. Je t'appelle plus tard avec Carina.

— À très vite.

Paige raccrocha et serra le téléphone contre sa poitrine. Elle ignora délibérément l'intérêt de sa sœur pour sa vie sexuelle et choisit de se concentrer sur les bonnes nouvelles. Si des gens méritaient un miracle, c'était bien les Dufour. Ce truc pouvait être tellement plus énorme que le plaisir d'une jolie maison confortable. Elle avait l'impression qu'elle allait exploser d'excitation.

Une traction sur l'ourlet de son débardeur la fit sursauter.

— Ashton ! cria Paige, ravie de voir le petit garçon qui lui faisait un grand sourire. Flanqué de ses parents, il semblait encore plus petit à cause de l'énorme bouquet de fleurs qu'il avait dans les mains.

— Miss Paige, on vous a apporté ça, dit-il en lui tendant le bouquet.

— Pour moi ? demanda Paige en enfouissant son visage dans les jolies fleurs.

— On ne vous remerciera jamais assez d'avoir protégé Ashton, lui dit sa mère, une jolie brune au sourire timide. Si vous n'aviez pas été là…, ajouta-t-elle, et son mari passa un bras autour de ses épaules, la serrant doucement.

Grand et mince, avec les mêmes yeux bleus que son fils, le père d'Ashton souriait.

— Nous vous sommes redevables. Si vous avez besoin de quoi que ce soit à Portland, vous n'avez qu'à demander. »

— Merci. Je suis… sans voix, reconnut Paige.

— Tu as beaucoup de bobos, dit Ashton en examinant les bandages sur ses bras et ses jambes. Paige regretta de ne pas avoir mis de jean.

— Des bosses et des bleus seulement, lui assura-t-elle.

— Est-ce que j'ai été courageux, Miss Paige ? Maman dit que j'ai été courageux.

Ashton dansait d'un pied sur l'autre dans ses nouvelles baskets dinosaures.

Elle s'accroupit devant lui.

— Tu as été très courageux, acquiesça Paige. Tu es resté calme, et c'est ce qui m'a permis de garder mon calme, moi aussi.

Il fit un grand sourire et passa ses bras autour du cou de Paige, écrasant les fleurs entre eux. Paige rit et lui rendit son étreinte.

— Cinq minutes, annonça Andy dans son casque tandis que Paige relâchait Ashton et se relevait.

— Les Dufour sont en route. Vous restez pour le résultat ?

— Pas question de rater ça, promit le père d'Ashton. Viens, mon petit gars, on va préparer les pancartes pour Malia.

Ils partirent en hâte, laissant Paige avec une brassée de fleurs et les yeux humides.

— Si tu vas chercher les King, je m'occupe des fleurs, proposa Sam, qui venait de surgir à ses côtés.

– Tu es le meilleur, Sam. Impossible que tu quittes cette émission. Il lui répondit par un sourire Colgate aveuglant.

— Tu dis ça à tous les assistants.

Elle se dirigea vers la tente de régie et trouva Gannon et Cat de part et d'autre d'une table en train de jeter du pop-corn dans la bouche de l'autre.

— Tout est prêt pour vous, annonça Paige.

Cat attrapa un grain de maïs avec sa bouche et leva les poings en l'air.

— Championne du gobage de popcorn !

— Je demande une revanche, dit Gannon en lançant une poignée vers sa sœur.

— La revanche peut attendre quelques heures, dit Paige sur un ton de gravité surjoué tout en enlevant les grains de popcorn des cheveux de Cat. Pour l'instant, il y a deux cents personnes dehors qui attendent d'être éblouies par vous deux.

— Pas évident, ce boulot, commenta Cat en appliquant une couche de gloss rose sur ses lèvres à l'aide d'un petit miroir. Tu es prêt, grand frère ?

— Finissons-en, soupira Gannon.

C'était son cri de ralliement le jour du résultat et Paige avait souvent parlé de faire imprimer la phrase sur des tee-shirts.

Il suivit sa sœur hors de la tente et en passant devant Paige, lui lança un regard brûlant, promesse de nudité, de moiteur.

La journée s'annonçait vraiment excellente.

CHAPITRE 27

Le dévoilement fut de l'avis de Gannon l'un des plus mémorables. Carina fondit en larmes avant même que Cat fasse tomber la toile. Surexcitée, Malia se mit à courir en rond jusqu'à ce que Paige la rattrape pour la ramener dans le champ de la caméra. Et au moment où elle découvrit sa chambre, la fillette resta sans voix. D'après Carina, cela ne s'était pas produit une seule fois en six ans, autrement dit depuis sa venue au monde.

Elles le méritaient, selon lui. L'émission sélectionnait avec grand soin les familles, cependant les Dufour étaient un vrai coup de maître. En regardant Carina et Malia remercier les membres de l'équipe l'un après l'autre, il eut la certitude qu'ils partageaient tous son point de vue. Cette gamine et sa mère, au courage exemplaire, étaient ce qui les avaient motivés à venir sur le chantier très tôt pour en repartir tard, et ce qui avait mobilisé plus de volontaires cette semaine que sur toute autre intervention. Participer à cet élan l'emplissait de fierté.

Il s'éloigna en catimini du tohu-bohu qui régnait à l'intérieur. Avant tout, il n'était pas d'un naturel sociable, et passer une semaine entière entouré de corps, de questions et d'individus qui le bombardaient de requêtes l'exténuait… et l'agaçait. Il avait hâte de profiter de quelques jours au vert. D'ici là, il allait s'octroyer toutes les bulles de tranquillité qui se présentaient à lui. Cette fois-ci, il trouva du calme sous la tente de la régie. Le café froid et les viennoiseries rances n'attiraient personne. C'est pourquoi il se servit en savourant sa solitude, détendu dans un fauteuil pliant tout à fait inconfortable.

Sa quiétude tourna court.

— Gannon !

Malia avança sous la tente sa tête imberbe sous sa casquette rose. Elle n'avait pas ôté son sac à dos de princesse Disney depuis que Sam l'avait conduite sur le tournage pour le dévoilement.

Gannon lui proposa un donut.

— Tu en veux ? Qu'est-ce qui t'amène ?

Quand elle sautilla vers lui, il tendit un doigt d'honneur imaginaire au cancer. Malia s'empara du donut et croqua dedans avec gourmandise.

— Pour te dire merci.

Gannon rit.

— Tu m'as déjà remercié une bonne centaine de fois.

— Mais il y avait du monde, des caméras, je ne sais pas si tu m'as bien entendue.

Perspicace, cette gamine, soupira intérieurement Gannon.

— Là, je te reçois cinq sur cinq.

Elle mordit dans son donut et s'assit sur ses genoux. À son âge, les adultes étaient autant des meubles que des personnes.

— Je voulais te remercier encore pour mon lit !

Il releva la visière de sa casquette.

— Il te plaît ?

Il tenait à ce qu'il lui convienne en tous points.

— Mon lit est trop génial, répondit-elle en hochant la tête avec énergie. C'est le plus magnifique du monde !

— Le reste de la maison te plaît aussi ?

— Tout est si différent, dit-elle, ses yeux marron écarquillés. Maman a pleuré en voyant la cuisine. Mais elle a dit que cette fois, c'étaient des larmes de joie.

— Vous le méritez toutes les deux, affirma Gannon. Vous avez aidé beaucoup de monde.

— D'après maman, si nous récoltons assez d'argent, un jour, les enfants ne tomberont plus malades.

Gannon sentit sa gorge se nouer.

— Oui, ce sera un jour formidable.

— J'ai une surprise pour toi, annonça-t-elle en descendant de ses genoux pour retirer son petit sac à dos de ses épaules. À Washington, je t'ai fait un dessin.

La feuille était roulée et nouée par un ruban rose. Il la prit et la déplia, la gorge encore plus serrée. Elle l'avait dessiné, du moins supposait-il que c'était lui qui volait autour d'un pavillon esquissé au pastel. Des personnages bâton souriants représentaient Malia et sa mère sur la pelouse violette.

— C'est quoi ? demanda-t-il en indiquant un détail.

— Ta cape. Tu es un super héros, tu as sauvé notre maison, expliqua Malia en dansant sur place.

Tout en haut, elle s'était appliquée pour inscrire en lettres capitales

« HÉROS » en travers de la feuille.

— Tu vois, là ? dit-elle en montrant chaque lettre. H-É-R-O-S. Ça fait « héros », parce que tu es mon héros.

Bon sang. Il voyait flou à présent et rien ne réussissait à dénouer sa gorge.

— Et toi, tu es mon héroïne, ma puce, répondit-il sur un ton crispé.

— Je n'ai encore rien fait de spécial, je n'ai que six ans, répondit-elle, perplexe. Toi, tu as sauvé toute notre maison.

— Tu montres l'exemple aux héros.

Elle haussa les épaules puis toucha son bras. L'inquiétude réchauffa sa voix.

— Tu pleures de joie ? s'enquit-elle, la main sur son bras.

Avec un hochement de tête, il l'étreignit.

— Merci pour ma maison, Gannon.

— Pas de quoi, ma puce.

Émue, Paige posa ses doigts sur ses lèvres. En venant chercher Gannon pour procéder à une rapide séance photos, elle l'avait surpris sous la tente de la régie, au cœur d'un moment bouleversant avec Malia.

— Tu veux que je…

Tony leva son appareil photo en désignant Gannon. Paige secoua la tête.

— Va plutôt prendre une dernière panoramique de la suite parentale, maintenant que tout le monde s'est dispersé, chuchota-t-elle.

— C'est comme si c'était fait, cheffe.

Après lui avoir adressé un clin d'œil, Tony s'éclipsa.

Aux picotements sur sa peau, Paige sut que Gannon l'observait. Grillée. En se retournant dans l'entrée de la tente, elle rencontra son regard chaleureux.

Malia desserra son étreinte autour de Gannon et sautilla vers Paige.

— Coucou, Paige ! Je vais chercher maman ! chantonna l'enfant.

— Tu la trouveras à l'étage, l'informa Paige.

Gannon tira sur le bandana rouge qui ne quittait pas sa poche arrière et s'essuya les yeux.

— Tu pouvais empocher cinq mille, dit-il en renfonçant le bandana dans sa poche avant de s'adosser dans le siège branlant.

— Comment es-tu au courant ? demanda Paige

— Cat finit toujours par savoir ce que tout le monde fait ou dit. Et elle me raconte tout, que j'ai envie de l'entendre ou pas, expliqua Gannon.

— Je n'ai jamais eu l'intention de relever le défi, se défendit Paige.

Il secoua la tête.

— Je n'ai jamais prétendu le contraire.

Il marqua une pause, démêlant les émotions qui persistaient en lui.

— Pourquoi ne pas participer ?

Elle lui fit un petit sourire.

— Si par le plus pur des hasards, tu te montrais humain, ce ne serait pas sympa de l'exploiter.

— Ce n'est pas de l'indifférence, dit-il en cherchant les mots justes. J'ai des difficultés à tisser des liens dans un contexte où tout est mis en scène. Je suis censé m'émouvoir pour des gens que je ne croise que très brièvement, avec qui j'ai des échanges encadrés, parfois même écrits à l'avance. Je ne marche pas de cette façon. La vie ne fonctionne pas comme ça.

— Tu as besoin d'authenticité pour nouer des liens.

— Exactement, concéda-t-il en montrant le site d'un geste ample. Nous concevons un spectacle. Au bout du compte, c'est ce que nous faisons. Peut-être que nous aidons les gens, mais tout se résume au fait que nous vendons des produits publicitaires. Partant de là, c'est compliqué d'explorer en profondeur ce qui fait de chacun un véritable être humain.

— Je sais, convint-elle en se rapprochant de lui.

Ils avaient rendu leurs micros à Felicia une heure plus tôt, et étant à l'abri des regards, Paige glissa sans crainte ses bras autour de sa taille. Elle le sentit se contracter puis se détendre. Le menton sur le dessus de sa tête, il l'étreignit étroitement.

— Je n'ai pas un instant envisagé de courir après la prime, souligna Paige.

Elle avait besoin qu'il en soit convaincu.

— Je sais. Tu n'es pas comme les autres de la prod. (Il posa un baiser sur sa tête.) Comment remplis-tu tes jours de repos ?

— Lessive et dormir, répondit-elle avec un sourire en coin. Et toi ?

— Tu aimerais peut-être faire ta lessive et dormir chez moi ?

CHAPITRE 28

Gannon vivait dans un deux-pièces, au quatrième étage sans ascenseur d'un bâtiment en brique situé à deux rues de l'usine transformée en siège social familial, et à trois du domicile de sa chère Nonni.

— J'imaginais ça autrement, admit Paige pendant que Gannon déverrouillait la lourde porte en bois.

Elle se sentait embarrassée d'être aussi nerveuse.

— Ne critique pas, ironisa Gannon. J'ai quand même un lit et un lave-linge.

— Je n'en doute pas. Mais pourquoi n'habites-tu pas dans un loft tout en béton et en verre, près du centre ?

— Ma famille vit dans ce quartier, répondit-il en poussant la porte.

Dans le modeste appartement, Paige discerna des petites touches de Gannon un peu partout. Il optimisait mieux l'espace qu'elle et Becca dans leur minable mouchoir de poche. Un canapé en cuir râpé était disposé face à un écran plat fixé au mur, flanqué de bibliothèques intégrées qui abritaient une mince collection de livres. La table basse était manifestement une création de King, avec son épais plateau en bois et ses pieds trapus en métal.

La cuisine, pas plus vaste qu'un placard de moyennes dimensions, était munie d'un minuscule plan de travail en L. Des portes coulissantes laquées en noir ouvraient sur l'unique chambre. Pas de plantes, pas de notes douillettes ni de photographies.

— T'es minimaliste ? le taquina Paige, bras croisés, en examinant la vue par les trois fenêtres du salon.

Il fit coulisser la porte et lança son sac sur le sobre couvre-lit bleu marine.

— Très drôle, dit-il sans une lueur d'amusement. Je ne vais pas me soucier de la décoration alors que je suis en déplacement la majeure partie de l'année.

Paige alla vers lui et enroula les bras autour de son cou.

— Je te taquine. Je te montrerai où je vis, tu comprendras mieux que je plaisante. Ce n'est qu'un lieu où je dépose mes affaires entre les tournages. Il n'y a même pas de table basse et mon lit me sert de bureau.

— Je te sens anxieuse, remarqua-t-il, ses mains parcourant son dos avant de s'arrêter sur le galbe de ses hanches.

Elle opina de la tête.

— Nous ne nous connaissons pas en dehors du travail. Je ne sais pas comment me comporter hors tournage, confia-t-elle.

Il souffla.

— Je n'y ai pas réfléchi. Disons que si nous nous entendons bien sur les tournages, malgré les échéances à respecter, les crises et autres complications, nous saurons apprécier quelques jours paisibles ensemble, tu ne crois pas ?

Elle se mordit la lèvre.

— Si, mais c'est ce qui nous définit. C'est ce qui nous fait vibrer, les délais serrés, les crises et, oui, aussi les complications.

Il rit en serrant sa taille.

— Peut-être que cela t'aidera à te détendre.

Gannon l'embrassa doucement, tendrement, et Paige sentit la tension glisser de ses épaules. Il s'écarta, et son pouce caressa ses lèvres.

— Un peu de vin ? proposa-t-il.

Là encore, elle acquiesça. Il la laissa un instant explorer la chambre et la salle de bains adjacente avant d'apporter dans la chambre deux verres de vin rouge.

— J'aime te voir troublée, admit Gannon, l'œil espiègle. C'est agréable de savoir que tu es humaine.

— Rappelons que la chaîne exigeait des preuves de ton côté humain. Pas du mien.

Du pied, Gannon déplaça son sac sur le sol, puis il posa leurs deux verres sur la table de chevet.

— Voyons lequel de nous deux est le plus humain, insista-t-il en prenant son visage entre ses mains.

Cette fois, quand sa bouche se referma sur la sienne, il n'y avait plus trace de douceur ou de tendresse dans son baiser. Brutales et possessives, ses lèvres rudoyaient les siennes, sa langue envahissait sa bouche au point de lui couper le souffle.

Reconnaissante d'avoir quelque chose à quoi s'accrocher, Paige se jeta toute dans ce baiser, son poing crispé si fort sur le tee-shirt de Gannon que ses phalanges pâlirent. Ici, elle se sentait d'égal à égale avec lui, manifestant autant de ferveur que lui.

— Je t'ai imaginée ici un millier de fois, murmura-t-il près de sa bouche.

— Mais nous commençons à peine…

Il l'interrompit.

— Pour moi, ce n'est pas nouveau.

Ses mains se faufilèrent sous son débardeur framboise et le remontèrent au-dessus de sa tête. Il concentra son attention sur la boucle de son pantacourt. Le rattrapant rapidement, Paige passa les mains sous son tee-shirt et lui arracha.

— Ce que tu es magnifique, murmura-t-elle.

— C'est ma réplique, princesse.

Une fois qu'elle fut déshabillée, il la poussa sur le lit. Elle rebondit une fois avant que son corps la recouvre et qu'ils roulent sur eux-mêmes. Paige se retrouvant au-dessus en profita pour chevaucher son étroit bassin et frotter sa peau nue sur lui. Le cou visiblement tendu, Gannon saisit ses hanches et accentua la friction.

— Comment ai-je pu perdre autant de temps, murmura Paige, quasi inconsciente des mots qui franchissaient ses lèvres.

— Nous en avons beaucoup à rattraper.

Il fit basculer Paige sur le dos.

— Quand tu me regardes de cette façon…, commença Gannon avant de secouer la tête, à court de mots.

— De quelle façon ?

Le besoin lui coupait le souffle.

— Les paupières lourdes, les lèvres offertes comme si tu m'implorais de te pénétrer, je deviens dingue.

Pour illustrer son propos, il se souleva juste assez pour rapprocher son gland gorgé de désir de son sexe. Alors elle porta ses hanches à sa rencontre. Sa main descendit de son épaule à son sein pour la dissuader de bouger.

— Patience, trésor. Patience.

Au lieu d'attraper un préservatif comme Paige le pensait, il glissa le long de son corps en aguichant son ventre, sa hanche, et plus bas encore. Quand il mordit l'intérieur de sa cuisse, elle haleta.

— Ouvre-toi pour moi, princesse, exigea-t-il avec exaltation.

Forçant ses jambes repliées à s'écarter, elle frissonna sous les titillements de son haleine chaude.

— Gannon…

— J'aime entendre mon nom dans ta bouche. Dis-le encore.

Sa langue parcourut les lèvres de son sexe gonflé d'envie.

— Gannon ! siffla-t-elle.

— Putain, murmura-t-il en appuyant sa bouche sur elle.

Arquée, Paige tentait de contrôler le plaisir suscité par tant de vulnérabilité. Mais ses grandes paumes immobilisant ses jambes, tandis qu'il goûtait sa chair. Sa langue embrasait son humidité qui témoignait de son besoin suprême de lui. À peine eut-il effleuré son clitoris que sa bouche s'ouvrit dans un cri muet.

— Voilà, c'est ça que je veux, trésor. Donne-le-moi, murmura-t-il contre elle.

Ses lèvres et sa langue l'excitaient tellement que son sang s'enflammait, que ses seins délaissés se tendaient douloureusement vers lui. Paige avait envie – ou plutôt, besoin de plus. Et à l'instant où Gannon plongea deux doigts en elle, elle cessa de respirer. Tout en la pénétrant, étroite et détrempée, Gannon lança un assaut impitoyable avec sa langue.

— Gannon !

Maintenant qu'il avait pris possession de son corps, tout ce qui importait était qu'elle accède à l'orgasme qui miroitait à l'horizon. Pour cela, ses doigts recourbés en elle stimulèrent le point secret. Paige se cambra sur les oreillers, ses hanches relevées avides de plaisir. Alors qu'il grognait contre elle, un souffle jaillit entre ses lèvres dans un sanglot. Dévorant et impitoyable, il l'entraînait vers l'extase. Ses doigts et sa bouche travaillant ensemble pour l'emmener toujours plus haut.

Au premier tremblement, ses jambes luttèrent pour se refermer autour de lui mais il les força à se rouvrir, et aspira chaque goutte douceâtre de sa jouissance. La lutte pour la repousser la rendait plus sauvage, plus saccadée. L'orgasme la traversa sans égard pour quoi que ce soit d'autre que sa magnifique existence.

Gannon gémissait du plaisir qu'il puisait en elle, sans cesser de la savourer et de l'embarquer plus loin dans l'extase. Les mains de Paige cramponnées au duvet, son corps était secoué par des ondes de plaisir.

— J'ai rêvé de ça tant de fois, susurra Gannon d'une voix entrecoupée tout en embrassant l'intérieur de ses cuisses de sa bouche infernale.

— Encore, soupira Paige.

— Oh bébé, tu n'imagines pas.

Il s'écarta d'elle, de son corps détendu et assouvi sur le lit. Elle ouvrit langoureusement un œil, et le vit chercher son portefeuille en palpant son short ramassé par terre.

— Sac, murmura-t-elle.

— Comment, trésor ?

Elle indiqua son sac, au pied du lit.

— Capotes. Une boîte pleine.

Il se jeta sur son sac et, triomphant, en ressortit une boîte qu'elle avait apportée en secours.

— T'ai-je déjà dit que tu étais la femme la plus intelligente que je connaisse ?

— Non, mais à l'avenir, je compte sur toi pour me le répéter souvent, plaisanta-t-elle en basculant sur le flanc.

Elle regarda avec délectation Gannon dérouler un préservatif sur son impressionnante érection. Son rythme cardiaque monta d'un cran car il y avait quelque chose dans le fait de savoir qu'elle en était la cause, qu'elle l'excitait autant…

— Allonge-toi sur le ventre, indiqua-t-il d'une voix rauque.

Cela fait, l'adrénaline l'inonda sitôt qu'il abaissa ses épaules. Elle enfonça son visage dans le duvet tiédi par sa chaleur corporelle.

— J'ai envie de te prendre de toutes les manières dont j'ai rêvé depuis un an.

— Alors prends-moi.

Et il faufila sa hampe en elle. La brutalité de l'intrusion lui coupa le souffle, si bien qu'il lui fallut un instant pour se détendre autour de son épaisseur. Un râle bourdonna dans le fond de sa gorge alors que son sexe frémit autour de lui, son corps le réclamant sans honte.

— Ça va ? s'enquit-il, tendu en elle.

— Plus que bien, répondit-elle, pantelante.

En appui sur une main, elle rejeta ses cheveux en arrière et rencontra son regard par-dessus son épaule. Avec un juron, il s'enfonça en elle. Quand elle détourna le regard, Gannon saisit ses cheveux dans une main, et sa hanche dans l'autre. Il commença à coulisser à un rythme effréné. Elle était si remplie de lui, si dominée par lui que sa poussée désespérée agit comme un aphrodisiaque sur Paige.

L'angle de cette position lui permettait de la pénétrer plus profondément que jamais. Et dans cette complétude, Paige avait le souffle court. Son corps se consumait pour lui. En aucun cas, un brasier de cette ampleur ne pouvait durer. Quelque chose d'aussi torride et vif ne pouvait que s'éteindre.

Mais cela importait peu dans l'immédiat. Ce qui comptait, c'était l'homme qui frémissait en elle et la rendait incandescente. Après un long grognement guttural, Gannon l'incita à s'allonger et, d'une tape sur la fesse, à se retourner.

— J'ai besoin de te voir, murmura-t-il.

Elle s'offrit à lui, accueillit son poids avec une velléité qu'elle n'avait jamais connu. Elle avait envie de lui sur elle, en elle.

— S'il te plaît, chuchota Paige.

À ce signal, il s'engouffra en elle. Le délectable étirement de ses muscles qui s'ajustaient à lui fut plus aisé cette fois.

— Tout ce que tu veux, Paige. Je te le donnerai, promit-il.

Ses lèvres exploraient son cou, sa mâchoire. Dès qu'elles trouvèrent sa bouche, elle l'embrassa avec un besoin terrifiant. Il amena ses hanches vers les siennes et sous ses poussées vigoureuses, elle se resserra. Comprimé par ses muscles, il posa la main sur sa poitrine.

— J'ai besoin d'avoir tout de toi.

Sa bouche quitta la sienne pour aspirer son téton crispé. Il le caressa une, puis deux fois de sa langue assoiffée, la laissant pantelante sous lui.

— Gannon, s'il te plaît !

Il se concentra sur son autre sein, qui sollicitait son attention. Comme il était plongé en elle, Paige sentait son désir en constante expansion. Elle remua les lèvres pour exiger une cadence plus rapide. À quoi il émit un rire qui vibra dans son torse.

— Gourmande.

Mais le second orgasme planait déjà au-dessus d'elle, si proche qu'elle ne pouvait penser à rien d'autre, ne désirait rien d'autre. Il se retira, lécha son mamelon avant une timide poussée. Une litanie de mots incohérents se déversa de sa bouche. Paige lâcha les draps, et ses deux mains pressée sur ses fesses d'une parfaite rondeur, elle le supplia physiquement de la faire jouir. De l'exaucer. De la *posséder.* Le torse musclé qui avait hypnotisé des millions de femmes à travers le pays l'écrasa sur le matelas. Les yeux noisette qui avaient captivé des inconnues plongeaient dans les siens.

— Maintenant, Paige, ordonna-t-il en tapant en elle avec la vigueur implacable d'un piston.

Il la pilonnait sans relâche, forçant son corps à l'accepter. Elle ne pouvait que s'accrocher à lui, ses ongles enfoncés dans sa belle peau dorée.

— Maintenant, répéta-t-il avec un désespoir audible.

Elle céda au moment où des frémissements annonciateurs le firent décoller. Et quand son corps se raidit pour se déverser en elle, Paige était prête à recevoir son plaisir autant que le sien.

Il jouit dans une salve de grognements et de grommellements, tout en lui prodiguant une attention sans faille qui prolongea son plaisir jusqu'à ce qu'elle se liquéfie sous lui. Délivrée, exténuée, submergée de plaisir.

Gannon s'effondra sur elle, son torse ferme et ses abdos modelés l'écrasant au point de fondre son corps sur le matelas.

— Paige ?

— Mmm ?

— Ce n'est qu'un petit échantillon de ce que j'ai envie de te faire dans ce lit.

CHAPITRE 29

— Le tee-shirt de princesse, dit Gannon en se servant du pad thai dans la boîte cartonnée entre les jambes de Paige. Tu te pointes dans ce short minuscule et ce tee-shirt blanc moulant. J'ai bandé si subitement que j'ai cru que j'allais m'évanouir.

Paige s'esclaffa dans sa paume et s'adossa à la tête de lit.

— T'es vraiment un mec.

— Chérie, vu ta silhouette, comment veux-tu que je ne te désire pas ?

Paige roula des yeux.

— Tu vas te sentir méchamment superficiel quand tu sauras que la première fois que j'ai éprouvé des sentiments autres que professionnels pour toi, c'est quand tu as terminé la table de salle à manger. (Le nez plissé, elle repêcha l'information dans ses dossiers virtuels.) Épisode quatre, famille Ratakowski.

— Je vois. Le pavillon en brique.

— Tu as passé des heures à peaufiner cette table. Quand j'ai découvert le résultat, j'ai songé que c'était le meuble le plus sexy que j'ai jamais vu, et tu l'as façonnée avec tes deux mains éminemment compétentes. (Elle tapota l'une de ses mains avec son pied.) Je voulais tellement cette table que j'aurais pu te séduire pour me l'approprier.

— As-tu au moins de la place pour une table ?

— Clairement pas. Becca et moi serions obligées de bazarder notre canapé… et probablement d'abattre une cloison. Un jour, j'aurai une maison avec une salle à manger digne d'une authentique Gannon King.

— Quel genre de maison ? questionna Gannon en mordant dans un nem.

Elle haussa les épaules. Il la poussa avec son pied nu.

— Pas de ça, princesse. Tu as forcément un plan très précis en tête.

Paige mâcha, hésitante.

— C'est totalement hors budget mais j'ai toujours eu envie d'une de ces imposantes maisons de ville en grès rouge, à trois étages. Avec une cheminée dans toutes les pièces, plein de surprenants recoins, des plafonds d'une hauteur vertigineuse, de l'espace pour une cuisine hors norme qui m'obligerait à apprendre à cuisiner. Un jardin à l'arrière. Un oasis de verdure avec des arbres, de la pelouse et un patio.

— Un grand rêve, commenta Gannon.

— Et toi ? Je sais que cet appart, ce n'est pas ton style.

Il haussa une épaule.

— Je n'y ai pas vraiment réfléchi. La société de mon grand-père étant menacée de faillite, je n'ai pas soufflé ces deux dernières années.

— Et maintenant que tu commences à émerger ? le poussa Paige.

— Il est sûrement temps que je commence à me projeter dans le long terme. Un lieu chargé d'histoire, avec du caractère. Proche de ma famille et de l'atelier, étant donné je n'ai pas pour ambition de faire de la télé toute ma vie.

— Reprendras-tu la conception de meubles à plein temps ?

Elle piqua sa fourchette dans le poulet salé-sucré.

— Probablement, répondit-il avant de marquer un temps. Pour être précis, j'aimerais me spécialiser dans le mobilier sur commande.

À sa façon de l'annoncer, en fuyant son regard et concentré sur la boîte en carton dans sa main, il était clair qu'il le verbalisait pour la première fois.

— Mon opinion t'intéresse ? demanda-t-elle.

Sourcil arqué, il leva les yeux.

— Dis-moi.

— Ce serait absurde de t'en priver. Au cas où tu ne l'aurais pas remarqué, tu as un certain talent.

— Oh si, j'ai remarqué, dit-il avec un sourire en coin.

— Heureusement que ta chambre est équipé de portes coulissantes, sans quoi ta grosse tête ne passerait pas l'entrée, le taquina Paige.

— Rien de tel qu'une productrice de terrain bourrée d'humour, railla Gannon en la pinçant avec ses baguettes.

Elle poussa un petit cri.

— Tes hématomes s'estompent, remarqua-t-il en déchirant un sachet de sauce de soja.

La bouche pleine de nouilles, Paige hocha la tête.

— Je me sens plus normale de jour en jour.

— J'ai vu les séquences, admit Gannon en l'observant.

— Mmm.

Pas elle, hormis le teaser de la saison, et elle n'en voyait pas l'utilité. Non seulement elle n'avait aucune envie de le revivre, mais elle ne faisait pas partie de l'émission et ne désirait pas l'intégrer. Elle détestait savoir que cette saison, elle avait franchi la limite entre sa place derrière la caméra et devant, côté talents.

— Je t'ai trouvé très courageuse. Peut-être un tantinet stupide mais assurément courageuse. C'est extraordinaire que tu n'aies pas été grièvement blessée.

Renfrognée, elle se concentra sur la nourriture.

— C'était ce qu'on appelle un tourbillon de… de malencontreux événements.

— Ce que tu gères avec une facilité innée, railla-t-il. Elle leva les yeux au ciel.

— J'aime m'organiser, tout planifier longtemps à l'avance, lui rappela Paige d'un ton pincé. C'est judicieux de savoir à quoi s'attendre.

— Et ce qui t'attend, c'est une nouvelle saison.

Elle hocha la tête en jouant avec ses baguettes.

— J'espérais être recrutée sur une émission spéciale ou un hors-série entre les saisons. Tu sais, histoire de me remplumer. Mais je crains de devenir inutilisable après cette saison. Personne ne voudra d'une productrice de terrain qui se trémousse devant la caméra et couche avec son présentateur.

— Paige, cesse d'être aussi sévère avec toi-même. À t'entendre, on jurerait que ça… (il les montra tous les deux avec ses baguettes) a bousillé ta carrière.

— L'avenir nous le dira, répondit-elle avec morosité. Je supporte mal de me sentir comme une marionnette.

— Bienvenue au club, dit-il en levant sa bière. À présent, cesse de râler. Ce n'est pas parce que tout ne se déroule pas selon tes plans que tu cours à la catastrophe.

— Tu fais ton Polyanna[1] tout à coup ? Tu vois la vie en rose ?

---

1. Le roman *Polyanna* d'Eleanor H. Porter a inspiré avec son « jeu de la gaieté » le principe de positivité en psychologie.

— De mon point de vue, il n'y a pas de quoi se plaindre.

Paige inclina la tête sur le côté.

— Bah voilà, je n'ai qu'à changer de point de vue.

Elle étendit sa longue jambe en travers de ses cuisses et le chevaucha. Après avoir déposé les boîtes de nourriture sur la table de chevet, elle posa les mains sur son torse nu, appréciant le tambourinement de son cœur.

— Cela dit, j'apprécie ce point de vue-là.

* * *

Ils marquèrent une parenthèse dans leur programme basé sur le lit, la lessive et les plats à emporter. Gannon dîna avec sa grand-mère et des cousins, tandis que Paige rentra chez elle, s'assurer que son appartement tenait encore debout et renouveler son stock de vêtements propres adaptés aux prises de vue sous la chaleur estivale. Il avait eu beau l'inviter, et même l'appâter pour lui présenter sa grand-mère, elle avait décliné. Ce qu'ils étaient, quoi que ce soit, était si neuf, si récent qu'elle n'était pas prête à élargir leur cercle. Et puis, elle craignait de faire quelque chose qui risque d'alimenter les rumeurs qui avaient repris de plus belle depuis la diffusion du teaser de la nouvelle saison des « Rois de l'immobilier ».

C'était la première fois qu'ils se séparaient plus de quelques heures depuis le printemps. Malgré cela, le besoin de lui envoyer un SMS la taraudait, encore qu'elle se contrôlait.

À la seconde où elle ouvrit la porte de son appartement, l'odeur de renfermé lui agressa les narines. En tournage à Vancouver, Becca n'était pas rentrée depuis trois semaines.

Paige tira sa valise dans l'entrée, puis dans l'étroit couloir menant à sa minuscule chambre. Rentrer chez elle… c'était vite dit. Elle ne s'était jamais sentie chez elle dans cet appartement étriqué. De même que le domicile où elle avait grandi ne pouvait prétendre à ce titre. Quelqu'un s'était-il senti chez lui entre ses murs ?

Elle s'interrogea brièvement sur son père. Sur le genre d'homme qui avait permis à Leslie St. James de l'exclure du foyer familial et de la vie de ses filles. Astrophysicien, il avait eu l'opportunité d'enseigner en Allemagne. Sa mère n'avait pas estimé l'Allemagne favorable à l'essor de sa propre carrière, ni souhaité la sacrifier. C'est pourquoi ils avaient divorcé sans faire d'esclandre. Paige avait alors cinq ans, et Lisa trois.

Les femmes St. James n'étaient pas supposées dépendre des hommes. C'était une leçon que leur mère leur avait implanté dans le crâne dès leur plus jeune âge. Une leçon qu'elle gardait chevillée au corps, contrairement aux dizaines d'autres qu'elle dédaignait comme les manières de table ou l'art de revêtir ses plus beaux atours.

Sa mère s'estimait profondément déçue par ses choix professionnels, à tel point que Paige ne pouvait qu'espérer qu'elle accorde un tout petit peu plus de crédit à son documentaire. Même si elle n'y comptait pas trop. Ce projet serait plus probablement considéré comme une énième rébellion, un sujet qui ferait glousser sa mère dans son verre de vin tant elle aurait du mal à croire qu'un enfant qu'elle avait élevé puisse lui causer pareille désillusion.

À vrai dire, la désillusion était réciproque. Quel parent élevait ses enfants pour en faire des prolongements de sa réussite ?

Son téléphone vibra alors que Carina lui envoyait une photo de Malia profondément endormie dans son lit de princesse sous un duvet rose.

Encore quelques nuits dans notre maison parfaite avant de retourner à New York pour l'essai clinique ! Le Dr Singh est presque aussi impatient que nous !

Avec un grand sourire, Paige lui répondit avant de rempocher son téléphone. Elle avait un excellent pressentiment concernant l'essai et le Dr Singh.

Assez traîné, décréta-t-elle.

Elle ouvrit son sac sur le lit dans lequel elle n'avait pas dormi depuis deux mois. Elle échangea manteaux et pull-overs contre des débardeurs et des tee-shirts et, pensant à Cat et… bon, d'accord, à Gannon, elle ajouta deux robes sans manches.

Son bagage prêt en moins de dix minutes, Paige se laissa retomber sur le lit. Couchée sur le dos, elle fixa le plafond. Sur un coup de tête, elle téléphona à Becca. Sa colocataire se manifesta à la seconde sonnerie, ce qui surprit agréablement Paige.

— Oh punaise, nous avons des tas de choses à nous raconter, annonça Becca.

— Je ne te dérange pas ? As-tu le temps de papoter ? demanda Paige, appréciant le dynamisme dans la voix de son amie.

— Je dispose de dix minutes, probablement plus. Nous remettons tout en place pour une scène d'action fondamentale qui nous pompe toute notre énergie. Comment te sens-tu ? Tu cicatrises ?

— Oui, super, dit-elle en examinant les bleus jaunes marbrés sur ses jambes.

— Vraiment ? J'ai vu le teaser. Ça avait l'air brutal.

— Tu sais comment ça marche, à la télé. Ils dramatisent tout, se défendit automatiquement Paige.

— Je sens que tu n'as pas envie d'en parler. Comme je suis une merveilleuse amie, changeons de sujet. Sors-tu réellement avec Gannon King ?

— Revenons plutôt aux blessures ? Je préfère encore ça.

Becca poussa un cri suraigu.

— Je le savais ! J'en étais sûre. À la fête de fin de saison, ne t'ai-je pas dit qu'il te désirait ?

Le fait est que Becca avait souligné que Gannon penchait plus du côté intéressé que désintéressé.

— C'est vrai, tu me l'as dit. Et même si ça s'est concrétisé, je ne suis pas encore prête à en parler.

— Très bien. Je ferai comme si je respectais tes limites, mais je meurs d'envie de savoir où se situe Boobalicious Traxx dans l'histoire.

— D'après Gannon, ils n'ont jamais été en couple.

— Tu le crois ? demanda Becca.

— Oui, je le crois. Il n'a pas de raison de mentir, et ça ressemble à un coup de pub de la chaîne pour attirer l'attention sur la série.

— Et maintenant ils poussent le curseur en faisant miroiter un triangle amoureux, suggéra Becca.

— Exact. Bon, assez discuté de mes histoires. Où es-tu et quels sont tes projets ?

— Pas le temps pour ça. Je passe direct au plus palpitant. Nous avons Sarah Holden.

— Pour quel projet ? Le film ?

Paige tendit ses orteils en se demandant s'il était avisé d'emporter une paire de sandales supplémentaires.

— Pour le docu.

Paige se redressa d'un bond, ses pieds retombant sur le sol dans un bruit sourd.

— Notre docu ? Le documentaire que toi et moi allons réaliser ?

— Précisément. Elle fait une brève apparition sur le film que je tourne en ce moment, et je lui ai parlé de son article dans le *New Yorker* sur les grilles de salaire. Il se peut que je me sois un peu épanchée, mais ensuite, j'ai évoqué notre projet en cours.

— Et ? Tu l'as ligotée sur une chaise et menacée jusqu'à ce qu'elle consente à participer ?

— Même pas. Elle est super partante ! Envoie-moi le mail et le numéro de son agent, pour que nous restions en contact. Et ce n'est pas tout…

— Ne me dis pas qu'il y a autre chose…

— Oh que si. Notre pote Sarah est amie avec plusieurs des célébrités du petit écran les plus populaires et elle a laissé entendre que certaines seraient disposées à papoter devant nos caméras.

— Là, je suis raide dingue de toi, Becca.

— Je sais, c'est dément, hein ? rit sa colocataire. Ça va dépasser toutes nos espérances, mon chou. J'ai trop hâte de m'y mettre.

— Une saison de plus à tenir, soupira Paige. Aussi dur qu'attendre le matin de Noël.

ÉTÉ

CHAPITRE 30

Mais qui avait eu l'idée stupide de tourner au Nouveau-Mexique en juillet ? D'après ce que Paige constatait, la chaleur sèche du sud-ouest était tout aussi caniculaire que l'humidité étouffante du sud. À cause de ce calvaire d'un genre particulier, l'équipe entière s'habillait le plus léger possible. Assurément une aubaine pour l'indice d'écoute qu'elle évalua en regardant Gannon frotter son avant-bras sur son front, des gouttelettes de sueur accumulées sur son large torse nu.

Ils en étaient au dernier épisode. Hélas, les quarante et un degrés à l'ombre induisant une baisse d'énergie parmi les troupes, la saison s'achevait sans grand enthousiasme. En plus d'aujourd'hui, il leur restait deux jours de tournage et Paige était impatiente d'en venir à bout. En revanche, elle n'était pas pressée de ne plus se réveiller au quotidien auprès de Gannon.

Il continuait de filer en catimini tous les matins avant que le reste de l'équipe se réveille. Les rumeurs continuaient de circuler et maintenant que le premier épisode avait été diffusé – assorti de quelques interviews rétrospectives, avec Paige et Gannon filmés hors décor – il y avait peu de chances pour que les potins se tarissent de sitôt. Elle redoutait le moment d'affronter les répercussions. Pour l'instant, la chaîne et la boîte de production vantaient ses mérites ainsi que ceux de l'émission.

Cependant, tôt ou tard, le tournage prendrait fin et le moment viendrait de courir après les cachets. Et elle avait la nette impression que cette saison ne jouerait pas en sa faveur. Au moins, elle avait eu le plaisir d'être coupable de ce que la direction avait suggéré… une liaison avec Gannon.

Par moments, Paige se demandait si quiconque était dupe de leur subterfuge. Aux sourires satisfaits d'Andy, derrière ses moniteurs, il était clair que leur alchimie sautait aux yeux. Que pouvait-elle y faire ?

Elle se sentait heureuse. Réellement heureuse.

Et Gannon aussi semblait apprécier son sort.

Comme si elle avait prononcé son nom à voix haute, il tourna les yeux vers elle, au-dessus de l'étagère qu'il ponçait et lui fit un clin d'œil.

Elle savait qu'il se remémorait leur douche fort agréable de la nuit dernière, quand elle s'était abaissée le long de son superbe corps nu, et l'avait excité avec sa bouche jusqu'à ce qu'il empoigne ses cheveux, exigeant de jouir à en perdre la raison.

L'eau était froide qu'ils n'étaient toujours pas rassasiés.

Donc tout allait pour le mieux et Paige s'inquiétait de ce que leur réservait la phase d'interruption. Ils avaient arpenté le pays ensemble en respectant des échéances inhumaines. Avaient-ils une chance de survivre à la réalité ? Un peu prématuré. À son avis, leurs échanges se limitaient au sexe… et au boulot. Étaient-ils prêts à construire une relation ? D'ailleurs, Gannon serait-il un tant soit peu partant pour explorer cette option ? Ils n'avaient même pas abordé la question.

Sous cette fournaise, sans un brin d'air sous le ciel du Nouveau-Mexique, ce n'était pas le moment idéal pour évoquer leur éventuel avenir.

Andy engloutit une bouteille d'eau derrière l'écran en examinant Gannon, dont Tony suivait chaque geste. Felicia s'essuya le front sur son bras levé et rapprocha la perche pour capter ce que Gannon marmonnait à voix basse.

Une Escalade blanche ralentit le long du trottoir, derrière eux. Les yeux plissés, Paige scruta les mirages qui chatoyaient au-dessus du béton blanc. Sans en avoir reçu l'ordre, Rico lâcha Gannon pour zoomer sur le SUV. Le chauffeur, en costume et cravate, s'empressa d'ouvrir la portière arrière. Apparut une unique jambe bronzée et fuselée, terminée par un talon aiguille rouge sang, puis une seconde.

C'est quoi ce délire ?

En jupe crayon rouge et blouse sans manche quasi transparente, Meeghan Trax émergea de la banquette. Le col écharpe qui retombait sur sa poitrine spectaculaire attirait un peu plus l'attention sur son volume. Comme si elle sortait du salon de coiffure, ses cheveux blonds ondulaient dans un parfait style plage. Ses lunettes de starlette masquaient une grande partie de son visage, ce qui cristallisait l'attention sur ses lèvres d'un rouge impeccable.

Et sur ces lèvres, elle posa l'index et remua ses doigts ornés de faux ongles à l'intention de la caméra de Rico. Andy en resta mâchoire tombante, la surprise imprimée sur son visage en sueur. Paige le fusilla du regard, le priant en silence de crier « couper », en dépit de quoi il continuait de filmer.

Meeghan attendit que Rico apparaisse dans son champ de vision pour enjamber les câbles et contourner les ventilateurs qui ne brassaient que de l'air chaud. Elle approcha derrière Gannon et étala les mains sur ses yeux. Quand Gannon manqua de peu de lâcher la ponceuse électrique, Paige plaqua sa main sur sa bouche. Et la sécurité au travail, on s'en fiche ?

— Qu'est-ce que…

Sa question vouée à être fleurie s'évanouit à l'instant où il pivota sur lui-même et fut pris d'assaut par Meeghan. Se jetant sur lui, elle lui donna un baiser qui aspira l'oxygène de ses poumons. Un baiser contre lequel il ne se débattit pas réellement, au grand dam de Paige. Ce n'est qu'au moment où elle prit une bouffée d'air qu'elle réalisa qu'elle avait cessé de respirer.

Sale menteur de m…

— Kitty Cat ! s'exclama Meeghan en voyant Cat approcher.

Elle délaissa un Gannon interloqué et attrapa Cat entre ses griffes pour l'étreindre.

— Ça me fait tellement plaisir de te voir !

Les yeux de Cat lancèrent des fléchettes empoisonnées à Gannon, qui la regardait d'un air ahuri. Cat se tortilla pour échapper à l'étau des bras de Meeghan et se rapprocha de son frère.

Meeghan se retourna pour décocher son sourire à un million de volts à Tony et Rico.

— Surprise ! s'écria-t-elle.

— Euh, coupez ? lâcha faiblement Andy.

Il darda un coup d'œil à Paige avec une perplexité et un embarras flagrants. Le chauffeur de Meeghan, aussi dévoué qu'un golden retriever, se dépêcha d'apporter à sa maîtresse son fourre-tout géant Michael Kors.

— Prends ça, ma biche, dit Meeghan en flanquant son fourre-tout entre les bras de Paige. Trouve-lui une place et rapporte-moi un *latte* glacé à la vanille et au lait de soja, avec supplément de crème.

Un souffle silencieux s'échappa des lèvres de Paige. Elle considéra le sac entre ses bras, et s'en délesta sur une chaise comme si elle avait malencontreusement recueilli un animal écrasé sur la route. Impossible pour elle d'affronter le regard de Gannon ou de Cat.

Meeghan se dandina vers Andy en rejetant ses cheveux sur son épaule.

— Je peux voir la scène ?

— Et si nous prenions tous une heure de pause ?

Elle entendit la voix d'Andy en stéréo dans son oreillette d'un côté, et en direct de l'autre. Sans attendre une quelconque réaction, Paige arracha son micro-casque et décampa.

— Paige ! fit Gannon.

La main levée, elle le coupa. Rien de ce qu'il dirait ne l'apaiserait. Encore moins avec le rouge à lèvres de Meeghan Traxx étalé sur la bouche.

* * *

Paige se sentait mal de rentrer à l'hôtel avec la camionnette de la production mais elle n'avait pas la force d'affronter qui que ce soit. Elle avait besoin de solitude.

Pour se réconforter, elle commanda en chemin à un drive son péché mignon, un Coca glacé. Après quoi, hébétée, elle enfonça le bouton de l'ascenseur. Sitôt que les portes se refermèrent, enfin sûre d'être seule, Paige se laissa glisser contre la cloison de la cabine. Le débat intérieur qui grondait depuis une dizaine de minutes put enfin éclater.

Gannon avait menti. Voilà, ce qui s'était passé. Il lui avait menti à maintes reprises sur ses liens avec cette… cette personne. Détestait-elle Meeghan parce qu'elle était une sorte de copine ou elle ne savait quoi d'autre pour Gannon ? Ou existait-il une raison légitime de la maudire ?

Les portes coulissant sans bruit, elle sortit d'un pas las, foulant la moquette rouge et dorée qui évoquait un casino.

Le cœur bondissant dans la poitrine, elle réalisa qu'ils ne l'avaient pas vue. Gannon, avec Meeghan entortillée autour de lui comme une mauvaise herbe, se contorsionnait pour déverrouiller sa porte avec sa clé magnétique.

— J'aime les hommes impatients, ronronna quasiment Meeghan.

Et Paige fut à deux doigts de rendre ses tripes.

— Entre, ordonna Gannon en la traînant à l'intérieur avant de claquer la porte derrière eux.

Les larmes aux yeux, Paige prit ses jambes à son cou et fila jusqu'à sa chambre au bout du couloir. À peine entrée, elle se jeta sur le lit et appuya un oreiller sur sa tête.

Que t'étais-tu imaginé ? tonna la voix complaisante de sa mère dans sa tête. *À quoi t'attendais-tu en fréquentant Gannon ? Tu as été si stupide.*

Elle se sentait étourdie et nauséeuse. Anéantie. Avant cela, elle ignorait que ses sentiments pour Gannon étaient devenus aussi puissants. Comme s'ils s'étaient immiscés en elle. Quelle imbécile ! Et il avait bien profité de sa stupidité. C'était inconcevable pour elle. Elle n'arrivait pas à concilier le Gannon qui l'enlaçait et partageait ses souvenirs d'enfance avec celui qui s'était enfermé avec Barbie Télé dans sa chambre d'hôtel.

Elle bouillait d'envie de décharger sa colère sur lui, de labourer son torse de coups de poing jusqu'à ce qu'il se sente aussi mal qu'elle.

Mais ce n'était pas de cette façon qu'elle gérait ses problèmes. Elle avait des responsabilités, et ce n'était pas un affabulateur volage qui la délogerait de son poste. Oh que non, elle comptait plutôt jouer la Reine des glaces et jeter un tel froid dans leur relation qu'il resterait pétrifié malgré le soleil de plomb du Nouveau-Mexique.

Cinq minutes. C'était le temps qu'elle s'accordait pour se morfondre, le cœur brisé. Après quoi elle repassa en mode pro.

Avant de retourner sur le plateau, elle fit un détour par la réception pour changer de chambre. Elle monta d'un étage, loin de Gannon, et fit promettre au réceptionniste de ne communiquer son numéro de chambre à personne. Rien ne garantissait que les hôtesses d'accueil résisteraient au charme de Gannon, mais c'était mieux que rien.

Patraque, elle s'octroya un instant. Assise au bord du lit, elle poussa un souffle tremblotant, et le regretta immédiatement.

— Oh la poisse, murmura-t-elle sur un ton plaintif.

Elle atteignit la salle de bains juste à temps pour régurgiter son déjeuner. *Je sanglote à cause de ce trouble digestif,* se dit Paige en hoquetant. *Pas parce que j'ai du chagrin. Pas parce que j'aime Gannon.*

Elle s'allongea, le visage sur le carrelage froid qui diffusait une vague odeur réconfortante de désinfectant.

Son téléphone se remit à vibrer. Il avait commencé en pleine crise, mais elle n'avait aucune envie de répondre. Encore moins après avoir vu qui tentait de la joindre. Une douzaine d'appels manqués de

Gannon King, plus une dizaine de SMS. Étonnant qu'il ait le temps d'essayer de la contacter tout en faisant grimper Meeghan au rideau.

À cette pensée, son estomac se retourna, même s'il n'avait plus rien à évacuer. Juste un vide douloureux.

Paige, réponds-moi STP. Je peux t'expliquer.

Expliquer ? Qu'y avait-il à expliquer ? Elle n'avait pas besoin qu'on lui explique que l'homme avec qui elle couchait était un tocard qui mentait comme il respirait. De toute façon, l'intégralité de la saison n'était qu'une vaste supercherie. Et elle avait mordu à l'hameçon, gobant même le fil et le plomb.

Tout va bien ? Parle-moi. S'il te plaît.

Arrête ça, Paige. Décroche et dis-moi si ça va.

Les multiples nuances de Gannon King, songea-t-elle tristement avant d'éteindre son téléphone et de le ranger dans sa poche. Assurément, elle avait de la peine. Un poids lui écrasait la poitrine, la broyait. Sa tête l'élançait depuis la base de la nuque, la douleur promettant d'empirer. Il n'existait pas de remède, rien qui soit susceptible de la guérir. C'était le prix à payer pour qui s'éprend d'un mytho.

Elle s'obligea à se lever et à s'examiner dans le miroir. Blême, elle avait l'air malade. La transpiration voilant sa peau blanche, elle se rinça le visage et saisit sa trousse de maquillage. Si une situation exigeait une armure, c'était celle-ci. Avec minutie, elle appliqua un écran solaire teinté et du mascara waterproof. Ses joues restaient blafardes, mais la nature y remédierait rapidement. Pour ce qui était de ses cheveux qui frisottaient en tous sens, elle s'arrangea au mieux, les laissant détachés sur une épaule. Elle se changea, optant pour un short et son débardeur préféré portant l'inscription BeastMode sur la poitrine, un cadeau de Flynn, le chef d'équipe des « Rois de l'immobilier ».

Elle pouvait y arriver, se dit-elle en hochant la tête à son reflet.

Il était hors de question qu'elle laisse une erreur colossale, déchirante, compromettre ses fonctions. Même si la petite copine tapageuse de ladite erreur traînait sur le plateau. Elle déglutit avec difficulté.

Nom d'une pipe en bois ! Paige St. James était l'*autre* femme.

CHAPITRE 31

Paige fixait les motifs de son verre de bourbon sans rien éprouver du tout. L'engourdissement lui procurait un soulagement appréciable après la torture des quatre dernières heures de tournage.

Il avait certes accouru à la seconde où elle était retournée sur le plateau, mais elle l'avait repoussé avec le regard le plus glacial qu'elle possède.

— Ce n'est ni le moment ni l'endroit. Restons professionnels, avait-elle déclaré froidement.

Quand il avait tenté de discuter, prêt à se battre pour elle devant toute l'équipe, Cat s'était interposée et l'avait entraîné à l'écart. Si Paige ignorait ce que Cat lui avait dit, les conseils de sa sœur l'avaient dissuadé de revenir à la charge. Plus tard, au moment où Andy annonçait que la dernière prise était dans la boîte, Paige avait parcouru la moitié du chemin la séparant de la camionnette.

Néanmoins, une fois dans sa chambre, elle avait senti les murs se refermer autour d'elle, certaine que tôt ou tard, il la retrouverait. Ou pas. Il était possible que *distraire* Meeghan lui prenne tout son temps.

Cette dernière n'avait pas reparu sur le plateau et personne ne l'avait ne serait-ce qu'évoquée. De ce fait, Paige ne pouvait que supposer que Meeghan attendait, assise sur son postérieur bombé dans l'air conditionné de l'hôtel, que Gannon rentre du travail.

Laissant son téléphone éteint dans sa chambre pour ne pas être tentée d'écouter ses messages ou de consulter ses SMS, elle avait erré jusqu'à un bar peu attrayant. Le comptoir était poisseux et l'assise du tabouret déchirée, mais au moins personne ne savait qui elle était ni ce qu'elle avait perdu au cours de la journée.

La barmaid, une beauté impassible à l'œil de biche habilement dessiné à l'eye-liner, montra son verre presque vide.

— Je vous ressers ?

— Volontiers, répondit Paige, pas plus enthousiaste qu'opposée à l'idée de noyer ses tracas. Elle avait commencé par une bière puis, l'estimant trop légère, embrayé sur la marque de bourbon que Gannon lui avait servi un autre jour dans une autre chambre d'hôtel, dans un autre État.

La barmaid la servit.

— Pénis ?

— Pardon ? rétorqua Paige en clignant des yeux.

— Le plus souvent, ce qui donne cette tête a une femme, c'est un pénis sans scrupule.

Paige eut un petit rire involontaire. Très pertinent.

— C'est bien vu.

La femme replaça la bouteille sur le rayonnage du haut.

— On finit par se rendre compte que ce sont tous des salopards à leur façon, un peu comme les flocons de neige sont tous différents et identiques à la fois.

Sans surprise, Paige constata qu'elle ne portait pas d'alliance.

— Que sommes-nous censées faire ?

Elle haussa des épaules finement musclées.

— Les aimer comme ils sont ou changer de camp.

Paige trinqua à cela.

— Je suppose que votre bonhomme n'est pas du type baraqué et tatoué, et qu'il n'a pas l'air prêt à étrangler tous ceux qui se mettent en travers de son chemin ? questionna la serveuse avec décontraction.

Le regard de Paige s'échappa vers l'entrée où Gannon, mâchoire crispée et poings serrés, la fixait.

— Eh merde.

— Besoin que j'appelle les flics ? proposa platement la barmaid.

Paige secoua la tête.

— Non, ça ne ferait qu'empirer les choses.

— La sortie de secours donne dans la cuisine, en cas de besoin.

Gannon approcha à grandes enjambées. Une fois près d'elle, il sembla batailler avec lui-même.

— Qu'est-ce qui ne tourne pas rond chez toi ? lança-t-il.

Paige aurait pu le snober s'il l'avait abordée avec une excuse foireuse. Ou l'ignorer s'il l'avait suppliée d'écouter sa version des faits. Mais l'agresser comme si elle était en tort ?

La mèche était allumée, la déflagration imminente.

— Comment oses-tu ! siffla Paige.

Lambinant à proximité du téléphone mural jauni, la barmaid les observait.

— Qu'est-ce qui ne tourne pas rond chez moi ? Je vais te dire ce qui ne va pas. Le type avec qui je couche me trompe depuis le début avec sa copine, laquelle s'est pointée sur mon lieu de travail et m'a humiliée. Voilà ce que je digère mal, pauvre abruti !

Gannon exposa sa liste de griefs.

— Tu t'es emportée à cause d'un malentendu. Tu m'as fait la tête, après quoi j'ai dû partir à ta recherche. Et je te retrouve là, à boire seule dans un bar, dans une ville que tu ne connais pas !

— Un malentendu ?

Sa voix atteignit des aigus dignes d'un sifflet canin. Elle éclusa le reste de son verre, lança quelques billets sur le comptoir et se leva. Titubant un peu, elle se stabilisa avant de se tourner face à lui.

— Tu voulais une dispute ? Tu l'as eue. Ciao.

Elle adressa un bref salut à la barmaid et sortit à toute allure. Il ne la laissa pas aller bien loin. Avant qu'elle n'ait pu descendre du trottoir, il lui agrippa le bras avec une force déconcertante.

— Arrête ton numéro.

Il la secoua un peu, assez pour la faire claquer des dents. Elle pivota vers lui.

— Tu me donnes toutes les raisons du monde de pulvériser ta belle gueule, l'avertit-elle en savourant le mélange de la douce brûlure de l'alcool et de la colère dans ses tripes.

Il la porta quasiment jusqu'au trottoir, au mépris des regards des rares vagabonds encore en maraude à cette tardive. Paige remarqua qu'aucun d'eux ne semblait un tant soit peu enclin à intervenir.

— Lâche-moi !

Elle eut beau tirer sur son bras pour se libérer, il la cramponnait avec plus de vigueur. Dans une impressionnante démonstration d'immaturité, Paige essaya de lui flanquer un coup de pied dans le tibia. Au lieu de quoi elle le loupa, et heurta son mollet musclé à la place. Il résolut le problème en la soulevant sur son épaule, et en la portant jusqu'à son pick-up quelques rues plus loin.

Devant le véhicule, il la reposa et la bloqua contre la portière en l'encadrant avec ses bras.

— Maintenant, tu vas monter dans ce pick-up, rester tranquille et m'écouter.

Elle lui lança un regard furieux, malgré ses cheveux qui retombaient désagréablement sur un œil. Il les écarta pour elle.

— S'il te plaît.

Sa voix était imprégnée de tristesse.

Sans attendre son accord, il ouvrit la portière, l'installa sans ménagement et boucla sa ceinture. La portière claquée, il la verrouilla avec la clé électronique pour la ralentir au cas où elle tenterait de s'enfuir avant qu'il n'ait atteint son siège.

Paige n'avait pas envie de fuir. Pour une fois dans sa vie, elle voulait se battre.

Gannon monta et ferma les portières, mais ne démarra pas.

— Qu'est-ce qui t'a pris ?

Paige pataugeait dans chaque goutte de chagrin et de rage que son corps abritait.

— Je t'aurais volontiers retourné la question mais à en juger par le décolleté de Meeghan, je répondrai « elle », au hasard.

Gannon frappa le volant.

— Il n'y a rien entre Meeghan et moi !

Le souffle qu'elle expira embua le parebrise.

— Tu me prends pour une idiote ? Penses-tu que je n'ai aucune sorte de faculté intellectuelle, et que j'accepterai d'être l'*autre femme* ?

— Je m'attends à ce que tu me fasses confiance ! Crois-tu franchement que je te mettrai dans cette position ? Comment peux-tu penser cela de moi ?

Le volcan Gannon était entré en éruption. Mais cette fois, il n'incombait pas à Paige de le tranquilliser et de procéder à la mise au point.

— Te faire confiance ? Ta petite amie – sur laquelle je t'ai plusieurs fois questionné – a débarqué sur le tournage pour te faire une surprise, et t'a sucé le visage. Et je t'ai vu l'emmener dans ta chambre d'hôtel !

Cela lui cloua le bec un instant.

— Ne te fie pas aux apparences, Paige.

Le regard qu'elle lui décocha aurait intimidé tout homme moins borné. Mais il serra et détendit les poings, inspira longuement, et repris.

— Écoute, je sais exactement l'impression que ça donne. Je m'excuse, d'accord ? Je suis désolé de t'avoir mis dans cette situation. Mais je pensais que tu me connaissais. Que tu avais confiance en moi.

— Les faits contredisent tes arguments, Gannon.

— Que veux-tu que je te dise ? Que… (il indiqua la direction de l'hôtel) que même dans le meilleur des cas, ce ne sera jamais une réalité ? Qu'il n'y a jamais rien eu, et que cela me tue que tu ne me croies pas, ou qu'elle ait cru pouvoir venir et semer la zizanie, dans le seul but de susciter l'attention et de faire grimper l'audimat ? Cette fille est une vipère, elle n'est rien pour moi. C'est un coup de la chaîne, je te l'ai dit.

Elle la sentit, cette indésirable lueur d'espoir s'allumer dans son cœur meurtri. Malgré cela, elle secoua la tête pour la nier. Il avait menti. Il l'avait ridiculisée, et elle se sentait idiote. Son métier, sa réputation étaient en péril parce qu'il l'avait mystifiée.

— Ne secoue pas la tête, Paige. Il ne s'est jamais rien passé de sérieux. Mais ce que je ressens pour toi et ce que je pense que tu ressens pour pour moi, ça, c'est du sérieux. J'ai besoin de toi, Paige. Je…

Émi, sa voix s'éteignit.

— Dis-le, murmura Paige, le regard fixé avec raideur sur le tableau de bord.

— Je t'aime.

Elle accusa le coup, repliée sur elle-même. Rien de ce qu'il aurait pu dire n'aurait provoqué plus de chagrin que cet aveu.

— Je m'en doutais un peu, continua-t-il. Mais aujourd'hui, quand tu as quitté le tournage, j'ai eu l'impression de regarder ma vie s'en aller. Et j'ai su. Je t'aime, Paige. Et ça me bouffe que tu ne me fasses pas confiance.

— Ne t'avise pas de dire ça ! Pas maintenant, pas à cause de ça. C'est cruel, et je n'aurais jamais cru penser ça de toi un jour, sanglota Paige.

Non, elle ne voulait pas souffrir. Elle ne voulait pas de ces précieux mots en guise d'excuse. Elle voulait retrouver sa colère. C'était plus sûr, plus agressif.

Alors qu'elle s'apprêtait à saisir la poignée, Gannon se pencha en travers de la console pour la retenir.

— Ne pars pas.

Elle entendit le désespoir, la souffrance, et détesta que sa peau s'embrase à son contact.

— Tu ne peux pas t'en aller, dit-il comme s'il avait pris cette décision pour elle.

Elle eut beau repousser ses mains, il l'attirait vers lui. Quand elle se retourna pour lui dire avec précision à quel point elle le haïssait à ce moment-là, sa bouche se trouva dangereusement près.

Rétrospectivement, elle n'aurait su dire lequel des deux prit l'initiative. Le fait est qu'un instant, ils s'engueulaient, et l'instant d'après, leurs bouches fusionnaient. Ce baiser contenait tant de passion, tant de colère. Rempli de besoin, il en émanait quelque chose de féroce et d'éploré. Ses mains la parcouraient avec frénésie et Paige s'aperçut vaguement que les siennes le tiraient de son côté. Elle avait *besoin* de lui autant que d'oxygène.

Ses lèvres la marquaient, ses dents l'éraflaient, sa langue l'envahissait.

— Je t'aime, Paige. Je t'aime tellement, c'est un truc de fou.

Le raffut de son cœur pompant le sang épaissi dans ses veines était tel qu'elle l'entendit à peine. Elle détecta un petit goût de sel sur sa langue, mais ne s'en soucia pas car elle se répandait dans ce baiser. Cependant Gannon s'écarta.

— Ma chérie, souffla-t-il d'une voix peinée.

Gannon passa ses pouces sur ses joues et c'est alors que Paige réalisa qu'elle pleurait.

— S'il te plaît, ne pleure pas. Tu me tues, Paige.

Cette fois, quand il l'attira contre lui, ce fut pour l'enlacer tendrement. Il embrassa le sommet de sa tête, et son cœur se brisa un tout petit peu plus. C'était le Gannon qu'elle connaissait, le Gannon qu'elle voulait. Alors, qui était l'homme qui avait entraîné Meeghan Traxx dans sa chambre d'hôtel ?

Il ne pouvait pas être les deux.

— Reconduis-moi à l'hôtel, si tu veux bien, dit-elle d'une voix sans timbre.

Détachant son regard de lui, elle s'appuya contre la portière.

— Paige…

— Je ne peux pas faire ça, Gannon. Tu as manifestement des choses à régler, et je ne peux pas risquer ma réputation avec ce genre de complications. Pas maintenant que je suis sur le point de finaliser un projet aussi important.

Sans sa chaleur, elle se sentait froide, vide. Seule.

— Ce n'est pas la fin.

— Pour ce soir, si.

CHAPITRE 32

Ce n'était pas de la lâcheté, se dit Paige en tirant sa valise dans le couloir de son appartement. En réalité, elle avait échappé à une crise superflue.

Le matin du dévoilement, l'ambiance était si tendue au sein de l'équipe qu'elle était convaincue qu'Andy s'apprêtait à la limoger quand il l'avait prise à part. Or, dans un magnifique élan d'héroïsme, il lui avait offert une porte de sortie.

— Je ne prétendrai pas que je savais ce qui allait se passer. La chaîne ne m'a pas informé qu'ils envoyaient Meeghan sur place, et je ne veux pas savoir ce qu'ils espéraient accomplir. Néanmoins je pense qu'une pause te serait profitable. Mel t'a réservé un billet d'avion. J'ai prétexté une urgence familiale. Rentre, et promets-moi d'être des nôtres la saison prochaine.

À la fin de son discours, elle l'avait serré dans ses bras en prétendant qu'elle ne voyait pas Gannon les observer. Dans des circonstances normales, elle n'aurait jamais planté un épisode. Pas le jour où le propriétaire découvrait sa maison rénovée, et encore moins quand la famille était un adorable couple de militaires qui finalisait l'adoption de deux enfants placés en famille d'accueil.

Cependant, le côtoyer était au-dessus de ses forces. Il n'avait pas fourni d'explication. Et certainement pas dit pourquoi, s'il ne sortait pas avec Meeghan, la bimbo s'estimait en droit de s'imposer en toute tranquillité sur un tournage à l'autre bout du pays pour simplement l'embrasser. Un baiser qu'il n'avait pas cherché à esquiver. Après quoi il l'avait ramenée à l'hôtel. Il n'y avait qu'une seule interprétation possible. En ce cas, pourquoi avait-elle passé toute la durée du vol Albuquerque-New York à chercher des alternatives aux faits ?

Avait-elle besoin d'être avec lui au point d'accepter de fermer les yeux sur ses mensonges ?

Pathétique.

Sa mère serait scandalisée.

À peine entrée dans son appartement, elle fut assaillie par une boule d'énergie latino-américaine d'à peine plus d'un mètre cinquante.

— Pourquoi rentres-tu aussi tôt ? s'étonna Becca en bondissant du canapé pour couvrir les deux ou trois mètres menant à la porte en un temps record, avant d'étouffer Paige entre ses bras. Oh flûte, tu n'as pas été renvoyée, j'espère ?

Elle aurait presque aimé. Bien que chez elle, Paige s'attardait dans l'embrasure de la porte. Elle ne voulait ni replonger dans la réalité, ni affronter son lit tristounet dans sa chambre tristounette.

— Booooon, fit Becca qui saisit le signal. Donne-moi ton sac et va t'asseoir sur le canapé. Nous ne sommes pas obligées d'en parler.

Becca souleva la valise d'une main et de l'autre, poussa Paige dans le salon.

— Va. T'asseoir.

Paige se laissa choir sur les coussins élimés que Becca avait camouflés sous un plaid doré, et appuya les paumes de ses mains sur ses yeux.

Quand elle abaissa ses mains et rouvrit les yeux, un verre de vin rouge flottait devant elle.

— Avale ton médoc, dit Becca en remuant le verre.

— Merci, Bec.

— C'est vrai que j'ai dit que tu n'étais pas obligée d'en parler, mais je réactualise. Est-ce en lien avec Gannon ?

Paige lança un regard à Becca au-dessus du verre.

— Peut-être.

— En lien avec une vampire blonde insipide prénommée Meeghan ?

Paige cogna l'arrière de sa tête contre le dossier du canapé.

— Oh pitié. Le monde entier est au courant ?

— Bien sûr que non. Étant une colocataire prévenante et protectrice, je traque Meeghan – nom ridicule soit dit en passant – sur les réseaux sociaux depuis que toi et Gannon avez commencé…

— À coucher ensemble et que c'était fantastique, renversant et pas très loyal ? suggéra Paige.

Becca lui tapota l'épaule.

— Nous avons toutes connu le divorce jamais conclu ou la relation à distance qui s'arrête d'elle-même.

— Je lui ai clairement posé la question à de multiples occasions et il a affirmé qu'ils n'étaient pas ensemble. Il a prétendu que c'était un coup de pub organisé par la chaîne pour faciliter le lancement de l'émission.

— J'ai vu sa publication sur Instagram. « Surprise à mon homme en plein tournage ! » Becca singea son accent de Californienne. Se fait-elle gonfler les lèvres en même temps que les pneus de sa voiture ? Elle se traîne une *duck face* permanente.

— Elle a débarqué sur le tournage, après que j'ai décidé de proposer à Gannon qu'on continue à se voir entre les saisons. Et elle l'a embrassé, style star du porno.

— Comment a-t-il réagi ?

— On ne peut pas dire qu'il l'ait repoussée.

— Mais l'a-t-il embrassée aussi ? L'aurait-il prise par derrière sur une table ?

— Dégueu. Non à la deuxième. La première, je ne sais pas.

— Est-il possible qu'elle soit une psychopathe qui essaie de faire croire qu'ils sont en couple ?

— J'aurais pu y penser si je n'avais pas vu Gannon la traîner physiquement dans sa chambre d'hôtel, brûlant d'impatience de la déshabiller.

— Ne reste qu'une seule interprétation possible, conclut Becca.

— Tout à fait d'accord.

— Donc vous avez eu une explication ? demanda Becca en se penchant vers Paige. Tu ne t'es pas contentée de jouer la fille glaciale ?

— Les quelques verres que j'ai éclusés ensuite ont fait fondre la glace.

— Tu n'as pas fait ça.

— J'ai aussi essayé de lui flanquer des coups de pied dans les tibias.

Becca approuva d'un mouvement de tête.

— Classe, et pas trop excessif.

— Je suis restée classe jusqu'à ce qu'il m'accuse de ne pas lui faire confiance, et me dise qu'il m'aime.

Becca, pour une fois, resta bouche bée. Paige déplora de s'être épanchée. En parler ne la consolait pas du tout.

— Il t'aime ? articula Becca. Paige secoua la tête.

— S'il m'aimait, il ne se serait pas contenté de faire de moi sa maîtresse et de me laisser être humiliée sur mon lieu de travail.

— Tout le monde est au courant pour vous deux ?

Paige se renfonça dans le canapé et but un peu de vin.

— Sais pas. Nous sommes restés discrets mais manifestement, Andy sait qu'il se passe quelque chose puisqu'il a suffisamment compati pour faire croire à mon assistante que j'avais une urgence familiale et me renvoyer chez moi le jour du dévoilement.

— Ça craint.

Paige enfouit son visage dans le creux de son coude.

— Je l'ai laissé compromettre ma vie professionnelle. J'ai besoin de ce travail.

— Nous trouverons une solution. Je te promets.

— Il faut impérativement que je sois engagée sur une autre émission au plus vite. Je ne tiendrai pas une saison de plus avec lui. Avec eux.

Becca fit un geste compréhensif.

— En effet, tu ne peux pas, concéda-t-elle avant de serrer les mains de Paige dans les siennes. Tu verras, nous trouverons une solution. Et un jour, nous repenserons à ce soir en riant parce que nous ignorions que des choses formidables en ressortiraient.

Paige l'espérait même si envisager qu'un jour elle se sentirait moins dégradée avait tout d'un excès d'optimisme.

Paige ne dormait pas quand son téléphone vibra sur le misérable carton qui faisait office de table de chevet. Elle avait tenu bon, et ignoré les appels et SMS dont Gannon l'avait bombardée après qu'il eut terminé le tournage. Pour autant, elle consultait l'écran à l'instant où le SMS s'afficha.

La saison est bouclée. Tout le monde fête ça au bar et je pense à toi, seul dans mon coin. Tu n'étais pas obligée de partir.

Peut-être que c'était parce qu'il était deux heures du matin pour elle. Ou peut-être parce qu'elle avait l'impression qu'il ne comprenait pas pourquoi le chagrin l'écrasait. Toujours est-il qu'elle réagit à ce message-ci.

J'aurais aimé que ça se termine autrement. Ou que ça n'ait jamais commencé.

C'était la vérité. La douloureuse et franche vérité.

Son téléphone se mit à sonner. Gannon. Après un instant d'hésitation, juste avant que l'appel bascule vers la messagerie, elle céda.

— Salut, dit-elle sur un ton plat et las.

— Paige.

Son nom surgit dans un flot de soulagement de la bouche de Gannon.

Elle pressa ses paupières closes.

— Je ne sais pas pourquoi j'ai décroché.

— Ne raccroche pas, dit-il avec brusquerie. S'il te plaît.

Malgré son soupir, elle resta en ligne.

— As-tu reçu mes messages ? s'enquit-il d'une petite voix cassée.

— Je ne les ai ni lus ni écoutés.

Il souffla.

— Je n'en reviens pas que tout ait déraillé aussi vite.

Elle eut un rire amer.

— T'es pas le seul.

— Tu ne m'as pas laissé expliquer. Tu as plié bagages et filé comme si je ne comptais pas pour toi.

— Qu'y a-t-il à expliquer ?

— Paige.

— T'avait-elle prévenu qu'elle arrivait ? N'étais-je qu'une sorte de farce pour toi ?

— Tu délires. Est-ce vraiment ce que tu penses ?

— J'aimerais penser que tu ne joues pas aussi bien la comédie, admit Paige.

— Ce n'est pas de la comédie. Tu le sais. Paige, tu me connais, dit-il d'une voix frustrée. Ça m'exaspère. Je m'exprime mal sous le coup de la colère.

— *Tu es* en colère ?

— Elle s'évertue à tout détruire parce que je l'ai repoussée, dit Gannon. Et tu vas la laisser gagner. Alors oui, je suis en rogne.

— Meeghan ?

— Je t'ai dit que c'était un coup de pub ! De toute façon, j'ai prévenu la chaîne que j'arrêtais. L'émission est un succès. Nous n'avions pas besoin de ces âneries pour faire de l'audience.

— À l'évidence, le message n'est pas passé.

Dans le noir, Paige se passa la main sur le front.

— Je n'ai pas prêté attention à ses déclarations dans les médias où elle prétend que nous sommes ensemble. C'est à la chaîne de s'en débrouiller désormais. Alors quand elle a débarqué sur le tournage, et m'a embrassé et t'a traitée comme… une domestique…

Il laissa sa phrase en suspens.

— As-tu déjà couché avec elle ? Le silence l'accabla.

— Ouais mais…

— Peut-être que dans ton monde, c'est tolérable. Coucher avec une fille, la laisser croire que vous êtes ensemble jusqu'à ce que tu trouves quelqu'un d'autre. Mais dans le mien, ce n'est pas acceptable.

Je n'aurais jamais couché avec toi si j'avais su que tu avais déjà quelqu'un dans ta vie. Même s'il s'agit *d'elle.*

— Nom d'un chien, Paige, je ne suis pas avec elle. Je ne l'ai jamais été.

— Tu as couché avec elle.

Toute discussion était vaine. Il n'était pas capable de voir les choses de son point de vue.

— Gannon, je suis désolée d'être partie comme une voleuse. J'aurais dû au moins attendre d'avoir cette conversation en face à face. Quoi qu'il soit arrivé, je t'assure que ça n'a pas d'importance. Ce qui compte, c'est comment je me sens dans cette relation. Et c'est pas terrible. Donc j'arrête.

— Tu ne peux pas juste…

— Merci de respecter ma décision. Bonne nuit, Gannon.

Elle raccrocha et éteignit son téléphone. Il était exclu qu'elle gaspille plus d'heures de sommeil à cause de lui. Finalement, elle s'endormit peu après l'aube en se languissant de la sensation de ses bras autour d'elle.

CHAPITRE 33

Il était fêlé. Sans cela, comment expliquer qu'il la harcèle. Elle avait pourtant été parfaitement claire : la vérité ne l'intéressait pas. Pourtant il se trouvait devant sa porte.

Il devait à tout prix clarifier les choses… après quoi il la houspillerait pour avoir douté de lui.

Cat avait tenté de le dissuader de sauter dans l'avion mais il l'avait envoyée paître. Et de l'aéroport, il s'était directement rendu chez Paige en taxi.

Il avait aussi besoin d'un bilan psychiatrique.

Oh et puis zut. Il toqua en lançant des coups d'œil de part et d'autre du couloir. Ils étaient « ensemble » depuis à peine deux mois et il ne découvrait que maintenant l'endroit où elle habitait. Était-ce anormal ? Il rejeta cette pensée. Chaque aspect de leur relation était singulier.

Il levait le poing pour frapper une seconde fois quand la porte s'ouvrit.

Sa chevelure explosive retenue en arrière par un large bandeau violet, la jeune femme brune qui apparut ne mesurait guère plus d'un mètre cinquante. Aucun doute là-dessus, ce n'était pas Paige.

Elle l'examinait d'un air circonspect.

— Vous devez être « Monsieur je vais voir ailleurs » ?

Il ravala une réplique mordante.

— Paige est là ?

Elle secoua la tête, agitant ses épais anneaux d'oreille.

— Sortie. Un SMS anonyme l'a avertie qu'un crétin d'ébéniste approchait.

Pour ça, il allait devoir étrangler sa sœur.

— Entrez, puisque vous êtes là.

Elle s'effaça et Gannon lui emboîta le pas à l'intérieur, lâchant sa valise et son sac à dos. Elle réapparut avec deux bières et indiqua le canapé, le seul espace disponible où poser ses fesses en plus de deux tabourets de bar visiblement bancals glissés sous un plan de travail de soixante centimètres. Il s'assit, prit la bière.

— Pourquoi me laisser entrer et m'offrir une bière si vous pensez que j'ai trompé Paige ?

— Au fait, je suis Becca.

Elle tendit sa petite main, qu'il serra sans conviction.

— Gannon. Pas volage.

— Je l'avais compris.

— Alors elle ne vous a rien dit ? hasarda Gannon.

— Bien sûr qu'elle m'a tout raconté. Je travaille dans le milieu depuis suffisamment longtemps pour reconnaître une narcissique qui n'en fait qu'à sa tête, et se contrefout du mal qu'il cause pourvu qu'elle parvienne à ses fins.

— Meeghan, cracha Gannon. Une névrosée.

— Donc vous n'étiez pas avec Meeghan.

— Non, déclara-t-il avec emphase.

— Mais Paige ne vous croit pas, ou elle se sent tellement blessée dans son amour-propre que ça ne change rien que vous sortiez avec elle ou pas. Une femme a néanmoins déboulé sur son lieu de travail, s'est comportée comme votre copine, et l'a traitée avec mépris.

— Exact.

— Et qu'avez-vous fait juste après qu'elle vous a embrassé et qu'elle l'a basée ?

Gannon se frotta l'arrière de sa tête.

— Pas assez, admit-il.

— Pourquoi ?

Prenant ses aises, Becca remonta ses pieds sur le canapé.

— Avec Paige, nous voulions cacher notre…

— Allez, dites-le. Votre relation, termina Becca avec un grand geste royal.

— Relation. Elle craignait que tout le monde pense qu'elle couchait avec la star de l'émission pour… bénéficier de certains avantages.

— Ça ne m'étonne pas d'elle.

— Je n'ai pas compris ce qui m'arrivait. J'étais en train de manier la ponceuse électrique quand tout à coup quelqu'un m'a embrassé. Je me suis écarté et j'ai vu le visage de Paige… (Il secoua la tête.) Ensuite, Meeghan s'est dirigée vers elle, lui a balancé son sac au visage et commandé un café.

— La garce, dit Becca avec enthousiasme.

— C'était après que la chaîne a équipé Paige d'un micro et requis des interviews filmées pour alimenter la curiosité autour de notre hypothétique relation. Je ne pouvais rien dire. Ou si j'avais commencé à parler, je n'aurais pas pu m'arrêter et tout le monde aurait su.

— De toute évidence, vous êtes grillés, annonça Becca avant d'avaler une gorgée de bière.

— Je l'aime.

— Ce que vous n'auriez pas dû déclarer en pleine dispute, alors que tout indiquait que vous l'aviez trompée.

— Merde.

Il but une goulée de bière et regarda autour de lui.

— Elle n'a pas exagéré. Vous ne possédez même pas de table basse, constata Gannon en examinant les lieux.

La chambre de son enfance était plus spacieuse que ce salon.

— Vous aimeriez nous en fabriquer une ?

— Ça la ferait revenir ?

Becca grimaça.

— Désolée d'être aussi brutale, mais Paige n'est pas du genre à se faire avoir deux fois. Pour elle, vous êtes une erreur, et elle sera peu encline à recommencer.

— Ça ne peut pas être la fin, contesta Gannon.

Il avait envie de se lever pour faire les cent pas, mais l'espace ne le permettait pas.

— Pas forcément mais, ce n'est pas en la couvrant de fleurs qu'elle pardonnera vos transgressions. Avec moi, c'est miraculeux, dit-elle en se montrant du pouce. Mais pas trop avec Paige. Tant que vous restez farouchement déterminé à la reconquérir et que vous ne baissez pas les bras après une rapide tentative de rapprochement, l'espoir demeure.

— Que dois-je faire ?

Becca s'avança vers lui et le regarda droit dans les yeux.

— Tout ce qui sera nécessaire. Mettez le paquet ou lâchez l'affaire.

* * *

Après s'être entretenu avec Becca, Gannon avait légèrement repris espoir. Elle lui avait fait promettre, au cas où la question lui serait posée, de prétendre que Becca lui avait claqué la porte au nez, pas offert de bière ni conspiré avec lui contre Paige.

Il repartait avec quelques recommandations :

Cesser d'encombrer le téléphone de Paige.

Ne pas non plus couper tout contact. Rester dans sa tête.

Identifier les priorités de Paige et trouver un moyen de les intégrer.

Être patient.

Leur confectionner une table basse, évidemment.

La quatrième l'excédait par avance et il était quasi sûr que la cinquième n'était rien de plus que les honoraires de Becca pour ses « conseils gratuits ».

Les priorités de Paige étaient faciles à définir. Elle n'en avait qu'une : son métier. Tristement pour lui, leur saison s'était achevée récemment, et s'il interprétait correctement les indices de Becca, Paige cherchait une solution pour ne pas retravailler avec lui.

Il porta son regard dans le couloir à la moquette usée qui conduisait à la cage d'escalier où la peinture s'écaillait, et souleva son sac à dos sur une épaule. Il formula un vœu : *ce n'était pas la dernière fois qu'il voyait l'appartement de Paige St. James.* Elle lui était destinée, il fallait juste qu'elle se fasse à cette idée.

CHAPITRE 34

Les murs de la salle à manger de Leslie St. James étaient recouverts d'un charmant papier peint dans de subtils tons bleus et verts qui donnaient aux convives l'impression de dîner sous l'eau. La conversation autour de la table provoquait un effet similaire sur Paige.

Sa mère, décontractée et superbe comme à son habitude dans sa robe-fourreau ivoire, s'employait à disséquer de façon méthodique et argumentée les mauvais choix de Paige qui l'avaient amenée à collaborer à une émission de télé-réalité.

— Franchement, Paige, dit sa mère avant de tamponner délicatement les coins de sa bouche. Je ne vois pas pourquoi tu refuses de lever le pied le temps de te remettre de cette mésaventure et de faire un point sur ton parcours.

Paige, habituée à ses critiques, planta sa fourchette dans le steak de thon au poivre préparé par le cuisinier de sa mère.

— J'aime mon métier, rappela-t-elle à sa mère.

Elle ne comptait pas annoncer à sa mère et à sa sœur qu'elle cherchait très activement un nouveau contrat. Quelque chose, n'importe quoi, pourvu qu'elle ne rempile pas pour une nouvelle saison. Elle ne supportait pas l'idée de recommencer à travailler côte à côte avec Gannon, et avec le recul, le rôle que la boîte de production avait joué dans son humiliation se révélait plus distinctement.

Les interviews, les bandes annonces suggestives ? Ce n'était pas possible que Meeghan Traxx ait surgi sur le tournage par hasard.

Leslie leva les yeux au ciel avec théâtralité.

— Je ne vois pas ce qu'il y a d'agréable, insista-t-elle.

Franchement, la seule chose que Paige appréciait dans son métier en ce moment était le fait qu'il agace sa mère. Sa sœur Lisa, sa longue tresse noire rabattue sur l'épaule, eut un sourire narquois derrière son verre de vin.

— J'en déduis que tu as mal regardé le présentateur avec qui elle partage l'affiche, maman.

Paige jeta un regard menaçant à sa sœur, même si tout le monde était une cible potentielle autour de la table des St. James. Chacune lançait des piques sans modération jusqu'à ce que l'une d'elles rende les armes.

— Je présume que tu fais allusion à Gannon King, dit sa mère avec un dédain flagrant.

— D'après les rumeurs, Paige le fréquente, poursuivit Lisa en remplissant son verre d'un agréable rosé espagnol, avant de passer la bouteille à Paige.

Paige se servit généreusement avant de tendre la bouteille à sa mère.

— Le fréquente ? reprit Leslie en arquant ses sourcils parfaitement épilés. Alors j'espère vivement que la rumeur est infondée.

Paige piqua un haricot vert cuit à la vapeur avec plus d'énergie que nécessaire.

— Nous avons couché ensemble mais c'est du passé. Satisfaite ?

Lisa postillonna dans son verre de vin. Paige avait espéré provoqué cette réaction, même si Leslie avait trop d'expérience pour laisser s'exprimer toute émotion assimilée à de la surprise.

— Le sexe, c'est une chose mais une relation avec quelqu'un comme ça ? Peu judicieux. Au moins, tu as eu l'intelligence de ne pas t'engager avec un homme de son genre, dit Leslie d'un ton pincé.

— Qu'as-tu à reprocher à Gannon exactement, maman ? Outre le fait qu'il se soit plaint de ta grossièreté au téléphone ? demanda Lisa.

— Il m'a *accusée* d'être impolie. Je ne l'ai pas vraiment été, clarifia Leslie, qui se délectait de jouer sur les mots. J'ai eu une réaction tout à fait naturelle en apprenant que ma fille était blessée.

Attends la suite, songea Paige en lançant le décompte.

— Le fait qu'elle n'ait pas jugé bon d'informer sa mère qu'elle avait eu un accident, et n'avait rien de grave, eh bien, c'est plus le reflet de l'attitude de Paige que de la mienne.

Paige dissimula son soupir. Sa mère était la constance personnifiée.

— Donc il t'a accusée d'être grossière, et tu ne l'apprécies pas à cause de cela ? résuma Paige.

Elle n'aurait pas dû se soucier que sa mère n'apprécie pas l'homme qu'elle-même maudissait, sinon que cela le rendait un tout petit peu moins détestable à ses yeux. Sans doute était-ce son côté rebelle qui parlait. Et elle était assez grande pour savoir que ce n'était pas parce qu'elle était d'accord avec sa mère qu'elle avait tort.

Leslie pointa sa fourchette dans sa direction.

— Ce n'est pas l'unique raison. Dans mon métier, savoir cerner les gens est crucial. Et Gannon, je le sens comme un électron libre. Et avant que tu le dises, ce n'est pas parce qu'il est artisan et exerce un métier manuel. Quantité de personnes respectables travaillent de leurs mains.

— Mouais, grommela Paige.

Elle avait à maintes reprises reproché à sa mère d'être atrocement snob. Cette insulte semblait l'avoir marquée.

— Pour l'amour du ciel, Paige. Tiens-toi droite quand tu te montres passive agressive, lança Leslie.

Paige redressa les épaules, réaction aussi enracinée en elle que le réflexe de salivation du chien de Pavlov.

— Je n'en suis pas sûre, maman. Dans l'émission, il s'est révélé être plus qu'un électron libre, insista Lisa.

— Tu regardes mon émission ? s'étonna Paige.

— Évidemment. Je n'aime pas, mais c'est ton émission. Tu lis mes articles de presse, souligna sa sœur.

— Et je ne les aime pas, mais ce sont les tiens.

Paige inclina son verre de vin vers Lisa pour trinquer en silence.

— Je refuse de croire que mes deux filles perdent leur temps avec cette série.

Leslie secoua la tête de déception.

— Nous lisons tes livres, dirent Paige et Lisa en chœur.

— Naturellement, fit Leslie en reniflant.

Dès que la conversation s'orienta vers le nouvel ouvrage de Leslie en cours d'écriture, Paige respira plus librement. Elle était habituée à ce que son domaine d'activité soit la cible de ses attaques. Ses critiques laissaient rarement une empreinte durable.

Mais ces temps-ci, ce pan de sa vie étant une plaie béante, elle craignait de ne pas pouvoir encaisser trop de piques dans la même soirée.

Pour peu que sa mère détecte ne serait-ce qu'une trace de mélancolie, elle lui programmerait six entretiens dans des universités avant midi le lendemain.

* * *

Le temps de terminer le dessert, les remarques désobligeantes étaient balayées sous le tapis, et Lisa évoquait dans les grandes lignes ses recherches sur les crises d'épilepsie destinées à un article pour une revue médicale. Paige tenta de lui soutirer des informations sur l'essai thérapeutique de Malia, mais sans surprise, elle reçut la réponse qui s'imposait, incluant le décret sur la protection des données relatives à la santé et la confidentialité du patient.

Elles se séparèrent à neuf heures, ce qui était respectable. Leslie monta dans son bureau retranscrire des notes, et Lisa rentra dormir quelques heures avant de prendre son service à l'hôpital, au petit jour.

Sur le trottoir devant la charmante maison de sa mère, Paige ignorait quoi faire d'elle-même. À défaut de trouver une idée un tant soit peu inspirante, elle prit le chemin de la station de métro. La sonnerie de son téléphone la sauva d'une longue marche monotone jusqu'à la gare de Great River.

La trombine de Cat illumina son écran. Paige hésita un court instant. Elle évitait Cat depuis la fin du tournage, principalement pour éviter de la mettre dans une position inconfortable avec son frère… et aussi parce qu'ainsi, elle pouvait faire semblant que Gannon n'existait pas.

C'était minable et idiot. Elle soupira.

— Salut, Cat. Quoi de neuf ? demanda-t-elle sur un ton qu'elle espérait enjoué.

— Je te sens démoralisée. Où es-tu ?

— J'ai dîné avec ma mère et ma sœur à Great River.

— Voilà qui explique ta voix déprimée, plaisanta Cat.

La dynamique familiale de Paige la fascinait. Dans la famille King, tout le monde braillait sur tout le monde, avant de se réunir pour dîner. C'était leur mode de fonctionnement.

— Tu n'appelles pas de la part de Celui à ne pas mentionner, j'espère ? demanda Paige.

Cat eut un petit rire.

— J'ai appris à ne pas me mêler de la vie privée de mon frère. La tienne, en revanche…

— Ah, ah. Comment se passent tes congés ? Que fais-tu de beau ?

— Donc nous allons faire comme si toi et mon frère n'avez pas eu une relation torride avant qu'un abruti de la chaîne n'envoie la poupée gonflable sur le tournage pour te ridiculiser ?

— *Grosso modo,* soupira Paige.

— D'accord, je préférais juste m'en assurer. Alors, j'ai décroché un contrat publicitaire avec une marque de vêtements de travail pour femme. Des chemises super mignonnes, des jeans qui ne montrent pas la raie des fesses et n'arrachent pas la peau au moindre mouvement, des débardeurs qui ne remontent pas sous les aisselles. Mes parents sont venus en vacances cette semaine. Ils sont arrivés en Floride inquiets pour leur fils qui s'est pour ainsi dire muré dans son atelier et refuse d'en sortir, hormis pour avaler une bière ou de la viande rouge. Et toi, que fais-tu de beau ?

— Je sors d'un dîner avec ma mère et ma sœur, qui me voient comme la déception de la famille parce que je fais de la télé-réalité. Métier que je dois lâcher après avoir été manipulée pour me faire plonger dans une liaison torride basée sur des mensonges crées par une chaîne dont l'objectif consiste à m'humilier pour faire grimper l'audimat. Alors maintenant, ma seule option consiste à chercher un nouvel employeur, ce qui signifie que je vais probablement finir assistante sur une émission de rencontres insipide et répugnante.

— Donc tout est normal ? dit platement Cat.

— À peu près.

— Je vais te mettre du baume au cœur, annonça Cat. Toi, Gannon et Meeghan êtes sur la liste des invités pour la soirée du gars super sexy qui s'occupe de l'immobilier pour la chaine.

Paige eut envie de vomir son steak de thon.

— Devine qui dans ce trio d'enfer n'ira pas ?

— Devine qui n'aura pas le choix ? On chuchote que tu seras « forcée » d'y aller.

— Sinon quoi ? Ils me licencieront ?

Génial. Comme ça, elle sera vraiment à court d'options.

— Probablement. Ou ils te menaceront de virer le reste de l'équipe de production si tu ne coopères pas.

Le grognement de frustration de Paige effraya un promeneur en short de sport et débardeur qui promenait un chien au pelage soyeux qui ne pesait pas plus de deux kilos et demi.

— Ce n'est pas juste ! Et oui, je sais que la vie est injuste mais quand j'ai accepté ce poste de productrice de terrain, je n'ai pas signé pour être animatrice et marionnette !

— Envie d'aller prendre un verre ?

CHAPITRE 35

Paige examina son reflet d'un mauvais œil, puis se dressa sur la pointe de ses orteils pour apercevoir un peu mieux sa robe. Le minuscule miroir de la salle de bains n'offrait guère plus qu'une vue à partir de la poitrine.

— Nous devons déménager, dit-elle.

Becca avança la tête dans l'embrasure de la porte.

— Tu es splendide. Pourquoi devrions-nous déménager ?

— Pour avoir un plus grand miroir. Et une table de salle à manger. Je dors dans un lit d'une personne, bordel ! J'ai vingt-huit ans, et je ne possède pas de meubles à proprement parler. Ma vie est morose, et nous devrions déménager tout de suite pour m'éviter d'aller à cette soirée.

Imperturbable, Becca fit un mouvement de moulinet avec son index.

— Tourne.

Paige s'exécuta, et ne ressentit pas un iota de joie quand Becca applaudit.

— Tu es parfaite.

Sa robe était rouge cerise. La jupe courte en trapèze retombait à mi-cuisse. Le haut, près du corps, présentait une simple encolure arrondie. Mais sa sophistication se révéla quand elle pivota, et dévoila un dos fendu encadré de la nuque à la taille par des bords festonnés. C'était splendide, mais Paige aurait préféré la porter pour aller n'importe où plutôt qu'à cette soirée obligatoire.

— Je n'ai pas envie de sortir.

Bras croisés, Becca tapota ses ongles sur son bras.

— D'accord. Mais que tu le veuilles ou non, c'est l'heure.

— Non, ce n'est pas l'heure. Je n'ai aucune envie de l'entendre. Je veux m'apitoyer sur mon sort.

— Tu t'apitoies sur ton sort depuis vingt-cinq jours. Ça suffit. Tu vas assister à cette réception. Tu vas sourire pour les caméras. Tu ne vas pas fondre en larmes quand tu verras Gannon King. Et tu ne vas ni te ratatiner ni mourir quand tu verras Meeghan Traxx. Tu apparaîtras sous ton meilleur jour, comme la fille fabuleuse, professionnelle, forte, indépendante et super canon que tu es.

— Mais j'ai pas envie.

— Pas de ça, contesta Becca en agitant un doigt devant son visage. Est-ce une réplique digne de la réalisatrice d'un documentaire primé sur le changement social ?

— Non, grommela Paige.

— Que dirait la réalisatrice d'un documentaire primé sur le changement social ?

Paige arbora un sourire de façade.

— M'embête pas.

— C'est ce que diront tes yeux à Meeghan, à la caméra, lui dit Becca.

Paige remarqua qu'elle n'avait pas mentionné Gannon. Probablement parce que sa colocataire adorait la table basse réalisée par King, qu'il avait fait livrer à leur domicile. Bien sûr qu'elle était belle, attrayante, magnifique. Tous les meubles de Gannon correspondaient à ces critères. Mais elle s'adaptait si parfaitement à leur espace que Paige s'était demandé avec quel empressement Becca avait éjecté Gannon de leur appartement. Tout indiquait qu'il avait disposé du temps nécessaire pour prendre des mesures.

— Je peux faire ça, déclara Paige avec hargne.

— La réputation, c'est la base, et ce soir, tu vas cimenter ta réputation de professionnelle, lui rappela Becca.

— Je suis une pro, déclara Paige au miroir.

— Là, je reconnais ma copine. Ce soir, ne te laisse pas marcher sur les pieds par qui que ce soit. Qui sait ? Peut-être que tu reviendras avec un job.

* * *

En sortant du taxi, Paige examina l'immeuble de vingt étages où elle allait retrouver les personnes qu'elle détestait le plus. En temps normal, elle n'assistait pas à ce genre d'événements. Cette soirée était organisée par la chaîne pour présenter l'appartement de Manhattan récemment rénové par Drake Mackenrowe, roi de l'achat-revente immobilière vénéré par la chaîne. Quand elle avait reçu l'invitation, elle avait poliment décliné sachant que A : ce serait filmé pour la dernière émission, et B : Meeghan et Gannon seraient tous deux présents. Et C : se débiner était vain, puisqu'ils trouveraient un moyen de la contraindre.

La chaîne avait campé sur ses positions et souligné que sa présence était nécessaire. Aussi que, avec la diffusion des épisodes de cette saison des « Rois de l'immobilier », elle gagnait tout de même en popularité. Après qu'elle avait refusé une seconde fois, ils avaient sorti l'artillerie lourde. Eddie l'avait invitée à déjeuner pour expliquer que si elle ne montrait pas son joli minois à ce qui s'annonçait comme un avilissement monté de toutes pièces, ses services ne seraient plus requis sur aucun programme.

À peine avait-elle accepté que Gannon demandait confirmation de sa venue dans deux messages successifs. Ses appels et SMS s'étaient espacés au point qu'elle le soupçonnait d'avoir tourné la page. Ce soir, ils se revoyaient pour la première fois depuis le Nouveau-Mexique. Et elle aurait donné son rein gauche pour ne pas être obligée d'entrer dans cet immeuble.

Paige serrait la mâchoire si fort que cela lui rappela qu'elle était en retard pour son contrôle dentaire annuel. Non qu'elle soit une dégonflée, se dit-elle en carrant les épaules avant d'avancer vers le portier. Simplement, les prises de tête, ce n'était pas son truc.

Elle pouvait y arriver. Elle était une St. James tout de même.

— Bonsoir, je viens pour la soirée Welcome Home Network, dit-elle.

Le portier en élégant costume noir leva son chapeau dans le pur style de Manhattan, et lui tint la porte ouverte.

— Bonne soirée, mademoiselle.

Dans le vestibule classieux, elle avisa une sorte de tapis rouge agrémenté d'un espace photo et un journaliste de la chaîne qui interviewait un invité. Fermement décidée à esquiver tout tapage, Paige se dirigea vers le mur d'ascenseurs mais fut immédiatement interceptée par un fringant stagiaire équipé d'un micro-casque et d'une tablette.

— Vous devez être Paige, dit-il, son sourire révélant des dents plus blanches que la nature ne l'autorisait.

— À ce qu'il paraît.

— Super. Placez-vous là, pour être photographiée devant le logo WHN. Ensuite Esme procédera à un petit échange filmé de trente secondes. Et vous pourrez monter.

— Je ne suis pas une célébrité, rappela Paige à Colgate.

Il était charmant et amical. Exactement le genre d'assistant qu'elle recruterait pour son projet.

Il souriait, imperturbable.

— Vous êtes sur ma liste « photo et interview ». Et vous êtes superbe.

Superbe, elle l'était certainement dans cette robe. Et si la chaîne espérait qu'elle joue la pauvre fille au cœur brisé par la belle Meeghan, ils pouvaient admirer les doigts d'honneur qu'elle faisait dans sa tête.

— Comment vous appelez-vous ? demanda-t-elle à Colgate.

— Bradley.

— Bradley, faites-moi sortir de là sans que je passe pour une imbécile, et j'aurais peut-être une proposition à vous faire dans quelques mois.

Elle chercha une carte de visite dans sa pochette.

— Écrivez-moi. Je monte un projet qui se concrétisera l'année prochaine, et j'aurai besoin de plein de gens sous-payés mais enthousiastes.

— Vous êtes une déesse. Et juste pour info, ils ont l'intention de vous tendre une embuscade lors de l'interview.

— Bradley, vous êtes engagé.

Ragaillardie et prête pour le combat, elle avança vers le photographe en arborant son sourire le plus aveuglant, celui qui vibrait dans ses os. Une assistante stressée et équipée d'une oreillette l'escorta vers l'équipe vidéo. Elle se retrouva dans la file d'attente derrière une animatrice de l'émission, un célèbre designer et la rédactrice Web de la chaîne. L'animatrice était une vloggueuse du site de Welcome Home Network. Côté maquillage, Esme avait sorti le grand jeu pour les caméras, ses cheveux disciplinés par un récent brushing. L'assistante se glissa derrière la caméra et murmura quelque chose à l'animatrice, dont le regard bascula vers Paige.

Esme l'invitant à s'approcher, Paige jeta un regard embarrassé derrière elle.

— Pardon. Désolée, dit-elle en doublant les deux premiers.

— Paige ! l'accueillit Esme comme une vieille amie perdue de vue, et Paige prit un moment pour tomber dans la nostalgie de l'époque où sa place était derrière la caméra. Quel bonheur de vous avoir avec nous aujourd'hui ! Restez à cette place, exactement ici, et vous serez libérée dans quelques instants.

Esme adressa un grand sourire à la caméra, et Paige fit de même malgré l'impression que sa mâchoire allait rester bloquée tant elle se forçait.

— Je suis avec Paige St. James, productrice de terrain et assistante à la réalisation de l'émission de rénovation préférée de tous, « Les Rois de l'immobilier » ! annonça Esme à l'objectif. Je crois savoir que la saison est riche en rebondissements.

Naturellement, elle en avait entendu parler.

— Cette saison est exceptionnelle, convint Paige sans tomber dans le panneau. Nous avons eu la chance de collaborer avec des familles extraordinaires, et des artisans locaux bourrés de talent. J'ai hâte que tout le monde découvre leurs histoires et les étapes des rénovations.

— Vous semblez parfaitement rétablie de votre accident sur le tournage, dit Esme avec une moue feinte.

— À peine quelques bleus et bosses à cause d'une tempête. Sans séquelle permanente.

Inspirée, Paige tourna lentement sur elle-même devant la caméra pour montrer qu'elle s'en sortait indemne.

— Cette robe est à couper le souffle, s'extasia Esme.

— Merci…

Soudain, une main dans son dos la poussa violemment contre Esme. Se retournant, elle vit Meeghan Traxx, bras écartés, la poitrine débordant du décolleté de sa robe blanche à corset. Elle avait l'allure d'une prostituée qui prétend être vierge.

— Pourquoi ne la questionnez-vous pas sur sa supposée relation avec Gannon ? suggéra Meeghan, ses ongles pianotant sur ses hanches.

Colgate n'avait pas exagéré en évoquant un guet-apens.

— Je suis sûre que tout le monde meurt d'envie de savoir si vous et Gannon… commença Esme.

Cependant Meeghan menait l'entretien à présent. Elle rejeta ses épaisses boucles blondes sur son épaule, ses extensions tapant l'épaule de Paige.

— C'est faux, déclara Meeghan en fixant l'objectif. Notre petite Paige a un faible pour mon homme. Comment lui reprocher ? Quand même, regardez-le…

Paige songea à se défendre, puis préféra laisser l'idiote aller au bout de son raisonnement.

— Donc vous n'avez jamais été en couple avec Gannon ?

Esme tenta de clarifier mais Meeghan écarta le micro de Paige.

— Jamais. En fait, c'est assez triste qu'elle pense qu'une assistante insignifiante puisse détourner Gannon King de ceci.

Sa main parcourut le côté de son corps.

— Meeghan, j'ai l'impression que nous devrions préciser deux ou trois points, reprit Paige avec un sourire mielleux. Primo, les assistants de production ne sont pas insignifiants. Sans eux, il n'y aurait personne pour apporter tes *lattes* à la vanille, au lait de soja avec supplément de crème. Deuxio, j'ai été assistante de prod et j'ai été promue productrice de terrain, et je n'ai pas souvenir de t'avoir demandé ton opinion sur moi ou ma vie.

— Tu es jalouse que ce soit moi qu'il préfère.

Quand Meeghan rejeta ses cheveux en arrière, cette fois, Paige sentit un souffle d'air.

— Je me fiche de savoir avec qui tu sors. Je suis ici à titre professionnel et je prends mes responsabilités à cœur, dit Paige calmement.

— Écoute, madame personne. Quelqu'un comme toi, persifla Meeghan, n'a aucune chance de s'interposer entre moi et Gannon. Sans rancune, trésor.

Paige serra le poing, toutes ses techniques d'apaisement volant en éclats. Elle sentit un bras s'enrouler autour de sa taille.

— Je te laisse seule cinq secondes, et les ennuis te retrouvent.

Paige leva les yeux, très haut, vers le nouveau venu. Grand et mince, blond et bien fichu, des yeux bleu clair et un sourire en coin. Drake Mackenrowe était encore plus attirant, d'une manière bon chic bon genre, hors caméra qu'il ne l'était à l'écran.

Si Gannon était le rebelle brut de décoffrage de la télé, Drake était l'élégant chevalier en armure brillante.

— J'ignore quel est ton problème avec Paige, mais ça me surprendrait qu'elle se pose des questions sur toi, Megan.

— C'est *Meeghan.*

— Bien entendu, soupira Drake avant de se décider à accorder un regard à Meeghan. Oh, tes cils se décollent.

Avec un cri d'effroi, Meeghan porta ses mains à ses yeux.

— Viens, beauté, dit Drake en décochant son sourire filou à Paige.

Allons te chercher une coupe de champagne.

CHAPITRE 36

— À propos, Drake, se présenta-t-il en tendant galamment la main au moment où les portes de l'ascenseur se refermaient sur le hall d'accueil.

Il portait un élégant costume gris, mais sans cravate. Ses mocassins lustrés avaient la couleur riche du caramel. Paige se pencha pour reprendre son souffle. Avec la colère qui se répandait dans son organisme comme une tornade, elle craignait de la déverser sur son sauveur qui l'avait protégée d'un énième spectacle face caméra.

Elle se redressa et lui serra la main. Sans être aussi calleuse que celle de Gannon, elle ne manquait pas de vigueur.

— Je sais qui vous êtes. L'Apollon de la chaîne et le roi de l'immobilier new-yorkais. Je suis Paige.

— Paige, bienvenue dans le septième cercle de l'enfer.

Elle rit, surprise d'en être capable malgré la colère qui frémissait dans ses veines. Adossée à la paroi de l'ascenseur, elle respira profondément.

— Merci d'être intervenu.

— J'ai travaillé avec Meeghan par le passé. Je reconnais les signes avant-coureurs du jeu du chat et de la souris.

Paige secoua la tête.

— Je suis productrice. Je n'ai pas signé pour ça.

— Personne ne signe pour ça. C'est une narcissique, une détraquée, une explosion nucléaire ambulante. Ses mélos médiatiques sont plus cycliques que les amitiés de John Mayer[2].

— Est-ce une habitude de voler au secours des demoiselles en détresse ?

Les portes de l'ascenseur s'ouvrirent directement dans l'appartement-terrasse, un vaste espace baigné de lumière, tout en béton et acier chromé. La quintessence de la garçonnière du milliardaire à Manhattan.

Drake prit deux flûtes sur le plateau d'un serveur qui flânait parmi les convives.

— La seule chose dont je vous ai sauvée, c'est d'un procès ultra médiatisé faisant suite à une plainte qu'elle aurait déposée parce que vous lui auriez brisé le nez. Ce qui aurait bousillé sa rhinoplastie de l'an dernier.

Paige leva son verre.

— Le chirurgien plastique de Meeghan vous remercie.

Il leva son verre et elle but longuement. Sans l'aide de Drake, elle aurait sûrement fait une sottise monumentale. Une seule saison à fréquenter d'un peu trop près Gannon King, et il l'avait transformée en impulsive caractérielle.

— Puis-je me permettre de vous donner un conseil ? suggéra Drake.

2. Le chanteur et musicien fait la une des tabloïdes américains pour ses ruptures et conquêtes et reconquêtes de célébrités.

— Je me sens redevable. Sentez-vous libre de partager vos conseils.

— Ne le prenez pas personnellement. Certes, la chaîne tire des ficelles pour vous faire danser, mais ils n'ont pas pour ambition de vous blesser ou de vous rabaisser. Ils font ça dans le seul but de gonfler l'audimat, et de vendre plus de publicités. Ils utilisent tout le monde comme bon leur semble. N'y voyez rien de personnel.

Elle le savait. De même qu'elle savait qu'il ne fallait pas prendre à cœur les critiques constantes de sa mère. Mais entre le savoir et s'en protéger ? Il y avait tout un monde.

— Je prends bonne note de votre conseil, dit-elle, même si elle ne souhaitait pas approfondir.

Parmi les photographes et les cameramen qui se mélangeaient aux convives, Paige se sentait exposée. Bien qu'elle n'ait aperçu ni Gannon ni Meeghan, elle n'était pas disposée à scruter la foule.

— Alors, que pensez-vous de cet appartement ? demanda Drake en désignant d'un geste vague l'escalier en verre et en métal qui conduisait à l'étage.

— Très impressionnant, commenta Paige avec diplomatie.

À vrai dire, elle était peu sensible au style industriel. Elle se sentait plus attirée par la chaleur, le caractère d'un lieu. Il se pencha avec un air de conspirateur.

— N'hésitez pas à dire que ça ressemble au repaire du méchant dans James Bond. Je ne serais pas vexé.

Elle se mordit la lèvre.

— Je n'aurais pas trouvé meilleure analogie.

— Je vais vous confier un secret. L'appartement appartient au président de la chaîne. Il l'a acheté, et a décidé qu'il ne voulait conserver que les quatre murs.

Et quel meilleur moyen d'économiser quelques sous que de déléguer les travaux à la chaîne ?

— Angus Pearson vous a fait rénover son appartement ? fit Paige, choquée.

Drake regarda autour d'eux et réprima un frisson.

— J'ai essayé de l'orienter sur une voie plus humaine, mais il n'en démordait pas, et il a des goûts abominables. Alors j'ai suivi ses instructions, en ajoutant un soupçon d'ironie. Il y a un urinoir en béton dans la suite parentale.

— Je ne le crois pas !

Elle s'esclaffa, puis se couvrit la bouche en remarquant qu'un photographe se tournait dans sa direction.

— C'est pourtant vrai, insista Drake. Je vais vous le montrer.

Il l'entraîna vers la monstruosité qui faisait office d'escalier, sa main chaude légère dans le creux de ses reins. Quand elle ressentit ce picotement, cette intuition qui rampa le long de son dos, elle sut.

Gannon se tenait au pied de l'escalier, ses yeux noisette fixant les siens avec autant d'ardeur que de frustration. Sa mâchoire ombrée par une barbe naissante. Ses épaules larges définissant les contours de son blazer bleu marine. Sa chemise blanche Oxford rentrée dans un jean suffisamment étroit pour mettre en valeur ses cuisses musclées. Il était si viril, que même en tenue décontractée, il émanait de lui une aura de prédateur.

Elle eut l'impression qu'il aspirait tout l'oxygène de la pièce, et qu'elle luttait pour respirer.

— Paige, dit-il en posant un léger baiser sur sa joue.

Ses lèvres causèrent une douce brûlure sur sa peau.

— Salut, Gannon, dit-elle faiblement.

Les appareils photo cliquetaient tout autour d'eux. Drake lui tendit la main.

— Gannon King. Je ne pense pas que nous nous soyons officiellement rencontrés lors de l'un de ces événements. Drake Mackenrowe.

— Je m'efforce d'échapper à ces événements dans la mesure du possible, admit Gannon.

Malgré son ton léger, Paige sentit le poids écrasant de son regard sur elle.

— Fabriquez-vous du mobilier sur commande ? J'ai une idée de buffet mais pas le savoir-faire, dit Drake en levant ses mains dénuées d'imperfections.

— Tout dépend du client.

— C'est pour mes grands-parents. Ils s'apprêtent à fêter leur cinquantième anniversaire de mariage.

— Gannon a une tendresse particulière pour les grands-mères, glissa Paige.

— J'ai une tendresse particulière pour beaucoup de gens, riposta-t-il en plongeant ses yeux dans les siens.

— Menteur, lança Cat, qui portait à la perfection sa robe de couturier avec son insouciance habituelle. Mon frère n'aime personnes, dit-elle à Drake, avec un clin d'œil avant d'enlacer chaleureusement Paige. Tu m'as manqué, Paige. Quand allons-nous faire du shopping ?

— Quand tu feras du shopping à Target, répliqua Paige en la serrant aussi.

— Un déjeuner, alors. Je déteste ne pas te voir tous les jours. Paige est bien plus qu'une brillante productrice de terrain. Elle est aussi un être humain remarquable, précisa Cat à Drake.

Depuis que Cat s'était jointe à leur cercle, les photographes s'agglutinaient autour d'eux. À tel point que Paige se sentit rougir.

— Cat, connais-tu Drake ?

Paige fit les présentations, et tous deux se mirent à discuter avec animation. Son organisme entier s'embrasait du fait de la proximité de Gannon qui la fixait. Ses yeux lui télégraphiaient des messages.

Je suis désolé. Tu me manques. Il faut qu'on parle.

Elle avait besoin de s'enfuir. Elle s'était montrée, avait laissé la chaîne s'amuser un peu et s'était même prêté au jeu des photographes avec Gannon et Drake. Personne ne pouvait lui en demander davantage. Ou s'ils osaient, elle répondrait d'un joli bras d'honneur.

— Veuillez nous excuser un instant ? J'aimerais m'entretenir avec Paige en privé, intervint Gannon.

Cat et Drake échangèrent un regard. Alors que Paige commença à manifester son désaccord, sa main serra son poignet. Si elle résistait, ce serait une scène de plus pour les caméras.

* * *

Gannon la sentit lutter contre une forte envie de se libérer, pendant qu'il l'emmenait dans l'escalier le plus disgracieux qu'il ait vu de sa vie. Il ressemblait au résultat d'un coup d'un soir alcoolisé entre un escalator et un ascenseur en verre.

— Garde ton sang-froid, princesse.

Il indiqua les photographes qui les immortalisaient en contrebas. Cat, sa sœur préférée au monde, bloquait l'accès aux marches pour les empêcher de les suivre.

Derrière le garde-fou vitré, un demi-hectare de moquette quasi noire s'étalait dans une sorte de passage ouvert totalement inutile, qui abritait quelques œuvres d'art de mauvais goût. Les deux chambres abritaient une poignée de convives. Gannon tenta d'ouvrir la porte du fond et trouvant la pièce inoccupée, tira Paige à l'intérieur.

— Me kidnappes-tu ?

Paige tira sur sa main pour s'éloigner de lui dans l'espace exigu.

— C'est la buanderie, pas un passage secret, objecta Gannon. À part ça, tu es magnifique.

Il le pensait sincèrement. À la seconde où elle était entrée, son apparition lui avait fait l'effet d'un poing dans le plexus solaire. Au quotidien, elle était de toute façon resplendissante en short et débardeur, sans maquillage et les cheveux négligés. Mais là, elle était tout simplement éblouissante.

— Que fais-tu exactement ?

Fut un temps où il l'aurait asticotée juste pour entrevoir une lueur de colère, curieux de découvrir ce qui se cachait sous cette surface calme et glaciale. À présent, il devait se réfréner.

— Je m'explique.

— Qu'y a-t-il à expliquer ? Tu m'as menti, je suis tombée dans le panneau. Message reçu.

Il la saisit par les bras. Il ne pouvait pas s'empêcher de la toucher.

— Tu vas m'écouter, c'est moi qui parle. Meeghan et moi n'avons jamais été en couple…

— N'empêche que vous avez couché ensemble.

— Paige.

Il eut beau prendre une longue respiration, sa pression sanguine ne redescendait pas de la stratosphère. Quand elle bondit pour le contourner, il fut plus rapide. Sans réfléchir, il la retourna dos à lui, l'enveloppa entre ses bras et l'immobilisa contre les étagères vides.

— Bon sang, écoute-moi. J'ai eu un rendez-vous avec elle. La chaîne nous a piégés, et nous a envoyés à une fête débile comme celle-ci.

Elle cessa de se débattre entre ses bras.

— C'était un coup médiatique. L'émission était en préparation, ils cherchaient à faire de la pub gratuitement. Je suis passé de la faillite à ma première balade en limousine et au tapis rouge. L'alcool coulait à flots et quand elle m'a dragué, je ne me suis pas opposé. Je pensais…

Il secoua la tête, gêné par ce souvenir.

— Je pensais que j'allais enfin percer. Pouvoir conserver l'entreprise de mon grand-père et profiter un peu de la vie. Mais j'ai été naïf.

Il lâcha Paige et la laissa se retourner.

— Je suis parti juste après. Elle était trop flippante. Exigeante, hargneuse et… il n'y a pas eu de seconde fois. Mais la presse, les spectateurs, étaient friands de cette sorte de relation. Nous nous sommes montrés à deux ou trois événements ensemble pour continuer à faire croire à notre « histoire ». En réalité, ce n'était rien d'autre qu'une supercherie. Et je ne l'ai plus jamais touchée.

Paige se mordit la lèvre et pressa ses mains devant elle.

— Meeghan avait beau savoir que c'était une imposture, elle est habituée à n'en faire qu'à sa tête. Dès que nous sortions, elle me draguait et s'attendait à ce que je passe la nuit chez elle. Elle me menaçait, m'implorait, essayait de me séduire. Mais une fois qu'on découvre ce qu'il y a sous les artifices, on ne désire pas y retourner. J'avais… honte de moi.

Elle tendit la main vers lui mais se ravisa. Cependant il vit son geste, qui le réconforta.

— Gannon, pourquoi ne me l'as-tu pas dit plus tôt ?

— Ma chérie, j'ai essayé. J'étais chamboulé quand tout a dérapé. J'étais tellement furieux contre Meeghan parce qu'elle s'en prenait à toi. Parce qu'elle tentait d'affirmer qu'elle était soi-disant avec moi, de te rabaisser devant tes amis et collègues. J'étais dans une rage noire. J'ai pété un plomb sur le tournage, c'est pourquoi Andy m'a recommandé de l'emmener ailleurs pour mettre les choses au clair. Nous sommes alors partis à l'hôtel, loin des caméras et de l'attention. Là, je l'ai priée de sortir de ma vie et de la tienne.

Ses magnifiques yeux bleus s'emplirent de larmes.

— Pourquoi ne me l'as-tu pas dit plus tôt ? répéta Paige.

— J'ai essayé, insista Gannon. Tu ne m'as pas laissé m'exprimer, tu as refusé d'écouter !

Elle eut un petit rire triste.

— Tu m'as bien éduquée. J'ai failli frapper Meeghan sur le tapis rouge, quand ils m'ont piégée avec elle devant la caméra.

Gannon replia son poing. Sa mâchoire se crispa.

— Ils ont fait quoi ?

Elle secoua la tête.

— Ça n'a pas d'importance. C'est du passé. Je ne peux pas continuer à travailler pour des gens qui estiment que m'aplatir est une tactique acceptable pour développer l'audience.

Il sentit la panique inonder ses tripes.

— Et la saison prochaine censée être la dernière ?

Elle croisa les bras comme si elle avait froid.

— Je ne peux pas. Pas ici. Pas avec eux. Pas avec toi.

— Pourquoi pas avec moi ? Pourquoi ne pouvons-nous pas repartir à zéro ?

Elle secouait déjà la tête.

— Je ne cherchais pas une relation stable. C'est juste arrivé, tu vois ? Mettons ça sur le compte du milieu dans lequel nous évoluons. Il fait des victimes tous les jours. Cette fois, c'est tombé sur nous. Nous étions une erreur.

— C'est absurde, Paige. Tu n'es pas une erreur pour moi. Tu es mon avenir. (Il prit son visage entre ses mains et une brève seconde, elle ferma ses beaux yeux.) Laisse-moi une chance, ma chérie.

Ses yeux se rouvrirent et, en eux, il ne vit que de la tristesse.

— Je ne peux pas te faire confiance, Gannon.

— Je suis désolé de ne pas t'avoir raconté toute l'histoire plus tôt. Le truc, c'est que je refusais de mettre des mots sur tout ça. J'ai réellement touché le fond. Ça m'a poussé à remettre les choses en perspective.

Elle posa la main sur son torse.

— Je comprends. Vraiment. Et je suis désolée que tu aies vécu cela.

Il recouvrit sa main avec la sienne. Visiblement exaspérée, ses yeux débordaient de larmes et de questions.

— Pourquoi est-ce si difficile ?

— Parce qu'entre nous, il y a quelque chose qui mérite que nous nous battions. Je ne peux pas te perdre.

Elle baissa les yeux sur ses sandales dorées lacées autour de ses chevilles d'une façon séduisante.

— Tu m'as fait souffrir. Et je ne fais qu'enchaîner les déceptions.

Quand sa voix se fêla, les résistances de Gannon cédèrent. Il la prit dans ses bras, son visage sur son torse. Il l'avait blessée si profondément que la vérité combinée à de simples excuses ne suffisaient pas. Il allait avoir besoin de temps pour la convaincre.

Elle renifla. La joue posée sur le dessus de sa tête, il humait son parfum.

— Je ne cours pas après ce genre d'attention. Les caméras, les interviews, des inconnus qui pensent comprendre ce que je fais. Il y a des choses que je souhaite accomplir, que j'ai besoin de réaliser et cela pourrait me coûter ma chance d'y parvenir.

Il la serra plus étroitement, la garda là, attristé qu'elle n'admette pas qu'elle y était à sa place.

— Je ne laisserai pas cela arriver, murmura-t-il dans ses cheveux. Meeghan ne s'en prendra plus à toi. J'y veillerai.

Paige se remit à secouer la tête.

— Il y a d'autres raisons qui m'empêchent d'être avec toi, Gannon. Des raisons qui ne sont pas de ta faute.

— Fais-moi une liste, j'éliminerai chaque obstacle.

Elle soupira, s'écarta et s'essuya les yeux avec son index. Le dos droit, elle se ressaisit.

— Tu es trop. Trop intense. Trop dévorant. Comment puis-je me concentrer sur mes rêves et ma carrière si le seul endroit où j'ai envie d'être est ton lit ?

— Chérie, ne le prends pas comme un frein. Tu me connais. Tu connais mes sentiments pour toi. Je t'aime. Je veux être là pour te regarder accomplir tes rêves, et je veux plus que tout être là pour le reste.

— Gannon, pour tout te dire, je pense que ça ne marchera pas entre nous. Peut-être que ça marcherait si nous étions tous deux disposés à s'investir dans cette relation. Mais en ce moment, ma priorité est de trouver du travail. Si je décroche rapidement un contrat, sur une émission spéciale ou une mini-série, Becca et moi, nous pourrons nous atteler à notre projet en début d'année prochaine et ce sera comme si ma vie démarrait enfin. Je ne serai plus obligée d'accepter une saison après l'autre, ni les humiliations infligées par la chaîne. Je mènerai la danse. Je pourrai raconter les histoires que je veux.

— Je veux tout ça pour toi. Je peux t'aider, ou je peux rester en retrait et t'encourager. À toi de voir.

Il suppliait mais c'était important. Paige comptait pour lui. Ses espoirs et ses rêves étaient les siens.

— Je suis tellement désolée, Gannon. Je sais que tous les torts ne sont pas de ton côté. J'en ai conscience. Mais nous n'avions aucune chance de durer.

Putain, elle ne changeait pas d'avis. Elle n'était pas prête.

— En amis, alors.

Il était désespéré. Pour rien au monde il ne la laisserait fermer la porte.

— Je ne sais pas, dit-elle en regardant ses pieds. Je ne sais pas si c'est une bonne idée.

— Tu es amie avec Cat. C'est inévitable qu'on se recroise de temps à autre.

Et il ne comptait pas la laisser l'exclure complètement de sa vie. Ce n'était pas envisageable.

— Ce ne serait pas juste envers toi, contesta-t-elle. Tu as des sentiments pour moi.

Elle aussi avait des sentiments pour lui. Sauf qu'elle était trop bornée pour l'admettre.

— Ce qui serait injuste c'est que tu disparaisses de ma vie, objecta-t-il.

Elle marqua un temps, et il la vit débattre intérieurement.

— D'accord. Essayons de rester amis. Mais pas amis du genre qui dînent et couchent ensemble.

— Essayons l'amitié platonique, nous verrons où cela nous mène, promit-il.

Elle fit un sourire attristé.

— Merci de vouloir être mon ami, Gannon.

Il l'étreignit.

— Tout ce que tu voudras, princesse, tu l'auras. C'est ce que font les amis.

— Je suis désolée que tu ne puisses pas avoir ce que tu veux.

— Il y a une chose…

— Tu n'auras pas droit à une fellation dans la buanderie.

— Très drôle. Tu devrais te lancer dans la comédie, répondit Gannon. Tu sais, la dernière fois que nous nous sommes embrassés, tu pleurais. Je ne veux pas rester sur ce souvenir de nous. Donne-moi quelque chose à garder en mémoire, Paige.

Tête inclinée, elle lui fit son fameux regard. Elle savait précisément ce qu'il manigançait. Toutefois elle ne lui refusa pas.

— Un seul baiser ?

— Un seul baiser, promit-il.

— Rien de plus ?

— Pas de caresse, pas de fellation, pas d'orgasme, taquina-t-il.

Les mains sur ses épaules, Paige se dressa sur la pointe des pieds. Elle rapprocha ses lèvres rosées de sa bouche, et l'embrassa avec douceur.

L'étincelle qui jaillit en lui raviva les braises à feu doux. Il posa les mains sur sa taille fine en s'interdisant de les déplacer. Avec tendresse, il entrouvrit ses lèvres et la goûta. Il savoura, titilla avec une lenteur qui alimentait leur flamme. Elle se perdait dans ce baiser, s'abandonnait aux sensations. Et il devait dire stop dès à présent, sous peine d'enfreindre sa promesse.

Aussi délicatement que si elle était en cristal, il effleura son visage et calma le baiser avant de s'écarter. Paige lui apparut étourdie et éblouie. Satisfait d'avoir transmis son message, Gannon passa le pouce sur sa lèvre inférieure.

— Ça, c'est un souvenir à conserver.

— Amis, rappela-t-elle sur une respiration tremblotante.

— Amis.

Son regard glissa sous sa ceinture.

— As-tu cette réaction avec tous tes amis ?

Il baissa les yeux vers son érection pour le moins flagrante, et s'ajusta.

— Bien sûr. Quand Flynn m'embrasse, ça m'arrive une fois sur deux.

Elle le poussa gentiment et, encore mieux, eut un petit rire rauque.

— Merci de m'avoir dit la vérité, Gannon.

— J'ai menti à propos de Flynn.

AUTOMNE

CHAPITRE 37

Avec la chute des températures, la fournaise estivale qui adhérait au bitume s'estompait au profit de la fraîcheur automnale. Les New-Yorkaises accueillaient l'arrivée de l'automne chaussées de cuissardes, et en saupoudrant tout de cannelle et de gingembre. Pour Paige, la saison s'accompagnait invariablement d'un sentiment d'anticipation et d'enchantement et de la promesse de nouveaux commencements. Ces notions étaient enracinées dans l'enfance, avec la rentrée scolaire, la possibilité de se renouveler, d'acquérir de nouveaux savoirs.

Néanmoins, son nouveau départ se faisait désirer.

Un mois s'était écoulé depuis sa rencontre fortuite avec Meeghan devant l'œil des caméras. Elle en avait assez d'être un pion, ce qu'elle avait spécifié à Eddie. Elle trouverait une autre chaîne, une autre émission, produirait sans relâche pendant huit mois. Peu importait quoi. Hélas, il devenait douloureusement évident que les opportunités n'étaient pas seulement minces mais anorexiques.

Pendant qu'elle ratissait la métropole à l'affût d'un emploi, elle s'occupait en se familiarisant avec les étapes préparatoires de planification et de recherches pour le documentaire. L'actrice Sarah Holden s'étant engagée à participer de manière officielle et enthousiaste, Paige commençait à démarcher d'autres actrices, une équipe de production, des réalisateurs et producteurs, avant d'élargir son réseau aux défenseurs des droits de la femme, politiciens, professeurs et auteurs. Elle avait soutiré à sa mère des suggestions de personnalités à interviewer et avait eu la surprise de recevoir un mail de Leslie listant cinq femmes éminentes dans leurs domaines respectifs, ainsi qu'une courte présentation et les coordonnées de chacune d'elles.

Bien entendu, une notice jointe aux ressources lui rappelait de ne pas déshonorer le nom de famille.

Elle jubilait en fin de journée, chaque fois qu'elle avait consacré l'après-midi entier à ses démarches, et en avait apprécié chaque seconde. Et ce frisson s'évaporait chaque fois qu'elle consultait son solde bancaire, ou recevait un e-mail de type « désolé, nous n'embauchons pas ».

De ce fait, elle venait de lire le huitième quand elle posa la tête sur la table basse absolument divine façonnée par Gannon. L'épais plateau en pin recyclé lui servait de bureau et – en ce moment précis – de coussin à lamentations. Le front appuyé, elle inhala les effluves de lasure et de bois. Massive, solide, la table était soutenue par des piédestaux plutôt que des pieds, et Paige l'adorait. C'était tout à fait elle. Et, malheureusement, tout à fait Gannon.

Celui-ci s'était adapté à leur relation « amicale » et s'y conformait. Elle avait décliné toutes ses invitations à prendre un café ou à déjeuner. Les épisodes des

« Rois de l'immobilier » diffusés à ce jour alimentaient trop les rumeurs sur leur relation pour qu'elle risque d'être vue en public avec lui, et attiser les braises.

Il lui manquait, bizarrement. Tant et si bien qu'elle se surprit à donner suite à ses SMS et, à l'occasion, à ses coups de fil. Juste par habitude. Et maintenant qu'ils avaient crevé l'abcès, elle estimait justifié que certains aspects de ce qu'ils avaient partagé lui manquent.

La vérité derrière son incartade avec Meeghan ? Sur ce point, elle éprouvait de la peine pour lui. Elle n'avait aucun mal à le concevoir. C'était si facile de se laisser charmer par les strass et les paillettes. Souffrir du côté obscur du milieu était encore plus aisé. Gannon avait été blessé dans son orgueil, sa confiance en lui-même mise à rude épreuve.

À bien des égards, la situation de Gannon reflétait celle des femmes de la profession. Des femmes dont elle relaterait les parcours. L'attention démesurée accordée au physique, la tentation de faire de mauvais choix puis la pression pour se conformer à un rôle dénué d'attrait. Elle compatissait. Ce qui ne changeait rien au fait qu'elle ne pouvait pas sortir avec lui sans craindre de perdre quelque chose d'elle-même.

Son téléphone vibrant contre son coude, elle jeta un œil à l'écran. *Gannon.*

Le sursaut de son pouls, le frémissement dans son ventre, étaient autant de motifs valables de laisser sonner. Ce n'était pas parce qu'il avait eu des raisons de taire une partie de la vérité que ses transgressions étaient oubliées. Et rien n'atténuait ses réactions physiques dès lors qu'il était question de lui. Cela, en soi, constituait un danger.

Le plus sage était d'ignorer l'appel, et l'homme. De poursuivre sa route.

Décision prise.

— Bonjour.

— Salut, princesse.

Son intonation rocailleuse l'atteignit au creux des cuisses. Son corps n'était clairement pas enclin à avoir quoi que ce soit contre lui… à moins que ce ne soit son corps lui-même.

— Quoi de neuf ? fit-elle sur un ton enjoué.

— Es-tu occupée ce soir ? Non ! Oui !

— Gannon, je…

Il la coupa, anticipant tout refus.

— Pas si vite. Écoute ce que j'ai à te proposer avant de refuser.

Elle regrettait déjà d'avoir décroché. Sachant qu'elle traversait un moment de faiblesse, une semaine de faiblesse, il sapait ses défenses.

— Dis-moi.

— J'ai une piste pour un emploi pour toi. Qui commence au plus tôt et jusqu'à fin décembre.

— De quoi s'agit-il ? Où est-ce ?

Qui s'en souciait ? Elle accepterait n'importe quoi à ce stade.

— Dîne avec moi ce soir et je te dirai tout.

— Tu ne peux pas faire du chantage à une amie pour l'obliger à dîner avec toi, lui rappela-t-elle.

— L'offre nécessite une conversation en tête-à-tête. Je dispose des coordonnées, du salaire et même du calendrier. Je ne divulgue pas ce genre d'infos par téléphone. De toute façon, nous serons chaperonnés.

Elle gloussa.

— Par qui… et ne me dis pas par Cat.

— Nonni. Elle fait la popotte et souhaite te rencontrer depuis la première fois que j'ai mentionné la tête de mule qui résistait à mes avances pendant la dernière saison.

La fameuse Nonni. Paige avait une folle envie de faire sa connaissance, avant même que Gannon ne lui avoue son rôle dans sa décision de faire de la télé.

— Je t'entends te mordre la lèvre, taquina Gannon d'une voix éraillée.

Elle cessa de mâchonner sa lèvre inférieure.

— Si je dîne avec vous, tu me diras tout sur ce poste ?

Elle avait besoin que tout soit clair. Gannon King était pour le moins futé.

— Dîner chez ma grand-mère. Tu pourras écouter Nonni me gronder aux fourneaux. Je te détaillerai la mission autour d'un succulent repas bourré de glucides, et tu pourras me renvoyer chez moi, dans mon triste lit tout vide.

— Gannon.

Cet avertissement s'adressait à eux deux. Paige ne se faisait pas entièrement confiance en sa présence. Déjà qu'avec lui, elle se sentait trop impulsive, un verre de vin de trop un jour où elle avait le moral dans les chaussettes, et elle ne promettait pas de ne pas finir sur ses genoux.

— Nous échangerons des confidences entre amis. Tu me manques. J'ai envie de te voir, et ça m'énerve d'avoir besoin de brandir une offre d'emploi pour te voir.

Il lui manquait aussi. Et elle avait éperdument besoin d'une activité lucrative. Mince alors, elle était adulte. Inutile d'approcher la main de la flamme une seconde fois pour savoir qu'elle se brûlerait. Elle était une St. James. Les femmes St. James apprenaient vite et préféraient l'indépendance.

— Quelle heure ? demanda-t-elle.

— Sept. Non, six. Et tu pourras admirer Nonni en action dans la cuisine. Une voiture passera te prendre.

* * *

La voiture que Gannon lui envoya se révéla être un pick-up. Avec lui au volant.

Les doigts de Paige pianotaient sur ses hanches. Elle avait opté pour un pull prune à manches courtes, un jean et en hommage à l'automne, des bottes en daim qui montaient sous le genou.

— Tu as omis de préciser que tu conduirais le véhicule, l'accusa-t-elle.

Au volant, Gannon lui lança son sourire indocile.

— Tu n'as pas demandé. Je devais m'assurer que tu viendrais.

Elle le regarda de travers, effet gâché par ses lunettes de soleil, et grimpa à bord. C'était un véhicule de fonction, avec le logo de l'émission placardé sur les portières et une caisse à outils en métal argenté à l'arrière. Surélevé, viril et pas du tout adapté à la ville. Mais nettement plus confortable que les camionnettes de la production, ou que toute citadine de location qu'elle avait testée.

Gannon s'éloigna en douceur du trottoir et se dirigea vers Brooklyn. Il paraissait à l'aise au volant, décontracté, en jean usé et tee-shirt délavé associés à une veste militaire kaki plus habillée. Il tenait le volant de la main gauche, un large pansement recouvrant la phalange de son index. Son bras était posé sur le dossier du siège derrière elle.

Il avait bonne allure, sans doute possible. Paige ressentit le petit frémissement familier dans son ventre, mais s'empressa de l'étouffer. Ils avaient eu leur chance, et ça n'avait pas collé.

— Alors ? Ce contrat ?

Tout sourire, il secoua la tête.

— Oh non. Pas avant d'arriver chez Nonni.

Elle étrécit les yeux.

— De quel genre de mission s'agit-il ? Du genre qui me ferait sauter d'un véhicule en mouvement ?

— Tu es si confiante, Paige.

— Je baigne dans la télé-réalité. Qu'espères-tu ?

— Que tu sois sympa, que tu bavardes avec moi et que tu fasses la connaissance de ma grand-mère. Ensuite, nous parlerons boulot.

Une modeste requête, facile à accorder. Mieux encore, la voie de la politesse. Elle grimaça.

— Navrée. C'est le désespoir qui s'exprime. Qu'as-tu fait d'intéressant depuis que la saison est terminée ?

— Tu vois, quand tu veux, dit-il joyeusement. J'ai repris pied avec la réalité en exécutant quelques meubles, un set table et chaises de salle à manger, et j'ai fait un point sur l'émission. Nous avons mis la main sur une maison de quatre étages à Cobble Hill, deux boutiques au rez-de-chaussée et six pièces sur les niveaux supérieurs.

— Beaucoup de travaux ?

— Il faut tout casser. Le bâtiment appartenait à un marchand de sommeil et a été saisi par la banque. La structure est solide mais il n'y a rien d'autre à conserver.

Elle hocha la tête, se mordit la lèvre.

— Je pourrais voir les meubles ? demanda Paige.

Quoi qu'il advienne entre eux, rien n'atténuera son admiration pour le talent créatif de Gannon King.

— Tu n'es pas satisfaite de ta table basse ? plaisanta Gannon.

— À ce sujet, dit-elle avec un regard accusateur. Ses dimensions ne sont pas standard. Ça m'intrigue qu'elle soit aussi parfaitement adaptée à notre espace. À croire que tu as pris les mesures.

À son petit fredonnement, elle sut qu'elle ne tirerait rien de lui.

— As-tu vu Cat récemment ? s'enquit-il.

— J'ai pris un verre avec elle la semaine dernière. Nous avons fêté son contrat avec Duluth.

Gannon secoua la tête.

— Ma sœur mannequin pour des vêtements de travail pour femmes…

— La collection va faire un tabac, prédit Paige. Elle m'a montré des photos des modèles.

— De nous deux, c'est elle qui est faite pour ces trucs-là, admit Gannon.

— Toi, tu préfères t'activer sur un chantier ou dans ton atelier, dit Paige, compréhensive.

— Toi, tu préfères raconter des histoires qui font bouger les lignes.

Elle ravala un soupir. Puis ils roulèrent quelques minutes en silence jusqu'à bifurquer dans une ruelle.

— Ce n'est pas chez toi, dit-elle en avisant le bâtiment bas en brique.

Il actionna un bouton, et l'une des trois portes de garage aux dimensions industrielles s'enroula en grognant.

— Tu ne souhaites plus voir mes meubles ?

— Nous sommes devant ton atelier ? Ton repaire secret ?

Paige était enchantée. Autant que si elle était conviée à visiter la grotte de Batman.

— Nous nous trouvons à l'arrière de nos bureaux. Les anciens entrepôts. À présent, c'est mon atelier.

Il avança dans le garage, referma la porte et coupa le moteur. Une fois descendus, Gannon débloqua une porte dans le fond du garage. Le lieu embaumait la sciure et la lasure, des odeurs qu'elle associait systématiquement à lui. Au moment où elle entra, il releva une rangée d'interrupteurs poussiéreux, inondant l'espace de lumière.

— Oh la vache, souffla-t-elle.

Le périmètre de l'atelier était rempli d'étagères et de tables, sur lesquelles s'entassaient de hautes piles de bois de toutes sortes. Des rayonnages en métal semblaient prêts à s'affaisser sous le poids des assortiments de polyuréthane, de vernis, de peintures et des bacs d'outils.

Plusieurs établis et plans de travail se succédaient. La plupart portaient des projets à différents stades de fabrication. La table de salle à manger occupait une place centrale.

— Je suis soufflée, Gannon.

Paige s'avança vers la table, longea ses deux mètres cinquante, ses talons assourdis par les petits tas de sciure. Elle lui rappelait sa table basse. Il avait repris un bois de récupération identique, patiné par des décennies d'utilisation, et le même style. Deux épais piédestaux de part et d'autre de la table servaient de pieds, joints par une longue planche centrale.

— Tu aimes bien ?

Debout, il crocheta ses pouces dans les poches de son jean.

— Ce n'est pas le mot que j'emploierais, dit-elle en caressant amoureusement le bois satiné.

— Là, c'est le buffet, dit-il en indiquant l'établi qui jouxtait celui-ci.

Par ses dimensions et le type de bois, il était assorti à la table. Une combinaison de tiroirs et de placards en cours de confection constituaient la base du meuble. Pour le plateau, il avait réservé une longue planche du bois vieilli par le temps.

— Je pense insérer des tablettes de rangement au-dessus, dit Gannon.

Elle l'imaginait aisément. Des tablettes rustiques en bois, soutenues par des tubes et des crochets en métal.

— La table et le buffet sont pour toi ? demanda-t-elle.

Il haussa les épaules.

— J'ai visité ton appartement. Pour ajouter une table de deux mètres cinquante, tu dois de te débarrasser de ton canapé. (Il vérifia l'heure.) Partons avant que Nonni se fasse de la bile.

— Sans rire ? Une Nonni nous attend vraiment ? Ce n'était pas une ruse pour m'attirer chez toi ?

CHAPITRE 38

En plus d'être bien réelle, Nonni habitait une charmante maisonnette nichée en retrait d'une rue bordée d'arbres, à trois pâtés de maisons de l'appartement de Gannon. Petite et rondouillette, ses cheveux blanc neige encadraient son visage ridé comme un nuage. Son regard affûté, aux iris brun doré, suggérait que peu de choses lui échappaient.

— Ce n'est pas trop tôt, dit-elle à Gannon, sourcils froncés, en se détournant de la sauce qui diffusait des senteurs alléchantes d'ail et de basilic. Les amuse-bouche sont prêts depuis des heures.

Gannon resta imperméable à ses reproches.

— Je t'ai laissé il y a cinquante minutes, dit-il en posant un baiser sur sa joue fine comme du papier.

Ce faisant, il chipa un morceau croustillant de bruschetta sur un plateau en argent. Sa grand-mère lui flanqua une tape sur la main avec une colère feinte.

— Ce que ma fille a fait de travers avec celui-là, ça restera un mystère, soupira-t-elle d'un air faussement incrédule.

Gannon lui sourit avec affection. Paige avisa le clin d'œil complice qu'elle lui renvoya avant de s'adresser à Paige.

— Puisque mon petit-fils a de mauvaises manières, je me présente : Francesca Bianchi, la maman de la maman de Gannon.

Elle attira Paige dans une étreinte musclée et la lâcha aussi vite.

— Je suis heureuse de vous rencontrer, madame Bianchi.

— Francesca ou Nonni, rectifia-t-elle. Le dîner sera prêt dans une demi-heure. Emportez le vin et les amuse-bouche à l'extérieur, tous les deux. Du balai !

Gannon prit le décanteur de cabernet que Francesca avait laissé respirer, et remplit généreusement un verre pour sa grand-mère avant de saisir deux autres verres entre ses doigts. Il montra le plateau de bruschetta à Paige et ouvrit la marche vers la véranda, qui donnait sur un jardin aux allures d'oasis verdoyant.

— J'adore la maison de ta grand-mère, confia Paige à Gannon, pendant qu'il disposait les verres sur une table en pin, entre deux fauteuils.

Une authentique maison de grand-mère. Habitée depuis des décennies, elle avait embelli avec le temps. Chaque pièce respirait le bien-être, son mobilier et ses tapis anciens précieux pour les souvenirs qu'ils renfermaient plus que pour leur style.

— Quand as-tu rénové sa cuisine ?

À la différence du reste de la maison, la cuisine était criante de modernité. Un réchaud à gaz à six feux dominait l'un des murs, sous une hotte et un robinet extensible en cuivre. Les surfaces, de longuissimes plans de travail, étaient en granit crème moucheté. Un mélange de vitrine et d'ébénisterie traditionnelle en merisier offrait une profusion de rangements.

Elle portait la signature de Gannon.

— L'année dernière. Elle a traversé deux années difficiles entre le décès de Grandpa et les ennuis de l'entreprise. La deuxième saison était à peine signée que Cat et moi l'avons emmenée dix jours en croisière, avec mes parents, ma tante et mon oncle.

— La chaîne aurait adoré en faire une émission spéciale, commenta Paige avant de goûter le vin savoureux.

— Raison pour laquelle nous avons gardé le secret, dit Gannon. Elle a pleuré quand elle a compris où nous allions. Nous tous, d'ailleurs.

Elle voyait facilement la scène. La gratitude, la fierté, la surcharge d'amour. Et aurait aimé y assister.

— Un dévoilement inoubliable, en somme.

— À ce propos, dit Gannon en s'appuyant à la rambarde, dos à l'explosion de feuillages qui s'élevaient des jardinières et des pots sur pied. Parlons de ta nouvelle opportunité.

Revenons-en aux affaires. C'était probablement sage. Sa présence, dans ces circonstances, ravivait des sentiments, ceux avec lesquels elle ne souhaitait pas renouer.

— D'accord.

— Que dirais-tu de réaliser une émission spéciale ?

— Réaliser ? répéta Paige, cramponnée à son verre de vin. Je ne serai ni productrice ni assistante du réalisateur ?

— Non, réalisatrice. Il faut compter trois ou quatre mois de tournage.

— Où ? Pour quoi ?

— Ici, à Manhattan, pour Welcome Home. Mais tu prendrais les décisions, précisa-t-il quand il vit son visage se décomposer. Personne ne pourrait t'embêter sur cette émission.

— Et pourquoi ?

— Parce qu'il s'agit de mon émission.

Elle secouait déjà la tête.

— Ne te ferme pas tout de suite. Écoute d'abord.

Elle haussa un sourcil autoritaire.

— Gannon…

— Tais-toi et écoute, dit-il sans s'énerver. J'ai fait l'acquisition d'une maison. Quoi qu'il arrive, je la rénoverai. La chaîne salive à l'idée d'en faire une émission à diffuser l'été prochain. Probablement cinq ou six épisodes.

— Je n'ai aucune expérience en réalisation, lui rappela-t-elle.

Son argument sonnait creux. Elle en était tout à fait capable. Le hic était qu'elle ne savait pas si son cœur supporterait de recommencer à passer des jours entiers près de lui. *Comment ne tomberait-elle pas amoureuse de lui une seconde fois ?*

— Absurde, argua Gannon comme s'il lisait ses pensées, avant d'engloutir une tranche de bruschetta. Même si tu n'as pas spécifiquement porté cette casquette, tu n'es pas dénuée d'expérience.

Songeuse, elle but une gorgée.

— Tu constituerais ton équipe.

— Pourquoi moi ?

Si son objectif était qu'elle revienne dans sa vie, elle poserait son vin savoureux, dirait poliment au revoir à Francesca et rentrerait.

— Ce sera chez moi. Je tiens à avoir quelqu'un de confiance derrière la caméra. Je n'ai pas envie que ça tourne au cirque. C'est mon but ultime, depuis longtemps, et je ne laisserai personne se mettre en travers de mon chemin, ni me gâcher l'expérience. Je ne veux que toi.

Elle exhala un souffle.

— Je ne pense pas que ce soit une bonne idée de retravailler ensemble. La dernière fois, tout ne s'est pas déroulé pour le mieux.

Il passa une main impatiente dans ses cheveux.

— Princesse, c'est très important pour moi. Je te fais confiance pour concevoir un projet qui respecte mon intimité. Et cela t'évitera de courir après des boulots minables.

— Je ne veux pas que tu me proposes ça par pitié.

— Ne sois pas sotte. Ce n'est pas ton style.

Loin de se vexer, sa brusquerie lui glissa dessus. Elle y était habituée. Habituée à lui… du moins, à travailler avec lui. Mais recommencer à collaborer ? Des souvenirs des quelques derniers mois déferlèrent en elle comme de hautes vagues fondant en rouleaux. Des chambres d'hôtel sombres, des regards saturés de désir, des baisers époustouflants. Elle n'y survivrait pas une nouvelle fois.

— Le salaire est un peu plus élevé que sur la série.

Quand Gannon annonça le montant, Paige se félicita de ne pas avoir renversé son verre. Avec cet argent, le documentaire devenait accessible. Pas besoin d'une nouvelle saison de torture. De Gannon torse nu, d'entretiens face caméra, de frôler la limite de la honte.

Ses pensées tourbillonnaient.

— Gannon…

— Ne refuse pas trop vite. Penses-y. Dîne, écoute Nonni raconter des anecdotes embarrassantes sur moi et laisse passer une nuit.

Le débat était clos. Pour l'instant.

Paige tourna les yeux vers le jardin plongé dans la pénombre.

— Je te dois des excuses.

Ses yeux brillaient dans le crépuscule. Sa question sonna comme un murmure éraillé.

— Pourquoi ?

— Je ne croyais pas que Nonni existait réellement.

* * *

Ils prirent le repas dans la salle à manger, dans le service en porcelaine que Francesca avait reçu en cadeau de mariage. Entre les meilleures bouchées de poulet *cacciatore*[3] que Paige aient mangées de sa vie, ils bavardèrent. Gannon et sa grand-mère échangeaient des anecdotes et des souvenirs comiques. Amusée, Paige les écoutait en appréciant le vin.

Francesca essuya gracieusement les larmes d'hilarité au coin de ses yeux avec sa serviette en tissu.

— Et vous, Paige ? Avez-vous des souvenirs de vos grands-mères, dans l'esprit de ceux de mon petit-fils ?

— Je n'ai pas connu mes grands-parents, confia Paige. Ils sont tous décédés avant ou peu après ma naissance. La famille se limite à ma mère, ma sœur et moi.

— J'imagine que la maison était très silencieuse, dit Francesca.

— Ma mère prisait la tranquillité pour le bien de… nos activités.

Paige repensa aux interminables leçons de piano et cours de français privés. Elle comptait les heures jusqu'au moment où elle serait délivrée de ces sempiternels enseignements, préférant filer en douce au cinéma ou se tapir avec un roman dans le fond de

3. Poulet chasseur.

son armoire, où elle pouvait lire sans être dérangée. Pour sa part, sa sœur Lisa se pliait de bonne grâce aux rigueurs de leur éducation.

— C'est important, la famille, déclara Francesca. Aimez-vous les enfants ?

Sous son coup d'œil inquisiteur, Paige masqua son rire derrière sa serviette.

— Euh, je crois ?

Gannon considéra sa grand-mère avec désapprobation.

— Nonni, gronda-t-il.

Francesca sourit avec innocence.

— Je pose une simple question.

— Pourquoi ne lui demandes-tu pas où elle aime partir en vacances ou quels sont ses livres préférés ?

Il planta sa fourchette dans un morceau de poulet.

— Oh, tu sais, j'aime poser des questions qui sondent le cœur d'une personne, se défendit Francesca. Que saurais-je du cœur de Paige en apprenant qu'elle aime la plage ou les autobiographies ? Je veux savoir qui elle est là-dedans, dit-elle en posant son doigt noueux sur son cœur.

Paige sourit. Elle se sentait en phase avec Francesca Bianchi.

* * *

Paige sentait la nervosité vibrer sur sa peau. Il faisait nuit et frais quand Gannon ralentit devant son immeuble. Ce n'était pas la fin d'un rencard mais, considérant son niveau d'anxiété, elle le vivait comme tel. Sinon qu'elle savait pertinemment ce qu'elle ressentirait s'il se rapprochait, posait ses lèvres chaudes et fermes sur les siennes, étalait ses mains énergiques sur son corps.

Cette conscience ancrée dans le souvenir, l'anticipation, s'immisça dans ses veines au point qu'elle fut saisie d'un vif besoin de prendre l'air, de la distance.

Elle voulait dire quelque chose. Le remercier pour le dîner, pour l'avoir présentée à sa grand-mère, puis sortir de son pick-up et faire abstraction de la soirée. Ou voulait-elle que ses lèvres et ses mains l'explorent jusqu'à ce qu'elle soit prête à tout pour aller plus loin ?

Finalement, Gannon se lança.

— Promets-moi de réfléchir à ma proposition.

Murée dans le silence, elle soupesait ses mots et leurs conséquences.

— Paige, promets-moi.

— Je te promets, dit-elle sur un soupir réticent.

Il l'observait dans l'habitacle soudain étriqué, trop restreint. Une vraie étuve. Il n'y avait pas grand-chose pour la protéger de son attraction bestiale. Rien d'autre que la console entre les deux sièges avant.

— Merci pour le dîner. J'adore Francesca, souffla Paige avec une légèreté surfaite.

— Elle est le pilier de toute la famille, dit Gannon, un petit sourire sur son visage assombri.

— La perte de ton grand-père a dû être une terrible épreuve.

La main de Gannon effleura les siennes, posées sur sa jambe, et les serra.

— C'était un cauchemar, admit-il. Personne n'est préparé à dire adieu, encore moins les Gannon.

Il pressa sa main avant de la relâcher.

— Merci, ça m'a fait super plaisir.

Elle respira à fond.

— Écoute, que j'accepte ou pas le poste, je te remercie de m'offrir cette opportunité.

Il semblait avoir envie d'ajouter quelque chose, de lutter contre le besoin de le dire.

— Tiens, tiens. Qui s'autocensure maintenant ? le taquina-t-elle.

— Accepte ce boulot, Paige. Je ne te ferai plus souffrir.

CHAPITRE 39

Le coussin rouge à froufrous atteignit Paige en plein visage.

— Tu y réfléchiras ? cria Becca.

— Aïe ! T'es cinglée, Becca.

Paige lança le coussin par terre, hors de portée de main de sa colocataire.

— Si j'ai bien suivi, insista Becca, Gannon t'a offert une promotion avec une augmentation à la clé, qui t'apporterait non seulement de l'expérience en réalisation mais aussi les fonds nécessaires pour démarrer le documentaire plus tôt que prévu, ce qui te permettrait d'envoyer bouler la prochaine saison des Rois, et tu lui as répondu que tu allais réfléchir ?

— En résumé.

— Qu'est-ce qui t'empêche d'accepter et de lui arracher ses vêtements pour témoigner ta reconnaissance ?

— Euh, j'sais pas. Peut-être le fait qu'il m'a menti, m'a arraché et piétiné le cœur, et m'a laissé me faire rabaisser sur le tournage à deux reprises par sa prétendue copine ?

Becca se frotta le visage à deux mains. Ses boucles d'oreille, de minuscules clochettes suspendues à une fine tige en argent, tintèrent.

— Mon chou. Je sais que tu ne tiens pas Gannon pour responsable de la volonté de la boîte de prod de forcer le trait sur le côté mélo.

— Non, bien sûr que non. Mais j'aurais été mieux préparée s'il avait été honnête, argua Paige.

— Je vais le dire parce que tu as besoin de l'entendre. Le méchant ici, ce n'est pas Gannon King. Ce sont les enflures de Summit-Wingenroth et la chaîne Welcome Home. De mon point de vue, ils ont dupé Gannon en arrangeant sa rencontre avec la poupée gonflable, et ils t'ont roulée. Tout ce que vous avez fait, c'est éprouver de vrais sentiments l'un pour l'autre.

Paige pressa ses paupières closes.

— O.K. Le vrai problème est peut-être que je ne me fais pas confiance en sa présence. Y as-tu songé ?

Elle rouvrit les yeux, sa confidence étirant le silence. Becca croisa les bras, ses doigts tapotant son coude.

— Je viens de passer une demi-heure dans sa voiture et tout ce que je voulais, c'était enjamber la console. Comment suis-je censée bosser avec lui plusieurs mois sur un projet ultra personnel, sans me laisser aspirer de nouveau dans ce monde-là ?

Becca leva un doigt interrogateur.

— Serait-ce grave que tu sois aspirée de nouveau ?

— Bec ! Je n'y survivrai pas. Il est si… intense, brut de décoffrage et irrésistible. Comment veux-tu que je me concentre sur quoi que ce soit si je suis toute chamboulée ?

— À ton avis, sortir avec Gannon t'empêcherait de concrétiser tes rêves ?

— Sais pas.

Paige alla d'un pas décidé chercher une bouteille d'eau dans la cuisine.

— Je ne me sens pas solide quand je suis avec lui. Il est… tellement…

Elle secoua la tête.

— En aucun cas je ne pourrais me remettre avec lui et tout recommencer.

Elle serait trop vulnérable, trop effrayée de le perdre une nouvelle fois. Elle craignait de prendre ses décisions en fonction de lui, de ses projets, de ses buts. De construire sa vie autour de lui et tout cela avec grand plaisir. Puis un jour, elle se réveillerait et constaterait qu'elle n'était pas un individu à part entière.

Elle était une St. James et les femmes St. James n'organisaient pas leur vie en fonction d'un homme.

Sa mère n'avait pas laissé de relation amoureuse faire obstacle à sa carrière. Elle savait ce qui était important pour elle, ce qui l'en rapprocherait et ce qui l'en éloignerait.

Mais Leslie St. James était-elle heureuse ? demanda sa petite voix à intérieure. *Le bonheur reposait-il uniquement sur la réussite ?*

Becca prit une profonde respiration.

— Écoute, je ne voulais pas aller jusque-là mais je n'ai pas le choix. Paige, ce projet de docu, tu n'es pas la seule concernée. Il y a moi aussi. Et si tu n'acceptes pas ce contrat, quand nous lancerons-nous ? Tu ne peux pas patienter jusqu'à la prochaine saison d'une émission où ils s'amusent à t'humilier. Une émission qui, d'après une amie qui fait partie de l'équipe de post-production à Welcome Home, cherche à t'évincer.

— Comment ?

Les genoux de Paige se dérobèrent.

— Tu ne trouves pas bizarre que personne ne t'accorde ne serait-ce qu'un entretien d'embauche ? Ils font courir la rumeur que tu es incompétente. Tout ce qu'ils veulent, c'est que la naissance de ta relation avec Gannon pimente la prochaine saison.

Il était au courant. Gannon avait sûrement connaissance de sa mise au placard, et par pitié ou par culpabilité, lui avait offert de la recruter. Et elle s'était figurée que c'était pour la reconquérir. Elle s'était ridiculisée en repoussant son acte de générosité. Vu sa situation, elle ne pouvait pas faire la fine bouche.

Pour autant, elle pouvait saisir l'opportunité et travailler dur.

Peu importait ce qu'il en coûtait à son amour-propre.

Paige regarda la bouteille d'eau dans sa main et, à la façon d'une observatrice extérieure, se vit la lancer sur la porte d'entrée. Puis elle traversa calmement le couloir et s'enferma dans sa chambre.

* * *

À l'avant de la construction en grès rouge, la courette pavée était bordée par un muret parallèle au trottoir. En façade, trois fenêtres en arc perçaient chacun des quatre étages, à l'exception du rez-de-chaussée qui perdait une ouverture à cause des hautes marches de l'entrée. Leur tonalité chocolat au lait rappelait le reste de la façade.

Si la maison de ses rêves avait surgi de son tableau Pinterest secret, elle s'était matérialisée juste là, dans la septième rue. La bâtisse se dressait face à un parc piqueté de verts et de dorés, un joyeux brouhaha s'échappant de l'aire de jeux au bout de l'espace vert.

— Alors, comment trouves-tu ?

Appuyé au muret en brique, Gannon croisait les chevilles. Son jean bas sur ses hanches, un accroc au poignet de son tee-shirt Henley vert.

— Si l'intérieur est à l'image de l'extérieur, la série sera une sorte de petit coup rapide, blagua Paige.

Il eut un sourire en coin.

— Tu risques de changer d'avis en découvrant l'intérieur.

Elle franchit à sa suite le portail en fer rouillé puis grimpa les dix marches du perron. La porte d'entrée, plutôt une double porte, haute et arquée, reprenait le style des fenêtres.

— J'entre en premier. Pour voir ta réaction.

— Depuis le temps que je rêve de vivre un dévoilement, plaisanta Paige.

— Pas de ce genre-là, sourit Gannon.

Il donna un coup d'épaule dans la porte qui résista avant de s'ouvrir en grinçant sur ses gonds.

— Ouh, des bruitages de film d'horreur.

— Et le décor qui va avec.

Elle le suivit sur le seuil inégal et resta bouche bée sitôt que Gannon actionna l'interrupteur. La puanteur aussi évoquait un film d'horreur. L'odeur de poussière et de renfermé l'agressa au point qu'elle en sentit le goût sur sa langue.

— Il te manque une case, déclara-t-elle.

Gannon s'appuya contre la colonne de soutien de ce qui était naguère un escalier majestueux. La rampe avait perdu plus de balustres qu'il ne lui en restait. Le papier peint à rose x centifolia se décollait du mur du salon, et se prolongeait dans la pièce adjacente. Elle avisa des trous, des fissures, des irrégularités là où un sol existait jadis.

— Attention où tu marches, la prévint Gannon en lui tenant le bras.

Le parquet était irrécupérable. Dégâts des eaux, taches, trop de trous pour être rénové. Il craquait sous leurs pieds.

— Ce n'est pas dangereux d'entrer ici ?

— Pas trop, répondit-il avec un optimisme rare.

Cet étage abritait deux cheminées aux contours en marbre blanc et au foyer en ardoise fissuré. L'une d'elles avait été convertie en modèle à gaz au moyen d'un insert en laiton fort disgracieux.

— Au moins, il y a la place pour ta table et ton buffet, commenta Paige en inspectant l'espace.

— C'est ce que je pense. Le salon à l'avant, le coin salle à manger de ce côté, mais j'abattrai le reste de cette cloison pour l'ouvrir sur la cuisine. Qui se trouve… ou se trouvait… derrière.

Lui tenant la main, il montra le chemin en zigzagant entre les trous et en se baissant pour passer sous le plâtre qui pendait du plafond. Le linoléum à fleurs de lys vertes et blanches se décollait dans tous les coins. Pour tout mobilier, le plan de travail rouge délavé à bords métalliques et le réfrigérateur jaune dataient clairement des années soixante-dix. Dans le fond, une haute porte étroite sur la droite menait à un jardin de type jungle sauvage. Des fenêtres occupaient le reste du mur du fond.

— Tu as au moins gagné un frigo dans l'histoire, commenta Paige.

— C'est mon plan. Je le descendrai dans mon bureau, pour garder mes bières au frais.

Il la guida au sous-sol, encore plus délabré.

Un précédent occupant des lieux avait posé une épaisse moquette marron qui empestait l'urine de chat. Au mur, les lambris noueux étaient marron foncé. Le style faisant écho à l'étage et malgré elle, Paige commençait à percevoir du potentiel.

Gannon avança vers une autre porte tout au fond et se mit à la secouer avant de réussir à l'ouvrir sur un patio miteux, décoré d'une brouette rouillée et d'un vieux chauffe-eau. Au-dessus d'eux, les vestiges d'une terrasse en bois à ne tester sous aucun prétexte tanguaient dans le vent.

Gannon indiqua quelques détails architecturaux en évoquant la nécessité de rejointoyer la brique et d'actualiser l'installation électrique. Paige examinait tout sans dire un mot. Ils remontèrent au premier niveau, d'où il l'entraîna dans un escalier branlant en évitant les marches marquantes. Il la prit par la main pour l'aider à enjamber deux marches.

— Facile à réparer, affirma-t-il.

La lumière allumée, il lui fit visiter l'étage.

— La chambre parentale aurait sa place à cet étage, peut-être avec un coin lecture ou une sorte de petit salon, dit-il.

Encore de la moquette marron, encore des roses x centifolia, et des toiles d'araignée si denses qu'elles étaient opaques. Un matelas affaissé maculé de taches suspectes était relevé contre un mur.

— La salle de bains est ici pour l'instant. Bien sûr, elle sera agrandie.

Les carreaux en échiquier noir et blanc semblaient d'époque. De même que la plomberie reliée à la baignoire à pattes de lion en fonte.

— Oh, Gannon, souffla-t-elle. Il faut la conserver à tout prix.

— Ce qui est sûr, c'est que je ne la descendrai pas par cet escalier.

— Plomberie, électricité, cloisons ou je ne sais quoi, énuméra Paige.

— Rien d'irréalisable, dit-il sur un ton arrangeant.

Ils s'enfoncèrent dans le troisième niveau, trouvant d'autres fenêtres puis une porte supplémentaire.

— Un balcon ? demanda Paige en frottant la partie vitrée avec sa main pour jeter un œil à l'extérieur.

— Ouh là, tu risques d'attraper le tétanos ou la diphtérie si tu touches à quoi que ce soit, l'avertit Gannon.

— On peut visiter le jardin… sans danger ?

— Tant que nous ne respirons pas trop fort sur la terrasse de la cuisine, nous devrions entrevoir l'arbre qui cache la forêt.

Redescendant par le long escalier, Gannon tourna la poignée en laiton mal vissée et se débattit pour entrouvrir la porte juste assez pour se glisser à l'extérieur. Mais la poignée se détacha et retomba sur le sol dans un tintement métallique.

— Je la réparerai.

Ils se rapprochèrent prudemment de la rambarde, sa peinture blanche écaillée déposant des petits tas de copeaux en-dessous.

— Ne respire pas ça, dit-il en passant la main sur les éclats de peinture. Elle contient sûrement du plomb.

— Gannon, la maison entière est probablement bourrée d'amiante et de moisissures. Tu devras remettre aux normes l'électricité et la plomberie, ce qui représente un coût astronomique et un chantier colossal sur quatre étages. Il n'y a rien à conserver, excepté la baignoire.

— Et le matelas à l'étage ? Il est quasi neuf.

Elle secoua la tête, ferma les yeux.

— Es-tu sûr de vouloir te lancer dans cette rénovation ?

— La question est : es-tu partante ?

Elle tourna les yeux vers les hautes herbes et les murs de soutènement qui s'éboulaient. Le jardin en friche évoquait plus un espace sauvage qu'une propriété. Mais Gannon King avait une vision. Une vision ambitieuse qui, pour peu qu'elle se matérialise, deviendrait la maison témoin qu'il présenterait avec fierté.

— Comment imagines-tu l'extérieur ? demanda Paige en indiquant le désastre verdoyant.

Gannon s'approcha dans son dos, ses bras l'encerclant contre la rampe.

— Juste ici, un patio avec des dalles au sol, et des bordures sinueuses qui s'enfoncent dans le jardin. J'ai toujours eu envie d'un immense barbecue. Il irait là.

— Et par-là, dans le coin ?

— Que verrais-tu ?

Un petit sourire éclaira lentement son visage.

— Un hamac près d'un point d'eau. Une fontaine qui froufroute. Un oasis privé au cœur de la ville.

— Tu es engagée.

Elle se retourna doucement entre ses bras, la terrasse grognant sous leurs pieds. Elle visualisait si nettement le résultat. Si quelqu'un dans ce monde était capable de ranimer cette charmante maison de ville, c'était Gannon. Et elle voulait être de la partie.

— Quand commençons-nous ?

Le sourire triomphant qu'elle attendait de lui ne vint pas. À la place, il afficha un air grave et déterminé.

— Tu dois savoir autre chose avant d'accepter officiellement.

Elle s'humecta les lèvres, nerveuse parce que maintenant, elle avait ce projet à cœur. Elle désirait ce poste, cette maison.

— Dis-moi.

— Tout d'abord, sors-tu avec Mackenrowe ?

Paige cligna des yeux.

— Qui ça ? Drake ?

— Vous aviez l'air de bien vous entendre à la soirée, le mois dernier.

Il semblait agacé d'avoir dû poser la question.

— Non que cela te concerne mais non. Il m'a empêché d'aplatir le nez refait de ta pseudo copine devant les caméras.

Soulagé, Gannon ignora la pique.

— Sache que je ne souhaite pas être juste ton ami. J'ai la ferme intention de t'avoir à l'usure et de retrouver ma place dans ton lit.

Son pouls s'accéléra, ses cognements si vifs sous sa peau que Gannon l'entendait sûrement.

— Ça ne m'intéresse pas de renouer avec notre relation, déclara-t-elle sur un ton ferme malgré l'infime vacillement de sa voix. Nous parlons affaires.

Il secoua la tête.

— Entre nous, ce n'est jamais purement professionnel. Je te préviens, mais comprends bien que je ne vais pas te harceler ni te pourchasser sur le tournage. J'ai l'intention de te séduire.

— Gannon…

— Tu exiges de l'honnêteté, et je souhaite répondre à ce souhait. J'ai besoin que tu acceptes ce poste parce que tu es la seule en qui j'ai confiance pour quelque chose d'aussi important pour moi. Mais je veux aussi être près de toi, te voir, te toucher.

Sa main caressa le côté de son visage avec une douceur dont elle ne le savait pas capable.

— Il ne faut pas mélanger vie professionnelle et vie privée, lui rappela-t-elle. Nous avons déjà essayé.

— Pour toi et moi, le travail est personnel. Notre métier est notre vie. Dans tout ce que nous faisons, les deux se mélangent. Et je veux que tu comprennes que je vais certes dépendre de tes compétences professionnelles pour réaliser ce projet, pour transformer ce taudis en foyer, mais en même temps, je ferai le nécessaire pour revenir dans ta vie.

— Et si je refuse ?

— Le travail ou moi ?

— Il y a une différence ?

— Je ne te ferais pas miroiter un emploi pour te reconquérir, et si tu penses vraiment que j'en suis capable…

Sa pointe de colère la réconforta.

— Pas du tout, affirma-t-elle. Ce n'est pas ton genre.

— Carrément pas.

— T'énerve pas, King. Je suis partante pour le boulot. Quant à la relation, je ne suis pas intéressée.

— D'accord pour le boulot. Et pour le « pas intéressée », ça reste à voir.

— Comment s'appellera l'émission ?

— *King's Castle.* Le château de King.

CHAPITRE 40

Le tournage débuta par un matin d'automne frisquet. Le givre dessinait un liseré sur le contour des feuilles dorées et incarnat. Gannon frotta ses paumes sur son jean. Ce n'était pas du stress mais de l'exaltation. Il aimait la petite pression nécessaire pour lancer un projet. Et celui-ci était le plus important auquel il se soit attelé.

C'était un nouveau départ pour lui et il se sentait enfin prêt à se lancer.

Le planning du tournage était plus flexible que pour « Les Rois de l'immobilier ». En prime, à la fin de la journée, il avait la possibilité de sortir une bière de son frigo et de poser ses pieds sur son canapé. Il était producteur cette fois, Eddie Garraza gérant les responsabilités qui incombaient au producteur exécutif. Tout cela faisait partie des modalités imposées par Gannon. Il n'aurait pas laissé la société de production arranger la série comme avec les Rois, toutefois les conseils d'un pro n'étaient pas superflus.

Eddie remplirait ce rôle.

En ce moment même, Eddie farfouillait dans les ruines d'une volée de marches, sa casquette enfoncée sur ses cheveux frisés grisonnants qui avaient besoin d'un coup de ciseau, ses lunettes glissant sur son nez.

Paige releva les yeux de sa tablette, sur ce qui serait un jour la salle à manger. Surprenant son regard, elle lui sourit.

Sans surprise, elle s'était jetée dans le travail, et à la faveur de ses minutieuses planifications et sélections de l'équipe, ils étaient prêts à commencer. Il remarqua qu'elle avait opté pour une majorité féminine, y compris Felicia au mixage du son. Ou plutôt, des femmes et Tony qui avait saisi l'opportunité de tourner en ville pour changer.

Il savait ce que faisait Paige. Elle donnait un coup de pouce aux techniciennes mises sur la touche à cause de leur genre. Elle leur offrait l'expérience qui étofferait leur CV, quand le moment viendrait de partir en quête du projet suivant.

Cela faisait partie de ce qu'il aimait en elle. Paige ne se démenait jamais pour elle seule. Elle était une capitaine prête à entraîner le reste de son équipe dans la zone des buts pour remporter la victoire. Il pouvait compter sur elle, et il espérait qu'elle s'apercevrait qu'elle pouvait aussi compter sur lui.

Il se fraya un passage entre les câbles, les outils et les tas de matériel de production et de construction pour rejoindre Paige.

— Es-tu prête ?

— La question est, es-tu prêt ? C'est ton bébé.

Si seulement elle savait, songea Gannon.

Elle lut vraisemblablement le changement en lui, car elle recula d'un petit pas et repassa en mode pro.

— Puisque la luminosité et la météo jouent en notre faveur, autant commencer avec ton intro sur le perron. Ensuite, pendant les prises en intérieur, Chantay filmera des plans à l'extérieur. La façade, le parc, ce genre d'images. Pour ce qui est de la visite…

C'était l'idée de Paige que Gannon fasse le tour du propriétaire avec Cat et Nonni avant l'étape de la démolition. De cette façon, elles reviendraient dans le dernier épisode, pour un vrai dévoilement. Et, si une partie de lui voulait protéger sa petite grand-mère italienne de l'attention du grand public, il savait que Francesca Bianchi raffolerait d'être sous le feu des projecteurs.

Paige termina de présenter le déroulement des séquences, et il hocha la tête comme s'il avait été attentif. De toute façon, elle le tiendrait informé au fur et à mesure. Ce qu'elle faisait systématiquement.

— Si nous achevons la présentation avant cinq heures, nous disposerons d'une heure ou deux de démolition avant de boucler la journée, avança-t-il.

— La lumière ne va pas nous simplifier les choses, en particulier au sous-sol. On se croirait dans un donjon. Il faut réserver une marge d'installation supplémentaire pour le premier niveau.

— Sans problème. Nous irons chercher le déjeuner pour tout le monde le temps qu'ils installent. Ensuite nous mangerons avant d'attaquer le bas.

Elle le regarda.

— Vise un peu comme tu es arrangeant.

— Je sais me montrer arrangeant. Charmant aussi. Séduisant, fort, relativement intelligent, extrêmement intolérant à la douleur. En plus je tiens l'alcool et je prépare une sauce tomate honorable.

Pendant qu'il répertoriait ses qualités, il vit ses lèvres trembloter, signe qu'elle s'efforçait de garder son sérieux. Donc il enfonça le bouchon.

— Je ne sais pas si tu le sais, mais je peux réciter l'alphabet en rotant. Peut-être que je te montrerai un jour.

Elle tenta de dissimuler un son étranglé en toussotant.

— T'es timbré, Gannon.

— Princesse, tous les coups sont permis en amour comme à la guerre.

— Si ce n'est pas le plus gros mensonge de tous les temps, je ne sais pas ce que c'est.

— À cet étage, la majorité de l'espace est prise par la cuisine et cet abominable frigo. Ensuite nous pourrons nous attaquer à la salle de bains principale, détailla Gannon dans un virage verbal destiné à la déconcerter.

— Ne détruis pas la baignoire, l'avertit Paige.

Il leva trois doigts de la main droite.

— Parole de scout.

— Rassemblons les équipes, dit-elle avec un bref hochement de tête.

Il l'écouta présenter le planning de la journée aux techniciens, répondre à leurs questions, déléguer. Elle maîtrisait ses fonctions. Attribuait à chacun des rôles spécifiques, des instructions précises. L'ambiguïté n'était pas son fort. Ce qu'il avait appris un peu tard.

— Tony filme la première séquence, ce matin. Chantay et Nina s'occuperont de la deuxième. Nous permuterons cet après-midi. Felicia sera notre experte en son sur toute la durée du programme et Bradley notre assistant de production débordant de vitalité. Il sera par ailleurs équipé d'une GoPro pour capturer tous les petits instants en coulisses qui échapperaient aux équipes vidéo. Tout le monde est en place ? contrôla Paige en vérifiant sa tablette.

Ils hochèrent la tête en échangeant des regards autour du petit cercle.

— Super. Donnons le meilleur de nous-mêmes. Faites attention à vous. Tâchons d'apprendre des choses intéressantes et de ne jamais énerver Gannon. Il a un sale caractère, dit-elle en lui adressant un clin d'œil.

— Quand il m'arrive de m'énerver, l'interrompit Gannon en s'avançant dans le cercle, c'est justifié… en général.

Tous répondirent d'un grand sourire. Après avoir invité son équipe à approcher, il fit les présentations.

— Et pour ceux d'entre vous qui ne le connaissent pas, voici Eddie. Eddie est notre producteur exécutif, il gère les finances. Il ne faut surtout pas le contrarier.

Eddie ôta sa casquette avec affabilité.

— Et juste pour que nous soyons sur la même longueur d'onde, continua Gannon. Nous allons apprendre à vraiment bien nous connaître au cours des mois à venir. Il va falloir bosser dur, mais ça en vaut la peine. Du moins pour moi, étant donné qu'à la fin, j'habiterai cette maison.

Quelques rires et railleries s'élevèrent.

— Avec Paige, nous vous traiterons comme une famille, en échange de quoi nous comptons sur votre courtoisie. Autrement dit, ce qui se passe sur le tournage reste dans la famille. Rien ne fuite. Compris ?

Tous hochèrent la tête, et il surprit le regard d'avertissement de Paige.

— Voici un premier échantillon de nos histoires de famille. Je suis amoureux de Paige, mais elle me dédaigne. Sur la durée du tournage de l'émission, j'ai bon espoir de l'avoir à l'usure. Je vous serais donc reconnaissant de vanter mes qualités auprès d'elle.

— Il n'est pas complètement laid, Paige, lança Flynn en bordure du cercle.

Les équipes gloussèrent. Les yeux bleu glacé de Paige lancèrent des fléchettes empoisonnées.

— Merci de vous donner un peu plus de mal que Flynn, suggéra Gannon. À présent, j'aimerais m'excuser auprès de Paige pour avoir évoqué un souci personnel. Après quoi la journée pourra commencer. Merci d'évacuer l'étage. Je ne garantis pas que le parquet puisse tous nous soutenir beaucoup plus longtemps.

Dès qu'ils se dispersèrent, Paige le considéra d'un œil noir et arracha son micro-casque.

— Tu m'expliques, Gannon ?

— Je mets tout le monde dans le même bateau.

— Je suis la réalisatrice. C'est moi qui dirige. (Elle planta l'index sur son torse.) Comment veux-tu que je me fasse respecter en tant que responsable si tu les mêles tous à ma vie privée ?

— Chérie, ça m'ennuierait d'agir sournoisement. Je n'ai jamais dit que tu me pourchassais pour obtenir un petit coup vite fait.

Elle abattit sa main sur sa bouche.

— Stop, plus un mot. Sinon je te ferme le bec avec un pistolet à clous.

— Le compresseur d'air n'est pas encore raccordé, murmura-t-il sous sa paume.

— J'espère que tu passeras à travers les quatre étages de ce taudis, rétorqua Paige avant de déguerpir, puis de revenir sur ses pas. Tu m'as dit deux fois que tu m'aimes. Une fois quand j'ai découvert que tu avais menti, et la seconde en plaisantant devant mon équipe. Pour info, ce ne n'est pas la meilleure manière de procéder.

Elle virevolta, remit son micro-casque et sortit d'un pas mécontent.

— Tu as du pain sur la planche, lança Eddie en lui donnant une tape dans le dos.

— Ça ne me dérange pas de mettre la main à la pâte.

* * *

La masse de Gannon pulvérisa le plâtre dans une gerbe de poussière et d'éclats. Il la ressortit du trou déchiqueté avant de l'enfoncer d'un grand coup. Flynn s'attaquait en force à la face opposée de l'ouverture, côté cuisine. Ils avaient fait un pari. Le premier qui cassait en premier son côté l'emportait. Le perdant devait se dévêtir et s'allonger nu dans la baignoire à pattes de lion, devant la caméra.

Gannon cogna et entendit le malencontreux tintement métallique.

— Bordel de merde.

L'écho du métal fut immédiatement suivi par un bruit d'une autre sorte. Un jaillissement. Une explosion d'eau, par chance pas des eaux usées, jaillissait de la canalisation percée, aspergeait Gannon et giclait dans toutes les directions.

Chantay, en treillis et bottes de sécurité, s'éloigna en crabe de la zone aspergée tout en continuant à filmer.

— Qui a oublié de couper l'eau ? brailla Gannon en retirant sa chemise qu'il enroula autour de la brèche dans la canalisation.

Ses travaux, sa maison. C'était sa responsabilité de vérifier et revérifier que l'arrivée d'eau était neutralisée. Au moins, ce n'était pas une conduite de gaz.

Flynn, arborant un rictus jubilatoire, continuait à frapper à coup de marteau sa portion de mur dénuée de canalisations. Mickey, un maigrichon couvert de piercings qui avait abandonné le lycée, se dépêcha de partir en quête de la valve.

Le jet qui formait un champignon autour de sa chemise faiblit, puis le filet d'eau se réduisit à un suintement sporadique.

— Fini ! annonça Flynn en lançant sa masse en l'air avant de la rattraper d'une main. Et tu n'en es qu'à la moitié.

Gannon lui fit un doigt d'honneur et surprit le sourire narquois de Paige, derrière le moniteur sur lequel elle suivait les images enregistrées. La séquence serait gardée au montage, pixélisée évidemment, mais Gannon constata que le laisser être lui-même l'intéressait plus que sur n'importe quel épisode des Rois.

Il lui fit un clin d'œil, ce qui lui fit lever les yeux au ciel. Cependant Chantay souriait largement derrière la caméra. L'un après l'autre, il les ralliait tous à sa cause. Il ne doutait pas que d'ici à la fin du tournage, ils auraient tous rejoint la Team Gannon. Et pour cela, il avait besoin de toute l'aide possible.

Pour l'instant, Paige résistait farouchement à son irrésistibilité. Pour autant, il vaincrait. Hors de question qu'il perde. Il y avait trop en jeu.

Laissant ses assistants nettoyer le bazar, Gannon monta s'acquitter de son gage. Chantay et Paige le suivirent, sans chercher à cacher leur hilarité pendant qu'il se délestait de son jean trempé. Ses lunettes de protection sur le nez et en boxer, il se retourna avec lenteur. Il vit l'éclat dans les yeux de Paige qui le reluquait de la tête aux pieds. Puis son regard remonta juste avant qu'elle le modère.

Assurément, elle n'était pas aussi fermée qu'elle le prétendait.

Gannon grimpa dans la baignoire crasseuse.

— Et voilà. Satisfait, enfoiré ? demanda-t-il à Flynn.

— Très spacieuse, observa Flynn.

— Vous tiendriez à deux là-dedans, hasarda Paige en toute innocence.

Flynn, encore équipé de sa ceinture à outils et de ses bottes de protection, releva le défi. Il monta à l'opposé de Gannon, qui s'empressa de reculer contre son bord.

— Il reste encore de la place, lança Flynn en tapant le côté de la baignoire.

Jusqu'alors abandonnée, la baignoire à pattes de lion se transforma en wagon à pitreries pour les ouvriers. Finalement, ils entrèrent à six dans la baignoire et, en chantant faux, entonnèrent une reprise de *La danse des canards.* Hors-champ, Paige se tordait de rire. La voyant rire aux larmes, le ventre de Gannon fit un petit salto de bonheur.

À cause du raffut, ils manquèrent de peu de louper le craquement alarmant du plancher sous la baignoire.

— Quittez le navire ! ordonna Gannon.

Tous détalèrent pour se mettre en sécurité.

— Dépêche-toi de le consolider, dit Flynn.

— Ajoute ça à la liste, dit Paige en se séchant les yeux.

— Si cette liste continue de s'allonger, nous serons encore là dans vingt ans, estima Flynn.

C'est bien mon intention, songea Gannon.

CHAPITRE 41

Paige regarda Gannon saisir un morceau de *bulgogi* avec ses baguettes. Il n'avait pas son pareil pour trouver des raisons de la voir en dehors du plateau et des heures de travail. Ce soir, il avait exigé une réunion assortie d'un dîner, qu'elle avait proposé de prendre chez elle. Ainsi, ils échappaient à toute spéculation que leur apparition dans un restaurant aurait été susceptible de provoquer. Et comme elle avait une colocataire, ils ne finiraient pas au lit.

Non qu'elle ait envie de coucher avec Gannon, se rappela Paige.

C'était plus par mesure de précaution, au cas où elle aurait un moment de faiblesse, et forcerait sur le vin. Savoir que Becca risquait de surgir à tout instant la protégeait contre sa vulnérabilité. Voilà pourquoi, installés sur son canapé, ils partageaient de délicieux mets coréens sur une splendide table basse tout en remaniant le planning.

Gannon était *si imposant, si viril* qu'il rendait l'appartement encore plus petit qu'il ne l'était en réalité.

— Quel jour est programmé l'enregistrement de ta voix ? demanda Paige en prenant des notes, et en essayant d'ignorer son genou tout près du sien.

— Mardi et mercredi. Pourquoi ils ont besoin de deux jours pour que je dise « prix qualité premium », ça me dépasse, se lamenta Gannon. De toute façon, ce trophée est bidon.

Paige se servit en kimchi et lui lança un coup d'œil.

— Tu verras que ta façon de le dire le rendra impressionnant.

— Ouais, tu parles.

Il était sous contrat avec deux sponsors depuis la diffusion de la deuxième saison, et de l'opinion de Paige, ces obligations l'embarrassaient plus que le tournage de l'émission.

— Tu n'étais pas obligé de signer avec eux, souligna-t-elle.

Il haussa les épaules.

— Oh, ça met du beurre dans les épinards. Surtout maintenant, avec cette maison qui est un gouffre financier.

— Tu peux toujours faire des concessions sur ce que tu considères nécessaire, dit-elle en pointant ses baguettes sur lui.

— Idée stupide, contesta-t-il. Nous sommes déjà à pied d'œuvre. Je ne vois pas l'intérêt de reporter des travaux.

— Parce que tout célibataire new-yorkais a absolument besoin d'une douche avec cabine sauna de deux mètres, peut-être ?

Génial. Maintenant elle l'imaginait sous la douche. Elle serait contrainte d'avaler un calmant ou de se pointer ivre le jour où il terminerait la douche. Cela lui rappellerait trop la première fois qu'elle l'avait vu dans son magnifique costume d'Adam.

— Tu es jalouse parce que tu habites dans un placard.

Il fit tourner un doigt au-dessus de sa tête pour désigner l'ensemble de son logement.

— Soit. Peut-être un peu, convint-elle.

— À propos de ton minuscule placard, dit Gannon en prenant sa bière. Comment comptes-tu produire un documentaire dans cet espace riquiqui ?

Elle avait rangé une grande partie de sa documentation avant qu'il arrive – et s'était changée, mettant un joli chandail ainsi qu'un peu de maquillage. Restaient une pile de dossiers et de la paperasse repoussés dans un coin, sous la télévision. Son ordinateur portable posé en équilibre sur le dessus. Des Post-it agencés selon un code couleur recouvraient le mur tel un débordement organisé.

Le fait est qu'elle manquait de place pour déployer ou creuser sérieusement toute idée. Le tableau blanc judicieusement accroché dans leur couloir, coincé entre un interrupteur et la porte de la chambre, n'était pas assez large pour dérouler le story-board d'un film de plus de trente minutes.

Elle haussa les épaules.

— Nous trouverons une solution.

— Si seulement tu avais sous la main quelqu'un de généreux, d'amical et d'accommodant, qui disposera bientôt de plus d'espace que nécessaire, dit Gannon en se frottant le menton d'un air faussement songeur.

— Travailler chez toi ?

— Ne me regarde pas comme si j'avais subi une lobotomie. D'abord, tu devras attendre que les travaux soient terminés. N'espère pas emménager tout de suite.

— Tu n'as même pas de sanitaires pour l'instant.

Comme ils avaient évidé l'unique salle de bains deux jours plus tôt, l'équipe utilisait des sanitaires mobiles installés dans la cour.

— C'est pour cela que je te demande d'attendre que ce soit prêt. Toi et Becca pourrez occuper le dernier étage.

— Tu es tombé sur la tête, dit-elle en reprenant son verre de vin. *Pourquoi ne pouvait-elle pas cesser de mater ses mains ?* Tu cherches juste un moyen de me garder sous le coude par la suite.

— Personne ne t'a jamais dit à quel point tu es belle, talentueuse et futée ?

— Pas une seule personne. Et je ne tournerai pas mon documentaire sous ton toit.

— Pourquoi pas ? Nous sommes amis.

— Ce n'est pas ce que tu veux, souligna-t-elle.

— Je ne veux pas que nous soyons *juste* amis.

— Ce serait déloyal de profiter de ton émoi et d'accepter ta proposition. La chose la plus bienveillante que je puisse faire, c'est garder mes distances le temps que tu tournes la page sur cette passade.

— Paige, dit-il sans une seule note de plaisanterie dans sa voix. Ne minimise pas ce que nous partageons.

— Ce que nous partagions, rectifia-t-elle machinalement.

Il la dévisagea, de l'irritation dans les profondeurs de ses iris noisette.

— Ne minimise pas mes sentiments pour toi.

Ses arguments avaient joliment mis dans le mille, ainsi qu'il l'espérait probablement. Son métier consistait à relater les histoires des gens, et pour cela, elle devait s'intéresser honnêtement à eux, à leurs émotions. Gannon ne méritait pas sa pique.

— Je suis désolée. C'était malvenu.

Il recommença à manger.

— Ne m'oblige pas à rentrer terminer mes plats coréens chez moi.

De nouveau enjoué.

— Je suis sincèrement désolée. Tu ne méritais pas ça. Je suis juste…

Il était exclu qu'elle lui confie que sa simple présence sur son canapé la dépossédait de ses facultés. Elle pouvait sentir son parfum tout de même ! La lessive sur sa chemise propre mélangée à son savon épicé suffisait à la rendre dingue. Les odeurs déclenchaient des souvenirs chez tout le monde. Hélas pour elle, les senteurs de Gannon provoquaient dans son esprit une farandole de scènes obscènes, au point que rester assise à côté de lui de manière platonique suscitait une douleur physique.

— Je vais te demander quelque chose, annonça-t-il. Ça ne va probablement pas te plaire. Mais je te le demande malgré tout.

— Je brûle d'impatience.

— Te crois-tu sincèrement obligée de choisir entre ta carrière et ta vie amoureuse?

— Dans ce cas précis ? Oui.

— Pourquoi ?

— Gannon, souffla Paige.

Il posa son assiette et s'adossa, le bras sur le dossier du canapé derrière elle.

— Pourquoi as-tu le choix et pas moi ? Nous travaillons pour la même boîte, dans le même milieu, sur la même émission. Nous nous intéressons réciproquement. Nous sommes exactement dans la même situation.

— Sauf que tu as un pénis.

Un pénis dont elle se souvenait en détail, si nettement que son ventre se contractait.

— Explique-moi ça. Les mêmes personnes, la même situation, pourtant tu affirmes que tu paierais cher notre relation.

— C'est un peu le postulat du documentaire, commença-t-elle. Il y a deux poids, deux mesures. C'est tellement ancré dans notre inconscient que nous ne réalisons même pas que nous appliquons tous ces doubles critères, jusqu'à ce que quelqu'un le pointe du doigt. Quand je passe une mauvaise journée, ou juste quand je me concentre, il y a forcément un type qui considère normal de me dire de sourire.

Gannon se garda de tout commentaire.

— Réfléchis. Admettons que tu passes une journée difficile sur le tournage et qu'Andy vienne te dire d'être plus souriant.

— Je lui colle mon poing sur sa tronche de prétentieux.

— Parce que c'est idiot de dire ça, n'est-ce pas ? Que quelqu'un se pense en droit de te dire comment tu es censé te sentir. C'est condescendant. Mais tu sais ce qui se passe quand un gars fait cette réflexion à une femme ? Dans la majorité des cas, nous sourions.

— Au lieu de lui coller votre poing dans sa face de prétentieux.

Elle hocha la tête.

— Deux poids, deux mesures. Ce n'est pas acceptable de dire à un gars comment il doit se sentir, ou d'arrêter d'être ronchon.

Elle se laissait emporter par le sujet à présent.

— Prenons un exemple précis qui nous concerne. Quand les rumeurs ont commencé sur les réseaux sociaux, tu étais le tombeur qui séduisait deux femmes, et j'étais la garce qui brisait un couple. Mêmes personnes, même relation mais l'un de nous est encensé et l'autre stigmatisé. C'est la différence entre un pénis et un vagin.

Il hocha la tête.

— Je comprends ton raisonnement, mais n'y a-t-il pas un autre aspect à prendre en compte ? Et ta responsabilité pour tes actions ? Si tu souris quand quelqu'un te dit de sourire ou si tu mets fin à une relation qui te convient à cause de l'opinion publique, n'est-ce pas ta décision ?

Elle sourit largement.

— Très bien, Gannon. Féminisme, sexisme, misogynie, et confiance en soi, ces thèmes sont d'une extrême complexité. D'accord, nous avons notre part de responsabilité dans nos actions. Mais certaines femmes ne sont pas en position, ou n'ont pas la confiance nécessaire pour se faire respecter. Celles d'entre nous qui sont en position de se défendre, et qui résistent, doivent se préparer à affronter les conséquences.

— Et tu veux que tout le monde se mobilise, avança-t-il.

— En quelque sorte. À quoi bon lutter s'il n'y a personne avec qui partager la victoire ? Qui a envie d'être la seule femme dans le club des hommes ?

— Aimais-tu être avec moi ?

Le changement de sujet l'embrouilla.

— Voyais-tu un futur avec moi… avant ? reprit-il.

Paige marchait sur le fil du rasoir. Un faux pas et elle exaspérerait Gannon son patron, ou blesserait Gannon son ami. Toutefois elle lui devait une réponse franche.

Elle respira profondément.

— Avant que Meeghan ne débarque sur le tournage, j'avais l'intention de te demander où nous en étions, et si tu avais envie qu'on continue à se voir entre les saisons.

Il eut l'air incrédule.

— Pensais-tu que nous avions une sorte de brève liaison ?

— Bah… oui.

— Nous étions ensemble.

— Comment ? fit Paige, éberluée. Nous n'en avons jamais parlé.

— Pourquoi faut-il en parler pour valider la relation ?

— C'est la base d'une relation ! Se parler de tout.

— Nous parlions à longueur de temps, tous les jours, argua Gannon.

— Nous travaillions ensemble du matin au soir, et la nuit, nous… faisions des trucs, clarifia Paige.

— Des trucs de couple.

Elle eut un petit rire.

— Tu insinues que tu étais en couple avec toutes tes partenaires ?

— Bien sûr que non. Je dis juste que nous étions ensemble.

— Notre relation était bancale si j'ignorais que nous étions ensemble.

— Comment pouvais-tu l'ignorer alors que tous les soirs je te pénétrais ? dit-il, plus stupéfait que furieux. Je t'apportais ton café au lit. Je dormais avec toi la nuit. Pas pour le sexe, mais pour te protéger. Je te laissais baver sur moi dans l'avion.

Paige cligna des yeux. Gannon King avait été son petit ami à son insu.

Il renchérit.

— Donc selon toi, c'était une passade. Malgré cela, tu voulais savoir si je souhaitais la poursuivre ?

Elle haussa les épaules piteusement.

— Je ne sais pas. Un millier de moments humiliants sont survenus entre-temps. C'est difficile de se rappeler précisément ce que je pensais.

— Tu voulais continuer. Mais cette crétine de Meeghan a déboulé, a semé la zizanie, t'a manqué de respect et tu as dit stop.

Trop nul.

— Tu es une femme forte, capable et intelligente, Paige. Pourtant, tu as laissé quelqu'un se mettre en travers de tes aspirations parce que tu n'étais pas prête à t'imposer.

— Et maintenant je prépare un documentaire sur le sujet. C'est pertinent, non ? Content de toi ?

— Pas du tout ! Je ne suis pas content ! Je me sens malheureux comme tout. J'ai envie d'être avec toi. Et la seule façon d'y parvenir, c'est en bossant parce que tu refuses d'en payer le prix ou d'accepter les conséquences. Tu ne veux pas avoir à te battre pour ça.

— Les gens vont penser que j'ai décroché ce poste parce que j'ai couché avec toi, soutint-elle.

— Et alors ? Tout le monde ? Chaque recruteur dans ce milieu va penser ça ? Veux-tu collaborer avec des gens qui se contentent d'écouter les bruits de couloir au lieu de se pencher sur tes expériences ?

— Dans ce cas précis, les bruits de couloir reflèteraient la réalité, lui rappela-t-elle.

— Et ma présence dans ton lit toutes les nuits a-t-elle nui à tes compétences professionnelles ?

— Bien sûr que non. Et tu as raison. C'est absurde. Deux poids, deux mesures là encore. Mais quelle est la solution ? Faut-il s'écraser ? Se détourner de quelqu'un qui compte, pour continuer d'être embauchée par des connards qui nous jugent sur la base de nos partenaires sexuels ?

Il attrapa sa bière d'un geste empreint de violence.

— Tu sais, je comprends. Mais qui aides-tu exactement en te déballonnant ? Que gagnes-tu à garder tes distances avec moi ? Tu es en position de mener ce genre de combat, pas à t'incliner et à accepter cela comme une loi indiscutable. Vas-tu réaliser un documentaire pour dénoncer toutes les situations à deux vitesses ? Ou montrer aux femmes comment s'élever contre ce double traitement ? En tant que porteur d'un pénis, je pense que tu ne rendrais pas service à ton public si tu te limitais à leur montrer comment identifier un problème sans avancer de solutions.

Paige se laissa retomber contre le canapé, son visage caché derrière ses mains.

— Une partie de moi est tentée de se disputer avec toi, et une autre partie aurait aimé filmer notre échange pour l'intégrer à mon docu.

Dans le silence qui s'étira, ils se laissèrent aller à leurs réflexions respectives.

— Je te ressers du vin ? proposa-t-il.

— C'est pas de refus.

CHAPITRE 42

— Paige ! brama la voix de Gannon dans l'oreillette.

— Punaise ! Tu n'es pas obligé de brailler. Tu es équipé d'un micro.

Elle regrettait de lui avoir laissé un micro-casque en dehors des scènes de tournage.

— Peux-tu descendre ? J'ai besoin de te montrer quelque chose.

— Je suis sûre que l'éruption cutanée est parfaitement normale, Gannon. Mais si ça peut te rassurer, prends rendez-vous chez le médecin.

Paige plaisanta pour le bien de ceux qui écoutaient leur conversation.

— Le carrelage de la cuisine, princesse. Pas mon impressionnante anatomie en parfaite santé, répondit-il.

Paige calma son rire et fit signe à Bradley de garder un œil sur les plans secondaires qu'ils capturaient pour l'aménagement du jardin. Une équipe de sous-traitants débroussaillait à grands coups de serpe comme s'ils s'attaquaient à une forêt sauvage.

— Ah, ce Gannon…, fit Nina, de l'équipe de cameramen, en secouant la tête, sa crinière blond platine striée de violet retombant sur son front. C'est un drôle de numéro.

L'air sévère, Paige tendit le doigt vers Nina.

— En tant que réalisatrice, je t'interdis de prendre sa défense.

Nina haussa les épaules.

— C'est dur de ne pas le trouver sympa, tu sais.

Oui, elle savait. Paige était éminemment consciente de l'attrait de Gannon. Elle aurait juste aimé n'avoir que son conflit intérieur à gérer, sans les opinions de tout un chacun en plus.

Elle descendit par l'escalier en cours de rénovation jusqu'à l'étage des pièces à vivre. Même si elle s'était efforcée de camper sur ses positions depuis leur conversation, deux jours plus tôt, les assertions de Gannon résonnaient en boucle dans sa tête. Et elle ne pouvait nier qu'un infime doute s'immisçait en elle.

S'était-elle détournée de lui parce que c'était plus facile que se battre pour imposer sa volonté ? Quel genre de féministe était-elle si elle se contentait de dénoncer les doubles standards et les injustices, sans les combattre activement ? Ou était-elle trop envoûtée par le sexy Gannon pour y voir clair ? Cette possibilité méritait d'être examinée.

Elle avait certes tenté de rapporter le débat à Becca, mais quand celle-ci avait proposé d'interviewer Gannon pour le documentaire, elle avait renoncé. Il s'agissait d'une situation compliquée qu'elle semblait résolue à compliquer.

— Tu as hurlé ? dit Paige.

Elle louvoya entre les tréteaux soutenant des madriers et des tas de vieux tuyaux en cuivre.

— Qu'en penses-tu ?

Il montra un éventail d'échantillons de placards, de plans de travail et de carrelages étalés au milieu de l'espace éventré qui serait transformé en cuisine dernier cri.

— Ce que je pense de quoi ?

— Qu'est-ce qui ira bien ici ?

Les mains sur les hanches, les épaules tendues, l'impatience émanait de lui.

— C'est ta maison, répondit Paige.

Il ferma les yeux, souffla.

— Fais-moi plaisir.

Il lui arrivait de solliciter son opinion, çà et là. Sur le parquet, la couleur de la peinture, les luminaires. Elle observa Gannon, l'espace. Les placards blancs étaient tendance, si ce n'est que cet espace et Gannon King n'avaient pas besoin de suivre la mode. Un style robuste et masculin leur correspondait mieux.

— Pour les placards, dit-elle en désignant l'échantillon en noyer noir avec nuances expresso, deux teintes plus clair que le noir. Pour les plans de travail, du clair uni. Probablement en quartz, pour éviter de refaire les joints tous les ans. L'un de ceux-là, dit-elle en agitant la main au-dessus de deux échantillons quasi identiques de quartz blanc aux veinures grises.

Il croisa les bras, posa une main sur sa bouche et la considéra d'un air pensif.

— Le dosseret ? demanda-t-il sans rien montrer de son avis.

Elle examina les échantillons, les jaugea et les rejeta en bloc. Trop féminin, trop contemporain, trop monotone. Paige secoua la tête.

— Si tu veux mon avis, aucun de ceux-là. Tu as besoin de quelque chose de texturé, qui s'accorde avec le reste de la maison. De la brique. Mais d'aspect brut, pas lisse. Quelque chose qui rappelle l'extérieur. Ce serait une galère à nettoyer mais ça rendrait bien.

Vraiment très bien, décida Paige. Non qu'elle cuisine mais avec une cuisine aussi bien équipée, elle ne refuserait pas d'apprendre quelques recettes. Gannon s'en servirait probablement pour entreposer de la bière et des cartons de pizza. *Quelle chance, le salopard.*

— D'accord, merci, dit-il.

— C'est tout ?

Ses épaules massives se soulevèrent.

— Ouaip. C'est tout ce qu'il me fallait. Tu peux retourner à tes bidules de réalisation.

— Super, merci.

Elle s'apprêta à sortir quand Gannon la rappela.

— Paige ?

Elle se retourna.

— Ouais ?

Elle vit le pétillement dans ses yeux, la fossette près de sa bouche.

— Tu fais un travail sensationnel.

Confuse, elle hocha la tête d'un geste sec et s'enfuit.

— C'est un plaisir de travailler avec toi, cria-t-il en insistant étrangement sur le mot « plaisir ».

Paige secoua la tête et, aux abords de l'escalier, fut interpellée par sa productrice associée qui passait la tête dans l'entrée.

— Salut, Tina. Bienvenue dans *King's Castle.*

Paige lui tendit la main. Tina, une femme trapue en sweat-shirt à capuche et baskets rouges, lui offrit une poignée de main vigoureuse.

— Depuis que j'ai visionné les séquences de la semaine dernière avec les monteurs, j'ai eu envie de venir jeter un œil. J'espère que ça ne t'ennuie pas.

Elle fit claquer sa bulle de chewing-gum tout en inspectant la charpente à moitié restaurée, les nouvelles conduites de ventilation que des ouvriers posaient en se contorsionnant.

— Pas du tout, dit Paige. C'est le bazar pour l'instant mais d'un genre organisé.

— La séquence des gars dans la baignoire, commença Tina en découvrant le panorama par les fenêtres du côté rue. C'était absolument hilarant ! En aurons-nous d'autres dans le même esprit ? Gannon King se comportant comme un être humain ? C'est un franc succès qui se prépare… pourvu que ce taudis se transforme miraculeusement en château.

— Pour ça, on peut compter sur Gannon, affirma Paige.

— J'ai quelques pages de notes, des entretiens en tête-à-tête pour l'épisode un, des idées d'inserts, dit-elle. L'idéal serait de les exposer à Gannon en même temps qu'à toi, pour m'éviter de me répéter.

— Bien sûr. Je vais le convaincre de monter. Un quart d'heure suffirait ? demanda-t-elle en vérifiant le planning.

Ils devaient commencer la mise en place pour la pose de la fenêtre, la livraison étant programmée une demi-heure plus tard. Il lui fallait encore demander à Gannon par où il souhaitait démarrer, avant de distribuer les ordres de tournage.

— C'est plus qu'assez, dit Tina.

— Laisse-moi d'abord passer un petit coup de fil. Ensuite je l'éloignerai de je ne sais quel coin de chantier où il s'est fourré. N'hésite pas à faire le tour, dit Paige. Les étages sont aussi chaotiques que le rez-de-chaussée.

Elle laissa Tina se balader et sortit sur le perron où les bruits des travaux et les bavardages des prestataires étaient un tant soit peu atténués par les épaisses portes d'entrée en bois. Gannon ayant opté pour une rue paisible, la circulation était réduite. À l'intérieur, tout avançait correctement, comme si la besogne consistait à éradiquer les démons du passé dans le bruit et la poussière, pour faire place à un nouveau chapitre. *Plus qu'aucun autre jour, celui-ci invitait à choisir entre prendre un nouveau départ ou s'accrocher aux vieilles décisions.* C'était son anniversaire, non qu'elle partage cette information avec quiconque.

Les anniversaires dans la famille St. James n'étaient pas placés sous le signe de la fête. Ils étaient des jalons marquant les réussites, de courtes pauses pour apprécier le chemin parcouru, le sien n'ayant pas encore débuté.

Mais au lieu de son parcours, de ses futurs succès, elle se retrouva à méditer sur Gannon et les nouveaux départs.

Il n'avait pas caché son intention de la séduire. Et tous les matins, à chaque tasse de café qu'il lui apportait sur le tournage, à chaque fois qu'il sollicitait son opinion ou suivait ses instructions, c'est exactement ce qu'il faisait. Il lui apportait ses salades composées le midi, et lui avait offert des gants de protection car elle empruntait systématiquement ceux des autres pour prêter main-forte.

Et chaque fois que Gannon s'absentait, son équipe ou la sienne le portait aux nues.

En visionnant la séquence de la baignoire, Chantay s'était fait de l'air.

— C'est ce que j'appelle un homme au physique avantageux. Pas le genre que je virerais de mon lit, avait-elle dit à Paige de manière appuyée.

Si elle n'y prenait pas garde, elle retournerait à la case départ… sur le dos, sous les assauts vigoureux de Gannon King.

L'image la frappa tant que Paige craignit d'avoir une hallucination. Impulsivement, ses doigts se recourbèrent et se rouvrirent. Son téléphone dégringola sur la marche en ciment.

— Flûte.

Elle se secoua et s'étira pour débarrasser son corps et son esprit des démons de Gannon. Satisfaite d'avoir déjoué un orgasme spontané, elle appela Eddie pour leur bilan quotidien.

— Salut, gamine, dit-il sur un ton enjoué.

Quelqu'un hurla derrière lui.

— Journée golf ? demanda-t-elle.

— C'est une lourde tâche mais il faut bien que quelqu'un chouchoute les vice-présidents de la chaîne. Comment ça avance à Brooklyn ?

– Tout se déroule comme prévu. Le bazar avant l'ordre. Mais quand la maison sera terminée, je pense que le résultat sera exceptionnel.

— Bien, bien, approuva Eddie de sa manière distraite. Tu n'as pas besoin de m'appeler tous les jours, tu sais. J'ai confiance en toi. Tu as les choses en main. Tu n'as pas besoin que je te tienne la main.

— J'essaie juste de faire du bon boulot, dit Paige.

— D'après Gannon, tu fais mieux que ça, répondit Eddie. Et la post-prod apprécie énormément les images que tu leur envoies. Vous fonctionnez bien ensemble, Gannon et toi.

— Tu ne vas pas t'y mettre, Eddie, gronda Paige.

Eddie eut un petit rire.

— Désolée, mais ce mec tient énormément à toi.

— Je n'aurai pas cette conversation avec toi ni avec qui que ce soit d'autre pour la quinzième fois de la journée, décréta Paige. Les fenêtres neuves seront livrées sous peu, et je dois trouver l'autorisation de stationnement du camion, sinon la pervenche va encore nous casser les oreilles.

— Amuse-toi bien, lâcha Eddie en guise d'au revoir.

— Ouais, ouais.

Paige contacta ensuite un assistant de production resté dans les bureaux. Il aidait l'équipe de Gannon en organisant des commandes et les livraisons sur place. Après quoi elle s'accorda un court instant pour souffler. Le soleil de l'automne était chaud, et une épaisse porte la séparait de Gannon.

Il s'infiltrait par toutes les fissures possibles de ses barrières. Son talent l'avait toujours impressionnée, assez pour fermer les yeux sur son impudence et son comportement. Mais le voir à l'œuvre avec son équipe au grand complet, des gars qu'il connaissait depuis des années, dont certains avaient assisté son grand-père, lui donnait l'impression de faire connaissance avec sa famille.

Ils éprouvaient tous pour lui un respect et une affection authentiques, et d'après ce qu'elle avait constaté, c'était réciproque. Le plus souvent, les longues journées de tournage s'achevaient par une tournée de bières, où femmes et enfants apparaissaient.

L'ambiance était aux antipodes des « Rois de l'immobilier ». Dans le cadre de la première émission, ils étaient constamment entourés d'inconnus, avant de sélectionner et de s'intéresser à un nouveau groupe d'inconnus. Pour celle-ci, ils formaient une communauté, une famille au sein de laquelle l'équipe de Paige avait été accueillie à bras ouverts.

Soudain elle reconnut la silhouette d'une femme, grande et impeccablement vêtue. Elle approchait, ses cheveux noirs arrangés en chignon sage mais classique. Son tailleur bleu marine laissait deviner sa minceur. Mais son pas, en escarpins chair de précisément cinq centimètres, respirait la confiance et le pragmatisme. Sa démarche, déterminée sans être pressée, était aussi familière à Paige que son propre pas.

— Bonjour, Paige, dit sa mère, les mains croisées sur son élégant sac en cuir, derrière le portail.

— Maman, que fais-tu ici ?

Paige se leva du perron, épousseta l'arrière de son jean et descendit les marches d'un pas hâtif. Sa mère avait-elle réellement pris le temps de venir lui souhaiter un joyeux anniversaire ? Voilà qui serait un miracle d'anniversaire. En temps normal, sa mère lui envoyait un courriel sommaire, et l'assistante de Leslie lui expédiait un cadeau clinquant et coûteux.

— Ça me fait plaisir aussi de te voir, ma chérie, dit Leslie, rectifiant subtilement ce qu'elle estimait grossier. J'ai assisté à un colloque à l'hôpital, au bout de la rue, et j'ai décidé de rendre visite à ma fille sur son lieu de travail.

— Pas pour une occasion spéciale ? tâtonna Paige.

— Une mère a-t-elle besoin d'une occasion spéciale pour voir sa fille ? demanda ostensiblement Leslie.

CHAPITRE 43

Sa mère avait oublié son anniversaire, songea Paige avec amertume.

Elle s'imaginait le ressortir lors d'un dîner en famille.

— Je te fais visiter la maison, proposa-t-elle en espérant que sa mère refuse.

— Je n'aimerais certainement pas être filmée, renifla Leslie avec un mépris flagrant.

— Nous ne filmons pas avant une demi-heure, certifia Paige.

Elle ne tiendrait pas une demi-heure avec sa mère sans un verre de vin. À moins que si ?

— Alors c'est entendu.

Eh mince.

Paige rabattit le loquet du portail et le tint ouvert pour sa mère. Leslie St. James n'ouvrait pas ses portes elle-même.

— Promets-moi de ne rien dire de condescendant à qui que ce soit. Ils travaillent comme des… d'arrache-pied. Affiche ton expression de gala, ordonna Paige.

Sa mère leva les yeux au ciel.

— Je ne serai pas grossière envers tes… collègues. Il s'agit de ton travail, et à ce titre, cela mérite du respect, dit-elle en jaugeant le sol en contreplaqué de l'entrée d'un air incertain.

Les dents serrées, Paige sourit, et guida sa mère sur le premier niveau, priant pour que Gannon reste là où il se trouvait, loin d'elles. Sa mère avait en effet plaqué son sourire sympathique professionnel, saluant poliment les techniciens.

Leslie écoutait intensément Paige transmettre à Tony ses commentaires sur les inserts récemment tournés, et charger Bradley d'aider Chantay à installer l'éclairage au sous-sol.

— J'aurais aimé te faire visiter l'étage mais c'est encore plus en chantier qu'ici, dit Paige à sa mère en espérant qu'un tour rapide compterait comme un moment privilégié en famille, et en finir.

Sourcil arqué, Leslie examina les matériaux et les couches de poussière et de saleté qui les entouraient.

— Je trouve cela difficile à imaginer.

— Paige !

La voix de Gannon retentit en haut de l'escalier. Oh, la galère.

— Elle est ici, répondit Flynn le traître.

Il fit un clin d'œil à Paige et sa mère avant de filer en emportant les tréteaux. Quand il apparut, Gannon se concentra sur Paige.

— Princesse, j'aimerais te suggérer des inserts à filmer.

— Princesse ?

La voix de Leslie avait la froideur de l'Antarctique.

Gannon s'arrêta, son regard passant de Paige à sa mère, un lent sourire se dessinant sur son visage.

— Maman, permets-moi de te présenter Gannon. Gannon, ma mère, Leslie.

— Docteur St. James, corrigea-t-elle. Et nous nous sommes déjà parlé.

— Comment oublier une voix comme la vôtre, Dr St. James ? rétorqua Gannon.

— Je préfère croire qu'il s'agit d'une question rhétorique.

— Maman, murmura Paige sur le ton de l'avertissement.

— Supposez ce que vous voulez, Dr St. James, répliqua Gannon avec un geste magnanime du bras. Bien sûr, vous savez ce qui arrive quand on s'appuie sur des suppositions.

— Je constate que vous vous complaisez dans le conflit, déclara Leslie. Avez-vous suivi une thérapie pour remédier à ce travers ?

Horrifiée, Paige cligna des yeux. Mais Gannon se contenta de rire, ce qui était toujours la chose à proscrire face à Leslie St. James.

— As-tu perdu la tête ? siffla Paige à sa mère, laquelle ne se laissait pas intimider.

— Je *suppose*, puisque vous travaillez avec ma fille, que vous avez recommencé à coucher avec elle. C'est fort regrettable. Je pensais qu'elle avait meilleur goût, annonça Leslie.

Paige poussa un soupir dont le son évoquait un accordéon expulsant de l'air.

— Bon, ça suffit, décréta-t-elle soudain.

— Merci pour la visite, Paige. Je trouverai la sortie. Je sens la migraine poindre avec toute cette… saleté.

— Je serai heureux de vous raccompagner, Leslie, offrit Gannon pour l'asticoter encore un peu. Quel dommage que vous ne puissiez pas rester plus longtemps.

— Ça m'ennuierait de vous importuner. Vous avez sûrement beaucoup à faire pour les caméras.

Elle jeta des coups d'œil dans la salle à manger vide, avec son parquet démonté et ses murs nus.

— Certaines personnes trouvent certainement gratifiant de faire fortune en se pavanant à la télévision.

Le sourire de Gannon révéla ses dents.

— Maman ! cria Paige. Assez ! Tu est odieuse.

— Quel plaisir de vous avoir enfin rencontré en personne, Gannon, dit Leslie, hypocrite à souhait.

— Je me faisais la même réflexion, renvoya Gannon, la main tendue.

Leslie la serra avec dédain. Puis elle s'essuya la paume sur sa jupe, pendant que Paige la traînait vers l'extérieur.

— Qu'as-tu fait qui te donne le droit d'être aussi imbuvable ? demanda Paige en claquant la porte derrière elles.

— Ton langage laisse sérieusement à désirer.

La voix de Leslie exprimait suffisamment d'animosité pour geler les feuilles du chêne des marais qui les surplombaient.

— Ton *attitude* laisse sérieusement à désirer. Il s'avère que Gannon est un homme loyal, bosseur et généreux. Il bat tous ceux que tu ramènes en douce de tes colloques et de tes galas de charité pour tes séances de baise.

Peu glorieux mais bon, elle était une St. James et à ce titre, elle ne reculait pas devant les coups bas. Sa mère bafouilla d'indignation.

— Gannon pourrait devenir millionnaire en fabriquant des meubles sur mesure pour tes amis snobs mais il place sa famille en premier. Il s'est « pavané » à la télé pour sauver l'entreprise en bâtiment de son grand-père, afin que sa grand-mère ne soit pas obligée de vendre la seule maison qu'elle ait connue, et maintenir les salaires de l'équipe avec qui il a grandi, ainsi que leurs familles. Qu'as-tu accompli ? Tu as décoré une maison et écrit quelques bouquins ? À ta place, je réfléchirais à deux fois aux insultes que je lance aux autres.

Paige avait emmagasiné tant de colère qu'elle n'était pas près de s'émousser. Elle viderait son sac en fanfare.

— Insinues-tu que j'ai fait des choses dont je devrais avoir honte ? questionna Leslie.

— J'insinue que rien dans ta vie ne passe avant ta carrière. Pas ton mariage, pas tes enfants, et certainement pas ta bonté d'âme !

— Tu ne m'avais jamais autant déçue, Paige.

— Je peux en dire autant de toi, mère. Je trouve ton mépris pour le genre humain méchamment décevant.

Les yeux bleus de Leslie glacèrent Paige jusqu'aux os.

— Un jour, ma fille, tu comprendras ce qui est prioritaire dans la vie. Les hommes vont et viennent mais tes réussites, personne ne peut te les enlever. J'espère juste que, ce jour-là, ce ne sera pas trop tard.

— C'est noté, merci, riposta Paige.

Sa mère, la tête haute, descendit les marches et traversa la cour au sol irrégulier. Devant le portail, elle se retourna, haussant un sourcil sculpté.

— Je t'attends néanmoins pour Thanksgiving.

— J'apporterai la farce.

Paige regarda sa mère héler un taxi puis disparaître au coin de la rue.

— J'apporterai la farce ? reprit Gannon sur un ton amusé.

Paige leva la tête vers le ciel pour maudire les dieux.

— Purée, depuis combien de temps es-tu là ?

— Assez pour savoir que tu devrais être bien plus secouée que tu ne l'es.

Paige se tourna vers lui.

— Ce n'est pas personnel. Sois gentil, ne le prends pas pour toi. Ce n'est jamais personnel. Ma mère et moi, on ne s'est jamais entendues. Elle a dépassé les bornes, puis s'est sentie gênée.

— Puis déçue parce que tu l'as remise à sa place.

Paige grimaça.

— Comme tu as de grandes oreilles.

— Approche.

Gannon l'attira contre lui, ne lui laissant pas d'autre option qu'enrouler ses bras autour de sa taille, et poser son visage sur son torse large. Il posa un baiser sur sa tête.

— Tu es une femme exceptionnelle qui vit une vie que tu t'es construite. Si tu éprouves ne serait-ce qu'une pointe de culpabilité parce que tu ne fais pas ce qui est attendu de toi, tu vas gravement m'énerver.

— Pourquoi es-tu aussi gentil avec moi ? murmura Paige en humant son parfum.

— Je suis avide de châtiments et, à l'instant, tu m'as défendu contre la dragonne.

Paige sourit contre son torse.

— Elle adorerait ce sobriquet.

— Je veillerai à le mentionner à Thanksgiving.

CHAPITRE 44

En fin de journée, Gannon profita de sa réticence à rentrer se morfondre chez elle pour la persuader de l'accompagner dans une boutique d'ameublement.

Il avait fait peu de cas des insultes de sa mère, comme si elles n'étaient que des broutilles. Paige, pour sa part, les laissait imprégner sa peau et suppurer. Sa mère était plus déterminée à effrayer sa fille pour l'éloigner de Gannon qu'à se souvenir de son anniversaire.

Mais sa leçon n'avait pas eu l'effet escompté. Ainsi que Paige l'avait appris dans l'enfance, quand elle était confrontée à d'autres Leslie St. James, il valait mieux prendre la direction opposée.

Sitôt que Gannon poussa les lourdes portes vitrées de l'entrepôt de Brooklyn reconverti sur deux niveaux, elle fut submergée par la diversité des couleurs et des textures, aussi bien d'objets de décoration que du mobilier de ce bazar organisé.

— Que cherchons-nous exactement ? demanda Paige.

— Aimerais-tu l'idée de tourner ici ? Ma mère leur commandait des meubles autrefois. Une petite entreprise familiale, des articles uniques. Je serais tenté de leur taxer des meubles.

La tête inclinée, Gannon examina une cage à oiseaux dorée.

— Tu n'as pas besoin d'une cage à oiseaux, dit Paige. Pourquoi n'amènes-tu pas Cat ? Elle a une logique de décoratrice.

— Je n'ai pas envie que ma sœur décore ma maison. Ce serait bizarre. Je veux des objets que j'aime, pas des choses qui conviennent aux yeux de quelqu'un d'autre.

— Cherchons-nous quelque chose en particulier ? s'enquit Paige en passant la main sur une armoire en merisier, définie par ses courbes sinueuses.

— Un lit.

Les mains dans les poches arrière de son jean, il scrutait le magasin.

— Tu m'as emmenée t'acheter un lit ? Tu n'es pas sérieux ?

— Quoi ? Tu sais ce que j'aime.

— Je sais ce que tu aimes *au lit,* pas en matière de lit. Nuance.

Il passa le bras sur ses épaules.

— Du pareil au même. Surtout, il y a une pizzeria au coin de la rue. Dès que j'aurai ton feu vert pour tourner ici, nous irons chercher une méga pepperoni et même des salades dégoûtantes si tu insistes pour avoir de la verdure.

— C'est un rendez-vous professionnel, Gannon. Pas un rencard.

Souligner le caractère professionnel de leur relation était désormais une habitude tenace plutôt qu'un véritable déni. Sans tenir compte de sa réserve, il l'entraîna dans le ventre de la bête. *Il avait raison. Cet entrepôt serait un endroit formidable pour tourner.* Les hauts rayonnages industriels qui délimitaient grossièrement les allées abritaient un peu de tout, des luminaires recâblés aux pare-feu.

Le coin des meubles était rangé sans rime ni raison, des canapés en cuir rembourrés blottis entre des écritoires raffinés et des étagères de cuisine métalliques dans un assortiment de couleurs.

Gannon se laissa tomber sur un lit à baldaquin orné de volutes étourdissantes.

Paige secoua la tête.

— Pas vraiment.

Il ouvrit un œil.

— Pourquoi ?

— Trop féminin.

Il bascula sur le flanc.

— Je vois, miss Jugeotte. À toi de choisir.

Le regard de Paige survola la sélection pendant que Gannon bâillait sur le lit. Elle savait qu'il n'était pas réellement intéressé par les achats de meubles. Il essayait de lui changer les idées, après l'altercation avec sa mère. Et elle en avait besoin.

Il la connaissait, qu'elle l'admette ou non. Gannon avait pris le temps d'apprendre à la connaître, et ces acquis ne s'étaient pas évaporés quand elle avait rompu, ou cessé de coucher avec lui ou quelle qu'ait été la nature de leur relation. Il tenait à elle. Sinon, pourquoi la traînerait-il d'un magasin à une pizzeria pour l'empêcher de ruminer ?

C'était un homme bien, fiable.

Il avait commis un impair, mais Gannon King n'était pas le genre d'homme à réitérer une erreur.

Il s'était retrouvé au lit avec Meeghan et on ne l'y reprendrait pas. S'il avait manqué de franchise avec

Paige, une fois confronté aux conséquences, il avait fait preuve d'une entière transparence. Il avait assimilé la leçon, s'était adapté et continuait à vouloir d'elle.

Elle le vit à cet instant-là. En bois foncé, le doux arrondi de la tête de lit, les incrustations sinueuses en cuir. Un cadre de lit assez haut pour insérer des tiroirs de part et d'autre. Un lit imposant, robuste et, après avoir testé le matelas, parfaitement adapté au physique dense de Gannon. Assez souple pour le réconforter à la fin d'une dure journée mais assez ferme pour le soutenir. Elle se détendit sur les coussins et les yeux fermés, visualisa le lit dans la future chambre parentale de Gannon.

Contre le mur. Deux tables de chevet massives, et sur le dessus, de jolies lampes en bois gris délavé. Des tentures et du linge de lit bleu marine. *Le style qui lui correspond.*

Elle sentit le matelas s'enfoncer sous son poids à côté d'elle.

— O.K., tu as gagné, soupira-t-il.

— Je sais.

Un œil ouvert, elle tourna la tête vers lui. Couché sur le flanc, une main sous la tête, ses yeux noisette l'examinaient avec gravité. Ces yeux si expressifs. Envie, besoin, tendresse… et quelque chose de plus puissant, de plus pénétrant. Néanmoins il gardait tout sous contrôle, dans l'attente qu'elle soit prête ; qu'elle se décide.

Dès qu'elle mit tout le reste en sourdine, ce fut la décision la plus facile de sa vie.

— La pizza devra attendre, chuchota-t-elle.

* * *

— Pourquoi ici ? murmura-t-elle devant la bouche de Gannon qui la mettait dans tous ses états.

Elle se tenait adossée à la porte d'entrée de la maison de ville, pendant qu'il cherchait ses clés à l'aveuglette.

— À la maison. Je te veux ici. Pour que nous nous rappelions la toute première fois ici.

Cela lui suffisait amplement. La porte s'ouvrit soudain et ils trébuchèrent à l'intérieur, refusant de se séparer ne serait-ce que pour franchir le seuil. Il faisait sombre mais Gannon connaissait le chemin. Il la porta à moitié dans l'escalier, évitant la rampe brinquebalante inscrite quelque part sur la liste des réparations.

La porte de la future chambre n'ayant pas encore été remontée, Gannon n'eut qu'à entrer.

— Tu es sûre ? Vraiment ? questionna-t-il, ses mains remontant son sweat-shirt sur sa tête.

Elle détacha ses lèvres des siennes.

— Sans l'ombre d'un doute. Je te veux, Gannon. Ici. Maintenant. Dépêche-toi.

— Enfin.

Il retira sa chemise, la lança sur le sol et l'étala avec son pied.

— Ce sera ici.

Elle ne posa pas de question, ne demanda pas pourquoi il avait envie d'elle dans une chambre vide où il ne restait que les murs, dans sa nouvelle maison alors qu'il disposait d'un lit confortable à quelques rues de là.

Rien d'autre ne comptait que son torse nu, ses mains calleuses caressant ses formes. Pas d'attentes, pas de rumeurs, ni même de vérité. Elle avait envie de cela, et le saisirait.

Quand elle entreprit de déboutonner son jean, Gannon dégrafa son soutien-gorge. Son soupir exprimait du soulagement, de l'admiration, puis de l'adoration à l'instant où ses seins se lovèrent dans ses paumes. Le rugueux contre le lisse, la douceur contre la chaleur.

Elle gémit au contact de ses pouces sur ses mamelons douloureux.

Avant qu'elle n'ait pu baisser son jean pour le dénuder, il prit son portefeuille dans sa poche et elle entendit le froissement de l'emballage.

— Tu ne doutes pas de toi, hein ?

Elle ne plaisantait qu'à moitié. Il savait qu'elle reviendrait vers lui, même si elle ne s'était pas une fois autorisée à examiner cette éventualité.

Une preuve supplémentaire que Gannon la connaissait trop bien pour qu'elle se sente à l'aise.

— Considère cela comme un porte-bonheur, dit-il d'une voix aussi brute qu'un bloc de béton, qui propagea un délicieux frisson le long de son dos. J'ai craint de dépasser la date de péremption avant de te retrouver.

Rien de ce qu'il aurait pu dire ne l'aurait rendue plus fougueuse. Elle fondit sur lui, ses seins pressés contre son torse ferme. Alors il l'entraîna sur le sol et, amortissant la descente avec son bras, l'allongea sur sa chemise. La poussière du parquet sous ses cuisses lui parut plus excitante qu'un matelas dans n'importe quelle chambre.

— Ma chérie, ce sera rapide parce que j'ai besoin de toi de toute urgence. Mais je me rattraperai plus tard.

Plus que d'accord. Son corps palpitait de besoin, son pouls bourdonnait, ses muscles frémissaient. Elle avait envie de lui au plus vite, avec violence et une pointe de désespoir. Cela correspondait à ce qu'elle ressentait à cet instant-là. Elle avait besoin qu'il lui rappelle exactement pourquoi leurs corps se désiraient avec tant d'ardeur.

— Tu te rattraperas après la pizza, murmura-t-elle.

Son rire eut une sonorité affligée. Et sans un mot de plus, sa bouche se referma autour de la pointe de son sein avec une désespérance qui exacerba le désir de Paige et suscita un cri de plaisir. Du bout du pied, elle baissa son jean, heureuse qu'il ne reste plus qu'une couche de vêtement entre eux.

— Ton corps, princesse, mérite d'être vénéré, grogna-t-il en léchant son sein avant d'adorer l'autre, tendu pour exiger son attention.

— Tu vénèreras plus tard, susurra-t-elle.

Son corps n'était pas capable de supporter une séduction lente et raisonnée.

— Dis-moi que tu n'as pas encore équipé cette pièce de caméras de suivi de chantier.

Si cette crainte ne suffisait pas à l'empêcher de suçoter son téton, elle s'immobilisa une fraction de seconde avant de se détendre.

— Pas encore. Elles seront montées avec les cloisons et la peinture, haleta-t-elle.

Pour faire bonne mesure, elle jeta des coups d'œil dans l'obscurité, quoique distraite par sa bouche qui capturait son sein et ses doigts qui descendaient son jean sur ses hanches.

Elle avait du mal à reprendre sa respiration. La pièce renfermait trop d'ombres et pas assez d'oxygène. Aussi un danger, celui d'être consumée et de ne jamais revenir à elle-même.

Mais c'était le prix à payer et à cette seconde, il n'était même plus question de faire un choix.

— Tu es la femme la plus sexy du monde, murmura-t-il en retirant son pantalon.

Il remonta entre ses jambes, ses dents mordillant l'intérieur de sa cuisse. Paige inspira d'un coup sec quand elle sentit son haleine chaude entre ses cuisses.

— Ce n'est pas si rapide que ça, se plaignit-elle.

— J'ai quand même le temps pour un arrêt au stand, répondit-il en plongeant entre ses jambes.

Sous les caresses de sa langue, Paige porta ses hanches à la rencontre de sa bouche.

— Gannon…

— Bébé, si seulement tu savais ce que ça me fait de t'entendre prononcer mon nom.

Il la léchait, la texture de sa langue sur son clitoris ultra-sensible le faisant frémir et se contracter.

— Montre-moi.

Il s'exécuta, menant un assaut frontal qui la fit trembler sous lui. Plongeant deux doigts en elle, sa langue l'excitait. Paige tenta d'agripper ses cheveux, mais à défaut de pouvoir les saisir, griffa le sol.

— J'ai besoin que tu jouisses pour moi maintenant. Je ne peux plus attendre pour te pénétrer.

Son corps et Gannon entretenaient une relation particulière, où il ordonnait et son corps s'empressait d'obéir.

Lapant son clitoris tremblotant, il recourba un peu ses doigts en elle. Elle poussa un cri, ses muscles tendus comme un arc juste avant qu'un orgasme, d'une violence inouïe, la submerge.

Gannon grogna sur elle pendant qu'elle jouissait autour de ses doigts. Ses hanches pistonnaient contre le sol comme s'il se préparait à la suite. À peine se relâchait-elle qu'il s'écarta juste assez pour dérouler le préservatif sur son érection violacée.

Il avait envie d'elle aussi fort qu'elle avait besoin de lui. Cela la réconforta, pendant que les dernières ondes d'extase traversaient son corps. Alors que Gannon s'ajustait entre ses cuisses, le poids de son corps et la position de son sexe ravivèrent son désir. En moins d'une seconde, elle passa d'assouvie à désespérément en demande.

Remuant les hanches, elle réclamait avec son corps. Mais il la maintenait immobile, ses larges paumes encadrant son visage.

— Une chose, dit-il, les yeux plongés dans les siens. Nous sommes en couple.

— Gannon !

Elle le désirait éperdument. Il fallait qu'il la pénètre. Ils n'avaient pas le temps de discuter de leurs attentes respectives. Elle avait besoin qu'il la *remplisse.*

— Dis-le, Paige. Pas de malentendus cette fois.

Il trichait, titillant son sexe avide avec son gland arrondi. Le besoin lui provoquait déjà des spasmes.

— Dis-le.

— Nous sommes en couple, murmura-t-elle, les mots se perdirent presque entièrement à la seconde où il s'engouffra en elle.

Grognant dans son oreille, il s'imposait au fond d'elle. Le souffle coupé, ses doigts pétrissaient ses épaules.

— Ça va ?

Un murmure, entrecoupé et brut. Elle s'étirait amplement pour s'ajuster à lui, presque à la limite de la prudence.

— Oh mon Dieu, oui, confirma-t-elle, d'une voix crispée et essoufflée, son corps tendu par l'infime douleur décadente causée par ses assauts.

Les quelques poils de son torse titillaient ses seins durcis. À l'aide de son bras tatoué, il allégea son poids sur elle. Puis il enroula ses cheveux autour de son autre poing et lentement, très lentement, se retira. Les yeux dans les yeux, elle le sentit replonger en elle avec de la passion dans le regard.

— Putain, chérie, je ne peux pas arrêter.

— N'essaie même pas.

Paige l'incitait à continuer avec son corps. Ses hanches répondant à ses poussées, elle se cramponnait à ses épaules, ses ongles griffant sa peau. Il la bloquait avec son corps et ses yeux. Ses iris la gardaient captive. Elle prenait tant et plus, tandis que ses hanches la percutaient, le dos et les fesses meurtries par le sol défoncé. Mais il était en elle, là où elle avait le plus besoin de lui, et rien d'autre que la ligne d'arrivée n'importait.

Elle vit son regard se voiler. La sueur perlait sur son front et ses bras relayaient son effort pour se retenir. Il n'y avait plus de mot, juste les doux grognements dans la gorge de Gannon, les tendons de son cou en saillie.

— Oui ! implora-t-elle. Gannon !

Les jambes relevées sur ses hanches, elle sentit son sexe ondoyer autour de sa hampe. Sitôt qu'elle cria son nom, il relâcha ses cheveux pour saisir son sein, le presser, le malaxer, ses pieds ancrés dans le parquet pour rester parfaitement gainé en elle.

Son cri de triomphe, quand il jouit en elle, se répercuta dans la pénombre. Elle tremblait sous lui en sentant qu'il accordait la puissance de ses poussées aux ondes de sa délivrance. Son plaisir faisait écho au sien.

CHAPITRE 45

— Que fais-tu ? demanda Paige.

La tête sur le bras replié de Gannon, ils considéraient le plafond inachevé de la chambre.

— Je réfléchis à un mot de remerciement pour ta mère.

Riant, elle se dressa sur son coude pour l'examiner et le poussa du bout des doigts.

— Très drôle…

— Chère Leslie, je ne vous remercierai jamais assez d'être aussi prétentieuse, et d'avoir forcé votre magnifique fille entêtée à tracer sa route.

— Tu es ridicule.

— Et tu penses à la pizza.

Le visage plissé, il fit mine de décrypter ses pensées.

— Et tu te demandes ce que cela signifie.

Paige se rallongea sur le dos, rompant l'échange visuel. C'est précisément ce qui la tracassait.

— Je n'ai pas envie d'être en couple en ce moment, Gannon.

— Donc tu t'es servi de moi pour prendre ton pied ? fit-il en feignant la stupéfaction.

La paume de Gannon se referma autour de son sein.

— J'avais oublié combien tu étais hilarant après le sexe, grommela Paige en rabattant son bras sur son visage.

— Je suis hilarant du matin au soir. Ta mémoire est défaillante, tu sais.

— C'est mon anniversaire aujourd'hui.

Elle n'aurait su expliquer pourquoi elle le révéla, si ce n'est que cela la préoccupait. Elle avait vu sa mère le jour de son anniversaire, et celle-ci n'avait même pas pensé à lui souhaiter. Paige y avait à peine songé. Sa vie tournait à plein régime en ce moment, à tel point qu'elle n'avait pas le temps pour des choses comme une relation avec un homme torride ou un anniversaire. Pour autant que sa mère la considère rebelle, en fin de compte, elle marchait dans ses pas.

— C'est ton anniversaire et tu te satisfais d'un petit coup rapide sur le plancher d'une maison en travaux ?

Gannon était étonnamment furax.

— Euh, merci ?

Elle ne savait pas trop quel genre de réponse il attendait. Il se souleva du sol pour remonter son jean.

— Lève-toi.

Sa réaction étant trop lente à son goût, Gannon la tira par les pieds.

— C'est comme ça que tu me remercies d'avoir pris ton pied ?

— Rhabille-toi, Paige. Nous allons célébrer ton anniversaire.

— Je n'ai pas envie de le fêter.

— « Je ne veux pas fêter mon anniversaire, Gannon. » « Je ne veux pas être en couple, Gannon », dit-il, déformant ses propos avec une abominable voix de fausset. Par moments, tu es vraiment agaçante, tu sais ?

— Tu étais beaucoup plus sympa avec moi avant de savoir que c'est mon anniversaire.

Mais il était trop occupé à vérifier l'heure en marmonnant. Le bien-être procuré par le sexe se dissipant rapidement, Paige déplorait d'avoir ouvert sa grande bouche.

— Allons-y.

Un ordre lancé par-dessus son épaule, pendant qu'il descendait les marches d'un pas pressé. Paige enfila son sweat-shirt, boutonna son jean et le suivit sans entrain.

— Ouais, ouais, on y va.

La nuit était tombée sur Brooklyn. Du moins le quartier était-il aussi sombre que possible considérant sa cohorte de lampadaires à LED. Ils parcoururent plusieurs pâtés de maisons avant que Gannon n'effectue un habile créneau pour insérer son énorme pick-up devant une poissonnerie fermée.

— Attends-moi là.

Avant qu'elle n'ait répliqué d'un trait d'esprit, il claqua la portière et s'éloigna. La tête contre le siège, Paige soupira. Sa volonté était partie en fumée, ouvrant la porte à la mauvaise décision qu'était Gannon King. *Encore.*

Non sans étonnement, elle dut admettre qu'elle n'avait pas l'impression de s'être désavouée. Elle se sentait… satisfaite, voire fière. Nul doute que le temps passé dans les bras de Gannon, au lit ou par terre, n'était jamais du temps perdu. Il hissait le plaisir au rang de sport olympique. Mais elle s'attendait à éprouver de la culpabilité parce qu'elle avait lâché prise. Elle n'avait pas le temps pour un homme aussi exigeant que Gannon. Aucune distraction n'était envisageable à ce stade de sa vie.

Mais alors qu'elle pointait les raisons de garder ses distances, aucune ne faisait le poids face à l'argument que représentait son corps après l'orgasme. Il lui plaisait. Même quand il n'en faisait qu'à sa tête. Il la repoussait hors de sa zone de confort, lui posant des défis à chaque tournant. Et cela la renforçait.

Paige cligna des yeux, certaine que le spectacle qui approchait du camion était une hallucination post-orgasmique. Gannon croulait sous les sacs de courses. Attaché à son jean, un bouquet de ballons d'anniversaire flottait en l'air. Des fleurs dépassaient d'un des sacs.

Il ouvrit sa portière et lança les sacs et les ballons sur la banquette arrière.

— Ne regarde pas. Retourne-toi et ignore tout ce qui se trouve derrière.

Elle pivota en secouant la tête.

— Tu es ridicule.

— *Tu es* ridicule.

Ils roulèrent jusqu'à son appartement, à cinq ou six pâtés de maison de là, et quand Paige voulut l'aider à décharger la voiture, il repoussa ses mains d'une tape.

— Va plutôt ouvrir la porte, dit-il en lui lançant ses clés.

Soulagée de ne pas avoir à participer à cette mascarade, elle monta les trois étages au petit trot et déverrouilla la porte. Peu de choses avaient changé depuis la dernière fois qu'elle était venue, l'été dernier. Le canapé était toujours en cuir élimé, la cuisine étriquée, et la chambre continuait de lui rappeler de longues heures tardives de plaisir.

Elle repéra néanmoins une nouveauté. Une photo encadrée, sur l'étagère à côté du téléviseur. Elle la prit et l'examina. C'était une photo prise sur le vif, sur le tournage des « Rois de l'immobilier ». Paige, les mains sur les hanches, en débardeur et short, distribuait des ordres en souriant. La scène se situait au milieu du tournage chez les Russs.

Entendant de l'agitation dans le couloir, elle reposa la photo juste au moment où Gannon débarquait avec son butin. Il referma la porte d'un coup de talon et lâcha tous les sacs sur le comptoir de la cuisine. Sans s'embêter à détacher les ballons de sa ceinture, il attrapa une bouteille de vin dans le placard et la déboucha. Il remplit un verre pour elle, les ballons s'entrechoquant au-dessus de sa tête. Elle ne put s'empêcher de rire. Un farfadet d'anniversaire renfrogné qui servait du vin ? Impossible de garder son sérieux.

— Prends ton verre et va te doucher.

Pendant qu'il déballait les provisions, elle avisa une boîte de préservatifs maxi format et haussa les sourcils.

— On devrait tenir toute la nuit.

Il lui tendit un sac de courses.

— Douche, ordonna-t-il.

Le ballon au visage souriant affublé de cœurs à la place des yeux remonta derrière sa tête, ce qui sapa son autorité.

Elle se faufila à côté de lui.

— Que feras-tu pendant que je serai nue et savonneuse sous ta douche ?

Maintenant qu'elle l'avait de nouveau goûté, elle était très loin d'être assouvie pour la soirée. Il se pencha, l'embrassa avec fermeté avant de mordiller sa lèvre inférieure.

— Préparer le dîner.

— Je n'ai pas si faim que ça.

Dressée sur ses orteils, elle posa un doux baiser suggestif sur sa bouche. Un baiser qu'il approfondit, ses mains s'attardant sur ses hanches. Et quand il la fit reculer, elle se laissa diriger. Son corps reprenait vie, une lente combustion qui naissait dans son ventre et plus bas encore.

Le carrelage froid sous ses pieds contrastait avec la chaleur de Gannon sur le devant de son corps. Il s'écarta, et elle planta son regard dans ses yeux embrumés par le désir.

— Nous avons toute la nuit, promit-il comme un rappel destiné à lui-même autant qu'à elle. Douche, dîner, dessert.

Sa façon de prononcer « dessert » répandit un délicieux frisson le long de son dos.

— Tu es sûr de ne pas vouloir passer directement au dessert ? offrit-elle.

— Continue à me regarder de cette façon et ce sera plutôt le petit déjeuner.

Il referma la porte avec plus d'énergie que nécessaire.

Restée seule, Paige aperçut son reflet dans le miroir au-dessus de la tablette. Ses joues empourprées, ses yeux brillants, et une sorte d'exaltation qui irradiait de l'intérieur. Voilà ce que Gannon lui faisait. Elle se sentait libre, détendue, *bien*.

Peut-être qu'une douche n'était pas une mauvaise idée, tout compte fait. Elle fureta dans le sac offert par Gannon, et eut la joie de trouver ses produits préférés : shampooing, après-shampooing, gel douche et même crème hydratante. Amusée, elle examina des articles ajoutés sur un coup de tête. Un baume à lèvres, un déodorant et une brosse à dents.

Manifestement elle était invitée à passer la nuit chez lui. Le tournage débutant de bonne heure le lendemain matin, elle se ne plaindrait pas d'avoir moins de trajet que d'ordinaire. Non qu'une nuit dans le lit de Gannon constitue une raison de se plaindre.

Pendant que l'eau chaude coulait dans la cabine de douche, elle se déshabilla. Elle jeta un coup d'œil à son verre de vin et haussa les épaules. Pourquoi pas ? C'était son anniversaire après tout. Elle emporta son verre sous la vapeur.

* * *

Les cheveux mouillés et le corps propre, Paige retourna dans la cuisine, un tee-shirt de Gannon enfilé sur ses sous-vêtements. Elle n'aurait su dire lequel fut le plus surpris. Gannon releva la tête et lâcha la cuillère avec laquelle il fouettait une préparation noire et chocolatée.

En son absence, il avait retiré sa chemise, éclaboussée par la même substance à base de chocolat noir qui remplissait le bol, et l'avait remplacée par un tablier de cuisine. Il la contemplait, pieds nus, son jean retombant sur sa taille et arborant un petit sourire diablement séduisant.

— Mon tee-shirt te va bien.

— Ton tablier te va bien.

Deux grandes salades de poulet dans des boîtes en plastique se trouvaient sur le plan de travail. Il récupéra la cuillère, et la rinça sous le robinet avant de reprendre le bol.

— Que prépares-tu de bon, chef King ? demanda Paige, en se resservant en vin avant de se glisser derrière lui pour lui sortir une bière du réfrigérateur.

— Rends-moi service, détache les autocollants de ces trucs, dit-il en tendant le menton vers les moules à muffins qui dépassaient d'un sac.

— Tu n'es pas sérieux ? fit Paige, son cerveau rejetant ce que la logique lui soufflait.

— Ce sont des autocollants, insista-t-il sans comprendre ce qui la freinait. Ressaisis-toi, princesse.

— Tu me prépares des cupcakes.

— Si tu avais pris la peine de partager quoi que ce soit de personnel, comme le fait que c'est ton anniversaire, tu aurais eu un succulent gâteau au chocolat vendu par la pâtisserie du bout de la rue. Mais comme tu n'as rien dit, tu devras t'en contenter. Décolle ces trucs.

Les mots lui faisaient défaut. Gannon King lui confectionnait des cupcakes pour son anniversaire, et la houspillait à cause de ça.

Elle noua ses bras autour de sa taille, par derrière, et posa son front sur son dos musclé.

— Tu ne vas pas pleurer, j'espère ? ronchonna-t-il. Un sourire étira ses lèvres.

— Non.

— Heureusement. Garde ça pour le moment où ils seront carbonisés et que tu devras néanmoins les manger pour ne pas me vexer.

Les cupcakes ne furent que très légèrement brûlés. Mais Gannon se rattrapa en allumant une bougie en forme de couronne jaune qu'il planta dans le glaçage au chocolat de l'un des gâteaux. Il ne lui chanta pas « joyeux anniversaire », ce qui les aurait embarrassés tous les deux. En revanche, il insista pour qu'elle fasse un vœu.

Un peu plus tard, quand la seconde boîte de glaçage au chocolat servit à un usage plus charnel, Paige songea que son vœu était exaucé.

CHAPITRE 46

Le lendemain matin, réfugiée dans les bras tatoués de Gannon, Paige reçut une bonne nouvelle dès le réveil.

— Qu'est-ce qui se passe ? bougonna Gannon en jetant un œil endormi à son téléphone par-dessus son épaule.

Paige leva l'écran.

— C'est Malia et son médecin. Elle termine son traitement cette semaine. Carina se déclare prudemment optimiste. Et elle trouve le médecin de Malia canon.

— Elle m'a déjà remplacé ? soupira Gannon, le visage caché dans son cou.

— Tu restes le King Torride, promit Paige.

Elle remua ses fesses contre lui et en retour, il appuya son érection sur elle.

— T'as pas intérêt à l'oublier, dit-il, sa voix étouffée dans sa chevelure. Restes-tu en contact avec beaucoup de familles de l'émission ?

— Juste deux ou trois à chaque saison. Les Dufour et les Ledler.

Paige envoya à Carina une réponse assortie d'une série de points d'exclamation.

— De la dernière émission ?

Gannon le comprenait. Il la fit rouler sur le dos et sema une pluie de baisers sur sa poitrine et ses épaules.

Elle inspira entre les dents en sentant sa langue langoureuse sur son sein.

— J'ai… culpabilisé d'avoir déserté le tournage avant le dévoilement.

Elle s'arqua contre lui, son corps suffisamment réveillé pour exiger de réitérer les plaisirs de la nuit.

— Je leur ai rendu visite en septembre, j'ai fait la connaissance de leurs nouvelles filles.

Gannon releva la tête.

— Non ? C'est pas vrai !

— Hein ?

Le désir embrouillait les esprits de Paige.

— L'adoption ? Elle a été finalisée ?

Gannon ponctua sa question d'une morsure à l'épaule.

— Se servent-ils des lits pour enfants ?

Gannon avait dessiné et fabriqué deux lits à barreaux pour les jumelles. Des lits à présent au cœur d'une famille heureuse.

— Aïe ! Oui, j'ai des photos. Quelle heure est-il ?

Il vérifia son téléphone.

— Nous avons le temps de nous doucher et de petit déjeuner ici, sauf que mes œufs seront immangeables et mes toasts brûlés. Ou nous pouvons tester notre efficacité sous les draps, et prendre des cafés et des sandwichs à emporter.

* * *

Ils s'avérèrent d'une efficacité redoutable. Assez pour que Gannon ait l'impression que ce qu'il avait goûté de Paige était plus une mise en bouche qu'un repas. Il remédierait à cela dans la soirée, après le travail. Suivant Paige dans la salle de bains, il la vit examiner ses cheveux emmêlés avec scepticisme.

— J'aurais dû les sécher hier soir. Ce n'est qu'un paquet de nœuds.

Derrière la porte de la salle de bains, il décrocha sa casquette à l'effigie de l'émission et l'enfonça sur ses boucles brunes.

— Problème réglé.

Elle abaissa la visière, ramena ses cheveux derrière ses oreilles et réussit à avoir l'air adorable. Il ajusta néanmoins la réglette à l'arrière. Paige lui fit un grand sourire. Et pas son sourire professionnel, le mégawatt qui lui faisait un choc à tous les coups. Ses yeux bleus étaient chaleureux sous la visière, son visage sans maquillage incroyablement joli. Son cœur cafouilla un peu.

— Quoi ? demanda-t-elle, la tête inclinée.

Il n'allait pas tout compromettre en lui déclarant son amour éternel. Une fois de plus. Il devait se conformer à son plan. Avec un haussement d'épaules, il prit sa brosse à dents.

— Rien. J'apprécie juste le début de cette journée.

Paige décrocha sa brosse à dents du support et la rinça sous l'eau.

— Écoute, commença-t-elle en s'emparant du dentifrice. Pour éviter de répéter certaines erreurs, je tiens à ce que tout soit clair.

Gannon saisit le dentifrice et pressa le tube au-dessus de sa brosse à dents. Elle le reprit et en étala une bande nette sur la sienne.

— Pourquoi je pressens que tu vas me contrarier ? grommela-t-il en se brossant les dents avec énergie.

— Je n'ai pas l'intention de te contrarier, insista Paige. Je veux juste m'assurer que tu comprends qu'en ce moment, je n'ai pas envie de me mettre en couple.

Il cessa de frotter pour la fixer dans le miroir.

— Tu sais quoi faire pour que je me sente exceptionnel.

Elle fronça le nez et se pencha pour cracher dans le lavabo.

— Tu as parfaitement compris. Je t'aime beaucoup, Gannon. J'aime être avec toi. Mais je n'ai pas de temps à consacrer à une histoire de cœur.

Il cracha à son tour et se rinça la bouche au robinet.

— Mais le sexe, tu veux continuer ?

— Bah ouais, fit-elle d'un air coupable.

— Et tu ne couches avec personne d'autre ?

— Bien sûr que non ! Et toi non plus, d'ailleurs.

Elle se rinça et rattrapa la serviette qu'il lui lança.

— Donc sexe monogame. Pour les dîners, on fait comment ? Je peux partager des repas avec toi ?

— Je sais à quoi tu joues, l'avertit-elle.

Elle tendit sa brosse à dents vers lui.

— Repas, sexe et probablement des nuits l'un chez l'autre, résuma-t-il. Mais pas en couple.

— J'aimerais juste éviter que tu aies des attentes du style…

— Style ? Qu'implique une relation de couple pour toi, Paige ?

— Je n'y ai pas vraiment réfléchi.

— Pourtant tu es certaine de ne pas vouloir faire de place à une relation ?

— J'essaie d'être franche avec toi, voilà tout. Je ne veux pas réfléchir aux étapes suivantes, ni me questionner sur ce que nous sommes ou ne sommes pas. Je souhaite me concentrer sur le travail.

— Donc nous ne sommes pas ensemble, clarifia Gannon.

Paige eut l'air apaisé.

— C'est ça, pas ensemble.

Il posa un baiser sur le dessus de sa tête.

— Restons-en là. Magne-toi, princesse. J'ai besoin d'un café.

Elle le regarda sortir de la salle de bains, ses yeux lançaient des éclairs dans son dos.

— Ravie que tout soit clair.

En arrivant à la maison de ville, Paige eut la joie de constater que les deux équipes étaient déjà réunies. Gagner du temps ne nuisait pas au planning. Cependant, toute idée de prendre de l'avance fut balayée quand elle ouvrit la porte.

— Surprise !

Elle se serait volontiers enfuie si Gannon et son torse ne lui avaient bloqué la sortie. Felicia tenait entre ses mains un plateau surchargé de donuts et de bagels. Cat, en jean skinny et haut asymétrique bleu ciel, apparut avec une tiare kitsch à un dollar.

— Tu n'espérais quand même pas nous échapper le jour de ton anniversaire, dis-moi ? plaisanta-t-elle en enfonçant la tiare sur la casquette de Paige.

— Techniquement, j'ai réussi. C'était hier, grommela Paige en lançant à Gannon un regard mécontent par-dessus son épaule.

Il lui répondit d'un clin d'œil, avant de la pousser dans la mêlée. Il y eut du café, toutes les viennoiseries et beignets imaginables et possiblement la pire interprétation de « Joyeux Anniversaire » de l'histoire de la chanson.

Bradley rangea son téléphone à la fin de la chanson.

— Cette vidéo vaudra de l'or pour le blog, dit-il en mordant joyeusement dans un bagel fourré au fromage frais à la ciboulette.

Et l'embarras de Paige s'aggrava lorsque Flynn lui remit un sac cadeau contenant un débardeur El Jefe[4], souligné d'un bisou qui lui valut une bourrade de Gannon.

Après cette abondance de donuts, bagels et viennoiseries danoises, arrosés de café, Gannon déclara qu'ils prolongeraient la fête en fin de journée, autour de pizzas et de bières. Paige finit par les autoriser à poursuivre les festivités avec des pizzas et des bières à la condition expresse qu'ils tournent les scènes prévues. Les équipes dispersées, elle s'octroya un donut et un moment de répit.

En moins de vingt-quatre heures, il lui avait préparé des cupcakes, improvisé une fête surprise, et causé quatre orgasmes ahurissants. Une chose était sûre, c'était voué à mal se terminer. Leurs sentiments réciproques étaient trop explosifs pour qu'ensuite ils partent gentiment chacun de leur côté. Non, ce serait forcément compliqué et déchirant. En admettant qu'elle fasse l'impasse sur l'inévitable rupture, le temps à lui réserver serait astronomique.

Cependant il lui avait offert des ballons et s'était rappelé la marque de son shampooing. Il lui avait donné ce contrat, cette émission, cette opportunité. Partant de là, il n'était pas aisé de classer ses sentiments pour lui dans les cases « bien aimer » ou « sexe ». Ils étaient d'une nature plus profonde. Quelque chose qu'elle n'était pas encore prête à identifier. Elle tapa dans

4. Le chef.

le pied métallique de l'établi qui s'affaissait sous le poids des outils et de divers fournitures de bricolage.

Pour ne pas leur laisser une petite chance, il fallait être une abrutie finie.

Les pistolets à clous résonnèrent à l'étage et quelque part, un duo de scies circulaires effectua un bref découpage. Elle trouva Gannon dans la cuisine, où il vérifiait les mesures pour la nouvelle porte donnant sur la terrasse à l'arrière.

— Tu as gagné, nous sommes ensemble, déclara-t-elle, bras croisés, le regard noir. Content ?

Agenouillé sur le sol, il releva les yeux vers elle.

— Je suis fou de joie.

— Si je bousille cette relation faute de temps ou parce que je ne réponds pas à tes besoins, ou que je suis égoïse, tu ne pourras t'en prendre qu'à toi-même, souligna Paige.

— Me voilà prévenu.

Il se releva et se frotta les mains sur son jean avant de l'attraper. Elle était rapide, mais il l'était encore plus et il l'enlaça très étroitement.

— Nous sommes au travail, lui rappela-t-elle en jetant des regards anxieux au-dessus de son épaule.

— Eh bien, chérie, tu es face à l'un de mes besoins. Je ne le cacherai pas à mes gars. Ils sont ma famille pour ainsi dire. Tu peux prétendre ce qui t'est nécessaire aux yeux de ton équipe, mais mes gars le prendraient personnellement si je leur mentais.

— Ce que tu m'énerves, Gannon.

— Nous allons faire les choses correctement cette fois, et tu dois être prête à assumer les conséquences. Je ne serai pas ton amant caché. Cesse de bouder.

Elle sentit les sillons se creuser sur son front.

— Je ne boude pas ! Je réfléchis. Je n'ai jamais annoncé que j'étais en couple.

— Tu te prends trop la tête.

Felicia traversa la cuisine en grignotant un éclair au chocolat.

— Salut, Paige. De combien de micros avons-nous besoin aujourd'hui ? Deux m'ont lâchée. Foutue camelote.

Gannon regarda Paige, désigna Felicia d'un mouvement de tête et l'encouragea d'une tape dans le dos.

— Hmm, Felicia, je voulais te dire… un truc.

— Tu ne vas pas me foutre à la porte, quand même ?

— Mais non !

— C'est que tu fais une tête chelou.

Gannon eut un petit rire. Paige le fusilla du regard.

— Non, c'est que je… Gannon et moi sommes… nous sortons ensemble. Ce n'est que le début et je voulais que tu… que tu le saches.

— Cool. Donc je ne suis pas virée et vous êtes ensemble ? précisa Felicia.

— C'est l'idée générale.

Felicia poussa des cris et saisit le micro du casque qu'elle portait autour du cou.

— Faites péter la cagnotte, les gars !

Des cris de joie et des acclamations retentirent à tous les étages.

— Tu avais parié de l'argent ?

Paige enfouit son visage entre ses mains. Felicia lui lança un coup d'œil incrédule.

— Personne n'aurait parié contre Gannon, dit Felicia. Il suffit de le regarder. Qui n'en voudrait pas ?

Gannon se sentait fier comme un paon.

— Alors qui a rempli la cagnotte ?

— Nous avons tous mis vingt dollars dans le pot pour aller faire la nouba dès que vous feriez des cabrioles. Ça fait un sacré pactole qui n'attendait plus que vous.

Décidant que ses mains étaient parfaitement à leur place, Paige les laissa sur ses yeux.

— Pour info, Felicia, dit Gannon en passant un bras autour des épaules de Paige. C'est plus sérieux que ça entre nous.

Les sourcils de Felicia remontèrent sur son front.

— Tout ce que j'en dis, c'est que c'est pas trop tôt.

— Tu m'enlèves les mots de la bouche, concéda Gannon.

— Je fonce répandre la nouvelle. Vous venez avec nous ce soir ? Faut fêter ça.

Gannon pressa l'épaule de Paige.

— Naturellement.

Pour autant qu'elle sonne comme un croassement, sa réponse n'en était pas moins affirmative. Felicia s'éloigna en sifflant « Joyeux anniversaire » façon bebop.

— Tu vois, princesse ? Ce n'était pas la mer à boire.

HIVER

CHAPITRE 47

La maison prenait forme. Rempli de fierté, Gannon écarta de son passage un carton de carrelage avec le bout de sa botte. Le taudis se transformait lentement en toile vierge. Le soleil qui filtrait par les fenêtres neuves inondait le parquet poncé. L'odeur de renfermé était remplacée par des senteurs de sciure et de sueur. Partout les avancées étaient visibles.

Les charpentes des étages, des chambres, salons et salles de bains étaient achevées, et avant le milieu de la matinée, viendrait le tour du bureau de Gannon et du petit atelier du sous-sol. Ensuite ils laisseraient le champ libre aux artisans chargés de monter les cloisons.

La pose des cloisons représentait un tournant. Ils avaient démonté l'ancienne plomberie, l'installation électrique, les systèmes de ventilation et les radiateurs, réparé les sols qui pouvaient être sauvés et désencombré l'extérieur. Le toit était neuf. À la faveur du terrassement, l'arrière évoquait plus une zone envahie par les mauvaises herbes qu'une jungle oubliée par l'homme.

L'ironie était qu'entre la démolition et les cloisons, très peu d'étapes de rénovation étaient intéressantes pour les spectateurs.

Les images de son équipe déroulant les câbles électriques ou montant des conduits de ventilation franchissaient rarement le cap de la diffusion. Le public adorait le jour de la démolition et l'élévation des nouveaux murs qui réinventaient les espaces, mais il se désintéressait de ce qui passait à l'intérieur de ces murs. Les entrailles, comme il aimait les qualifier, étaient le cœur de tout projet. Peu importait que le dosseret soit recouvert de carrelage brillant si la plomberie vieille d'un demi-siècle fuyait de partout. Or, les spectateurs ne partageaient pas ce point de vue.

Il passa la main sur les nouveaux montants qui structuraient sa chambre.

Le plan de tournage, au rythme relativement détendu jusqu'à présent, s'accélérait au gré des longues journées de la phase créative. Mais c'était symbolique d'une vision en cours de concrétisation. C'était l'étape du projet où son équipe cessait de le croire fou et commençait à percevoir le potentiel.

Potentiel et vision, deux choses sur lesquelles il se trompait rarement. Et c'est ce qu'il décelait dans sa relation avec Paige. Il avait peut-être été obligé de la traîner de force dans cette émission, mais leur collaboration s'avérait encore plus fructueuse qu'ils ne l'auraient espéré. Pourtant, il avait placé la barre très haut.

Il s'était habitué à se réveiller à ses côtés, enroulée autour de lui ou vice-versa. Au travail, elle l'aidait à garder les pieds sur terre et il la poussait au-delà de ses limites. Elle avait franchi le pas de la réalisation avec brio, ce qui ne surprenait qu'elle. Elle avait suffisamment d'expérience derrière la caméra pour être capable d'élaborer les scénarios en temps réel, facilitant ainsi le travail des monteurs au moment de les étoffer en post-production.

Elle l'avait impressionné par sa facilité à assimiler les étapes de construction, et planifiait les tournages avec une considération envers ses artisans que tous appréciaient.

Pour ce qui était de leur temps libre, ils avaient adopté une vague routine, quelque chose qu'il concevait comme une partie intégrante de la vie de couple. Ils passaient le cœur de la nuit entrelacés, se donnant avec autant de passion qu'au travail. Pendant leurs jours de repos, ils préparaient un brunch sans chichis chez lui, expérimentant des recettes simples à leur portée, et l'après-midi, ils se lançaient dans des corps-à-corps éperdus. Quand Becca s'absentait, à savoir la plupart du temps, Gannon assistait Paige sur une tâche qu'elle consentait à lui confier.

Ses recherches intensives étaient triées et organisées en un storyboard exploitable pour le film. Sa liste d'entretiens confirmés s'allongeait. Et il aimait faire partie du projet.

Un soir, en rentrant après avoir pris une bière avec Flynn, il trouva devant sa porte une Paige sautillante. Une activiste hautement respectée, qui luttait pour les droits de la femme et qu'elle pensait inaccessible, venait de confirmer sa participation. Et Gannon, récemment instruit sur les pionnières des droits de la femme, reconnut non seulement son nom mais aussi plusieurs de ses accomplissements notables.

Ils fêtèrent cela avec une pizza et du vin, en compagnie de Cat, chez Nonni. Et pendant qu'ils riaient autour de la table de la salle à manger, Gannon réalisa qu'il avait tout ce qu'il avait toujours souhaité.

Une femme douée, sexy et déterminée qui lui donnait envie de devenir meilleur, et que sa grand-mère et sa sœur adoraient. Une maison conçue comme le tremplin vers le début du reste de sa vie. Des activités aussi fleurissantes que palpitantes qui le mobilisaient au quotidien, en parallèle d'une entreprise de mobilier en plein essor. Il exerçait un métier manuel, fabriquait des objets qui participaient à l'histoire des familles.

Il avait tout.

Ne restait plus qu'à sécuriser l'ensemble.

Et en dehors de Paige, il ne subsistait qu'une complication susceptible de tout faire capoter.

La saison finale des « Rois de l'immobilier » était diffusée le lendemain soir, ce qui impliquait une soirée de visionnage avec l'équipe, les participants et les costards-cravates dans le bar d'un hôtel rupin. L'événement était décontracté, sans caméra, sans guet-apens orchestré par Meeghan Traxx. Mais ça parlerait boutique, ça ferait de la lèche et autres blablas du genre. La post-production s'était focalisée sur l'intrigue du triangle amoureux, qui malheureusement faisait un tabac auprès du public. L'attention sur les réseaux sociaux suivait une progression stable au fil de la saison et Gannon devinait que cela ne ferait qu'empirer avec l'épisode final.

Pour ce qu'il en savait, Paige était tellement accaparée par la nouvelle émission et la préparation de son documentaire qu'elle n'avait pas connaissance de l'attention médiatique qu'ils suscitaient. Hélas, il serait impossible de la protéger lors de la projection des images de Meeghan faisant irruption sur le plateau. Et cela le mettait dans une colère noire.

Il n'aurait su dire comment Paige réagirait. Elle avait réussi à chapeauter cette nouvelle émission sans être parasitée par la société de production qui l'avaient dupée au profit du divertissement. Mais la perspective de se confronter aux décideurs au cours de cette soirée donnait l'impression de courir à la catastrophe.

Son premier instinct était de débarquer tambour battant, et de menacer tout le monde. Cela semblait avoir fonctionné avec Meeghan. Pour autant que ce soit gratifiant, l'affrontement créerait plus de problèmes pour Paige qu'il n'en résoudrait. Paige avait besoin de défendre sa cause, les deux majeurs fièrement dressés sous leur nez. Ce qui ne l'empêcherait pas de se tenir juste derrière elle, prêt à en découdre à son signal.

Gannon espérait de tout cœur qu'elle s'affirmerait, et profiterait de l'occasion pour les remettre à leur place.

Il devait faire preuve de confiance et de patience. Deux qualités qui arrivaient en bas de sa liste personnelle. Il secoua la tête, dans l'embrasure de la porte de la chambre parentale. Il l'avait amenée ici pour leur deuxième première fois et ils avaient entre-temps baptisé presque toutes les pièces de la maison. Mais il avait d'autres plans pour elle. Des plans plus ambitieux. Il fallait juste qu'ils s'en sortent demain soir.

* * *

Paige s'arma de courage en arrivant devant l'hôtel de West 46th Street. Elle sécha ses paumes sur le pantalon skinny gris ardoise qu'elle avait finalement choisi. Bien qu'elle connaisse tout le monde, elle ne pouvait s'ôter de l'esprit qu'elle se jetait dans la gueule du lion.

Les hommes qui avaient tiré les ficelles pour elle tout au long de la saison, derrière leurs hautes portes vitrées, éclusaient probablement des verres de scotch à soixante dollars au bar, s'échangeant des tapes dans le dos pour se féliciter du succès de la dernière saison.

Aucun d'eux ne s'attendait à la nouvelle Paige. Et cela jouerait en sa faveur. La nouvelle Paige avait fait sa première apparition le mois dernier, lors du dîner de Thanksgiving des St. James, un repas intime et préparé par un traiteur, organisé chez sa mère. En des termes qui ne laissaient pas de place au doute, Paige avait annoncé à sa mère et à sa sœur qu'elle sortait avec Gannon et se lançait dans une nouvelle carrière de réalisatrice de documentaires. Elles étaient libres d'approuver ou de désapprouver ses choix, leur opinion n'ayant aucun poids. Sa mère avait froidement changé de sujet, mais sa sœur avait subtilement levé son verre de vin à l'intention de Paige.

Paige considérait la soirée à venir comme une bataille de plus dans la guerre.

Choix tactique, elle avait donné rendez-vous à Gannon sur place. Elle n'était pas là pour jouer les trophées à son bras mais pour s'imposer. Elle n'avait pas encore annoncé aux gros bonnets qu'elle ne rempilerait pas la prochaine saison ni pourquoi. Avec le salaire et l'expérience acquise sur la nouvelle émission de Gannon, elle pouvait en toute sécurité se permettre de claquer la porte des « Rois de l'immobilier », au lieu d'endurer jusqu'au bout la prochaine saison. Elle en avait sa claque d'être malmenée, ce qu'ils découvriraient bientôt.

Elle descendit de voiture et resserra la ceinture de son trench en lainage pour se protéger contre le froid déterminé à infiltrer ses os. Ses escarpins à bride rouge claquant au rythme de son pas assuré, elle marcha vers l'entrée. Le portier, ses joues rosies par le vent cinglant, la fit entrer en lui adressant un clin d'œil et un sourire.

Ragaillardie par cet accueil amical et sa rage intérieure, Paige était on ne peut plus prête à se frotter à l'ennemi.

Dans le bar réservé par Summit-Wingenroth, elle commanda un bourbon. Son verre en main, elle enleva son pardessus et se mêla à la fête, se dirigeant directement vers son équipe réunie autour de deux tables hautes, à l'extrémité du comptoir.

Prendre des nouvelles de Louis et Rico lui faisait penser à une sorte de fête du village. Louis, qui venait d'apprendre qu'il allait devenir grand-père pour la première fois, exhiba l'échographie comme s'il s'agissait d'un Oscar récompensant son travail dans le cinéma. Rico rentrait de deux semaines à vadrouiller dans la zone touristique de Cancún, détendu et prêt pour un nouveau projet.

Mel et Sam divertirent Paige avec des anecdotes survenues en coulisses dans leurs projets respectifs et l'asticotèrent pour connaître les détails de sa vie sentimentale jusqu'à ce que Cat vole à son secours.

Toujours aussi branchée, en leggings en cuir noir et sweat-shirt moulant orange brûlée qui n'irait bien à aucun autre être humain, Cat l'entraîna dans le fond du bar pour commander un verre.

— Tu tiens le coup ? demanda-t-elle en agitant son verre vide à l'intention d'un barman.

— Pour l'instant, ça va. Je n'ai pas encore démissionné ni frappé qui que ce soit.

Cat baissa les yeux sur les chaussures de Paige.

— Excellent choix.

En quelques secondes, un verre plein fut placé devant elle, malgré les commandes passées avant la sienne.

— Tu ne te lasses jamais d'être adulée par des millions de personnes ? demanda Paige avec un grand sourire.

La réponse désinvolte qu'elle attendait de son amie se fit désirer. Cat jeta un coup d'œil par-dessus ses deux épaules avant de l'entraîner à l'écart de la foule.

— As-tu assassiné quelqu'un ? demanda Paige.

Cat fit les gros yeux.

— Non ! D'où te viennent ces idées saugrenues ?

— Avec toi, tout est possible.

— Voyons si tu peux prédire celle-ci. Gannon m'a longuement parlé du documentaire, et je pense que tu devrais m'interviewer.

— Comment ?

Cat comptait parmi les jeunes présentatrices de la chaîne les mieux payées, et avec les sponsors, elle était à l'abri.

— Quand Gannon et moi étions en pourparlers avec la chaîne, ils m'ont proposé la moitié du salaire de Gannon.

— Tu plaisantes, j'espère ?

— Si seulement. Ils ont essayé de m'arnaquer en partant du principe que je me sentirais tellement reconnaissante d'être inclue que j'approuverais, ou que Gannon me cacherait le montant de son cachet.

— Répugnant, siffla Paige.

— Naturellement, Gannon a fait un scandale et nous avons fini avec le même cachet. Mais ensuite, ils ont recommencé au début de cette saison. Ils ont proposé une augmentation, sauf que celle de Gannon était nettement plus élevée que la mienne. À quoi nous avons rétorqué que nous exigions d'être traités de manière équitable, sans quoi aucun de nous ne signerait pour une nouvelle saison.

— Cat, je suis désolée. C'est déplorable.

Cat roula ses épaules en arrière.

— Un soir, j'ai invité Cindy, l'une des vice-présidentes de Seum-Wingencrasse à prendre un verre. Je l'ai fait picoler.

Le sobriquet qu'elle avait inventé pour la société amusa Paige.

— Que t'a-t-elle appris ?

— Que ce n'était pas du sexisme. Que les boîtes de prod ont constaté que les femmes sont généralement disposées à accepter un salaire inférieur. Les escroquer est devenu la tactique habituelle. Dans les cas où le talent masculin ne partage pas les chiffres, les femmes ignorent même qu'elles peuvent demander plus.

— Serais-tu disposée à en parler ? demanda Paige. Cela pourrait t'attirer de sérieux ennuis avec la chaîne.

— Plus que disposée. Si personne ne dévoile au grand jour ces procédures inadmissibles, ça ne cessera jamais. Ce n'est pas parce que j'ai une poitrine sublime et un vagin que je mérite moins d'argent ou de respect.

— Dans mes bras, frangine ! s'exclama Paige avant une brève accolade. Bienvenue dans l'aventure. Mais nous devrons consulter un avocat au préalable, pour être certaines qu'ils ne t'attaquent pas. L'une des colocs de fac de Becca a suivi des études de droit.

— Super, je lui parlerai aussi de Cindy. Nous sommes restées en contact, elle a démissionné au milieu de la saison. Ça l'intéresserait de se confier à toi.

Quelqu'un du milieu, avec une expérience personnelle de la discrimination envers les femmes à la télé ?

— Je pourrais carrément t'embrasser là tout de suite, dit Paige à Cat.

— Vive les lesbiennes ! s'écria Cat en battant l'air du poing en signe de victoire. Je savais que tu finirais par te lasser de mon frère.

Paige gloussa, même si elle sentit de l'électricité crépiter dans le bar. Elle ne s'embêtait plus à s'interroger sur ce phénomène. C'était juste l'effet provoqué par l'arrivée de Gannon.

— Quand on parle du loup…, souffla-t-elle.

Leurs yeux se trouvèrent d'un bout à l'autre de la salle, l'air crépitant entre eux.

— Je crois qu'il attend ton signal, murmura Cat. Il ne veut pas te forcer à divulguer votre relation si tu n'es pas prête.

Gannon était capable d'avoir autant d'égards envers elle. Au risque de s'irriter, il se refrénait s'il pensait que c'était pour son bien.

— Je crois que je ferais bien d'aller lui dire bonjour, d'une façon professionnelle et cordiale, dit Paige.

Cat fit un large sourire.

— Ce serait mieux. Au fait, Paige ? dit Cat en l'arrêtant d'une main sur le bras. Je suis fière de toi.

— Tu veux que je te dise un truc, Cat ? Je me sens fière de moi aussi. Et je t'adore.

Après avoir posé un baiser sur la joue de Cat, elle traversa le bar, une longue marche jusqu'à Gannon qui attendait sa bière, les mains dans les poches de sa veste en cuir infiniment sexy.

Malgré son silence quand elle s'arrêta devant lui, ses yeux étaient tout sauf paisibles. Au bout d'une journée sans le voir, elle avait l'impression que ça faisait une éternité. Il lui avait manqué, et il n'était pas exclu que ce soit réciproque.

Si elle avait appris quelque chose cette année, c'était que Gannon lui importait plus qu'un emploi.

Elle se faufila entre ses pieds, noua les mains autour de son cou et l'embrassa avec douceur.

— Prenez-vous une chambre, railla Felicia avec bonne humeur. Leurs collègues se mirent à siffler autour d'eux.

— Au moins, on sait comment la saison se termine, lança quelqu'un.

Paige contemplait Gannon avec un immense sourire. Il posa les mains sur ses hanches.

— Salut, princesse.

— Salut, Gannon.

— Vous voilà, tous les deux ! s'exclama l'un des costards-cravates qui avait assisté à une réunion préparatoire.

Il échangea une vigoureuse poignée de main avec Gannon. Ce type se tenait à côté d'elle au comptoir quand elle avait commandé un verre, mais elle était invisible jusqu'à ce que Gannon l'embrasse.

La lisant comme un livre ouvert, Gannon lui serra l'épaule.

— Content de te voir, Raymond.

— Allons trouver ta charmante sœur, que je trinque avec mes deux vedettes, proposa Raymond qui épongeait les gouttelettes de sueur sur son front avec une serviette en papier.

— Paige !

Andy apparut dans sa sempiternelle tenue décontractée, un jean et une chemise.

— Andy ! Quel plaisir de te voir.

Paige s'écarta des bras de Gannon pour le saluer. Elle avait appris à apprécier Andy au fil de la saison, au point de se sentir éternellement reconnaissante qu'il lui ait offert une porte de sortie le dernier jour.

— As-tu une minute ? demanda-t-il.

Paige jeta un œil à Gannon, entraîné loin d'elle par Raymond. Il leva les yeux au ciel et haussa les épaules à son intention.

— Bien sûr, répondit-elle à Andy.

Alors qu'il la guidait vers le même coin que Cat, Paige se demandait à quoi elle devait s'attendre.

— Ça me fait plaisir vous soyez réconciliés, dit Andy en indiquant Gannon avec sa bière.

— Moi aussi, concéda Paige.

Elle avait beau se faire à l'idée qu'ils étaient en couple, elle n'était pas encore prête à trop en révéler.

— À ce qu'il paraît, tu réalises sa nouvelle émission d'une main de maître, continua Andy, aussi peu désireux d'entendre les détails de sa relation qu'elle l'était de les dévoiler.

— Tout va pour le mieux. Je m'éclate dans ce que je fais.

Il prit une longue respiration.

— Je quitte l'émission. Je réalise la prochaine série de Drake Mackenrowe, à partir du printemps.

— Génial ! Félicitations. Drake est un type épatant. Tu vas adorer collaborer avec lui.

Andy hocha la tête.

— Merci. Je grimpe dans la chaîne alimentaire, pour ainsi dire. En tout cas, j'ai glissé ton nom. Pour réaliser les Rois.

Paige cligna des yeux.

— Tu as fait ça ?

— Nous savons tous les deux que tu étais destinée à réaliser cette saison. Mais ils ont des projets pour moi et souhaitaient que je prenne du galon. Donc j'ai soumis ton nom mais…

— Mais ils ne sont pas emballés, devina-t-elle.

— Je pense qu'ils préfèrent poursuivre votre histoire à l'écran. Ce n'est que mon avis. L'audimat a crevé le plafond cette saison. Cela dit, ils m'ont tapoté la tête et ont balayé ma suggestion sous le tapis.

— Bon, merci de me le signaler. Et de m'avoir recommandée.

Andy la regarda.

— Pour ce que ça vaut, le poste devrait te revenir.

— Ouais, logiquement.

* * *

Les convives s'amassèrent autour du bar sitôt que la musique du générique des « Rois de l'immobilier » retentit dans les écrans fixés aux murs. Paige n'avait visionné aucun des épisodes de la saison. Elle ne supportait pas de se voir sur un écran, dans une intrigue construite par des monteurs qui avaient reçu pour instruction de tisser une histoire salace.

À la place, elle avait obligé Becca à regarder tous les épisodes et à lui en faire le récit minute par minute.

Ce soir, c'était le premier épisode qu'elle regarderait. Et ça n'augurait rien de bon. Voir Meeghan se dandiner sur le plateau et poser sa bouche en cul-de-poule sur Gannon comme s'il lui appartenait ? Une longue liste de choses l'attiraient plus dans l'immédiat. Notamment se faire dévitaliser une dent, ou un frottis, voire même déjeuner « au club » avec sa grand-tante Wilda, malentendante et tristement conservatrice, qui se plaignait à plein volume du service scandaleux.

Toutefois elle avait Gannon qui surveillait ses arrières, Cat à ses côtés et un verre de bourbon à la main. De quoi braver l'impossible.

Visionner les épisodes avec les participants, les techniciens et la post-production se révéla plus amusant que seule chez soi. Les plaisanteries et les taquineries allaient bon train. Même ses interviews filmées ne l'horrifièrent pas tant que ça. Et quand Meeghan Traxx surgit de son SUV, elle fut huée par plus d'un spectateur.

La fin s'accompagna d'un sentiment de soulagement. Regarder l'épisode n'était pas aussi pénible que le vivre, sans oublier que la main ferme de Gannon sur sa hanche l'empêchait de détaler en hurlant.

Les applaudissements saluèrent le générique de fin. L'une des huiles de la société de production porta un toast destiné à les remercier pour leur implication, soulignant qu'ils faisaient tous partie d'une grande famille. Personne n'était dupe, ce qui n'avait rien d'anormal.

Raymond, le plus grand fan de Gannon, l'intercepta tandis qu'elle remettait son pardessus.

— Une saison absolument extraordinaire, mon chou, dit-il en saisissant sa main entre ses deux grosses pattes.

C'était maintenant ou jamais.

— Andy m'a appris qu'il changeait d'émission, dit-elle.

Raymond lui lâcha la main.

— Nous comptons sur ton assistance pour le recrutement, dit-il avec entrain, même s'ils savaient tous deux que ses paroles étaient creuses.

— Parlons peu mais parlons bien. Raymond, réfléchissez à l'idée de me nommer réalisatrice.

Le message était passé. Raymond la dévisagea comme si elle était une gamine qui annonçait qu'elle voulait devenir un hot dog quand elle serait grande. Il se composa un masque compréhensif.

— Le hic, c'est que nous avons besoin de quelqu'un de fiable à la réalisation.

— Qu'ai-je pu faire qui permette de douter de ma fiabilité ? J'étais à mon poste le lendemain de l'accident, lui rappela-t-elle.

— C'est pas faux. Sans vouloir te mettre dans l'embarras, mon petit doigt m'a dit que tu avais dû abandonner le tournage à cause de Meeghan.

Paige prit une respiration apaisante par le nez, puis expira entre ses dents serrées en souriant.

— Vous avez pris un malin plaisir à m'humilier tout au long de la saison dans le seul but de booster l'audimat. En dépit de quoi je suis restée et j'ai fait mon job parce que je suis investie dans cette émission, envers les familles que nous aidons et les King.

— Un autre élément à prendre en considération. Je comprends que vous êtes ensemble, Gannon et toi. Mais ce n'est pour autant que tu es en droit d'exiger de réaliser le programme.

— Pas plus que ton neveu qui a plaqué ses études n'est en droit de devenir directeur du marketing ?

Raymond bafouillait et fulminait. Paige poursuivit.

— Écoute, Ray. Le fait que je n'ai pas de pénis ne représente pas un obstacle pour que je réalise la série. Même si sachant que Summit-Wingenroth n'a jamais recruté de réalisatrice sur aucune de ses émissions récurrentes, je me demande si vous considérez les parties génitales comme un prérequis. J'aime tellement bosser sur cette émission, je serais la meilleure réalisatrice qu'elle ait connu pourvu que vous me laissiez ma chance.

— Je pense réellement que tu serais plus à l'aise après une année ou deux de plus comme productrice de terrain.

— Hors de question. Ce serait un pas en arrière pour moi, au regard de mes activités actuelles. Du reste, mon travail sur *King's Castle* vous satisfait. Donc, concrètement, il reste à décider si pour la saison prochaine, vous voulez recruter un producteur de terrain *plus* un réalisateur, ou uniquement un producteur de terrain.

Offusqué, Raymond avait le feu aux joues.

— Je ne cherche pas à faire une scène. Je dis simplement que je suis ton meilleur choix. Tu le sais, je le sais, et toutes ces personnes dans cette salle, avec qui j'ai collaboré ces deux dernières années, le savent aussi. Réfléchis.

Elle lui tapota le bras avant de partir d'une démarche fière.

CHAPITRE 48

Sur un coup de tête, elle acheta une bouteille de champagne frais ainsi que des brownies alléchants qu'elle repéra dans la minuscule boulangerie de la supérette. Après tout, ils avaient quelque chose à célébrer. Le lendemain était le jour du dévoilement. Gannon disposerait de sa nouvelle maison pour lui seul, une fois que les équipes auraient remballé leur matériel et que chacun serait parti de son côté.

Paige, ayant proposé d'apporter le dîner, agrémenta sa sélection de salades d'un copieux ragoût de bœuf et de petits pains au romarin, en s'efforçant de ne pas trop penser que « chacun partirait de son côté ».

Les choses s'enchaînaient à toute allure. L'attaché de presse de Gannon avait mis le paquet en faisant savoir que Meeghan et lui « faisaient route séparée depuis plusieurs mois » – la boîte de production avait insisté pour que ce coup de tonnerre n'ait lieu qu'après diffusion de la dernière émission – et qu'il formait un couple heureux avec Paige. Une fois le triangle réduit à deux personnes, la curiosité s'étiola considérablement. À peine quelques jours plus tard, Summit-Wingenroth proposait à Paige de réaliser la troisième saison des Rois. Nouvelle immédiatement suivie par l'annonce que l'émission de Meeghan Traxx n'était pas renouvelée.

Paige entassa toutes ses emplettes dans ses sacs et fit au revoir au caissier en sortant. C'était un commerce amical dans un quartier charmant, accessible à pied depuis le domicile de Gannon. De sa nouvelle maison aussi, probablement. Mais dans la direction opposée.

Elle commença à marcher, décidant qu'elle pouvait tout porter, même chargée comme une mule, jusqu'à l'appartement sans prendre un taxi. La nuit était glaciale. L'automne s'était carapaté, sitôt remplacé par les gelées hivernales. Dans deux semaines, c'était Noël, et fidèle à sa tradition, Paige avait commandé tous ses achats sur Internet en les expédiant directement aux destinataires.

Sauf Gannon. Pour lui, elle avait fait quelques achats de-ci de-là. Puis elle s'était trouvée grotesque. Ils n'avaient même pas abordé la question de Noël. De fait, elle ignorait si elle le verrait ce jour-là. Ils avaient été tellement débordés, tellement… accaparés. Elle avait passé plus de temps avec Gannon ces dernières semaines qu'avec toute autre personne de sa vie d'adulte. Ils besognaient côte à côte à longueur de journée, jusqu'au soir où ils rentraient précipitamment chez lui pour dîner, se doucher et faire l'amour.

Le tournage de *King's Castle* se concluait le lendemain, quand ils révéleraient le résultat. L'événement remplirait la majeure partie de la journée, si ce n'est que tout prenait fin. Tant de choses manqueraient à Paige. La maison, l'équipe, voir Gannon tous les jours. C'était la partie qu'elle redoutait le plus.

Bien entendu, en tant que réalisatrice de la nouvelle saison des « Rois de l'immobilier », elle aurait le plaisir de retravailler avec lui au quotidien, mais pas avant avril. Fin avril. D'ici là, elles arpenteraient le pays avec Becca, avant de s'immerger dans des centaines d'heures d'interviews filmées.

L'attendrait-il pendant qu'elle vivait son rêve ?

Enfin, elle le concrétisait. Toutes ces années à trimer finissaient par payer, et bientôt, elle serait à la tête d'un projet dont elle serait fière, indépendamment de l'accueil qu'il recevrait. Elle se sentait à la fois exaltée et terrifiée.

Son téléphone vibrant sur sa hanche, elle rassembla ses sacs dans une main pour le consulter. C'était un SMS de Gannon.

Retrouve-moi à la maison. Je dois te montrer un truc.

Elle fronça les sourcils. Sans doute un couac. Du mobilier manquant ? Ou endommagé durant la livraison ? Soucieuse, elle espérait néanmoins pouvoir enregistrer le dévoilement.

Je suis au bout de la rue. Là dans dix minutes.

Elle vérifia l'heure. S'il s'agissait d'un problème d'ordre esthétique, plusieurs magasins de bricolage ne fermaient pas avant une petite heure. Les bras chargés, elle pressa le pas.

Pour rester optimiste, elle n'aurait pas à attendre le lendemain pour découvrir le résultat. Elle avait loupé tout l'après-midi de livraison du mobilier pour filmer Gannon dans une ressourcerie. D'ailleurs, ils avaient tourné une jolie scène où il chinait des articles de déco avec Cat et Nonni. Le monde ne le savait pas encore mais il allait tomber amoureux d'une dame de soixante-douze ans.

À vrai dire, Paige avait prévu de sortir discrètement du lit de Gannon pour s'introduire dans la maison aux aurores, histoire de l'inspecter seule et de s'assurer qu'il ne manquait rien d'essentiel sur sa feuille de route.

Le lever au point du jour était à rayer de sa liste maintenant que la maison se profilait devant elle. À mesure qu'elle approchait, elle lui parut chaleureuse avec toutes ses lumières allumées, et même franchement attrayante. Elle rit à la pensée que Gannon le regrette. Après tant d'allées et venues, tant de personnes durant quatre mois, il préférerait probablement se barricader pour profiter de sa solitude quelques semaines.

Les lanternes qu'ils avaient sélectionnées pour la cour, parfaitement assorties aux lanternes en fer noir encadrant la porte principale, répandaient un halo doré sur la brique et l'invitaient à entrer. Elle grimpa les marches, malgré le poids des sacs, et se réjouit que la poignée tourne sans résister dans sa main. Après avoir déposé ses sacs près de la porte, elle soupira d'aise.

La perfection. Le long canapé bas, en cuir, faisait face à la cheminée dotée d'un contour en brique et d'un manteau en chêne taillé. L'âtre rouge cerise dissipait la fraîcheur de la pièce. L'écran plat, nettement moins imposant que celui qu'il avait choisi pour le salon de l'étage, affichait le logo de *King's Castle.*

La table basse, étrangement similaire à la sienne, était placée entre deux fauteuils ultra rembourrés en tissu velouté grège. Et le sol… ! Les parquets d'origine étant irrécupérables à cet étage, Gannon avait opté pour des lames à largeurs multiples presque grises pour accentuer la luminosité. Elles couvraient toute la superficie, de la porte d'entrée à la cuisine.

Pour la touche contrastée, il avait peint les murs en bleu outremer. Le bleu tranchait avec le sol gris, exactement comme elle l'avait imaginé en examinant les échantillons. Intense, masculin, paisible. En rentrant chez lui, Gannon s'enfermerait dans une bulle de tranquillité, coupé du reste du monde.

Elle se dirigea vers la salle à manger, à présent ouverte sur le salon et la cuisine. Entre chaque pièce, il avait aménagé des ouvertures marquées par des encadrements vernis, assortis aux structures en bois d'origine encore présentes dans les autres pièces.

La table et les bancs de sa fabrication étaient là, ainsi que le buffet et les étagères. Son idée de supports d'étagères en métal rendaient à merveille. Là aussi, le masculin et le contemporain contrastaient avec le côté ancien de la bâtisse. En face du buffet, une galerie de photos de famille occupait tout un mur.

Intriguée, Paige se rapprocha. Une photo d'elle se trouvait dans le pêle-mêle. Celle qu'il avait chez lui. Plus une autre. Celle-ci prise pendant qu'elle aidait Francesca à rassembler la vaisselle après qu'ils avaient partagés une pizza en l'honneur de sa bonne nouvelle. Parmi les autres : Cat et Gannon enfants, leurs parents posant sur le capot d'un camping-car, un grand portrait en noir et blanc de Francesca et son fiancé le jour de leur mariage. Pop, présuma-t-elle. Paige posa le bout des doigts sur le cadre. Avec Gannon, la famille continuerait d'occuper une place centrale, ainsi qu'elle le méritait.

Dans la salle à manger de sa mère, on trouvait une photo en noir et blanc de la plasticienne Kara Walker. Une œuvre originale. La prise de conscience la cueillit par surprise.

Sa mère n'avait rien laissé faire obstacle à sa réussite. Pas ses filles et certainement pas sa vie amoureuse. Elle savait depuis toujours ce qui comptait pour elle, par quoi en passer pour l'accomplir et ce qui l'en éloignerait.

Malgré cela, Leslie St. James était-elle heureuse ? Une voix intérieure cria la question : le bonheur était-il équivalent à la réussite ?

La réponse résonna dans son cœur. Non. La réussite n'était pas synonyme de bonheur. Ni la satisfaction, et c'était là que sa mère avait commis une erreur fatale.

Devant le mur de Gannon, Paige sentit son cœur vriller. Sur une autre photo, ils se souriaient, sur les marches de l'entrée de cette maison. Par les portes ouvertes, elle discernait vaguement le foutoir à l'intérieur, typique d'un jour de tournage. Il l'avait inclue à son mur, intégrée à sa famille et amenée à tomber amoureuse de lui.

Elle n'avait pas eu l'intention de laisser quoi que ce soit de tout cela se produire. Pourtant elle était là, le cœur rempli d'émotions et d'un besoin de lui dire, de lui dire les mots !

Paige posa la main sur son cœur. Au lieu d'un pincement, elle sentit là une lueur aussi chaude et réelle que le soleil levant. Elle *l'aimait,* et c'était sa façon de le ressentir. Les genoux ramollis, elle s'assit lourdement sur le banc de la salle à manger pour reprendre son souffle.

Elle en était capable. Elle pouvait l'aimer, réaliser son documentaire et faire bouger les choses. Elle pouvait tout faire. D'une manière ou d'une autre. Rien ne l'obligeait à choisir. Elle trouverait le moyen de tout concilier.

Il fallait qu'ils discutent de quantité de sujets. De leurs conditions de vie, notamment. Il était exclu qu'elle retourne dans son minuscule appartement, alors que Gannon se la coulait douce ici, avec quatre étages splendides pour lui tout seul.

Gannon.

Il se trouvait ici, quelque part. Elle s'élança dans l'escalier en l'appelant.

Aussitôt, le tintement de son téléphone dans sa main réclama son attention.

Télé du salon. Appuie sur Play.

— Gannon, j'ai besoin de te parler ! cria-t-elle dans la cage d'escalier. À quoi elle reçut une réponse succincte.

Tais-toi et appuie sur Play.

— C'est vrai que ce n'est pas si important que ça que je sois amoureuse de toi, marmonna-t-elle à voix basse.

Résignée à se prêter au jeu, quel qu'il soit, Paige retourna au salon et prit la télécommande sur le canapé.

La lecture lancée, le logo King disparut. Puis se succédèrent des images non éditées des « Rois de l'immobilier », saison une, épisode un. Gannon sous un chêne, bras croisés, face caméra, soudain distrait par quelque chose hors-champ qui lui fit perdre le fil de ses pensées.

— Je t'aime depuis cet instant précis, commenta Gannon en voix off. Tu te trouvais près de la caméra et Lou a dit je ne sais quoi qui t'a fait rigoler. Le soleil t'éclairait comme un spot. Tu portais ton sweat à capuche miteux et un short de gym qui laissait voir un kilomètre de tes jambes sublimes. Soudain tu t'es retournée et tu m'as crié de me dépêcher. À ce moment-là, je ne savais pas que c'était de l'amour. Le fait est que mes sentiments pour toi n'ont pas changé depuis ce jour.

Pour la seconde fois de la soirée, les genoux de Paige se dérobèrent. Elle se laissa tomber sur le cuir frais du canapé, en s'appliquant à comprendre.

L'écran montra soudain Gannon assis précisément à la même place qu'elle.

— Donc je t'aime depuis tout ce temps. Vingt et un mois, douze jours et (il regarda sa montre) dix heures.

Sur l'écran, il lui fit son grand sourire arrogant.

— Comme je ne voulais pas t'aimer, j'ai fait de mon mieux pour t'agacer autant que tu m'agaçais.

S'enchaînèrent des extraits de leurs prises de bec, l'un montrant Gannon souriant largement à la caméra pendant qu'elle s'éloignait d'un air fâché. Ensuite, on voyait Gannon sur le tournage, affublé d'une ceinture d'outils différente de l'habituelle.

— C'est le jour où il faisait cinquante degrés à l'ombre, et tu t'es pointée sur le décor en short découpé et débardeur. J'ai passé la journée avec une érection que j'ai dissimulée comme j'ai pu. Personne n'était dupe, à mon avis. Pas en ce qui te concernait.

Une main couvrant sa bouche, Paige se vit apparaître à l'image. C'était son premier entretien face caméra, elle triturait le micro.

— Je n'ai pas envie de faire ça, bougonna Paige dans la vidéo.

Après quelques secondes à remuer, elle leva les yeux au ciel et soupira lourdement avant de plaquer sur ses lèvres son sourire de caméra, et de réciter le monologue de rigueur.

Elle perçut le sourire dans la voix de Gannon.

— J'aime quand tu es en rogne mais que tu réussis malgré tout à réagir avec maturité. J'ai beaucoup appris avec toi et peut-être que je ne te l'ai pas assez dit. Mais c'est la vérité et j'espère que tu le sais.

Son sourire se teinta d'émotion, et elle essuya une larme d'un revers de la main. La scène suivante apparut en fondu. Gannon, dans un vaste atelier, s'adressait à un soudeur derrière un ordinateur. La caméra bougea dangereusement avant que Mel, blême et les mains tremblantes, apparaisse en fixant son téléphone.

— Quoi ? Qu'est-ce qui se passe ?

Mel prit une respiration affolée.

— Un accident s'est produit sur le plateau. Paige…

Quand il saisit Mel par les épaules, Paige vit la panique dans ses yeux noisette.

— Elle n'a rien ?

— Je ne sais pas, répondit Mel. Andy m'a envoyé un SMS et il ne répond pas au téléphone. C'est grave, il n'a rien dit d'autre.

— Les clés ! hurla Gannon.

Lou dézooma sur Gannon qui sortait en courant. Peu après, les pneus crissèrent sur le parking.

— C'est le soir où je t'ai dit que je t'aimais pour la première fois. J'avais enfin fini par le comprendre. Tu dormais profondément sur mon torse. Et je te l'ai dit. J'aurais dû te le dire tous les jours depuis ce jour, et je suis désolé de ne pas l'avoir fait mais si tu es d'accord, j'aimerais me rattraper, dit Gannon sur l'écran.

Les larmes de Paige baignaient ses joues.

La scène changea de nouveau. Cette fois, Gannon ordonna à Paige blessée de s'asseoir derrière la caméra. Puis une autre de Gannon montant la garde à côté de Paige qui relatait l'accident devant la caméra. En garde du corps sur le côté du cadre, bras croisés, il mâchonna l'ongle de son pouce jusqu'à ce qu'il décide qu'Eddie devait la laisser tranquille.

— C'est bon, ça suffit, intervint-il sur un ton sec. Viens, Paige, je te raccompagne à l'hôtel.

Elle se souvenait en regardant ces images qu'elle s'était disputé avec lui et il avait gagné. Pendant que Cat et Rico l'installaient dans le pick-up, la caméra de Lou suivait Gannon qui répondait à un appel téléphonique.

— Non, je la reconduis, dit-il sur un ton sans appel, qui que soit son interlocuteur. Elle a besoin de se reposer. Trouvez-moi quiconque sur cette émission ou même dans toute la chaîne qui travaille plus dur qu'elle. Elle vous a accordé un entretien face caméra. Avec tous les détails sordides. Lâchez l'affaire ou je m'y opposerai personnellement. Vous n'exploiterez pas ses souffrances pour gonfler vos chiffres.

Il raccrocha, l'air prêt à broyer l'appareil entre ses mains nues. Puis Paige le vit s'apercevoir qu'elle lui faisait un petit signe sur le siège passager, et son expression s'attendrit.

— Allons-y, princesse.

Personne n'avait été dupe. En visionnant les images rétrospectivement, ils n'auraient même pas pu cacher leurs sentiments à un aveugle. Ils étaient trop gigantesques et méritaient d'être préservés.

À la scène suivante, Paige tressaillit. Elle savait exactement de quel jour il s'agissait quand elle se vit regarder le SUV freiner le long du trottoir. La caméra avait capturé son visage blafard quand Meeghan s'était dandinée vers Gannon et l'avait embrassé.

— Tu te demandes peut-être pourquoi je te montre ça alors que tu y as assisté en personne. Ce que je voulais que tu vois, c'est ça…

Meeghan avait fait demi-tour pour visionner la séquence, Paige avait décampé et Gannon avait réagi. S'essuyant la bouche d'un geste, il avait effacé les couches de gloss, et l'avait rattrapée d'un pas furieux.

— N'es-tu pas heureux de me voir, sexy ?

— Qu'est-ce que tu fiches ici ? demanda Gannon sans la regarder, mais en cherchant quelqu'un d'autre. Quelle partie de « ne m'approche plus » tu ne comprends pas ?

Meeghan se colla contre lui.

— Ne me dis pas que tu n'as pas envie de t'amuser, susurra-t-elle.

Le visage de Gannon était un masque de colère et de répugnance.

— Je le redis, je ne veux rien avoir à faire avec toi. Autant t'y habituer.

La voix reprit en commentaire.

— Paige, je sais que nous en avons longuement parlé, mais j'avais besoin que tu vois, que tu vois vraiment que depuis le jour où je t'ai rencontrée, il n'y a eu de place pour personne d'autre que toi. J'ai rénové cette maison pour toi.

Paige posa les mains sur sa bouche en secouant la tête.

— Dès que je l'ai vue, j'ai su qu'elle était pour toi. (Il fit un demi grand sourire.) Pour nous.

— Mon Dieu, c'est pas vrai !

Tout tombait sous le sens à présent. Il l'avait consultée pour chaque pièce. Elle avait choisi la moitié des finitions de la maison, sans jamais avoir de soupçons. Comment cela avait-il pu lui échapper ?

— Je sais que ça fait beaucoup à digérer, reprit Gannon à l'image. Mais les premières fois que je t'ai dit que je t'aimais, tu n'étais pas en forme. Alors je tenais à le faire autrement.

Les pleurs de Paige brisèrent le silence à présent.

— Paige ?

En entendant son nom, elle se retourna. Gannon, en chair et en os, se tenait derrière le canapé. Elle sécha ses larmes intarissables.

— Je t'aime, Gannon, bredouilla-t-elle sans préambule, sans montée en puissance, car désormais, il était impensable de les garder verrouillées en elle. Je suis amoureuse de toi, et je ne m'en étais pas rendu compte avant de découvrir le mur de ta salle à manger.

— Le mur de notre salle à manger.

Souriant, il contourna le canapé, les mains dans les poches.

— Tu es fou. Je ne peux pas croire que ce soit réel.

Frissonnante, Paige avait envie de le rejoindre et de fondre entre ses bras.

— Tiens. Attrape, dit-il.

Il sortit la main de sa poche et lui lança quelque chose qu'elle rattrapa en plein vol. Un trousseau de clés.

— Pour la maison ?

Il hocha la tête, patientant sans dire un mot.

Elle le distinguait à peine à travers ses larmes. Les clés étaient chaudes dans sa main. En passant son pouce sur le trousseau, elle sentit autre chose qu'une clé. Levant le porte-clés, Paige en eut le souffle coupé.

Le diamant était un gros solitaire serti d'une couronne de petits diamants montée sur un simple anneau. Prise d'un besoin urgent de respirer, elle se plia en deux sans pouvoir croire que c'était la réalité.

— Je me mets à genou si c'est ton souhait, offrit Gannon. Bon, nous savons tous les deux que ce n'est pas mon style. Pourquoi je ne te dirais pas mon souhait, et tu me dis si cela te convient ?

À défaut de pouvoir se fier à sa voix, elle hocha la tête.

— Je veux que tu deviennes ma femme. Je veux que nous bossions comme des acharnés ensemble. Je veux avoir des enfants avec toi. Combien, je ne sais pas mais ils seront sûrement bruyants et entêtés comme nous. Je veux que tu sois la première informée quand je reçois une nouvelle. Je veux passer le reste de ma vie à juste essayer d'être à ta hauteur.

Il enfonça une main dans ses cheveux courts. Il était anxieux.

Gannon King tremblait dans ses bottes.

— Tu es la meilleure personne que j'ai connue de toute ma vie, et si tu le répètes à Nonni, je prétendrai que tu mens. Mais tu es la meilleure, Paige. Tu es brillante et déterminée, tellement sexy et forte. Tu me supportes sans même pleurer, sauf en ce moment. Et il n'y a personne au monde avec qui je préférerais partager ma vie et cette maison.

Paige tenta d'éponger ses larmes avec la manche de son pull-over, la bague serrée dans sa main.

— Et juste pour info, continua Gannon, la maison t'appartient. Même si tu refuses. Mais j'espère que les souvenirs de nos corps enlacés sur le comptoir de la cuisine te hanteront à tout jamais si tu fais ce choix. Alors, qu'en penses-tu ?

— Tu me fais ta demande en me montrant la vidéo d'une autre femme qui t'embrasse. Ensuite tu me traites de menteuse et tu menaces de me hanter si je refuse.

— Si l'on omet toutes les belles déclarations, c'est à peu près ça.

Son sourire lui donna l'impression de fendre son visage.

— C'était juste pour être sûre avant de dire oui.

— Oui ? C'est oui ?

Gannon la fixait intensément.

— Plutôt deux fois qu'une : oui.

Elle se jeta dans ses bras et, l'étreignant, il la fit virevolter autour de lui.

— Ouf, Dieu soit loué. J'étais à deux doigts de vomir.

Elle saisit son visage entre ses mains et l'embrassa.

— Dis-moi que la chambre est prête. Son regard s'enflamma.

— Allons voir ça, dit Gannon en la portant vers l'escalier.

— Attends ! Je veux mettre la bague.

— Je te la passerai au doigt quand tu ne porteras rien d'autre, promit-il en montant les marches à vive allure et en la tenant entre ses bras.

— Gannon ? Merci de ne pas avoir filmé ce moment.

Il la serra un peu plus fort.

— Ils ont pris suffisamment de morceaux de nous. Ça, c'est privé, princesse.

ÉPILOGUE

— Je déteste porter ces machins-là, geignit Gannon devant le miroir de l'hôtel comme s'il souffrait atrocement.

Ses doigts desserrèrent la cravate à peine nouée.

— Tu as pourtant si belle allure.

Paige passa les mains sur ses larges épaules vêtues d'une veste de costume noir. Il saisit son poignet et l'attira devant lui, face au miroir.

— En parlant d'avoir belle allure.

Il mordilla son cou.

— Pas de marques, ordonna-t-elle. Nous n'irons pas au mariage si j'ai un suçon.

— Et un là où personne d'autre ne le verra ?

Ses doigts abaissèrent la bretelle de sa robe rose poudré sur son épaule.

— Rappelle-moi pourquoi nous assistons à un mariage alors que nous pourrions passer l'après-midi au lit ? demanda-t-il en goûtant sa peau, provoquant des frissons.

Paige laissa aller sa tête en arrière, contre son torse, et sourit.

— Tout le monde ne souhaite pas s'enfuir pour se marier comme nous l'avons fait, monsieur King.

— Mmm. Madame King… j'en aime toujours autant la sonorité, murmura-t-il, sa main s'égarant dans la profonde encolure en V de sa robe.

— Tu dois commencer à t'y faire depuis le temps, taquina Paige en tournoyant entre ses bras pour nouer les mains autour de son cou. Tu sais que ça fait dix mois. Je pense qu'à présent, nous pouvons céder quelques heures en dehors de la chambre.

— Tu ne réussiras pas à me culpabiliser parce que j'ai envie de passer autant de temps que possible avec toi, avant que tu partes en tournée de promotion.

Son documentaire, tourné sur une intense période de trois mois, était enfin finalisé en post-production. Sa sortie était programmée dans un mois. Son bébé venait au monde et c'était encore mieux que dans ses rêves les plus fous. En outre, ses débuts de réalisatrice des « Rois de l'immobilier » affichaient les meilleurs scores de toute l'histoire de l'émission.

— Il me semblait que tu m'accompagnais en tournée, dit Paige en se mordant la lèvre inférieure.

— Bien sûr, je viens. Mais ce sera comme recommencer à tourner les Rois. Je ne t'aurai jamais pour moi seul.

S'esclaffant, elle l'attira contre elle.

— Nous avons réussi à feinter. Nous feinterons encore.

Elle sentit ses doigts effleurer la fermeture de sa robe.

— N'y pense même pas, l'avertit Paige. Nous sommes déjà en retard.

Elle s'échappa vers le palier.

— Où vas-tu ? gronda-t-il.

— Je descends juste au bureau vérifier un détail avec Becca avant de partir.

Gannon leur avait aménagé l'une des chambres du quatrième étage en bureau, équipé à la pointe de la technologie. Dans ce lieu qu'elles surnommaient le paradis, elles avaient passé un nombre incalculable d'heures à filmer des interviews et à analyser les images.

— N'y pense même pas, taquina Gannon. Nous sommes déjà en retard.

* * *

Arrivés juste avant que les portes blanches satinées de l'église de Portland Unitarian se referment, ils se glissèrent sur un banc à côté de sa sœur.

— Pas trop tôt, souligna Lisa St. James, ponctuelle en toutes circonstances.

— Content de te voir aussi, Lis, répliqua Gannon en embrassant sa belle-sœur.

Il enroula le bras autour des épaules de Paige.

— Il a l'air heureux, observa Paige à propos du futur marié au sourire radieux à l'avant de l'édifice.

— C'est vrai qu'il a de quoi se réjouir, approuva Lisa.

Paige chercha un paquet de mouchoirs dans sa pochette, et en proposa un à sa sœur. Lisa déclina.

— Cœur d'artichaut, murmura Gannon à l'oreille de Paige, son pouce caressant son épaule nue.

— Les mariages me font pleurer comme une madeleine. Et si ma mémoire est bonne, tu as eu la larme à l'œil au nôtre, rappela-t-elle.

— À cause d'une allergie, ronchonna son homme.

Aux premières notes de musique, les portes de l'église s'ouvrirent. En robe rose à froufrous et une tiare posée sur ses cheveux duveteux qui avaient commencé à repousser, Malia ouvrit la marche dans l'allée centrale. Ses baskets roses apparaissaient sous les longs volants de sa jupe en tulle. Elle sautilla puis s'élança au pas de course pour bondir dans les bras de l'homme au bout de l'allée.

Gannon s'éclaircit la gorge et Paige lui flanqua un coup de coude.

— Tâche de ne pas pleurer, cœur de pierre.

— Mince.

Lisa s'empara d'un des mouchoirs de Paige puis tapota le coin de ses yeux.

— Tu sais, Lis, ce mariage n'aurait pas eu lieu sans toi, murmura Gannon.

— Tout ce que j'ai fait, c'est associer un patient avec l'essai thérapeutique qui lui correspondait.

Néanmoins ses lèvres se recourbèrent discrètement.

Alors que les portes de l'église se rouvraient, tout le monde se leva pour accompagner l'arrivée de Carina, resplendissante dans sa longue robe ivoire. Elle flottait quasiment dans l'allée, sa robe de créateur si bien ajustée à sa silhouette mince qu'elle semblait cousue sur elle. Sa traîne se déployait sur plusieurs mètres. Elle était une mariée époustouflante qui n'avait d'yeux que pour sa fille et son futur mari, l'homme qui avait sauvé la vie de Malia.

Elle respirait le bonheur. Chaque personne présente ne pouvait que sentir l'allégresse irradier d'elle.

Paige n'essaya même pas de ravaler ses larmes de joie.

— Gannon ! Paige !

Déboulant sur la piste de danse, Malia sauta dans les bras tendus de Gannon.

— Salut, ma puce.

Il la fit tourner un instant, la souleva vers les poutres drapées de tulle et de guirlandes. L'enfant poussa des cris aigus.

— Je suis super heureuse que vous soyez là. Vous avez vu mes baskets ? Elles sont pas cool ?

— Hyper cool, confirma Paige en serrant à son tour Malia d'un seul bras. Comment ça va, à l'école ?

— Bien ! Je joue au base-ball ! Je suis trop forte.

— Je n'en doute pas, dit Gannon en la reposant. Alors, que penses-tu de ton beau-papa ?

Malia jeta un regard par-dessus son épaule, vers ses parents qui posaient devant le bar.

— Il est assez génial. Et méga intelligent. Il dit que je peux devenir docteur comme lui si j'en ai envie, mais qu'il ne faut pas décider trop jeune.

Paige rit.

— Il a vraiment l'air super.

Carina et le Dr Singh agitèrent la main dans leur direction.

— Faut que j'y aille, cria Malia. Je veux être sûre d'avoir une grosse part de gâteau.

Elle disparut en courant, ses baskets roses crissant gaiement sur le parquet. Gannon enlaça Paige et se berça sur le tempo de la musique.

— C'est fou ce que j'aime cette gamine.

— Tu serais un être humain abominable si tu ne l'aimais pas, répondit Paige.

— Peut-être que nous devrions en avoir, dit-il, l'air grave mais le regard pétillant.

— Des enfants ?

— Ouais, répondit-il en la faisant tourner lentement. Pourquoi pas trois ?

Paige fit un immense sourire, son cœur enflant dans sa poitrine.

— Trois enfants, c'est pas rien.

— Il faut remplir toutes ces chambres à la maison, plaisanta-t-il. Il la fit basculer en arrière dans un renversé.

— Ça tombe bien, j'ai appris ce matin qu'on allait avoir besoin d'une de ces chambres.

Elle la vit, la question suivie par une étincelle de joie. Il la redressa plus vivement que nécessaire, tant et si bien qu'elle retomba contre lui en riant.

— Tu plaisantes ?

Paige secoua la tête, des larmes de bonheur voilant ses yeux.

— Nan. Prépare-toi à devenir papa.

Il l'étreignit et saisit son visage entre ses mains. La musique, les lumières et les rires en arrière-plan.

— J'espère que c'est une fille, dit-il.

Et il scella son vœu par un baiser.

LETTRE DE L'AUTRICE

Chère lectrice,

Mon Dieu, je vous avoue que cette scène sous la douche est dans ma tête depuis une éternité. Elle me hantait ! Pas juste son côté sexy, mais toute la vulnérabilité qui va avec. J'aime follement raconter des histoires de couple qui s'asticotent parce qu'au moment où ils baissent enfin la garde, c'est encore plus intense.

J'ai aussi aimé la manière dont Paige et Gannon s'aident réciproquement à grandir de manière nécessaire et intéressante. Pour moi, c'est la définition même d'un couple solide.

Et, bien sûr, n'oublions pas la demande en mariage. Il a acheté et retapé une maison entière rien que pour elle ? Oh que c'est craquant.

Les problèmes que Paige rencontre dans son milieu professionnel sont en partie inspirés par la newsletter rédigée par Jennifer Lawrence pour Lenny Letter, dans laquelle elle évoque les acteurs avec qui elle partage la vedette et qui touchent un cachet largement plus gros que le sien. Elle explique qu'elle se sentait responsable de ne pas se battre assez pour se faire respecter. Je pense que nombre d'entre nous se reconnaissent dans ce problème (pas parce qu'elles négocient des millions mais la crainte de rendre nos requêtes publiques par peur des étiquettes).

Bref, merci d'avoir choisi L'Homme de la situation *! C'est mon dixième roman. Vous y croyez, vous ? MOI NON PLUS.*

Si vous l'avez aimé, n'hésitez pas à laisser un commentaire. Vous trouvez que je suis un génie de la fiction ? Inscrivez-vous à ma newsletter pour recevoir toutes les informations sur mes dernières publications. Vous savez, j'aime échanger avec mes lectrices sur Facebook, Instagram et Twitter. Retrouvez-moi pour papoter !

Merci encore, formidable lectrice, de passer du temps sur un livre que j'ai écrit !

Bisous.
Lucy

REMERCIEMENTS

Merci Monsieur Lucy pour ton dévouement inépuisable pour des détails qui m'agaceraient, m'ennuieraient et me distrairaient.

Je remercie Dawn Harer et Amanda Edens pour leur capacité à deviner ce que je voulais taper à l'origine.

Jaycee de Sweet 'N Spicy Designs pour la couverture quatre-épices et quatre-saisons.

L'inspiration, cette inconstante, qui a donné vie à Gannon King sur le papier, déjà entièrement constitué.

À Netflix pour « *House of Cards* », « *The Unbreakable Kimmy Schmidt* » et « *Arrested Development* ».

À Taco Bell pour le Cheesy Gordita Crunch.

À mes lectrices, mes pom-pom girls enthousiastes sur qui je peux toujours compter.

La communauté Charleston a aimé !

Chez Charleston, nous sommes convaincus que, loin d'être une aventure solitaire, la lecture est une invitation au partage. Nous échangeons constamment avec nos lecteurs et lectrices, et nous sommes fiers de la belle communauté d'amoureux des livres que nous formons tous ensemble. Chaque année, nous choisissons au sein de cette communauté vingt lectrices et lecteurs qui nous accompagnent tout au long de l'année, et découvrent nos romans en avant-première. Voici leurs avis !

« J'ai particulièrement aimé le personnage de Paige, avec son caractère, ses ambitions et ses doutes. Elle est attachante et apporte beaucoup au récit. »

@paauline_books

« J'ai adoré voyager aux États-Unis pour découvrir cette histoire avec pour toile de fond une téléréalité de rénovation ! Un contexte original qui amène du renouveau dans tout ce que l'on peut lire. »

@meslecturescosy

« Une lecture romantique, tantôt doudou, tantôt spicy, qui ravira les amateurs de romance ! »

@lavieenlivresdefrançoise

« J'ai été agréablement surprise par ce roman. Paige est un personnage attachant, elle est déterminée à mener à bien ses projets, quels que soient les obstacles qui lui barrent la route. Une lecture addictive et qui fait passer un bon moment ! »

@lecturedudimanche

« J'ai adoré l'alchimie entre les personnages principaux. Leur complicité et la fluidité de leur relation sont incroyablement touchantes et le récit dans son ensemble est très addictif. »

@lucioleinbooks

« Une lecture légère et divertissante, idéale pour se détendre. Le personnage de Paige est un vrai point fort : elle est attachante et pleine de fraîcheur. Les personnages secondaires, parfois un peu excentriques, ajoutent une touche d'originalité. »

@les_lectures_de_manoon

« L'autrice aborde la place des femmes dans le monde du travail et met en avant les inégalités tant sur le plan salarial que sur les opportunités et leur représentation par rapport aux hommes. Une romance addictive et passionnante qui m'a captivée du début à la fin. »

@flora_bouquine

Cet ouvrage est composé de matériaux issus de forêts gérées durablement certifiées PEFC™.
Le Programme de reconnaissance des certifications forestières (PEFC™) est le plus grand organisme mondial indépendant de contrôle pour une gestion durable des forêts.
Pour en savoir plus, consultez le site www.pefc-france.org

PEFC PEFC/14-38-00277

Achevé d'imprimer en septembre 2025
par Novoprint
Dépôt légal : octobre 2025
Imprimé en Slovaquie